ANNA MCPARTLIN

MON MIDI, MON MINUIT

Traduit de l'anglais (Irlande)
par Valérie Le Plouhine

cherche
midi

Titre original :
PACK UP THE MOON

Pocket, une marque d'Univers Poche,
est un éditeur qui s'engage pour la préservation
de son environnement et qui utilise du papier fabriqué
à partir de bois provenant de forêts gérées
de manière responsable.

ISBN : 978-2-266-27870-6
Dépôt légal : avril 2018

À ma mère, qui m'a appris
à trouver la plus petite étincelle de lumière
dans les endroits les plus sombres.

À Mary et Tony O'Shea,
pour avoir été mes parents.

À Hallie, parce que, tout simplement.

Il était mon nord, mon sud, mon est, mon ouest,
Ma semaine de travail, mon dimanche de sieste,
Mon midi, mon minuit, ma parole, ma chanson ;
Je croyais que l'amour jamais ne finirait :
[j'avais tort.

W. H. Auden, extrait de *Funeral Blues*,
traduction Thomas Murat

1

La mince ligne bleue

C'était au début du mois de mars, un jour de pluie. Les nuages se soulageaient avec la férocité d'un ivrogne vidant sa vessie après sa quatorzième pinte. J'ai regardé la vitre dépolie en imaginant l'effet de ce déluge sur mes petites culottes secouées par le vent furieux, au-dehors. Puis, baissant les yeux vers le sol, j'ai remarqué un léger jaunissement des joints au pied de la cuvette des toilettes.

Les hommes ! ai-je pensé. *Est-ce vraiment si difficile de bien viser ?* J'ai médité un instant sur le fait que mon mec était capable de dégager toutes les boules d'une table de billard avec une précision millimétrique et de garer une voiture sur un timbre-poste, mais que lorsqu'il s'agissait de pointer sa zigounette dans la direction d'une cuvette pourtant large, il avait autant de jugeote qu'un collégien qui a pris une cuite. Le rebord de la baignoire était froid sous ma jupe.

Trois minutes.

Ça peut être long, trois minutes. Aurais-je trouvé le temps aussi long si j'avais été en train de désamorcer une bombe ? J'ai commencé à compter les secondes, mais j'ai rapidement laissé tomber. Le miroir avait besoin d'un coup de propre. *Bah, je ferai ça demain.* J'ai joué distraitement avec le bâtonnet que je tenais à la main, avant de me rappeler que je venais de faire pipi dessus. Je l'ai reposé. J'ai chassé de ma jupe des poussières invisibles, une habitude héritée de mon père, même si bien sûr il ne porte pas de jupes. C'est notre réaction, à tous les deux, quand nous sommes nerveux. Certains se tordent les mains ; mon père et moi, nous nous dépoussiérons.

La première fois que j'ai remarqué ce tic que nous avons en commun, c'est le jour où mon frère, à dix-sept ans, a annoncé qu'au lieu de faire médecine – comme en rêvaient mes parents – il allait se faire prêtre. Ma mère, mortifiée à l'idée qu'un Dieu absent lui vole son fils, a passé une soirée entière à s'égosiller avant de s'effondrer et de garder le lit pendant quatre jours. Mon père, lui, est resté assis sans mot dire, en époussetant son costume. Il n'a rien dit, mais sa déception était profonde. Je me rappelle que ça ne m'a pas fait grand-chose sur le moment. En bonne ado égocentrique, je ne partageais pas les inquiétudes de mes parents sur le sacrifice de Nigel, même si je dois reconnaître que c'était un peu la honte, pour moi, d'avoir un curé dans la famille.

Nous n'étions pas très proches, à l'époque. Lui, c'était l'intello par excellence, rat de bibliothèque, exalté, politisé. Il était travailleur, sortait les poubelles sans qu'on le lui demande, suivait *Doctor Who* avec zèle. Il ne fumait pas, ne prenait jamais une cuite et ne s'intéressait pas aux filles. Pendant un temps, j'avais pensé qu'il était gay, mais cette idée m'avait passé quand je m'étais rendu compte que pour être gay il fallait être intéressant. Nous avons grandi, depuis, et même si je ne pourrai jamais comprendre son dévouement absolu au Tout-Puissant, tout ce qui faisait de lui un ado barbant a fini par donner un adulte fascinant. Le père Nigel est devenu un de mes meilleurs amis.

Deux minutes.

J'avais vingt-six ans. J'étais amoureuse et je vivais avec John, mon amour d'enfance. J'avais eu le bonheur de voir mon chéri, garçon blond aux yeux bleus plein d'idéal, devenir un homme blond aux yeux bleus bien dans sa peau. Nous étions ensemble depuis presque douze ans et je ne doutais pas un instant qu'il soit l'homme de ma vie. Nous cohabitions avec bonheur depuis le début de nos études. Nous étions locataires d'une chouette petite maison – deux chambres, deux salles de bains, une cuisine et un salon tout mignon – à deux pas de Stephen's Green, et même si notre logis était exigu et sentait parfois la gentille vieille dame, il n'était pas cher, ce qui était incroyable étant donné le quartier. J'avais un bon job. Enseigner n'avait jamais été mon rêve, mais d'un autre côté je m'estimais heureuse de ne pas être ravagée par l'ambition. Être prof me convenait. Il y avait des jours où j'aimais bien mes élèves et d'autres non, mais c'était confortable. La plupart du temps, j'étais chez moi dès seize heures trente et j'avais trois mois de vacances en été. John, lui, était toujours à la fac, en doctorat de psycho, mais il parvenait à bosser quatre soirs par semaine comme barman. Il lui arrivait de ramener plus d'argent que moi à la maison, et il soutenait qu'il en apprenait bien plus des poivrots que de ses professeurs.

Nous étions heureux. Nous formions un couple uni et harmonieux. Nous avions une belle vie, de beaux projets et de bons amis. Beaucoup de gens aimeraient se sentir en sécurité comme nous l'étions l'un avec l'autre.

Une minute.

Ma mère se demandait souvent, à voix haute, quand nous commencerions à penser au mariage, John et moi. Je lui disais de se mêler de ce qui la regardait. Elle me rétorquait que ça la regardait, justement. Nous nous disputions sur le thème « vie privée *versus* amour maternel ». Je me sentais encore trop jeune pour me marier, et ma mère avait beau me rappeler qu'à vingt-quatre ans elle avait déjà deux enfants en bas âge, ce sentiment persistait.

« Les temps ont changé », disais-je, et c'était vrai. La plupart des amis de ma mère étaient mariés et avaient déjà des enfants à vingt-cinq ans. Moi, j'étais d'une époque complètement différente. Génération fanfare et majorettes contre génération MTV. Elle avait grandi avec Dickie Rock, je m'étais trémoussée sur Madonna. Avant qu'elle rencontre mon père, sa conception d'une folle soirée était d'aller au bal faire tapisserie, en espérant qu'un garçon viendrait lui demander une valse. J'étais, moi, une enfant du disco. D'ailleurs, aucun de mes amis n'était marié.

Trente secondes.

D'accord, ce n'est pas vrai. Anne et Richard avaient fait connaissance à la fac. Elle était la deuxième de trois enfants, d'une famille de la classe moyenne de Swords, et lui le fils d'un des plus riches propriétaires terriens de Kildare. Ils s'étaient rencontrés alors qu'ils faisaient la queue pour s'inscrire à une troupe de théâtre amateur pendant la semaine d'orientation. Ils étaient sortis de la file d'attente pour aller boire un café et ne s'étaient plus quittés. Et ils s'étaient mariés un an après la fin de leurs études. Mais bon, c'étaient les seuls.

Clodagh, ma meilleure amie depuis l'âge de quatre ans, n'était jamais parvenue à faire durer une histoire plus de quatre mois. Jeune femme pleine d'ambition, tenace, intelligente, travailleuse, elle avait réussi en trois ans à peine à se hisser au poste de chef de projet dans une grosse boîte de pub. Elle réussissait tout ce qu'elle entreprenait, à une petite exception près : sa vie sentimentale. Elle percevait cela comme un échec et elle en souffrait.

Et enfin, il y avait le meilleur copain de John : Seán. Brun, ténébreux, sec, et beau comme un astre. Clo l'appelait « le David de Michel-Ange sur pattes ». Non seulement il s'était tapé quatre-vingts pour cent des filles du département Beaux-Arts de Trinity College, mais il avait trouvé le moyen de séduire au passage quelques profs. Sa liaison la plus longue à ce jour avait été avec une Américaine appelée Candyapple (son vrai prénom, je ne blague pas) au cours d'un été que nous avions passé tous ensemble dans le New Jersey. Un cauchemar ambulant avec sa peau couleur café, ses grands yeux noisette, sa poitrine pulpeuse et sa taille de guêpe. Elle avait de longs cheveux bruns bouclés qui rappelaient à Anne le guitariste de Queen, Brian May. Seán l'appelait « Delicious » ; nous, on l'appelait « Brian ». Ils étaient restés ensemble six semaines. Seán avait arrêté la fac et, après quelques faux départs, il était retombé sur ses pieds, décrochant un poste d'éditeur dans un magazine pour hommes. Son esprit pétillant, le culte sincère qu'il vouait au football et sa connaissance charnelle – et encyclopédique ! – des femmes lui avaient assuré un succès rapide. Il se fichait des histoires d'amour, et le mariage et la famille étaient très loin de ses priorités.

Dix secondes.

John adorait notre vie. Vous savez, ces couples imbus d'eux-mêmes que l'on croise et qu'on déteste sur-le-champ ? Il pouvait être comme ça, content de lui, de nous. Il ne semblait pas perturbé par le fait que Seán ait collectionné les conquêtes pendant leurs études, et même, il se fichait de n'avoir jamais couché qu'avec une seule personne. Il était satisfait, rassasié d'amour, heureux. Il était rare. Nous étions rares.

La première fois que nous avons fait l'amour, nous avions seize ans. Nous campions sur le flanc d'une colline, du côté de Wicklow. C'était une chaude nuit d'été, sans nuage. La lune était pleine, ronde et lumineuse, le ciel bleu marine, épais comme du velours, les arbres hauts, feuillus, parfumés de soleil. Pas un souffle de vent, le monde paraissait immobile. Nous avions notre petit feu de camp, un panier à pique-nique, une boîte de préservatifs et une bouteille de vin, à laquelle nous avons à peine touché, nos papilles sous-développées prenant à tort sa saveur fraîche et fruitée pour un goût de rance. Nos baisers se sont transformés en câlins, qui ont mené à du pelotage, lequel est monté crescendo vers de fébriles frictions génitales, et un hymen plus tard nous étions dans les bras l'un de l'autre, les yeux levés vers les taches de nicotine sur le nylon bleu de la tente, à nous demander pourquoi on en faisait toute une histoire.

Clo m'avait prévenue qu'il fallait de la pratique pour apprécier. Nous avons réussi à le faire quatre fois avant de retourner chez nos parents respectifs, fiers et chargés de secrets.

Cinq secondes.

Je n'étais pas prête. J'avais mal au cœur, tout en priant pour que ce soit dû au stress et non aux nausées matinales.

Merde, merde, merde. Qu'est-ce que je vais faire ? Je ne veux pas être mère. Je ne veux pas être une épouse. Je ne veux pas avoir l'impression d'être ma propre mère avant d'avoir vécu. Je veux faire des choses, je ne sais pas quoi. J'ai envie de connaître des lieux différents, je ne sais pas lesquels. Je ne suis pas prête.

Je n'avais pas dit à John que j'avais deux semaines de retard, ni que j'avais acheté un test de grossesse. Je ne lui cachais rien, d'habitude, mais j'étais convaincue d'avoir raison de ne pas l'impliquer là-dedans.

Pourquoi l'inquiéter ?

Le problème, c'est que je n'étais pas sûre que cela l'inquiéterait. Il souriait quand ma mère nous taquinait en parlant de mariage et de bébés. Au supermarché, il prenait le temps de s'arrêter pour s'extasier devant un nourrisson baveux pendant que je jouais des coudes dans les allées, impatiente de me débarrasser des courses et de sortir de là.

Deux secondes.

Il serait ravi, je le sentais dans la moelle de mes os. Pire encore, il voudrait garder le bébé. Il n'y aurait pas de mines renfrognées ni de décisions larmoyantes.

Il n'y aurait qu'impatience, projets, livres pratiques, layette. Je commençais à avoir mal au ventre.

Je ne suis pas prête.

Les mains tremblantes, j'ai retourné le bâtonnet.

Pitié, ne sois pas bleu. Je vous en supplie, mon Dieu, faites que ce ne soit pas bleu.

J'avais les yeux fermés, même si je ne me rappelais pas les avoir fermés volontairement. J'ai poussé un profond soupir, ce qui m'a rappelé que j'étais fumeuse, si bien que j'ai posé le bâtonnet et couru dans ma chambre prendre un paquet de cigarettes. Je suis revenue, et je m'en suis allumé une. J'ai inhalé à fond, bien décidée à profiter de ce qui serait peut-être ma dernière clope avant longtemps. Mon intention était de la fumer jusqu'au bout avant de lever le voile sur mon avenir. Mais mon plan a tourné court quand j'ai entendu la clé de John cliqueter dans la serrure de la porte d'entrée. Zut. Je me suis dépêchée d'éteindre ma cigarette en l'aspergeant d'eau froide, tout en agitant l'autre main comme une folle pour tenter de dissiper la fumée, qui semblait emplir entièrement l'espace confiné de la salle de bains. J'ai entendu ses pas dans l'escalier, montant vers ma cachette. Je n'avais plus le temps.

« Emma !

— Je suis là ! » ai-je crié d'une voix un peu trop stridente.

Il a essayé d'ouvrir. Je suis restée impuissante, le bâtonnet caché dans la manche de mon pull. C'était fermé à clé. J'ai soufflé, soulagée.

« Pourquoi es-tu enfermée ? m'a-t-il demandé avec suspicion.

— Je ferme toujours », ai-je prétendu un espérant qu'il perdrait momentanément la mémoire.

Raté.

« Mais non, a-t-il insisté sans cesser d'appuyer sur la poignée.

— John, bon Dieu, tu peux me ficher la paix une seconde ? » Je l'ai entendu s'éloigner vers la chambre, en marmonnant quelque chose à propos de mon humeur de dogue quand j'ai mes règles.

Si seulement !

Je me suis rassise et j'ai retourné le bâtonnet. Je l'ai contemplé pendant un temps infini. J'ai fermé la main dessus, puis je l'ai de nouveau regardé. Je me suis mordu la lèvre, à m'en faire mal. J'ai rouvert les doigts autour d'un petit rectangle merveilleusement blanc. Pas une trace de bleu. Je me suis rapprochée de la fenêtre pour l'examiner en pleine lumière. Rien. C'était clair. Pas de ligne bleue. Ma vie m'était rendue. Je n'étais pas enceinte. Même pas un tout petit peu. J'avais juste du retard, et une fête où me rendre ce soir.

Merci, mon Dieu !

En mourant à quatre-vingt-onze ans, le grand-père de Richard lui avait laissé une très large portion de son patrimoine, lui assurant une fortune considérable. Il avait été décidé que cet événement donnerait lieu à une soirée, une « fête d'héritage ». Au début, Anne s'était inquiétée que ce soit de mauvais goût.

« C'était un très vieux monsieur, qui s'est éteint au terme d'une belle vie pleine d'amour et de réussite. En quoi serait-ce lui manquer de respect que de s'amuser en son honneur ? » avais-je objecté.

La contribution de John à la question s'était résumée à : « Ça fait longtemps qu'on n'a pas fait la fête.

— Et puis, mon grand-père avait beaucoup d'humour, l'idée lui plairait, avait ajouté Richard, impatient de jouir de leur fortune toute neuve.

— C'est une idée fantastique ! Une occasion de lui rendre hommage tout en se réjouissant que nos bons amis soient blindés de thune », avait conclu Seán.

Anne avait fini par s'incliner, et c'est ainsi que le jour où j'ai découvert que je ne mettrais pas au monde une vie nouvelle est aussi celui où mon univers fut bouleversé à jamais.

Cela fait un moment que je songe à t'écrire. Je n'avais jamais vraiment imaginé que je réussirais à m'y mettre, mais du jour où je me suis décidée, cela m'est venu facilement. Les souvenirs ont quelque chose d'absurde. Certains sont vagues, d'autres limpides comme du cristal de roche ; certains trop pénibles pour être évoqués, d'autres trop douloureux pour être oubliés. On revit les moments de bonheur avec un rire chaleureux, on s'en souvient comme d'une anecdote racontée au pub, exagérée pour mieux régaler l'assistance. Les meilleurs vous tiennent compagnie pendant les soirées de solitude. Les souvenirs les plus clairs sont ceux des instants de grande euphorie ou de grande déprime. Ce que l'on retient, c'est l'émotion provoquée par la situation. Cette sensation d'incroyable exultation ou de désespoir sans fond amène le cerveau à noter des détails que l'on négligerait autrement : la couleur d'une chemise, un geste de la main, la température qu'il faisait.

On peut se rappeler les rides creusées par un sourire sur des lèvres aimées ou la manière dont les larmes vous coulaient des yeux. Mais il est ardu de mettre des mots sur la douleur, et dans la vie il y a toujours de la douleur. Elle est aussi naturelle que la naissance ou la mort. La douleur nous façonne, elle nous éduque et nous mate, elle peut détruire comme elle peut sauver. Nous avons tous des regrets – même Frank Sinatra en avait quelques-uns. Certaines tragédies sont de notre fait, mais il se produit parfois des événements incontrôlables, et quand cela arrive on en reste le souffle coupé.

Le bonheur est un cadeau. Il nous baigne de sa chaleur et nous rappelle l'existence de la beauté. Il ne faut jamais se laisser aller à croire qu'il va de soi. Jamais je n'aurais dû commettre cette erreur. Cette mince ligne bleue, c'était une des formes du bonheur. J'ignorais que, bientôt, elle représenterait pour moi une perte irrémédiable. Mais à ce moment-là je n'étais pas prête.

2

Ballon sauteur, cigarettes et rouge à lèvres

Ma mini-tragédie s'étant bien terminée, je me prélassais à présent dans mon bain, où je tâchais de me laver de la cité scolaire St Fintan's. En dépit de ma bonne fortune, j'étais d'humeur maussade, et je n'avais aucune envie de me rendre à cette fête que j'avais pourtant réclamée. La porte étant cette fois déverrouillée, John est entré. Sa mine souriante semblait indiquer que mon mouvement d'humeur était pardonné.

« Je peux te frotter le dos ? »

Je l'ai envoyé balader.

« Tu me frottes le dos, alors ? »

J'ai levé le majeur.

« Ah, ces petits salopards t'en ont fait voir ! s'est-il esclaffé.

— Ne traite pas mes élèves de petits salopards !

— Pourquoi ? Tu le fais bien, toi. Et puis quand

ils te mettent de mauvais poil c'est moi qui prends, alors j'ai le droit. »

Il n'avait pas tort.

« D'accord, je t'autorise à me remonter le moral, ai-je concédé.

— Madame est trop bonne. »

Il s'est agenouillé par terre pour jouer avec l'eau de mon bain, le regard pétillant. Mon cœur a fondu. « Bon, bon. Viens si tu veux, mais ne m'écrase pas contre les robinets. »

Il était nu avant que j'aie eu le temps de prononcer le mot « robinets ». Il s'est assis derrière moi et nous nous sommes détendus dans l'eau chaude, ses bras refermés autour de mon ventre glorieusement inhabité. Comme la baignoire débordait, je l'ai vidée un peu, puis je me suis de nouveau adossée à lui et lui ai demandé comment s'était passée sa journée. Pour toute réponse, il s'est mis à me parler d'un test psychologique fantastique qu'il avait trouvé sur le Net, me faisant aussitôt regretter ma question.

« C'est super ! Il faut que je l'essaie sur toi », m'a-t-il menacée.

Je me suis retournée pour le regarder. « Toi, tu sais parler aux femmes ! ai-je ironisé.

— C'est très marrant, tu verras. Mais il faut une feuille de papier.

— Je suis dans mon bain », lui ai-je fait remarquer tout en cherchant une position confortable.

Il a commencé à me laver le dos. « C'est hyper révélateur », a-t-il continué sur un ton qui ne me disait rien qui vaille.

J'ai émis l'idée qu'après six ans de vie commune

il devait connaître tout ce qu'il y avait à savoir sur moi. Il a esquissé un petit sourire supérieur.

« Il y a toujours des choses à apprendre, Em. Parfois, on ne se connaît même pas soi-même. Par exemple, jusqu'à hier j'ignorais que je pouvais avaler deux Big Mac, une grande frite, six Chicken McNuggets et un milk-shake au chocolat d'un seul coup sans vomir.

— Mais c'est immonde ! »

Il a vigoureusement hoché le menton, puis éclaté de rire en écartant les bras. « Eh oui, ma belle, je suis comme ça ! »

Un peu plus tard, il s'est pointé dans la chambre avec une feuille de papier et un crayon.

« John, j'essaie de m'habiller. »

Il a posé le papier et le crayon sur la commode. « Allez, quoi, c'est seulement deux questions. Dix minutes maxi. Je veux faire un essai avant la soirée. »

Je n'en revenais pas. « Tu ne comptes quand même pas faire ce test pendant la fête ?

— Em, c'est super marrant », a-t-il insisté de manière peu convaincante.

Voyant que je n'avais pas le choix, j'ai fini par prendre le crayon. « Bon, mais fais vite. Il faut que je me sèche les cheveux. »

Il a sorti les instructions de son cartable et s'est mis à lire. « Allez, choisis une couleur et écris-la. »

J'ai réfléchi une seconde et je me suis exécutée.

« Maintenant, note trois choses que tu associes à cette couleur. »

J'ai réfléchi encore un peu et inscrit quelques mots sur la feuille.

« C'est bon ? »

J'ai fait signe que oui.
« Quelle couleur as-tu choisie ?
— Le rouge.
— Bien, et les trois choses ? » Il jubilait à l'avance.
— J'ai lu mes trois choix à haute voix : « Ballon sauteur, cigarettes, rouge à lèvres.
— Quoi ? » a-t-il fait, l'air déconcerté. Son sourire s'était envolé et il me regardait bizarrement.
« Ballon sauteur, cigarettes et rouge à lèvres.
— J'ai entendu. Ça n'a aucun sens… Tu t'y prends mal. »

Je n'en croyais pas mes oreilles, et franchement j'en avais assez de ce jeu idiot. « Comment ça, je m'y prends mal ? ai-je crié dans le rugissement du sèche-cheveux. C'est un test psychologique. Tu m'as demandé de choisir trois mots que j'associe à la couleur rouge et je les ai choisis. Où est le problème ? »

Il a porté une main à son front et j'ai vu qu'il résistait à l'idée de se gratter la tête. « Comment fais-tu pour passer de la couleur rouge à un ballon sauteur, des cigarettes et du rouge à lèvres ? »

Je me battais contre un épi rebelle et n'avais pas du tout envie de rigoler, malgré ce qu'il m'avait promis. Comme je me doutais que rien de tout cela ne m'amuserait, je lui ai répondu pour avoir la paix. « Quand j'étais petite, j'avais un ballon sauteur rouge. Je fume des Marlboro, le paquet est rouge, et ma couleur de rouge à lèvres préférée, c'est le rouge. Autre chose ? » J'ai augmenté la puissance du sèche-cheveux.

« Eh bien, ça ne veut rien dire du tout », a-t-il lâché en relisant la feuille.

Puis il m'a crié quelque chose à propos des trois

mots, qui étaient censés décrire la vision que j'avais de moi-même. Ma réponse l'ayant visiblement perturbé, j'ai voulu le rasséréner : j'ai éteint le séchoir et réfléchi un instant.

« Ça révèle peut-être qu'en vérité je suis une personne sautillante accro à la nicotine, qui aime que le rouge à lèvres soit rouge. Incroyable. Tu avais raison, j'ai vraiment appris quelque chose sur moi-même. »

Pour le coup, je riais, maintenant, mais John, lui, demeurait perplexe. « Pourtant, quand on l'a fait à la fac, ça fonctionnait bien. Tu ne dois pas être normale, Em. Je te jure que ça marche sur tout le monde, à part toi. » Il a chiffonné le papier en boule et l'a jeté dans la corbeille.

Lorsqu'il est sorti de la pièce, je l'ai entendu grommeler : « Je t'en foutrais, moi, des ballons sauteurs. »

À notre arrivée, la fête battait son plein. La porte était ouverte et un couple s'embrassait sur le perron. Quand nous sommes passés devant, John a fait de gros bruits de succion. Heureusement, les amoureux n'ont pas eu l'air de l'entendre. Nous avons filé tout droit à la cuisine, où Seán était installé devant la table pour rouler un joint. John s'est laissé tomber sur une chaise à côté de lui pendant que je partais à la recherche d'Anne et Richard, que j'ai trouvés dans le salon. Anne, très affairée, veillait à ce que tout le monde passe un bon moment, pendant que Richard s'envoyait des boissons alcoolisées dans le gosier comme dans un trou béant qu'il fallait absolument combler.

Une grande banderole accrochée au-dessus de la cheminée proclamait : « PÉTÉS DE THUNE ! » J'ai souri en la voyant et dit à Anne que je trouvais ça très classe. Elle, écœurée par l'humour douteux de son mari, m'a répondu « M'en parle pas » tout en gardant le dos tourné pour ne pas la voir.

La musique était forte, les invités bavardaient, quelques-uns dansaient et tous buvaient. Je ne connaissais pas beaucoup de gens – c'étaient des collègues de nos hôtes –, si bien que je suis retournée à la cuisine, où j'ai retrouvé les deux compères avec les yeux rouges et John en proie à une quinte de toux.

Seán m'a toisée avec un large sourire idiot. « Tiens, prends une taffe », m'a-t-il dit. Ce que j'ai fait, et j'ai aussitôt senti l'arrière de mon crâne exploser.

« Nom de Dieu ! Il va me falloir un casque ! »

Ils ont pouffé de rire et Seán nous a expliqué qu'un pote lui avait envoyé d'Amsterdam, par la Poste, un échantillonnage d'herbes d'origines variées. Les petits sachets en plastique étaient accompagnés d'une carte, comme au restaurant. Nous étions tous autour de lui, à exprimer notre admiration, lorsque Anne a fait irruption dans la pièce, un plateau vide entre les mains. Il lui a suffi d'un regard.

« Ah, je vois. Une belle bande de camés. Vous êtes là depuis cinq minutes et regardez-vous ! »

Je lui ai souri. Anne était une vraie cheftaine. John disait qu'elle était adulte de naissance. Nous nous reposions tous sur elle pour être l'élément raisonnable de la bande, et elle ne nous décevait jamais.

« T'as des verres ? » lui ai-je demandé, incapable de bouger.

Elle m'a tendu deux pintes avant de repartir avec son plateau regarni de canapés. J'ai rempli la mienne de vin et celle de John de bière. Après avoir contemplé mon verre pendant quelques minutes avant d'y goûter, je me suis promis de ne plus jamais me verser du vin dans un verre à bière. Cela dit, le goût était bon. Seán avait recommencé à rouler et je me détendais enfin après ma journée stressante.

« Où est Clo ?

— Elle est là, a lâché Seán en dispersant le tabac d'une main experte.

— Où ça, là ?

— En haut avec un mec », m'a-t-il répondu avec un sourire.

Je me suis soudain sentie parfaitement réveillée.

« J'ai voulu entrer dans la chambre pour poser ma veste, a-t-il continué. C'était fermé à clé et la voix de Clo m'a crié d'aller me faire foutre. »

John s'est mis à rire. J'ai voulu aller voir si tout allait bien, mais mes jambes ne me portaient pas. Anne venait sans cesse recharger son plateau, en ne s'arrêtant que pour nous recommander d'y aller mollo. Richard, complètement bourré, pérorait dans le salon. Nous sommes restés dans la cuisine à boire, fumer, déconner.

Au bout d'un moment, Anne est revenue.

« Ça se passe bien ? lui ai-je demandé.

— Richard en est à son quatrième discours sur le thème “On est pétés de thune”. Je ne comprends pas ce qu'il a dans le crâne. » À ce moment-là, elle m'a rappelé ma mère.

Seán rigolait. « Ce qu'il a dans le crâne ? Une demi-bouteille de vodka, quatre shots de Baileys et Sambuca et au moins deux pétards », a-t-il détaillé comme s'il lisait une liste de commissions.

Ça n'a pas déridé Anne. « Oui, très drôle, Seán. T'es un vrai comique. »

Seán était tellement ivre qu'il a vraiment cru qu'elle lui faisait un compliment. « Santé ! » Il a levé son verre, aussitôt imité par John et moi.

« Quelle bande de nazes », a soupiré Anne, ce qui nous a fait exploser de rire, ravis de ce titre de noblesse. Elle a souri et levé les yeux au ciel, tel un parent amusé grondant des enfants turbulents.

Elle était en train de garnir une fois de plus ses plateaux lorsque Clo s'est pointée dans la cuisine en traînant un type derrière elle.

« Salut, tout le monde », a-t-elle lancé en soulageant Seán de son joint tout neuf. Le type restait planté les bras ballants, l'air un peu embarrassé. Elle a pris une chaise et tapoté celle d'à côté. « Assieds-toi là », a-t-elle aimablement proposé à son nouvel ami.

Mais il ne la voyait pas, trop occupé qu'il était à nous observer tandis que nous le dévisagions fixement en retour, comme seuls des gens défoncés peuvent le faire. Il s'est assis, visiblement perturbé. Nous attendions les présentations. Clo nous souriait, comme si elle avait complètement oublié l'objet sexuel à côté d'elle. John a fini par lui demander de faire les présentations.

« Ah oui ! C'est Philip. »

Anne, qui terminait de recharger un plateau, lui a souhaité la bienvenue chez elle et est repartie vers le salon. Pour notre part, nous avons continué de le fixer avec un sourire béat jusqu'à ce qu'il nous annonce qu'il allait aux toilettes. À la seconde où la porte s'est refermée derrière lui, j'ai posé la question que tout le monde avait en tête.

« Tu viens de coucher avec lui en haut ?

— Non ! a-t-elle déclaré d'un ton catégorique tout en faisant oui de la tête.

— Mais où l'as-tu ramassé, ce pauvre couillon ? a fait Seán avec tact.

— À la station de taxis. »

Nouvelle explosion de rires.

« Il faut reconnaître qu'ils sont bien, nos transports en commun », a-t-elle ajouté, et Seán l'a approuvée.

Anne est revenue. Seán l'a invitée à rester un peu avec nous, mais elle était en mission : il lui fallait des glaçons. John a noté qu'elle lui faisait penser à Doris Day dans un film des années cinquante, ce qui lui a valu son deuxième doigt d'honneur de la journée.

Là-dessus, Philip est revenu et s'est rassis. Nous nous sommes remis à l'observer fixement. Au bout de quelques secondes, il s'est décidé à parler.

« Alors comme ça c'est une fête d'héritage ? »

Tout le monde a hoché la tête.

« Et ça consiste en quoi, au juste ? » s'est-il enquis sans se démonter.

Ça nous paraissait couler de source, mais Seán a choisi de répondre quand même. « C'est lorsqu'un grand-parent très, très riche meurt à un âge très, très avancé en te laissant des tonnes de blé. »

Nous l'avons regardé en souriant, bêtement enchantés par la simplicité honnête de sa réponse. Philip n'était pas convaincu. « Donc, quelqu'un est mort ? »

John l'a regardé comme s'il était demeuré.

« Il était très vieux », a précisé Seán, qui a tiré sur le joint tout de suite après, a lentement soufflé la fumée et a souri à Philip. Il me rappelait Steve McQueen dans *Les Sept Mercenaires* et nous avons encore ri bêtement, en bons fumeurs de pétards. Philip, étant adulte, lui, est resté de marbre. Il a pris congé en prétendant qu'il allait au salon, mais nous avions déjà compris qu'il ne reviendrait pas. Nous avons attendu d'entendre claquer la porte d'entrée.

Seán a pivoté vers Clo et souligné l'évidence :

« Tu te rends compte qu'il est parti, hein ?

— Parti, mais à jamais dans nos cœurs ! »

Elle a ri de sa blague.

Je me suis tournée vers John et, avec une vivacité étonnante vu mon état, je lui ai pris le menton pour l'attirer vers moi, le regarder dans les yeux et lui dire avec le parfait accent yankee : « J'espère que tu vas m'donner quèqu'chose que j'oublierai pas, ce soir, cow-boy. »

Sans hésitation, il m'a répondu avec le même accent gouailleur : « À toi et à ta sœur, mon chou ! »

Seán, qui était en train de boire à sa canette, a failli s'étouffer devant le génie comique de son pote, dans l'hilarité générale. Anne et Richard ont fini par venir nous rejoindre. Clo a passé le joint à Anne, qui a aspiré sa première bouffée, longue et profonde. Aussitôt, la cheftaine en elle s'est volatilisée. Elle a mis quelques minutes à se rendre compte que Philip n'était plus là. Lorsqu'elle s'en est étonnée, Clo a répondu de manière laconique :

« Parti.

— … mais à jamais dans nos cœurs ! a complété John.

— Mon Dieu », a-t-elle lâché en nous voyant partir dans un nouveau fou rire.

La soirée s'est poursuivie dans cette veine relativement inepte. À un moment, John et moi avons dansé – ou plutôt nous nous retenions l'un à l'autre en ondulant. Anne a passé *Purple Rain* de Prince, qui était « notre » chanson. Nous avons encore ondulé un peu en nous remémorant le soir où nous l'avions écoutée tout en baptisant notre Ford Escort-d'occasion-toute-neuve. Nous avons souri en évoquant ce souvenir, notre étonnement quand nous avions constaté que les vitres s'embuaient réellement. À la fin du morceau, John, en voulant me faire pirouetter, m'a lâchée sans le faire exprès. Malgré ce petit raté, j'avais l'impression d'être Ginger Rogers – le pouvoir des substances psychotropes. Après m'avoir aidée à me remettre debout, il m'a embrassée et j'ai eu à nouveau seize ans. J'avais toujours seize ans dans les bras de John, et c'était une des raisons pour lesquelles je l'aimais.

Les gens ont commencé à rentrer chez eux et Clo a disparu pour aller dormir sous l'escalier, une habitude qu'elle avait prise à la fac. Insouciants, nous avons oublié de la chercher au moment de partir. Il était trois heures du matin et Richard et John étaient absorbés dans une intense conversation sur je ne sais quel match de foot à la noix. J'attendais sur le pas de la porte, j'avais sommeil et j'étais gelée.

Anne a fini par donner le signal du départ et nous sommes sortis. Nous n'avions pas encore atteint le trottoir quand je me suis rappelé que j'avais oublié mon briquet. J'ai voulu retourner le chercher, mais John a râlé en disant qu'on reviendrait plutôt le lendemain. J'ai fait la sourde oreille. Ce briquet était un Zippo plaqué argent que Nigel m'avait offert pour mes vingt et un ans. Il l'avait fait graver à mes initiales et je l'adorais, pas seulement parce que c'était un beau briquet mais aussi parce que, pour moi, il signifiait que mon frère acceptait mon mode de vie hédoniste. Et donc, malgré les protestations de John, je suis retournée dans la maison. Il m'a dit qu'il m'attendait dehors.

Anne et Richard étaient dans le salon, en train de ramasser des canettes ; Seán, dans la cuisine, fumait encore un joint. J'ai fait je ne sais quelle remarque tout en cherchant le briquet. Il m'a proposé une taffe pour la route. J'ai accepté.

« T'es belle », m'a-t-il dit gentiment.

J'ai souri en attendant la blague, mais rien n'est venu. Ses paroles sont restées suspendues dans la pièce.

« Merci, ai-je lâché avec un instant de retard.

— Pardon, je ne voulais pas te gêner, a-t-il bredouillé.

— Pas grave », ai-je fait en rougissant. J'ai trouvé mon briquet sur la table et je l'ai ramassé. Instinctivement, je me suis baissée pour faire une bise à Seán. Il a tourné la tête et j'ai senti un choc me traverser lorsque ses lèvres ont touché les miennes. Nous avons eu tous deux un mouvement de recul et il s'est mis à s'excuser avec profusion. Je ne voulais pas qu'il s'en fasse. C'était un accident et nous étions amis, ça n'avait pas d'importance.

3

La fin est proche

J'étais en train de me retourner vers l'entrée de la cuisine lorsque nous avons entendu un crissement de pneus suivi d'un écœurant choc sourd. Je n'avais pas encore vraiment pris conscience de ce bruit de fond que Seán était déjà en train de courir vers la porte. J'ai entendu Anne et Richard : ils criaient le prénom de John. J'étais soudain clouée au sol, les yeux encore rivés sur l'endroit où Seán était assis un instant plus tôt.

Anne hurlait, maintenant : « Oh mon Dieu, oh, Seigneur Jésus ! »

Mon cœur s'est mis à battre follement. J'en avais mal dans la poitrine. J'ai entendu Richard dire à Seán : « Ne le touche pas, ne le bouge pas ! »

Mes jambes se sont remises en mouvement. Voilà que je me déplaçais, que je sortais en courant, descendant dans la rue. Une fois dehors, j'ai vu mes amis. Richard m'a croisée à toute vitesse pour rentrer dans la maison.

Anne, debout au milieu de la rue, regardait fixement Seán, lui-même penché sur quelqu'un qui saignait abondamment de la tête. J'ai cherché John du regard. J'ai dû l'appeler, car Seán a relevé des yeux paniqués vers moi. En m'approchant de lui, j'ai compris que le saignement venait de la tête de John. Je me suis mise à trembler et il m'a semblé que je mettais un temps fou à aller jusqu'à lui. Je me suis laissée tomber au sol.

« John, John, John. » J'avais beau répéter son prénom, il ne bougeait pas. Le chauffard était assis sur le trottoir, les genoux serrés contre son torse. Il marmonnait qu'il ne l'avait pas vu, que John avait surgi devant sa voiture. J'ai regardé cet inconnu larmoyer en se mordillant la lèvre.

Richard est ressorti de la maison en annonçant qu'une ambulance serait là dans cinq minutes. Anne s'est hâtée de rentrer. Seán parlait à John. Il lui assurait que ça allait s'arranger et que les secours arrivaient. Pour ma part, je lui ai dit que je l'aimais et qu'il devait tenir bon. J'ai voulu le redresser pour le tenir dans mes bras, mais Seán m'en a empêchée.

« Il ne faut pas le bouger, Em. Ça va s'arranger. L'ambulance arrive.

— Réveille-toi, je t'en supplie ! » Je voulais juste voir ses yeux. « Réveille-toi, réveille-toi. »

Anne est ressortie avec des serviettes dans les mains au moment où l'ambulance s'engageait dans la rue. Les secouristes en sont descendus et nous ont demandé de nous écarter. Seán m'a tirée en arrière et m'a fermement serrée contre lui, comme s'il craignait que je m'enfuie. Richard regardait fixement le chauffard assis sur le trottoir, et dont la lèvre commençait à saigner. Anne, plantée au milieu de la chaussée, tenait toujours ses serviettes.

On m'a permis de monter dans l'ambulance avec John ; les autres ont suivi en taxi. Je lui ai tenu la main tandis que les secouristes s'activaient autour de moi. Ils l'ont branché sur des tuyaux, lui ont administré des chocs électriques.

Il était toujours endormi, mais j'ai continué à lui parler. Je lui ai dit que nous pourrions partir en vacances aussitôt qu'il serait remis et qu'il ne devait pas s'en faire, car tout allait s'arranger. Je lui ai répété un certain nombre de fois à quel point j'avais besoin de lui, et j'ai même évoqué je ne sais quel match de foot dont il se faisait une joie à l'avance.

À l'hôpital, on m'a abandonnée dans un couloir pendant qu'il disparaissait dans une pièce accessible uniquement au personnel. Une infirmière m'a guidée jusqu'à une salle d'attente et m'a demandé si je désirais un thé sucré. « Le sucre, c'est bon quand on est en état de choc », ai-je dit. Elle a approuvé et m'a adressé un sourire triste. « Je vais vous chercher ce thé. » Sur ces mots, elle s'est éclipsée.

Les autres sont arrivés peu après et ont attendu avec moi. Personne ne disait rien. J'étais terrifiée. Je savais que c'était grave. *Reste en vie, je t'en supplie. Ne t'en va pas*, répétais-je en boucle dans ma tête.

Sainte Marie, mère de Dieu, je vous supplie de le sauver. Notre Père qui êtes aux cieux, je vous en supplie. Mon Dieu, doux Jésus, je vous en supplie, sauvez-le. Gloire au Très-Haut, mais je vous en supplie, ai-je prié, après quoi j'ai prié encore.

Seán a soudain pensé à Clo. Elle était toujours dans la maison, écroulée quelque part, bienheureuse dans son ignorance de ce cauchemar. Anne est partie lui téléphoner.

Voilà que le médecin s'approchait de nous. J'ai levé la tête, et son regard a mis une éternité à croiser le mien. Il a demandé si la famille était présente. Les parents de John n'étaient pas encore arrivés. Je me suis levée. J'ai dit que j'étais la famille et je me suis avancée vers lui.

« Je suis navré. Ses blessures à la tête étaient trop graves. Nous avons fait tout notre possible. Il n'a pas souffert. »

Il était en train de m'annoncer que John était mort. Ma tête me faisait mal et mes yeux me brûlaient. J'aurais voulu arrêter mon cœur, car chaque battement était plus douloureux que le précédent. Les autres me regardaient fixement. Anne pleurait. J'essayais d'écouter le médecin par-dessus le bourdonnement qui envahissait mes oreilles. Il m'a emmenée dans la chambre dont on m'avait auparavant barré l'accès. Il est resté là une minute, à me regarder contempler le corps de John. Puis il est parti. John se trouvait dans la pièce, mais j'étais seule.

Non. Ce n'est pas en train d'arriver. Nous sommes au lit chez nous. Je suis en train de faire un cauchemar.

« Réveille-toi ! Réveille-toi ! me suis-je écriée en me pinçant fort. Allez, debout ! »

Je savais, tout au fond, que je ne rêvais pas, et pourtant je me suis pincée de plus belle. Puis je l'ai pris dans mes bras. Il était lourd et encore tiède.

« Ouvre les yeux, lui ai-je soufflé à l'oreille. C'est tout ce que tu as à faire. Les médecins s'occupent du reste. »

Mais il n'a pas voulu. La mort épaississait l'air, me gênait pour respirer. Il avait un drap blanc coincé sous le menton. Le sang avait cessé de s'écouler de sa tête et il était propre. Je voyais à nouveau son visage. Il paraissait plus jeune, comme redevenu l'adolescent qui me prenait toujours dans son équipe de basket malgré ma nullité crasse. Je lui ai repris la main et j'ai senti mon cœur se rompre.

Je me suis demandé un instant si j'allais avoir une crise cardiaque, que j'ai appelée de mes vœux. John était mort. Quelques heures plus tôt il dansait avec moi, mais à présent il était mort. J'avais de plus en plus de mal à respirer.

« Je t'aime, ai-je dit d'une voix brisée. Je voudrais vraiment que tu te réveilles, là, bon Dieu. » Je l'ai imploré, mais il n'a rien voulu entendre, et je ne pouvais pas l'accepter. J'ai embrassé ses lèvres bleuies et frotté ma joue humide contre la sienne. Je lui ai murmuré à l'oreille : « Allez, reviens ! »

Puis j'ai répété « merde » des dizaines de fois, les joues marquées de sillons rouges, mes mains gourdes et tremblantes accrochées aux siennes, qui refroidissaient peu à peu.

« Reviens, allez, je t'en supplie ! Je ferais n'importe quoi pour que tu reviennes. »

J'ai attendu… mais rien. J'ai levé les yeux vers le plafond. C'était idiot, je le savais, mais je m'en fichais.

« Dieu, si tu me le rends, je ferai tout ce que tu voudras. Je serai bonne. Pitié, pitié, pitié, rends-le-moi. Il a vingt-six ans – il n'a que vingt-six ans, merde ! Je t'en supplie, rends-le-moi. »

Ça n'a pas marché non plus. J'aurais voulu

m'allonger avec lui, mais je ne pouvais pas m'y résoudre parce que, pour la première fois de ma vie, m'étendre auprès de John me paraissait déplacé. Je me suis donc contentée de lui tenir la main et de chasser ses cheveux blonds ensanglantés de son visage, le visage avec lequel j'avais grandi, le visage sur lequel je comptais, le visage que je connaissais aussi bien que le mien mais qui était changé, maintenant. La lumière était éteinte, l'étincelle était partie, et tout ce que nous étions et avions et tout ce qu'il était et serait jamais s'était envolé. Mon garçon, mon homme, mon ami, mon défi, mon amant, mon identité gisait et devenait froid comme la pierre. Les larmes coulaient à flots de l'océan qui avait été mon cœur. J'ai retiré des poussières invisibles du drap qui le couvrait. J'ai trouvé sa main et je l'ai serrée fort.

« Je t'aime. »

Le temps s'était arrêté et je succombais à la douleur. J'ignore combien de temps je suis restée à genoux sur le carrelage froid, cramponnée à sa main comme une désespérée. À un moment, Clo est entrée. Elle pleurait. En voyant notre ami, elle a crié. Elle ne l'a pas fait exprès – c'était primal, c'est sorti tout seul, sans qu'elle puisse rien y faire. Elle a contemplé le corps qui avait été John et m'a entourée de ses bras. Je me suis entendue dire : « Au revoir, mon amour. » Clo sanglotait tandis que je tenais la main de John. La peine nous écrasait, rendant les gestes brusques presque impossibles. Nous sommes restées immobiles, immobiles comme John.

Quelqu'un avait contacté ma mère. Elle est venue me chercher avec mon père, qui restait muet, en retrait, sans bien savoir que dire ni que faire. Elle m'a prise en charge et, pour la première fois depuis ma petite enfance, j'ai été soulagée qu'elle soit si forte. Alors qu'ils m'emmenaient dehors, j'ai vu Richard consoler sa femme accablée et Seán seul dans un coin, anéanti, le regard fixe. Nous sommes rentrés à la maison. Je me revois sur la banquette arrière, fixant les lumières floues qui défilaient dans la nuit, les rouges et les jaunes des réverbères, le blanc brillant des phares. Dean Martin chantait dans le lecteur de cassettes. Il parlait d'amour. J'ai levé les yeux vers le ciel. Noir. Pas une étoile en vue. La peau de mon visage me brûlait toujours. Ma mère n'arrêtait pas de se tourner pour me regarder, presque comme si elle redoutait qu'à tout instant je puisse lui désobéir et aller rejoindre John dans la mort comme je l'avais fait dans la vie.

La maison était froide. Ma mère a mis de l'eau à bouillir pour faire du thé, mais tout ce que je voulais, c'était dormir. Elle m'a bordée dans mon lit et, d'une caresse, a chassé mes cheveux de mon front. Je ne sentais pas sa main. Mon père est resté dans le couloir pour regarder sa femme et sa fille. Elle a éteint et s'est allongée à côté de moi dans le noir, et j'ai senti sa chaleur ainsi qu'une fatigue écrasante. J'ai repensé à la mère de Clodagh et à mon étonnement, enfant, en constatant que sa réaction à la mort de son mari était de dormir. À présent, je comprenais. Le sommeil était la seule échappatoire.

4

Pas d'adieux

Les obsèques ont eu lieu deux jours plus tard. La mère de John a demandé que ce soit Nigel qui célèbre la messe. Curieusement, je ne me souviens pas de grand-chose, mais tout le monde a trouvé qu'il avait été parfait. L'église était noire de monde. Il y avait des gens de notre ancien lycée et de la fac, et bien sûr des collègues de travail, tous venus nous serrer la main et partager notre chagrin. Ils ont prononcé des paroles de compassion ; quelques-uns pleuraient. Moi, j'étais comme engourdie. Au cimetière, les gens se sont soutenus les uns les autres autour du trou béant. Le chœur de Nigel a chanté l'alléluia pendant qu'on descendait John dans le sol. Je sentais la force de mon père qui m'aidait à tenir debout, omniprésent sans être envahissant. Son cœur battait contre mon dos lorsque le cercueil a été enseveli. Il me tenait la main quand j'ai jeté une poignée de terre sur la plaque en laiton brillant portant le nom de John. J'ai entendu la souffrance de sa mère et senti sa douleur pendant que les gens défilaient en se signant. Je me rappelle avoir été guidée par les mains fermes de mes parents au moment de passer devant les fossoyeurs qui se tenaient en retrait, impatients de reboucher le trou et de rentrer chez eux, tels des vautours perchés dans un arbre en attendant le dernier souffle d'un petit veau.

Je me revois assise chez ses parents, dans le salon, entourée de mes amis, à regarder sa mère pleurer en servant les canapés. La mienne et Doreen distribuaient les boissons et se parlaient à voix basse, vérifiant qui avait une assiette et qui n'en avait pas. Doreen était notre voisine – elle avait cinquante-quatre ans, s'était présentée avec une génoise le jour de notre emménagement et, depuis, elle faisait partie des meubles. Doreen était gentille, attentionnée, drôle, vive, forte, passionnée et, par-dessus tout, c'était une vieille Dublinoise, une dure à cuire, redoutable si vous l'aviez contre vous. C'était une seconde mère pour Nigel et moi. Nous avions toujours filé chez elle au moindre problème, mais celui-ci, même la puissante Doreen ne pouvait pas le régler, et elle le savait. À défaut, elle servait à manger.

Le père de John était resté au jardin. Seul, assis sur une chaise en plastique, il buvait du whisky. Mon père est allé le rejoindre et ils sont restés là, en silence, les yeux embués. Il n'y avait rien à dire. Anne se cramponnait à Richard, terrifiée à l'idée de le lâcher, et je la comprenais. Seán, assis devant la fenêtre, fumait clope sur clope en regardant passer les voitures sans les voir. Il était impossible de ne pas lire la solitude et la culpabilité dans ses yeux et, pour moi, c'était comme mon reflet dans un miroir. Il a croisé mon regard et je me suis détournée.

C'est ma faute.

Je suis restée deux semaines chez mes parents après l'enterrement, mais je ne me sentais plus chez moi. J'étais comme en visite. Nigel est resté à mes côtés et c'était bien, mais nous étions adultes, désormais, et chaque jour donnait l'impression d'un interminable déjeuner dominical. Chacun s'efforçait de trouver les bonnes paroles, mais personne, pas même Nigel, ne savait comment s'y prendre. J'avais envie de rentrer, mais les autres craignaient qu'il n'y ait trop de souvenirs à la maison. Personne apparemment ne comprenait que je ne pourrais pas échapper à ces souvenirs et que je tenais à les serrer contre mon cœur, au contraire. Je voulais errer d'une pièce à l'autre, ramasser ses pulls et les ranger. Je voulais respirer son after-shave et m'étendre de son côté du lit. Je voulais écouter notre musique et enfouir mon visage dans ses chemises. J'avais besoin d'être aussi proche que possible de John, pour pouvoir lui demander pardon.

C'est ma faute.

Finalement, c'est Nigel qui a persuadé mes parents de desserrer l'étau. C'est lui qui leur a expliqué les sentiments que j'avais du mal à exprimer. Je devais partir, pour pouvoir commencer à ramasser les morceaux, et il le savait, tout simplement. C'est donc ce que j'ai fait. Je suis rentrée chez moi. Ma mère a pleuré sans retenue au moment de mon départ, et mon père l'a prise dans ses bras en me souriant bravement. Quand ils m'ont embrassée, ils ont eu du mal à me lâcher.

Mon père m'a serrée fort et s'est penché pour me

chuchoter à l'oreille : « Il était comme un fils pour moi. On a perdu notre gars, mais on survivra. »

Mes larmes, qui s'étaient taries quelques jours plus tôt, ont recommencé à couler, et cela m'a allégée. Ma mère hochait la tête, acquiesçant à quelqu'un d'invisible. Une fois dans la voiture, j'ai regardé droit devant moi. Quand nous avons démarré, je me suis retournée et j'ai vu mon père soutenir ma mère tremblante.

C'est ma faute.

La maison était vide et froide. Nigel a allumé le chauffage. La cuisine était en bazar, comme nous l'avions laissée. Il a commencé à ranger, mais je l'ai interrompu. Un CD de Nick Cave se trouvait dans le lecteur. John avait écouté son dernier album ce jour-là. J'avais envie d'être seule, mais Nigel a préparé du thé. J'attendais qu'il me parle des voies du Seigneur, me dise que celui-ci savait ce qu'il faisait et que John était plus heureux là-haut, mais il n'a rien dit de tel, à mon grand soulagement. Il est resté boire un café, et, une fois sûr que j'avais besoin d'être seule, il est parti. Je lui ai fait au revoir de la main en lui promettant que ça irait.

Menteuse.

J'ai passé des heures assise par terre dans le salon, à écouter Nick Cave chanter des chansons tristes, pleurant, riant, parlant à John et à moi-même, mais surtout pleurant. Je me suis repassé en boucle son message sur le répondeur.

« Salut, vous êtes bien au six cent quarante, cinquante-deux, soixante et un. On est partis sous les cocotiers, alors laissez un message et, si on vous aime bien, on vous rappellera. »

Notre chez-nous était devenu un musée et mon présent était désormais le passé. Assise dans la cuisine, j'ai contemplé son mug personnalisé, le Post-it qu'il avait laissé sur le frigo pour me rappeler de faire réparer le feu arrière de la voiture, la feuille de papier qu'il avait rapportée de la fac avec son test idiot sur les ballons sauteurs. J'ai contemplé tout ce qui avait été à lui et j'ai pleuré pendant des heures, parce qu'il n'était plus là et que c'était ma faute.

5

Les cinq étapes

Le deuil vous dévore. Le deuil vous isole. Le deuil est égoïste. Les psys spécialisés vous diront que le processus du deuil comprend cinq étapes : le déni, la colère, la négociation, la dépression et enfin l'acceptation. Moi, je pense qu'il y en a six : le déni, la colère, la négociation, la dépression, la culpabilité et, enfin, l'acceptation.

Déni

Je ne pensais à personne d'autre. Je ne pensais pas du tout. Je vivais dans mon propre passé. Enfermée à double tour dans ma tête, à me repasser le film de ma vie jusque-là. On m'avait accordé quatre semaines de congé pour deuil. Quatre semaines, pour pleurer une vie entière ! Dans l'ensemble, je restais dans ma chambre, cachée sous ma couette, à écouter l'horloge de ma grand-mère égrener le temps. Je dormais, dormais, dormais, et quand mes yeux me forçaient à me réveiller je serrais mon oreiller contre moi et je parlais à John.

« Tu te souviens, quand on a annoncé à mes parents qu'on s'installait ensemble ? Tu te rappelles comme ils ont pété un câble ? Même Nigel a eu du mal à l'avaler. Tu te souviens ? Maman est allée jusqu'à insulter le Seigneur, c'est dire. Nigel a protesté, et elle l'a engueulé comme du poisson pourri. C'est toi qui l'as calmée. Même papa était contre, et pourtant il est cool, d'habitude. Tu as été génial. Moi je braillais comme une gamine de quatorze ans, mais tu as tout arrangé. Tu as toujours été doué pour argumenter. Tu aurais pu être avocat, si tu avais voulu. Tu aurais pu être n'importe quoi. »

Une tempête de grêle faisait rage au-dehors. Mais ce ne sont pas les grêlons tambourinant contre la vitre qui m'ont fait bouger. Non, c'est un chat, miaulant comme un fou sur l'appui de la fenêtre, qui a fini par me décider à me lever. Je me suis traînée jusqu'au rideau, que j'ai écarté d'un geste brusque, dégoûtée que la réalité vienne interrompre une conversation plaisante. J'ai vu les grêlons s'abattre sur le ciment de la cour. La porte de la cabane battait en grinçant sur ses gonds. Les pots de fleurs roulaient au sol en déversant leur contenu à chaque tour. J'ai mis quelques secondes à me souvenir de ce qui m'avait attirée là. Le chat s'égosillait contre la folle qui regardait dans le vide derrière la vitre. Si les chats savaient parler, je pense que ce sont les mots « Tu vas m'ouvrir, espèce de débile ?! » que j'aurais entendus. J'ai ouvert la fenêtre, stupéfaite de voir ce minuscule chaton qui s'accrochait au rebord, de toutes ses griffes à peine formées. J'ai ramassé cette petite créature trempée, qui se résumait à peu près à deux yeux exorbités entourés de fourrure, et je l'ai portée à l'intérieur avec précaution. Je sentais son cœur minuscule battre à tout rompre dans mes mains. J'ai filé à la salle de bains pour l'envelopper d'une serviette. Assise sur le bord de la baignoire, je l'ai séché délicatement.

« Tu n'es qu'un bébé, toi. Regarde, John ! Un petit chaton. »

J'ai observé sa frimousse. On voyait tout de suite que c'était un garçon. Il avait bien une tête de petit gars, avec ses pupilles ovales noires et son pelage de jais qui restait hérissé, même trempé comme il l'était, rehaussé d'une petite tache blanche sous le menton. En fait, plus je le regardais et plus il me rappelait le binôme que John avait en physique, en classe de première : Leonard Foley. Leonard aussi avait les yeux noirs et une tignasse noire qui défiait la pesanteur. Il n'avait pas de tache blanche sous le menton, mais pour le reste la ressemblance était frappante. Leonard avait fait de nombreuses tentatives pour dompter sa crinière, mais en fin de compte la seule solution, en dehors de la boule à zéro, était de la façonner au gel pour faire une sorte de crête. Il ressemblait à un extraterrestre, mais étant fan de *Star Trek* ça lui convenait très bien, et comme il était guitariste dans le seul groupe du lycée, nous étions tous d'accord pour trouver que c'était cool. J'ai joué avec les poils de la tête du chaton et je lui ai fait une crête. Il me regardait avec méfiance tout en se frottant contre la serviette. Il ressemblait de plus en plus à Leonard.

« Salut, Leonard ! Ça marche, la musique ? Tu as signé avec un label ? »

Le chaton ne s'intéressait pas beaucoup à mon délire. Maintenant qu'il était sec, ses clameurs semblaient vouloir dire qu'il entendait être nourri. Je l'ai descendu à la cuisine et l'ai posé sur le plan de travail le temps de chercher un bol approprié. Aussitôt que je l'ai lâché il s'est mis à bouger, mais il s'est arrêté net au bord de l'évier. Il a regardé le sol, loin en contrebas, et a reculé contre la fenêtre. C'est seulement à ce moment-là que je me suis posé la question : « Mais comment un petitou comme toi s'est-il retrouvé sur un rebord de fenêtre au premier étage ? »

Il ne m'a pas répondu.

« Ce n'est pas possible. »

Leonard n'avait pas l'intention de me révéler ses secrets : il était trop occupé à tourner en rond. Je l'ai regardé dévorer un reste de thon vieux de deux jours.

« D'où viens-tu ? C'est toi qui me l'envoies, John ? Tu l'as fait venir pour me tirer du lit ? Tu n'as jamais aimé que je fasse la grasse matinée. Ça fichait en l'air la journée, tu disais. »

Leonard était rassasié. Il avait envie de dormir, après l'épreuve qu'il avait traversée. Je ne pouvais pas lui en vouloir. Après tout, affronter les éléments déchaînés sur ma fenêtre équivalait, pour nous, à survivre à un tremblement de terre. J'ai trouvé une boîte à chaussures que j'ai garnie d'une serviette propre. Quand je l'y ai déposé, il s'est immédiatement roulé en boule et a fermé les yeux. Je me suis remise sous ma couette et je l'ai regardé noyer ses soucis dans le sommeil.

« Dis, John, tu te rappelles la statue qui se déplaçait ? Tous ces milliers de gens qui faisaient le pèlerinage pour aller prier au pied de la statue de Marie dans cette grange, dans le nord du comté de Kerry. Tu te souviens quand Leonard a pris la statue de la Vierge à l'Enfant qui était devant le bureau du proviseur ? Et qu'il l'a cachée dans les toilettes des filles et a laissé un mot sur le socle : "En pause déjeuner" ? » Je riais. « Le proviseur est devenu dingue et l'a traité de blasphémateur. Des statues qui bougent ! Quelle blague ! »

Leonard a ouvert un œil pour voir quelle était la blague. Je ne riais déjà plus.

Nous nous sommes tous deux rendormis peu après.

Colère

Clo m'appelait une fois par jour.

« Ça va ?

— Oui.

— Tu as besoin de quelque chose ?

— Non.

— Tu veux que je passe ?

— Non. »

La conversation s'arrêtait là et nous étions soulagées l'une comme l'autre.

Elle n'avait pas quatre semaines de congé pour deuil, elle. Elle n'avait perdu qu'un ami, elle n'était pas de la famille. Sa douleur n'était pas estimée au même prix. Elle a repris son travail stressant dès le lendemain de l'enterrement. En entrant dans son bureau, elle a trouvé soixante-dix messages à gérer en urgence, trois communiqués de presse à écrire, une campagne photo à réaliser pour la semaine de sensibilisation aux fruits et légumes, et un client très mécontent. Elle a traité méthodiquement les messages ; expédié le client en quelques minutes ; rédigé en une heure les trois communiqués, qu'elle a même livrés avec un peu d'avance.

La campagne photo, en revanche, a été un cauchemar.

Deux filles anorexiques, l'une costumée en chou, l'autre en pomme, transies et ronchons, attendant qu'un assistant vienne livrer l'étalage de fruits : il était coincé dans un embouteillage sur la M50. Les filles devaient batailler contre des gamins qui se moquaient de leurs déguisements, pendant que le photographe râlait à cause du temps perdu. Clo est restée professionnelle de bout en bout.

Elle a terminé sa journée à dix-neuf heures passées et a regagné son appartement vide, le moral à zéro. Quand elle a voulu prendre du café dans un placard, il lui a échappé des mains et elle a entendu l'épais bocal heurter son crâne avant de le sentir. Le bocal a poursuivi sa chute. Clo a failli le rattraper, mais il a glissé une fois de plus. Il s'est fracassé sur le carrelage blanc, les grains jaillissant de leur prison de verre pour reprendre leur liberté.

« Ça suffit ! » La chaleur a soudain flambé en elle. Une éruption de larmes lui brûlait les yeux. « Tout ce que je voulais, c'était une tasse de café, merde ! C'est vraiment trop demander ? M'en fous, je ramasse pas ! Je m'occupe pas de ça, fait chier ! »

Elle est allée au buffet, en pleurs, furieuse. Là, elle s'est mise à en sortir les verres et à les projeter dans la pièce pour les voir s'écraser contre le mur. Avec une tasse, elle a visé une photo de voilier voguant sur une mer bleue encadrée au mur. Elle l'a lancée avec la concentration et la précision d'un champion de base-ball. La porcelaine s'est brisée à l'impact, déchirant l'image et abîmant le cadre, qui est resté de travers. Clo a hurlé, pleuré, dansé sur les grains de café et les bris de verre. Puis elle s'est arrêtée net, le cœur battant comme pour s'échapper de sa poitrine, les mains tremblantes, les pensées brouillées.

Assez.

Assise par terre dans sa cuisine, elle gémissait en essayant vaguement de ramasser les fruits de sa rage destructrice avec une pelle et une balayette, lorsqu'on a sonné à l'interphone.

« Allez vous faire foutre ! » s'est-elle égosillée, consciente qu'un visiteur ne pouvait pas l'entendre quatre étages plus bas dans une rue animée. Elle a décroché au cinquième coup de sonnette. C'était sa mère.

« Clodagh, ouvre-moi.

— Je veux être seule.

— Ouvre-moi, bon Dieu !

— Fous-moi la paix ! »

Elle a fait entrer sa mère. Pendant que l'ascenseur montait, elle a contemplé la cuisine.

« La paix ! » a-t-elle encore crié devant le plan de travail avant de briser une assiette innocente qui traînait dans l'évier. Elle est allée ouvrir une minute plus tard.

« Oh, chérie ! Viens là, tu es toute morveuse. » Sa mère a pris un mouchoir dans sa poche. « Souffle ! »

Elle a soufflé fort, et sa mère l'a tenue dans ses bras pendant qu'elle pleurait en lançant des jurons. Sa mère aussi était en larmes.

Plus tard, Clodagh, rincée, lui a demandé de parler du père qu'elle n'avait pas connu.

« Il adorait le rock des Boomtown Rats. Toujours en colère, ce groupe… Ça lui plaisait. Il était très politisé. Il voulait du changement. "La vieille Irlande est morte et enterrée", disait-il. Il était passionné, engagé. » Clo la regardait s'adoucir un peu plus à chaque souvenir évoqué. « Quand il riait, toute la salle riait avec lui. Et il était têtu, comme toi. »

Clo a souri sans se vexer le moins du monde.

« Il avait toujours raison, même quand il avait tort. Il aimait la plage et les bateaux. »

Clo a noté dans sa tête de remplacer la photo déchirée.

« C'était un hyperactif – il avait toujours un plan en tête pour gagner de l'argent. Parfois, il me rendait folle.

— Comme moi, a fait Clo avec une tentative de sourire.

— Comme toi », a reconnu sa mère en lui caressant les cheveux.

Le moment guimauve est rapidement passé et Clo a senti la brûlure remonter en elle. « Ce n'est pas juste. Je suis tellement en colère !

— Je sais. L'état de la cuisine ne laisse pas tellement de doutes là-dessus. »

Clo n'a pas pu s'empêcher de rire. Elle avait cru que sa mère n'avait pas remarqué le bazar dans la pièce à côté.

« Tu sais, quand ton papa est mort, tu n'avais que cinq ans, mais le jour de son enterrement tu as cassé toutes les tasses et les soucoupes de ta dînette, alors qu'elle était en plastique. Et là, j'ai su que tu avais compris que ton père ne reviendrait pas. Tu étais déjà comme ça. Rien n'a changé. »

Clodagh a eu l'impression de se dissoudre. « Comment ça ?

— Et bien, tu casses toujours de la vaisselle. »

Clo a encore pleuré, pour sa mère, pour son ami, pour moi, pour elle-même. Et pendant tout ce temps sa mère l'a tenue dans ses bras en lui promettant qu'elle survivrait.

Négociation

Nigel venait me voir tous les deux ou trois jours. Il restait avec moi le temps de s'assurer que ça allait, puis il repartait. Il passait le plus clair de son temps à prier. John et lui étaient amis… Non, ils étaient plus proches que ça. Ils avaient grandi ensemble. Nigel avait deux ans de plus que John, mais il y avait eu un déclic entre eux. John admirait tous ces traits de caractère que je trouvais jadis si pénibles. Il aimait le fait que Nigel ne soit pas moutonnier, il aimait parler avec lui d'autre chose que la triade foot/bagnoles/filles qui régissait l'univers. John, de son côté, faisait rire Nigel aux éclats, à en avoir mal aux côtes. Cela allait lui manquer. Leurs débats sur la religion lui manqueraient aussi. Dieu contre la science : un sujet de prédilection qu'ils avaient en commun, auquel ils revenaient sans cesse.

Mon Dieu, je vous en prie, faites que je n'oublie pas. Si vous avez dû le prendre, au moins faites que je continue d'entendre son rire !

Il aurait voulu pouvoir nous assurer que John était en paix, que sa mort portait en elle une résurrection au paradis et que nous devions nous réjouir pour lui, célébrer son arrivée au royaume des Cieux. Mais il en était incapable. Il n'en avait pas le cœur. Son ami lui manquait trop.

Mon Dieu, faites que je comprenne un jour.

Il gérait sa peine de la seule manière qu'il connaissait. Il disait la messe ; il rendait des visites à la maison de retraite, à l'hôpital ; il assura une conférence prévue depuis longtemps à l'école. À la fin de chaque journée, il regagnait la maison qu'il partageait avec le père Rafferty, un sexagénaire originaire de Cork. Le père Rafferty regardait le journal télévisé pendant qu'il préparait le dîner. Nigel mangeait en silence, en adressant des hochements de tête intermittents à son colocataire, qui se rendait consciencieusement malade d'inquiétude devant l'état du monde. Lorsqu'il s'échappait enfin dans sa chambre, il mettait du Nina Simone dans son lecteur CD et l'écoutait chanter le chagrin, à genoux au pied de son lit, les mains jointes en prière.

Je vous en prie, mon Dieu, je vous ai consacré ma vie, soulagez-moi de cette peine. Je m'incline devant vous. Épargnez-moi cette solitude.

Comme je devais l'apprendre bien plus tard, Nigel avait rencontré Laura à une vente de charité. Elle avait confectionné plus de quatre cents muffins aux raisins secs en soutien à la lutte contre le cancer du sein. Sa mère en était morte, et elle trouvait que le moins qu'elle puisse faire était de lever des fonds pour la recherche. Elle était communicative et chaleureuse. Beaucoup de gens ont du mal à bavarder de manière naturelle avec les prêtres. Nigel était désarmé. Il appréciait son ouverture et sa simplicité. Laura n'avait pas peur de dire ce qu'elle pensait, et pas peur non plus de l'écouter. Ils étaient allés boire un café et elle avait évoqué le souvenir de sa mère, souriant et riant à de vieilles anecdotes. Elle lui avait conté sa triste histoire avec humour, sans la moindre culpabilité, et il avait trouvé cela rafraîchissant. Nigel s'était surpris à parler de lui-même à son tour. C'était une nouveauté pour lui, et un plaisir inattendu. Ils s'étaient recroisés à plusieurs reprises, parfois réellement par hasard, parfois seulement en apparence. Il n'y avait jamais rien eu d'intime entre eux et il ne l'envisageait même pas, mais cette amitié nouvelle le faisait quand même culpabiliser. Cela datait d'avant la mort de John, et à présent la solitude qu'il ressentait depuis si longtemps devenait insoutenable.

Seigneur, je vous supplie à genoux. Pitié, je vous en prie, soulagez-moi de cette solitude.

Un soir, il a pris son manteau et il est passé sans un mot devant le père Rafferty, qui faisait du repassage. Il a fermé la porte derrière lui et s'est engagé dans la rue, prêt à héler le premier taxi.

Il est arrivé sans s'être annoncé. Laura lui a ouvert avec un sourire allègre. Elle l'a fait entrer dans son salon douillet. Il s'est laissé tomber dans le canapé. Des bougies brûlaient sur la cheminée. Il faisait sombre, à l'exception d'une lampe posée à côté d'un fauteuil sur lequel un livre était ouvert. Il la dérangeait ; il n'avait aucune raison de se trouver là. Se sentir si embarrassé le prenait de court.

« Seriez-vous plus à l'aise si j'allumais le plafonnier ? a-t-elle proposé, consciente de sa gêne.

— Non, pardon, j'ai eu tort de venir. » Il a baissé la tête pour fuir son regard.

« Au contraire, je pense que c'est précisément ce dont vous aviez besoin. Le temps de préparer un thé, et vous allez me dire ce qui ne va pas. »

Il a hoché la tête.

Plus tard, elle s'est installée dans son fauteuil et

Nigel lui a parlé de son ami, fauché par un accident. Il a décrit sa colère et sa honte, s'est épanché, a exprimé son chagrin, ses regrets, et même quelques angoisses.

Puis il s'est retrouvé dans ses bras. Elle le tenait contre elle et il a pleuré sur son épaule tandis qu'elle lui frottait le dos en tâchant de le rassurer. Il sentait son souffle dans son cou et sa joue contre la sienne. Il a inhalé son parfum et senti ses seins pressés contre sa tunique. Il a eu un mouvement de recul, alarmé par la tension qu'il sentait monter dans son caleçon. « Je ferais mieux de partir. »

Elle a acquiescé. « Si vous avez besoin de quoi que ce soit… »

Elle l'a raccompagné à la porte et il n'a pu s'empêcher de la serrer dans ses bras.

« Merci.

— De rien, revenez quand vous voulez », lui a-t-elle répondu avec un petit air triste.

Elle l'a regardé s'éloigner dans l'allée et franchir le portail. Il ne s'est pas retourné. Elle a refermé sa porte.

Nigel est rentré chez lui à pied ce soir-là. Cela lui a pris une bonne heure, qui a paru une poignée de minutes. Il avait mal à la tête.

Je la désirais. Oh mon Dieu, aidez-moi, je suis complètement perdu ! Je vous en prie, je suis à vous, donnez-moi la force !

Dépression

Seán, après les obsèques, a filé droit vers le pub. Il s'est installé seul au coin du bar, a vidé ses poches, a placé tout l'argent qu'il avait devant lui sur le comptoir et a commandé un whisky, puis un autre, puis encore un autre. Il a continué ainsi tant qu'il a pu payer. Il n'a parlé à personne ; il n'était pas là pour bavasser ni pour draguer, ce qui a dû étonner quelques habitués. Lorsqu'il est tombé de son tabouret, le barman a cessé de le servir. Il n'a pas protesté, n'a pas fait d'esclandre – il s'est contenté de rempocher son reste de monnaie et de sortir en titubant, aussi silencieusement qu'il était entré. Il est allé s'acheter quelques bouteilles à la boutique d'à côté, en payant avec sa carte Visa lorsqu'il s'est aperçu qu'il n'avait même plus en poche de quoi s'offrir un kebab. Il a fallu l'aider pour repartir : le mélange des douze whiskys et de l'air frais lui était tombé dessus, et il ne tenait plus bien sur ses jambes. Il ne se rappelle pas comment il est rentré chez lui. Il ne sait plus quel moyen de transport il a emprunté ni comment il a réussi à loger la clé dans la serrure. Il s'est retrouvé dans son fauteuil préféré, un vieux siège déglingué qui vous avalait entièrement lorsqu'on s'y asseyait. Clo l'appelait « le Lotus ».

Il n'en est pas sorti de la nuit. Il est resté assis dans le noir à boire au goulot, sans se soucier des dommages qu'il infligeait à son corps fatigué.

À quoi bon ?

Il a posé une semaine de congé qui lui était due depuis longtemps et, à partir de là, il est resté dans son vieux fauteuil, dans le salon de son petit appartement, entouré de ses livres qui couvraient les murs. Il n'était pas près de se remettre à lire – ses yeux lui faisaient trop mal. Le lecteur de CD dans le coin est resté muet : le son lui blessait les tympans. La télé aussi est demeurée en veille. La nourriture était devenue un concept étranger ; il avait oublié comment avaler des solides. Il n'arrivait même pas à dormir. Il s'est contenté de boire jusqu'au néant.

Il ne répondait pas au téléphone et n'ouvrait pas la porte. Il n'était pas en état, et au bout d'un moment il ne les a même plus entendus. Il s'endormait, mais son esprit troublé le réveillait rapidement. Sa tête oscillait, puis tombait en avant ; il la relevait brusquement, les yeux fermés. C'est arrivé un certain nombre de fois avant qu'il succombe enfin à un sommeil profond.

John était là, et pendant un moment tout était en bonne voie. Seán était assis dans le Lotus à côté de son lit d'hôpital. John se tournait vers lui et lui disait : « Putain, t'as une mine de déterré ! »

Seán hochait la tête en souriant. « Tu nous as foutu la trouille », disait-il, et John se redressait dans son lit, tout joyeux.

« J'adore faire ma star, tu sais bien.

— C'est pas drôle. On te croyait mort. »

Seán s'est approché de la fenêtre, fasciné par le soleil qui semblait danser dans les airs tel un ballon orange vif. Il entendait John rire derrière lui.

« Personne ne meurt… On s'en va ailleurs, c'est tout. »

Il essayait de se détourner de la fenêtre, mais ses yeux restaient rivés sur le soleil.

« Ouais. Bon, ben je suis content que tu sois resté, répondait-il, luttant toujours pour se tourner vers John.

— Je ne suis pas resté. »

Soudain libéré, il s'est retourné, mais c'était trop tard : il se trouvait face à un lit vide et là il se réveillait, secoué par ses propres pleurs. Le rêve était à peu près toujours le même. Un détail changeait de temps en temps : au lieu d'un soleil dansant, c'était une lune jaune ou un nuage blanc. Une fois, même, ce fut un M&M's au chocolat.

Il buvait depuis cinq jours d'affilée lorsqu'une clé a tourné dans sa serrure. Jackie, une fille avec qui il couchait, est entrée tout en frappant.

« Hé, ho ! Il y a quelqu'un ? »

Incapable de réagir, il est resté assis, ivre mort, épuisé, hanté, avec un soupçon de gueule de bois. Elle est apparue au-dessus de lui, découvrant le bazar qu'il avait réussi à mettre chez lui en cinq jours : les bouteilles vides qui jonchaient le sol, les montagnes de mégots dans le cendrier, l'odeur de gnôle, qui lui a presque coupé le souffle. Il avait les yeux rouges et à vif. Il était d'une saleté immonde, ne s'étant pas changé depuis cinq jours. Ses doigts étaient jaunis et tremblants. Il transpirait abondamment.

« C'est pas vrai ! Dans quel état tu t'es mis ! »

Il a continué à regarder dans le vide en tirant à fond sur sa cigarette, et elle n'aurait su déterminer s'il l'ignorait délibérément ou s'il n'avait même pas remarqué sa présence. En allant chercher un gant de toilette dans la salle de bains, elle a glissé sur du vomi et a eu un haut-le-cœur.

« C'est pas possible, on dirait Shane MacGowan ! »

Elle a nettoyé sa chaussure comme elle a pu et fermé derrière elle en sortant de la salle de bains. Puis elle s'est lentement approchée, en veillant à éviter les gestes brusques. Lorsqu'elle a enfin été près de lui, il n'a pas bougé d'un cil. Elle s'est agenouillée à une distance prudente, craignant de tendre la main vers lui, et a essayé d'établir un contact.

« Seán… Seán… Seán… »

Rien.

« C'est moi, Jackie, a-t-elle dit en pointant le doigt vers elle-même.

— Je sais qui tu es. J'suis pas aveugle, a-t-il fait d'une voix pâteuse, concentré sur le sol.

— Alors regarde-moi. »

Il ne voulait pas. Il ne se souvenait pas de lui avoir donné des clés, et cela le contrariait. Il ne la connaissait même pas si bien que ça.

« Va-t'en.

— Je sais que tu as perdu ton ami, mais c'est ridicule, enfin. » Elle faisait des gestes pour montrer la pièce, et cela lui a fait tourner la tête.

« Alors casse-toi, est-il parvenu à articuler avant de se renfoncer dans le Lotus.

— Je partirai quand tu te seras douché, changé, et que tu auras jeté ces foutues bouteilles. »

Sa sollicitude n'a pas été bien reçue.

« Barre-toi, c'est tout.

— Je ne peux pas.

— Mais dégage, je te dis ! »

Elle ne bougeait toujours pas. Il a rassemblé ses maigres forces pour prendre l'air le plus menaçant possible.

« Sors de chez moi ! Je veux pas te voir. J'ai rien à te dire. Tu me plais même pas. » Il a ramassé une bouteille et en a avalé les dernières gouttes.

« Tu vas mal, c'est tout, a-t-elle repris calmement en se relevant pour reprendre un semblant de contrôle. Tu es juste bourré. »

Il a levé vers elle ses yeux vitreux, grimaçant contre cette inconnue, qui, lorsqu'on la regardait bien, n'était même pas vraiment attirante. Si elle ne voulait pas s'en aller, il allait lui en donner envie. « Moi, j'suis bourré, et toi, t'es une salope. » Il s'est rallumé une cigarette, assuré qu'elle ne tarderait plus à partir.

« Espèce d'enfoiré, a-t-elle lâché. C'est toi, le salaud ; c'est toi qui es incapable de vivre une histoire, alors ne rejette pas tes problèmes sur moi. »

Il était trop indifférent pour répondre.

La fille avait maintenant les larmes aux yeux. « J'aurais voulu que ça marche entre nous, mais il faut être deux pour ça. » Elle s'est dirigée vers la porte.

« T'oublies pas quelque chose ? » lui a-t-il lancé en refermant les yeux avec soulagement.

Elle s'est retournée et a regardé autour d'elle sans comprendre.

« Mes clés. »

Elle les a jetées sur la table en verre, renversant au passage une canette pleine de mégots détrempés. Il ne lui a pas accordé un regard. Jackie est partie en claquant la porte. Alors il a rouvert les yeux, et les larmes qui refusaient depuis si longtemps de monter ont coulé librement.

Acceptation

Anne et Richard souffraient, comme nous tous. Eux aussi sont passés par des phases d'incrédulité, de colère, de dépression et de culpabilité, mais au moins chacun avait l'autre et trouvait en lui l'espoir et le réconfort que nous avions perdus. Lorsque Richard se sentait trop bouleversé, Anne était à ses côtés. Quand le chagrin écrasait Anne, elle avait les bras de Richard. Leur ami leur manquait, mais par bonheur ils étaient deux.

Une semaine après leur fête d'héritage, ils se sont retrouvés assis dans leur canapé, accrochés l'un à l'autre, regardant John prononcer son discours de garçon d'honneur à leur mariage. Il tirait sur sa cravate, hilare, et renversait sans le faire exprès une petite pile de télégrammes.

« Je ne vais pas vous tenir la jambe trop longtemps… » Une pause. Un sourire. « … contrairement à la maman d'Anne. »

Le public éclatait de rire. La personne qui filmait tournait la caméra vers la mère d'Anne, qui feignait joyeusement d'être gênée tout en articulant sans bruit : « Arrêtez, arrêtez ! »

Une fois l'action terminée, la caméra revenait à l'orateur. « Je vais simplement vous lire quelques messages de gens qui ont eu la flemme de venir. »

Encore des rires. Anne était radieuse dans sa robe de mariée. Richard se tamponnait les yeux, souriant à sa femme.

Quatre ans après, Anne se retrouvait en train de visionner son ami mort en pleurant dans les bras de son mari. Ils se soutenaient mutuellement en regardant John attendre son tour pour embrasser la mariée et faire le pitre. Il les repoussait, leur donnait l'accolade, les faisait tourner, enivré par leur joie. En le revoyant, ils ont versé des larmes, mais ils ont ri aussi. C'était plus fort qu'eux : il était drôle, quand il voulait. Ils se sont raconté des histoires : quand il avait été malin, quand il avait été idiot ; ils ont évoqué ses mauvaises habitudes et ses maximes préférées. Ils se sont remémoré les bons moments et quelques mauvais. Ils se sont souvenus de lui, et ce faisant ils ont commencé à accepter.

6

Un ours et un lapin…

Je me suis réveillée un vendredi matin. John était mort depuis un mois. J'ai serré son oreiller, qui avait encore son odeur parce que je l'avais parfumé avec son after-shave après m'être décidée à le laver. Il était tôt et j'avais encore quelques heures devant moi avant d'aller au collège, si bien que j'ai voulu me rendormir, mais mon corps s'est refusé à coopérer. J'étais parfaitement éveillée pour la première fois depuis l'accident. Je m'obstinais à fermer les yeux mais ils brûlaient de se rouvrir. Énervée, je me suis assise ; j'avais sincèrement envie de pleurer, mais mes yeux sont restés secs. Après quelques tentatives, j'ai renoncé et je suis sortie de mon lit. J'ai pris un bain toute seule et joué du bout des orteils avec les robinets, mais cela m'a assez vite lassée. Je suis restée étendue dans l'eau en me rappelant les bras de John autour de moi. Je me suis remémoré notre premier baiser, sur le muret devant chez moi, son air enchanté le jour où j'avais sorti de mon sac une boîte de préservatifs dans la cour du lycée, notre voyage en Amérique, notre chez-nous, nos rêves, son visage, son sourire, ses yeux, son cœur, et toujours pas de larmes.

Mais que... ?

J'en étais malade. Je voulais le pleurer parce que les pleurs étaient tout ce qui me restait, et apparemment même cela m'était désormais refusé. C'était injuste.

« Merde ! » ai-je crié au rideau de douche. « Merde à tout ça ! » ai-je rugi. « Et toi, Dieu, va te faire foutre ! » ai-je braillé contre le plafond.

Non contente d'avoir envoyé balader Dieu le père, je me suis attaquée au reste de la famille. « Jésus, Marie, Joseph, bande d'enfoirés ! »

Puis je suis passée à Allah et à Bouddha au cas où, et même Judas a fini par décrocher une mention.

« Pourquoi ? Pourquoi me l'as-tu pris, espèce de salopard ? Tu ne pouvais pas le laisser vivre ? »

Sans surprise, je n'ai pas reçu de réponse, mais quand j'ai glissé en sortant de la baignoire j'ai fugacement songé que c'était peut-être la monnaie de ma pièce, si bien que j'ai adressé un doigt d'honneur au plafond en grommelant : « Faudra trouver mieux que ça, trouduc ! »

Après quoi j'ai vaqué à mes occupations, en vérifiant tout de même l'état de chaque appareil électrique avant de m'en servir.

Mes élèves étaient parfaitement sages depuis mon retour. Quand j'entrais en classe, au lieu du chahut habituel, j'étais accueillie par un grand silence. Les petits malins ne faisaient plus les malins, les pipelettes se taisaient et les fayots hésitaient à lever la main pour étaler leur science. J'étais renfermée et fragile. Ma douleur à nu se propageait à tous ceux qui posaient les yeux dessus, y compris mes élèves, et je m'en voulais. Le chagrin emplissait chacune des salles où je mettais les pieds tel un brouillard qui ne se dissipait qu'après mon départ. C'était mon dernier cours de la journée. J'enseignais l'histoire à une classe de quatrième et nous avions attaqué la Réforme. J'ai demandé à Jackie Connor de lire un paragraphe sur l'Église luthérienne et je me suis abîmée dans mes pensées. Par la fenêtre, je regardais deux pigeons se bécoter sur le toit de l'école lorsque j'ai entendu Rory McGuire m'appeler.

« Madame ? Madame ? Est-ce que ça va ? »

J'ai émergé de la brume et je lui ai souri. « Tout va bien, Rory, pourquoi cette question ? »

Il s'est tourné vers ses camarades, qui regardaient leurs chaussures. Il s'est raclé la gorge. « Euh, madame, ça fait cinq minutes que Jackie a fini de lire. »

J'ai senti des larmes jaillir dans mes yeux, que j'ai levés vers le plafond et les Cieux. *Oh bordel, ce matin je t'ai supplié de me laisser pleurer, et rien. Et maintenant, devant vingt-cinq gamins, espèce de...*

J'ai coupé court à cette pensée et tâché de me ressaisir. « Y a-t-il des questions ? » ai-je demandé avec entrain.

La classe est restée muette.

« Bon. Bien. D'accord. » J'ai cherché le livre sur mon bureau, en vain. Je devais avoir l'air désemparé, car Jane Griffin, au premier rang, m'a tendu le sien.

« Tenez, madame, on en est au milieu de la page. »

Je lui ai souri avec embarras. « Merci, Jane. »

J'ai regardé le texte, mais j'avais du mal à lire. Je me répétais *Plus que dix minutes avant la sonnerie*, mais soudain mon cœur s'est mis à battre la chamade et mes mains sont devenues moites. Je me suis demandé si je ne faisais pas une crise de panique. *Reprends-toi*. J'ai tout fait pour me concentrer, mais j'ai fini par renoncer : j'ai demandé à David Morris de lire le paragraphe suivant, en priant pour que la cloche sonne. Lorsqu'elle a fini par retentir, toute la classe a soupiré de soulagement et les élèves sont sortis presque en courant. Je suis restée assise à mon pupitre, les yeux fermés et la tête entre les mains, réfugiée dans le noir. Je n'avais pas remarqué que Declan Morgan était resté à sa place. J'ai entendu quelqu'un dire « Madame » et j'ai relevé les yeux.

« Declan, pardon, je ne t'avais pas vu. Que veux-tu ? » lui ai-je demandé sans croiser son regard.

Lui me fixait sans détour. « Je voulais juste vous dire que j'étais désolé pour votre ami. C'est terrible, ce qui lui est arrivé. »

Sa gentillesse m'a sciée. Touchée en plein cœur, j'ai de nouveau eu envie de pleurer. « Merci », suis-je parvenue à articuler.

Il s'est levé pour partir mais s'est arrêté. « Madame ?

— Oui, Declan ?

— Je peux vous raconter une blague ? »

J'ai souri malgré moi.

Il a laissé tomber son sac par terre et est revenu vers moi. « C'est un ours et un lapin qui chient dans les bois. L'ours se tourne vers le lapin et lui demande : “Dis donc, lapin, est-ce que la merde te colle aux poils ?” “Non”, répond le lapin. Alors l'ours le prend et il se torche avec. » Il a souri comme pour me demander : « Vous pigez ? »

J'aurais dû lui faire des reproches sur son vocabulaire, mais j'ai ri, et en me voyant rire il s'est autorisé à faire de même.

« Elle est très bonne, ai-je dit.

— Je sais. » Son air réjoui m'a rappelé John adolescent. Il a tourné les talons pour partir.

« Declan ! »

Il s'est arrêté.

« Tu habites au bout de ma rue, c'est bien ça ?

— Oui.

— Tu veux que je te raccompagne en voiture ? »

Il a souri. « Seulement si vous me laissez conduire. »

J'ai protesté avec amusement. Il m'a attendue le temps que je rassemble mes affaires, et pendant quelques minutes tout a été normal. Declan m'a ouvert la porte.

« Merci », lui ai-je soufflé avec effusion, et nous savions tous les deux que je parlais du fond du cœur.

Ce soir-là, Clodagh s'est encore pointée avec un ragoût de sa mère.

« Combien de temps va-t-elle continuer à me préparer des ragoûts ? ai-je demandé.

— Pas longtemps. À peu près six mois, je dirais », m'a répondu Clo sur un ton enjoué.

Je l'ai mis au congélo, par-dessus le ragoût et les lasagnes de la semaine précédente.

Clo s'est assise. « Elle veut juste se rendre utile, Em. »

J'ai acquiescé, impatiente de me sentir à nouveau normale. Je me suis tournée vers elle en souriant.

« J'ai un élève qui m'a raconté une blague aujourd'hui. Très marrante. »

Elle a eu l'air surprise. « Raconte.

— Bon… » Soudain, j'ai constaté que je ne m'en souvenais plus. « C'était une histoire d'ours qui chie sur un lapin, un truc comme ça. J'ai bien ri, ai-je piteusement lâché.

— Un ours qui chie sur un lapin ? Je suis morte de rire. Bon Dieu, Em, il faut vraiment qu'on te sorte un peu. »

Nous avons pouffé, et c'était la première fois que nous passions une seconde appréciable ensemble depuis l'accident. La brume se dissipait et j'ai une fois de plus remercié Declan dans ma tête. Plus tard, nous nous sommes installées au salon avec du café et j'ai demandé à Clo des nouvelles de Seán. Je ne l'avais pas beaucoup vu depuis l'enterrement. Il avait sonné chez moi une poignée de fois, mais j'avais fait semblant d'être absente et je m'étais cachée derrière les rideaux pour le regarder repartir dans la rue. Je n'avais pas le courage de l'affronter, et apparemment c'était réciproque.

« Ça va, a-t-elle lâché, mais elle mentait horriblement mal.

— Qu'est-ce qu'il a ?

— Rien, rien. »

Cela m'a mise en colère. « J'aimerais que tu me dises les choses !

— Ça veut dire quoi, ça ? s'est-elle rebiffée, piquée au vif.

— Arrête de me cacher des trucs. C'est John qui est mort, pas moi. Parle-moi comme avant, c'est tout. » Les larmes m'ont brûlé les yeux pour la quatrième fois de la journée, c'est-à-dire déjà nettement moins que la veille.

Elle a posé sur moi un regard vitreux. « Il me manque, Em ! a-t-elle larmoyé. J'ai mal au cœur en permanence et je ne sais pas quoi dire. » Elle a continué, comme un torrent. « Je devrais savoir, me débrouiller mieux, à cause de mon père, ou peut-être qu'au contraire à cause de sa mort je sais que je ne peux rien faire pour arranger les choses. Je voudrais pouvoir dire les mots magiques. J'aimerais les connaître. Je devrais, mais ce n'est pas le cas. »

Quel soulagement ! Je suis allée la rejoindre sur le canapé. Je lui ai dit qu'on s'en sortirait, et elle m'a prise dans ses bras.

Alors, nous avons eu notre première réelle conversation depuis la mort de John. Elle m'a parlé d'un riche client qui lui envoyait tout le temps des fleurs. Elle a parlé de Seán, qui s'était fermé comme une huître, de sa crainte qu'il fume beaucoup trop de shit. Il lui avait promis d'arrêter, mais elle se demandait s'il n'avait pas dit ça juste pour qu'elle lui fiche la paix.

Elle m'a raconté que deux semaines avant Anne, qui avait du retard dans ses règles, avait fait un test de grossesse au café Bewley's, mais qu'il s'était révélé négatif. Je n'en revenais pas qu'Anne ne m'en ait rien dit.

« C'est que… avec tout ce que tu traverses… » Clo s'est interrompue, a réfléchi une seconde, puis a repris d'un ton ferme : « Mais on va arrêter d'être comme ça. »

Nous avons souri l'une comme l'autre. Elle s'est confortablement pelotonnée dans le canapé. « Em, puisqu'on se dit tout, encore une petite chose.

— Quoi donc ?

— Je t'en supplie, arrête de porter le déodorant de John. Il pue sur toi, et ça fait bizarre.

— Compris, ai-je concédé, triste mais soulagée. Pour être honnête, il m'irrite la peau. »

Nous sommes restées silencieuses, à écouter de la musique, et au bout d'un moment je lui ai demandé si elle pensait encore à son père. Elle a réfléchi un peu avant de répondre.

« De temps en temps », a-t-elle dit. Puis elle m'a raconté que, même s'il était parti depuis longtemps sans qu'elle l'ait vraiment connu, de temps à autre elle apercevait dans la rue une silhouette qui lui ressemblait ou elle trouvait une photo de lui, ou alors elle voyait une rediffusion d'un feuilleton dont sa mère disait qu'il l'aimait, et ça la faisait sourire. Ça n'était pas grand-chose à quoi se raccrocher, mais apparemment c'était suffisant. Elle m'a dit que, d'après sa mère, la peine finissait par s'adoucir. Je me souvenais vaguement de Clo pleurant dans ses chaussons-lapins et du médecin emmenant sa mère hurlante à l'étage, des années plus tôt. J'étais encore incapable d'imaginer que la douleur dans ma poitrine puisse un jour s'alléger et, tout au fond de moi, je ne le souhaitais pas. Elle avait raison, elle n'avait pas les mots magiques, mais ceux qu'elle prononçait m'aidaient beaucoup quand même.

7

Une chanson et un rosier

John était mort depuis six semaines. J'avais promis à Clo d'aller voir Seán, mais je remettais toujours ma visite à plus tard. J'étais en train de penser à lui en rentrant du collège. Declan, à côté de moi sur le siège passager, fouillait dans mes cassettes en se moquant de mes goûts musicaux. Je tentais bien de me défendre, mais ç'a été la fin lorsqu'il en a sorti une de Meat Loaf et me l'a mise sous le nez.

« Vous n'êtes pas sérieuse ? Meat Loaf ? Mais c'est de la merde ! »

Je ne pouvais pas le nier, mais bien sûr j'ai essayé quand même. « Non, non, c'est formidable. Cet album est génial, plein de chansons qui… » Je n'allais nulle part et cela crevait les yeux. J'ai cédé. « D'accord, c'est vrai, c'est nul », et j'ai argué que c'était juste une phase que j'avais traversée.

« Ah oui ? a-t-il lancé, la cassette toujours à la main. Quelle phase ? La phase vomi ? »

J'ai éclaté de rire, mais je me suis arrêtée net lorsqu'il a sorti la bande originale de *Bodyguard*. Il a secoué la tête, et j'ai hoché la mienne avec embarras. Nous n'avons plus rien dit, car nous savions tous les deux qu'il n'y avait rien à ajouter pour ma défense. Je l'ai déposé devant chez lui.

« Eh, madame, demain je vous fais écouter de la vraie musique », m'a-t-il lancé en descendant de voiture. Il est parti en direction de chez lui, et je me suis dit qu'il fallait que je pense à racheter de l'aspirine.

J'étais seule chez moi. Clo était sortie avec Mark, le client qui lui envoyait des fleurs. Anne et Richard participaient à je ne sais quelle soirée de charité, et je m'ennuyais. J'ai pris mes clés sur la table basse et joué avec pendant quelques minutes, puis j'ai attrapé mon manteau et je me suis dirigée vers la porte. Au même instant, on a sonné. J'ai ouvert : Seán se tenait sur le seuil.

« Salut, a-t-il lâché avant de voir que j'avais mon manteau à la main. Tu sors. Désolé, j'aurais dû appeler. »

J'étais vraiment heureuse de le voir et je lui ai assuré que je m'apprêtais justement à aller lui rendre visite. Son visage s'est éclairé et il est entré. Il s'est assis devant le comptoir de la cuisine pendant que je préparais du café. Il a commencé par s'excuser d'être resté distant. Je lui ai répondu que ce n'était pas grave, que je comprenais.

« Je suis passé deux ou trois fois, mais…

— Je sais », l'ai-je coupé en posant son café devant lui. J'ai essayé de ne pas en renverser, mais ma main tremblait légèrement. Je me suis assise face à lui avant de continuer. « Il me fallait un peu de temps. J'ai été égoïste…

— Non, ce n'est pas vrai ! »

Mais j'étais déterminée à clarifier la situation. « Toi aussi, tu l'as perdu… »

Je voulais continuer à m'excuser, mais il a pris ma main et l'a pressée entre les siennes. « J'ai eu peur de vous avoir perdus tous les deux.

— Moi aussi », ai-je bredouillé.

Ni lui ni moi n'avons fait allusion au baiser qui avait dérapé. C'était trop compliqué, trop embarrassant, trop triste et trop pathétique. Nous n'avons pas évoqué notre sentiment de culpabilité, mais c'était impossible de ne pas y penser, car il était inscrit sur nos visages.

Si je n'étais pas retournée chercher le briquet. Si je ne m'étais pas baissée pour l'embrasser. S'il ne m'avait pas dit que j'étais belle. Si je n'avais pas lambiné, trop gênée pour bouger. Nos lèvres se sont touchées et John est mort.

C'était étrange, nouveau, de se trouver seuls ensemble. Notre relation d'avant était morte et enterrée avec John. Il nous fallait maintenant trouver un autre mode de communication. Je n'étais plus la copine du meilleur pote de Seán. Il n'y avait plus que moi, et bien sûr nous avions un lien, le genre de lien qui se construit avec le temps. Nous avions partagé énormément de choses pendant nos études et désormais nos vies d'adultes, mais comment savoir si ce serait suffisant ? Nous allions devoir recommencer de zéro l'un avec l'autre, sur un nouveau terrain. L'époque du léger flirt confortable et sans danger était derrière nous, car un maillon manquait entre nous.

Un silence s'est installé.

« J'étais bourré », a soudain lâché Seán.

Oh mon Dieu, il va en parler.

« Nous l'étions tous, ai-je fini par répondre.

— Je n'aurais pas dû te retenir, a-t-il murmuré.

— Je ne peux pas en parler.

— Pardon.

— Ce n'est pas ta faute. C'est la mienne. »

Les larmes lui montaient aux yeux. Je n'en pouvais plus. Je ne supportais plus de le voir brisé. J'aurais voulu le prendre dans mes bras, mais je n'ai pas pu m'y résoudre.

Qu'en penserait John ?

« On m'a raconté une bonne blague l'autre jour », ai-je dit avec espoir.

Il a séché ses larmes et m'a regardée bizarrement. « Ah oui ?

— Oui, ai-je continué en espérant la raconter correctement.

— Ben vas-y, alors.

— C'est une jeune fille qui est à la maternité. Une vieille bonne sœur vient la voir et lui demande le nom du père. La fille répond qu'elle ne sait pas comment il s'appelle. La bonne sœur ne comprend pas, lui demande pourquoi, et la fille sort : "Écoutez, ma sœur, quand vous avez mangé une boîte de fayots, vous savez lequel vous fait péter ?" »

Seán a ri. Moi, j'ai seulement souri. C'était plus drôle raconté par Declan.

« D'où tu la sors ?

— D'un de mes élèves... Il te plairait. Il me rappelle... » Je n'ai pas terminé ma phrase.

Seán avait l'air fatigué. Ses yeux noisette étaient

alourdis de cernes noirs qui ternissaient son regard. Il avait la peau sèche et irritée sous une barbe de trois jours. Il avait maigri au point que ses vêtements flottaient sur lui. Il s'est gratté la joue distraitement.

« Tu ne veux pas aller le voir un peu ? m'a-t-il demandé.

— Je ne peux pas. Pas encore. »

À notre quatrième café, il est apparu que le vide commençait à se refermer. Nous avions réussi à trouver un terrain neutre. Nous avons parlé d'un film qui allait sortir et dont l'acteur principal avait été surpris le sexe dans la bouche d'une prostituée. Ce qui, je ne sais comment, nous a menés à une conversation sur les morpions que Seán avait attrapés quelques années plus tôt.

« J'ai cru que ma queue allait tomber », a-t-il avoué.

L'idée de Seán affligé par la grattouille m'a amusée.

« Tu l'avais raconté à John ?

— Bah oui.

— Il ne m'en a jamais parlé.

— Je lui avais fait jurer.

— Et donc, qui t'avait refilé ça ? me suis-je enquise, ravie de cette diversion.

— Candyapple.

— Brian !

— Ouais, Brian. » Il a ri.

Il est resté jusqu'à neuf heures passées. Nous avons regardé un épisode de *The Bill*, une série policière. C'était agréable de regarder la télé avec quelqu'un. Sur le pas de la porte, je lui ai demandé de prendre soin de lui et d'arrêter de noyer son chagrin dans l'alcool et la drogue. Et de se nourrir. Il m'a soutenu qu'il était sur la voie de la guérison. Je n'étais pas entièrement convaincue. Nous avons échangé une embrassade sans aucune gêne. Nous allions nous occuper l'un de l'autre parce que nous étions amis.

J'avais menti. J'étais prête à aller voir John. À vrai dire, j'avais prévu de me rendre au cimetière dès le lendemain soir, et j'avais besoin d'y aller seule. J'avais acheté un petit rosier à planter. John n'aimait pas particulièrement les roses, mais la plante m'avait plu dans la boutique. C'était Doreen qui m'avait donné l'idée. Elle était d'avis que c'était parfois utile d'avoir quelque chose à faire, là-bas. J'avais admis que l'idée était bonne, et de toute manière elle ne m'avait pas laissé le choix : elle m'avait fait monter en voiture et emmenée chez le pépiniériste avant que je puisse faire machine arrière.

« Quand tu ne sais pas quoi faire, creuse un trou, m'avait-elle dit tandis qu'Elton John, à la radio, chantait une histoire d'homme-fusée. J'ai vu Seán dans Grafton Street l'autre jour. Il a une mine affreuse.

— Non, ça va.

— Oh, je ne sais pas… Il a beaucoup bu à l'enterrement. Tu devrais garder un œil sur lui. »

Cela m'a inquiétée, mais je n'ai pas précisé que Clo avait les mêmes craintes. « Je suis sûre qu'il va bien, Dor. Chacun fait face à sa manière.

— S'enfermer, ce n'est pas faire face, chérie.

— Il m'a dit qu'il prenait soin de lui.

— J'espère, a-t-elle soupiré en me tapotant le genou.

— Moi aussi. »

Il pleuvait à nouveau. Je tournais en rond, à la recherche de la tombe de John. Je me suis retrouvée marchant sur les dernières demeures de plusieurs inconnus pour prendre des raccourcis. La réalité de ce que j'étais en train de faire ne m'a atteinte que lorsque j'ai trébuché sur une couronne, sur la tombe d'une certaine Mary Moore. J'ai fait un pas de côté.

« Pardon, Mary, je ne faisais pas attention. »

J'ai poursuivi mon chemin en me tenant sur une allée couverte de mousse qui allait m'être fatale, c'était sûr. *Je vais glisser et me briser la nuque.* Quelle imbécile d'avoir mis des bottes à talons ! Comme si John pouvait les voir.

Enfin, après avoir déchiffré pratiquement toutes les pierres tombales de la section D, je l'ai trouvé. C'était bizarre. Soudain, je me retrouvais devant un tas de terre détrempée qui recouvrait une boîte, et dans cette boîte était couché John, ses cheveux encore coiffés au gel comme il l'aimait. Les yeux fermés, son beau visage détendu, la bouche réduite à une fine ligne. Je ne savais pas quoi faire. C'était comme un entretien d'embauche avec un recruteur qui refuse de parler. Je suis restée longtemps debout sous la pluie. Je sentais mon pantalon se coller peu à peu à mes cuisses. Les bouts pointus de mes bottes en cuir commençaient à rebiquer.

Zut, je les adore, ces bottes. Je ne devrais pas penser à mes bottes. Je suis ici avec John. Un peu de concentration.

Doreen avait raison : le rosier était une excellente idée. La pluie avait ramolli la terre. J'ai pris le petit plantoir dans mon sac et commencé à creuser un trou. Et ce faisant, il m'a paru plus facile de bavarder. Je n'essayais plus d'imaginer qu'il était encore là : j'ai parlé comme on le fait à un mort. J'avais dépassé le déni ; j'avais surmonté l'essentiel de la colère ; et dès l'hôpital, j'avais déjà négocié pour toute une vie.

« Doreen se fait du souci pour Seán. Clo aussi. Anne aussi, je crois – elle m'a parlé de lui deux fois hier au téléphone. Il boit beaucoup, et il fume beaucoup aussi. J'ai dit à Dor que ça allait pour lui, mais je n'en suis pas sûre. » J'étais tombée sur un caillou qui me donnait du fil à retordre. « Clo va bien. Elle a rencontré quelqu'un : il s'appelle Mark. Il travaille dans un garage. Il paraît qu'il est très séduisant. Je ne l'ai pas encore vu. Il a l'air chouette. J'espère que ça va marcher entre eux. »

Je me suis tue le temps de déloger le caillou. « Je t'ai eu ! » Voilà que je parlais à un caillou. J'ai installé le rosier dans le trou que je venais de ménager. Il était juste à la bonne taille. Il ne me restait plus qu'à reboucher, et voilà, un ravissant rosier !

« Anne a cru qu'elle était enceinte, mais c'était une fausse alerte. Elle prétend qu'elle est soulagée, mais je pense qu'elle est déçue, en fait. » J'ai senti un pincement de culpabilité. Je n'étais pas prête quand la même chose m'était arrivée, mais maintenant c'était terminé, tout ça.

L'arbuste était de travers.

« Merde ! » J'ai essayé de le redresser, et je me suis piqué le doigt sur une épine. « Aïe ! Saloperie de rosier ! » J'ai commencé à retirer un peu de terre en le poussant doucement. « Nigel ne dit pas grand-chose en ce moment. Il est un peu distant. Je crois qu'il s'en veut, maintenant que Dieu se révèle un enfoiré total et tout ça. » J'entendais John rire dans ma tête. « Il n'est plus pareil depuis que tu es parti, mais je suppose que c'est pareil pour nous tous. »

L'arbuste a commencé à se redresser. Je l'ai maintenu en tassant la terre autour.

« Moi, ça va. Ça ne veut pas dire que tu ne me manques pas. Tu me manques en permanence. Il n'y avait pas une chanson intitulée “Sans toi je ne suis rien” ? À moins que ce soit un livre, ou un film. Je ne sais plus. Enfin bref, sans toi je ne suis rien. Mais ça va. Je ne sais absolument pas où je vais ni ce que je fais. Je ne suis même pas sûre de savoir qui je suis ! Mais ça n'a pas d'importance. Ça va aller. »

La terre était ferme autour du rosier. Je me suis levée pour admirer mon œuvre.

« Ça a de l'allure. Je parie que ce sera magnifique en été. Je pensais mettre une petite clôture autour de ta plaque. Tu n'imagines pas le nombre de gens qui marchent sur les tombes. »

Je suis partie peu après. Je n'avais pas pleuré. Je n'avais même pas été geignarde – enfin, pas trop. J'avais été forte. J'avais fait ce qu'il fallait. J'étais une survivante, comme me l'avait prédit mon père. J'ai rejoint la voiture, mon plantoir à la main.

Je suis morte de trouille.

8

Maman

Pendant trois mois, ma mère et Anne se sont battues pour le record du monde de coups de fil quotidiens. Finalement, quand je les ai menacées de couper ma ligne, elles ont arrêté. Il était temps de ramasser les morceaux et d'avancer, mais il restait encore le problème du chauffard.

Une simple analyse sanguine avait établi qu'il n'avait pas bu, contrairement à sa victime. Une expertise rapide avait révélé qu'il roulait à une vitesse raisonnable, mais que lorsque John, ivre et défoncé, avait surgi devant lui, il n'avait pas pu piler parce que les freins de sa voiture, qu'il avait fait réviser le jour même, étaient défectueux. Une enquête plus poussée aboutirait peut-être à une condamnation du garagiste qui s'était chargé de la révision. J'ignorais qui étaient ces gens et je ne voulais pas les connaître. Je n'étais pas comme ces proches de victimes que l'on voit parfois dans la presse, assoiffés de justice.

Comment l'emprisonnement de je ne sais quel mécanicien inconnu aurait-il pu compenser une vie ? Je n'éprouvais pas le besoin de me venger en faisant le malheur d'un autre. Il était plus simple de me convaincre que c'était la faute à pas de chance, un terrible accident.

Mon attitude déconcertait ma mère. Elle pensait que je ne pourrais pas avancer tant que le responsable n'aurait pas payé pour son crime. Moi, il me semblait au contraire que je ne pourrais pas avancer tant que je n'aurais pas abandonné toute récrimination, ou peut-être sentais-je au fond que John et moi étions aussi responsables que le garagiste ou le conducteur de la voiture. Chacun avait joué son rôle.

Le conducteur, lui, ne voyait pas les choses comme ça. Il ne voulait pas en rester là. Il avait besoin de communiquer. Besoin que les parents de John et moi-même, la fille qu'il avait regardée pleurer au-dessus d'un jeune homme en train de mourir, sachions à quel point il était désolé. Il avait parlé à la mère de John lors de l'enquête et réussi à serrer la main de son père, mais je n'étais pas présente ce jour-là, et il avait un besoin désespéré de refermer cette affaire.

J'ai ramassé la lettre sur mon paillasson. Elle traînait probablement là depuis une semaine, avec diverses factures et ces saletés de prospectus. J'ai ouvert les factures et j'y ai jeté un bref coup d'œil, juste histoire de m'assurer que je ne me faisais pas dépouiller. Comme je les réglais par prélèvement automatique, je n'avais pas à craindre de retards de paiement. Je me félicitais d'ailleurs qu'elles soient à mon nom, car la paperasserie pour les faire transférer aurait été un cauchemar. Les prospectus sont partis directement à la poubelle. J'ai ouvert l'enveloppe crème sans y penser. J'ai déplié le papier à lettres assorti sans réfléchir. J'ai vu l'adresse de l'expéditeur dans le coin supérieur droit sans la reconnaître. J'ai lu deux lignes avant que mon cœur bondisse et s'emballe, faisant trembler la main qui tenait le papier.

« Oh non. »

Chère Emma, je m'appelle Jason O'Connor et c'est moi qui étais au volant la nuit où votre compagnon, John Redmond, a été tué.

J'ai replié la lettre et je me suis effondrée sur le canapé, glissant les mains entre mes genoux pour les empêcher de s'entrechoquer.

Je ne veux pas voir ça.

J'ai appelé Clo. Elle était submergée de travail mais m'a dit de ne pas bouger, qu'elle arrivait dès que possible. J'ai attendu. De temps en temps, je jouais avec la feuille entre mes mains, tentée de la rouvrir, mais la peur me saisissait de nouveau et je refermais les doigts dessus, l'écrasant comme mon John avait dû être écrasé à l'impact. Je n'avais pas le courage. Cette lettre me ramenait à cette nuit-là avec une telle clarté que j'avais encore le goût du vin dans la bouche. Je sentais de nouveau l'air froid, le sol dur, les cheveux de John, poisseux de sang, dans mes mains.

Je n'avais pas bougé lorsque Clo est entrée trois heures plus tard. Elle a dû voir tout de suite l'effet terrible que cette lettre inattendue avait eu sur moi, car elle n'a pas dit un mot. Elle a écarté les serres qui me tenaient lieu de doigts et s'est emparée de la lettre. Puis elle l'a doucement dépliée et l'a lissée sur sa cuisse.

« Tu veux la lire ? m'a-t-elle demandé.

— Non, ai-je répondu, très ferme.

— Tu veux que je la lise ?

— Je ne sais pas, ai-je admis honnêtement.

— Je vais nous préparer un thé. »

J'ai acquiescé et je l'ai suivie dans la cuisine tel un fantôme sur patins à roulettes. Nous nous sommes assises au comptoir, laissant notre thé refroidir.

« Je devrais peut-être la lire d'abord pour moi-même, m'a-t-elle proposé.

— Non. »

Je ne voulais pas la mettre en position de me dissimuler des choses si c'était trop bouleversant. Elle avait déjà assez à faire avec sa propre vie.

« Lis-la tout haut, ai-je dit même si je n'étais pas certaine d'être prête à faire face.

— D'accord. »

« Chère Emma, je m'appelle Jason O'Connor et c'est moi qui étais au volant la nuit où votre compagnon, John Redmond, a été tué. Je vous ai déjà écrit de nombreuses lettres. Toutes ces tentatives ont fini à la corbeille. Que dire ? Que pourrais-je dire pour alléger votre peine ? Je n'ai rien à offrir en dehors de ma profonde compassion et de mes regrets les plus sincères. Je sais combien cela doit être dur pour vous de recevoir des nouvelles de moi, mais je n'arrive pas à tourner la page. Je ne pourrai pas continuer à vivre si je ne vous dis pas à quel point je suis navré et je regrette. Si je pouvais changer quoi que ce soit, je le ferais. J'ai revécu cette nuit-là je ne sais combien de fois. Si j'étais parti de chez moi un peu plus tard, si je ne m'étais pas arrêté pour prendre de l'essence, si je n'étais pas sorti du tout...

Je me suis marié l'an dernier, et ma femme, Denise, a donné le jour à une petite fille en mai. Nous avions du mal à joindre les deux bouts. Je savais que la voiture devait être révisée et j'ai choisi le garage le moins cher. Si vous saviez comme je m'en veux. Si seulement j'avais dépensé la différence. Je rêve de vous presque toutes les nuits. Votre visage, votre expression d'horreur sont gravés dans ma tête et j'ignore si je surmonterai un jour la peur. Elle m'étouffe. J'implore votre pardon. Ma femme se demande si je redeviendrai comme avant, mais comment le pourrais-je ? J'ai pris le volant et un homme en est mort. Je suis profondément navré. Je voudrais remonter dans le temps, mais c'est impossible. Si je pouvais prendre sa place, je vous jure que je le ferais.

Pardon encore. Jason »

Clodagh pleurait. Je suis restée assise sans bouger, touillant mon thé, perdue dans mes pensées. Il m'est venu à l'esprit que je n'avais jamais pensé au conducteur, pas une seule fois. Je n'avais jamais songé à ce que ce terrible accident leur avait fait, à lui et à sa famille. Tant de peine. Clodagh me tenait dans ses bras et j'ai serré les miens autour d'elle.

« Ça va aller », me suis-je entendue dire.

J'ai gardé la lettre sous mon oreiller pendant trois nuits. Je l'ai relue jusqu'à ce que le papier devienne carrément crasseux. Je ne pouvais plus me contenter d'ignorer cet homme. C'était tellement plus facile de ne pas penser à lui quand il n'était que le chauffard… À présent, c'était une personne en détresse, qui ne contrôlait rien, ni plus ni moins que moi.

J'ai mis des heures à choisir la carte. Finalement, j'ai opté pour la plus neutre que j'ai pu trouver, et j'ai écrit un simple mot dedans : « Merci. »

Je l'ai mise à la Poste avant d'avoir le temps de me dégonfler, puis je suis allée déjeuner avec mon frère.

Je ne lui ai pas parlé de Jason. Nigel n'était pas lui-même. Il avait les yeux cernés, le front plissé. J'ai voulu savoir ce qui se passait, mais il s'est dérobé avec son excuse habituelle : beaucoup de boulot. Je savais qu'il n'y avait pas que cela, mais, ayant déjà combattu un démon dans la journée, je ne tenais pas à en affronter un autre. Il chipotait dans son assiette tel un gymnaste empâté croyant pouvoir perdre quelques kilos en jouant avec sa nourriture au lieu de l'avaler.

« Tu es malade ? ai-je demandé en préambule.

— Non, ça va. Un peu de fatigue, c'est tout.

— D'accord. » J'ai souri. S'il avait eu un vrai problème, il me l'aurait dit.

« Comment va Seán ? s'est-il enquis.

— Bien. »

À la vérité, il n'allait pas si bien. Il se renfermait sur lui-même, travaillait trop, et même si sa période « Shane MacGowan » était derrière lui, il se reposait encore un peu trop à mon goût sur la béquille de l'alcool.

« Non, il ne va pas bien, m'a balancé Nigel tout en s'efforçant de desserrer son col.

— Comment ça ?

— Il est venu me voir la semaine dernière. Je pense qu'il a besoin de parler à quelqu'un.

— Tu penses ça de tout le monde. »

Mon frère est comme Oprah, la présentatrice de talk-show : il est à fond pour la communication. Je ne sais pas d'où il tient cela, car ce n'est pas chez nous qu'il a appris ce mode de fonctionnement. Il m'a raconté que Seán était venu le voir chez lui : le père

Rafferty l'avait fait entrer et il avait attendu là pendant une heure et demie en regardant Sky News et en se demandant si la fin du monde était proche jusqu'à l'arrivée de Nigel. Ils s'étaient retirés à l'étage et Seán avait reconnu qu'il était déprimé, ou du moins qu'il pensait l'être. En effet, il ne prenait plus de plaisir à rien : le travail, la nourriture, le sommeil, le sexe. J'ai noté que si Seán évoquait le sexe sans problème, il n'avait pas mentionné ses excès de boisson. Nigel me relatait leur petit entretien parce qu'il pensait que j'étais la seule à pouvoir faire quelque chose.

Je n'en étais pas convaincue. Je n'arrivais à rien en ce moment. Il m'a contredit. « Il tient beaucoup à toi. Il faut que tu lui parles. »

Je croyais l'avoir déjà fait.

J'ai retrouvé Seán au parc, une idée à moi – pas d'alcool. Je ne lui avais pas vu si bonne mine depuis des mois, même si l'étincelle qui naguère éclairait ses yeux bruns n'était plus là. Nous nous sommes installés sur un banc dédié à un vieux monsieur qui avait financé l'aménagement de l'étang. Je n'ai pas tourné autour du pot parce que, bien que nous soyons en été, il faisait encore trop froid.

« Je voulais te dire d'aller voir quelqu'un.

— Quoi ? » Il a ri comme s'il n'avait eu aucun problème.

Je n'étais pas d'humeur à finasser. « Il faut que tu parles à un psy. Et encore mieux : il faut que tu arrêtes de noyer ton chagrin.

— Ce n'est pas ce que je fais ! »

Comme je l'ai dit, je n'étais pas d'humeur. « Écoute, Seán, tu peux affirmer ce que tu veux, mais on est tous inquiets. Clo, Anne, Richard – et pourtant tu connais Richard, il ne remarque jamais rien –, Nigel.

— Tu as parlé avec Nigel », a-t-il lâché froidement.

Merde, j'aurais mieux fait de me taire.

« Non ! » ai-je lancé, faussement horrifiée. Puis j'ai ajouté, le plus innocemment possible : « Et toi, tu as discuté avec lui ?

— Je vais bien.

— Va te faire foutre ! »

Il m'a dévisagée avec curiosité. « Va te faire foutre ? a-t-il répété, intrigué.

— Ouais. Va te faire foutre ! » ai-je déclamé avec emphase.

Ça l'a fait rire.

Pour ma part, je ne trouvais pas la situation si amusante. « Oh, très drôle. C'est vraiment hilarant, tout ça. Tu déconnes à pleins tubes, qu'est-ce qu'on se marre ! »

Il s'est arrêté net, soudain sur la défensive. « Mais qu'est-ce que tu attends de moi, putain ? » Aussitôt qu'il a posé la question, j'ai vu qu'à l'évidence il ne voulait pas entendre ma réponse. Tant pis, il allait l'entendre.

« Je veux que tu te sortes la tête du derche et que tu regardes en face le fait que John est mort et qu'on ne peut rien y faire, ni toi, ni moi, ni personne. Et si tu veux picoler pour le restant de tes jours et baisser les bras, très bien. Mais sache que ton ami John, lui, donnerait n'importe quoi pour être sur ce banc, en train de regarder ces canards à la con nager en rond, et qu'il ne foutrait pas aux chiottes ce qui lui reste à vivre comme tu le fais. » C'était une longue tirade, et Seán était interloqué. Mais je n'avais pas fini. « Maintenant, tu peux te faire aider, ou tu peux aller te faire foutre, parce que nous, on a besoin de toi. On a besoin que tu sois heureux et en bonne santé et fort, comme l'ancien Seán, parce qu'on a besoin de lui. » J'étais de nouveau en larmes. Je ne m'en étais même pas rendu compte parce que pleurer en public était devenu une habitude chez moi.

Nous sommes restés longtemps sans rien dire. Il jouait avec son écharpe, une vieille de la fac qu'il repêchait tous les ans.

« Je ne suis pas alcoolique.

— Prouve-le. »

Un silence. Puis : « D'accord, je vais aller voir quelqu'un. »

J'ai pris sa main dans la mienne, elle était glacée. Nous sommes sortis par le grand portail et avons remonté la rue animée, toujours main dans la main. Quand nous nous sommes séparés après une dernière embrassade au bout de la rue, sa main s'était réchauffée.

Je suis rentrée à pied et je me suis étendue sur mon lit avec Leonard, le chaton perdu que personne ne cherchait et qui désormais me tenait compagnie. Je me suis endormie bercée par ses ronronnements, espérant contre toute raison que, si je ne pouvais pas retrouver John, au moins l'ancien Seán me reviendrait.

Il est bien allé voir quelqu'un. Je n'ai jamais su de quoi ils ont pu parler, cela devait rester à jamais entre eux. Il a cessé de boire pendant quelque temps, histoire de s'assurer qu'il en était capable, et quand il a repris, c'était uniquement lors de sorties avec des amis. Il a commencé à se rapprocher de l'acceptation que nous autres avions trouvée malgré nous, et bientôt il s'est remis à nous faire rire comme avant.

Anne rencontrait d'autres problèmes. Depuis

qu'elle avait eu un aperçu de la mort, elle était affamée de vie. Elle avait été bouleversée, ce jour-là au Bewley's, lorsqu'elle avait fait ce test de grossesse. Sa réaction au petit rectangle blanc avait été à l'opposé de la mienne. Alors que j'avais sauté de joie, elle s'était morfondue. Alors que j'avais fêté ce que je n'avais jamais eu, elle avait été accablée de chagrin. Encore un coup à encaisser, si rapproché du précédent. Richard avait la chance d'ignorer la cause du désarroi de sa femme. Il pensait qu'elle déplorait la perte de John, comme lui-même, et n'a jamais songé à lui poser la question.

Anne et moi avions fait connaissance en cours d'anglais. Nous nous étions assises l'une à côté de l'autre la deuxième semaine, et c'était devenu une habitude, comme ça. Nous étions semblables en cela que nous ne savions pas trop ce que nous voulions faire de notre vie. Nous nous étions retrouvées dans un cursus d'histoire de l'art en espérant trouver notre voie à un moment ou à un autre. Lorsqu'elle avait rencontré Richard, il était devenu sa boussole, tout comme John était la mienne. C'était agréable de fréquenter quelqu'un qui n'était pas carriériste. J'adorais Clo, mais nous n'avions jamais partagé cette ambition qui brûlait si fort en elle. Anne était une femme d'intérieur, cela se voyait aussitôt que l'on posait les yeux sur elle. Une femme d'intérieur dans le genre rosière du village, cardigan Benetton et foulard en soie. Richard étudiait l'économie, mais il avait un look de prof de lettres, d'universitaire, jean et veste en tweed à coudières de cuir. Ils s'accordaient parfaitement, comme un livre bien calé dans sa reliure. Leur unique problème étant qu'à présent, au bout de six ans, ils n'étaient plus ouverts à la même page.

Pendant ce temps, Clo fréquentait son admirateur, Mark. Il n'était pas marié ; elle avait clarifié ce point-là sans attendre. Il ne semblait pas bizarre comme le type avec qui elle était sortie avant, dont la passion était de collectionner les papillons ; ce n'était pas non plus un pervers – encore un progrès par rapport à tous ceux auxquels elle avait réussi à s'attacher. Ils étaient bien ensemble et Mark s'était montré très gentil avec elle dès le début du processus de deuil. Après quatre mois, on pouvait commencer à penser que celui-là était le bon. Elle ne se vantait pas ; elle était sensible au fait que j'avais perdu l'amour de ma vie et veillait à ne pas me fourrer le sien sous le nez. Mais elle était heureuse, et son bonheur avait l'effet plaisant de déteindre sur moi.

Nous n'avions pas de secrets l'une pour l'autre. Nous avions bâti des châteaux en Espagne ensemble. Nous avions partagé notre adolescence, des jeux de mains aux jeux de vilain, depuis la perte de notre virginité jusqu'à la mort d'un proche. Rien n'était tabou entre nous. Comment aurions-nous pu changer les habitudes d'une vie ?

« Et il est comment au pieu ?

— Fabuleux.

— Tu déconnes !

— Je te jure, j'ai joui dès le premier soir. Le premier soir, Emma ! Tu te rappelles combien de temps j'ai mis à avoir un orgasme avec Des ?

— Six semaines ?

— Six semaines. Et je ne dis pas qu'il était nul. Je veux dire, bon, l'homme aux papillons, alors là oui, lui, c'était la bérézina. »

Nous étions en train de boire du vin sur son lit en regardant d'un œil un film dans lequel

Sylvester Stallone, affublé d'un marcel à trous-trous, escaladait des rochers dans la neige.

« Ce truc qu'il fait avec son doigt… Wouah, c'est extraordinaire. »

J'ai pouffé de rire. John aussi faisait un truc avec son doigt. Oh, comme il me manquait !

« Tu sais, je n'avais pas eu un aussi bon amant depuis Seán », a-t-elle continué.

Sans le vouloir, je me suis cogné l'occiput contre sa tête de lit. J'ai piqué un fard tout en rattrapant mon verre de vin.

« Ça va ?

— Très bien », ai-je bafouillé, mal à l'aise, tâchant de dissimuler la contrariété que provoquait en moi le fait que mes deux grands amis avaient couché ensemble une fois. Je ne comprenais pas pourquoi cette expérience sexuelle entre deux copains célibataires me dérangeait, mais le fait est que j'étais incapable d'avoir une conversation sensée sur le sujet. Mieux valait donc l'éviter complètement.

« Tu es sûre ? Tu es toute rouge. »

Je me suis empourprée de plus belle. C'est un problème que j'ai depuis toute petite : mes moments d'embarras sont aussitôt aggravés par un afflux de sang vers mon visage.

« Je me suis cognée », ai-je dit, sachant qu'elle connaissait aussi bien que moi ma tendance à piquer des fards, vu le nombre de fois où elle en avait été témoin.

« Tu détestes que je parle de Seán », a-t-elle noté après un petit moment.

Elle avait raison. J'ai tenté de me justifier. « C'est que… Je sais pas, c'est Seán, tu vois ! »

Elle ne voyait pas.

« Quand c'est quelqu'un d'autre, un avec qui je ne suis pas amie, c'est marrant de l'imaginer à poil, mais quand c'est Seán… Je vois vraiment le tableau, tu comprends, c'est gênant. » Je mentais : ce n'était pas ça, mais je ne savais pas quel était le problème, et ce que je venais de dire me semblait parfaitement sensé.

« Mais John était mon pote et tu me donnais quand même les détails croustillants. Ça ne m'a jamais dérangée. »

Merde, elle a raison.

« Oui, je sais, mais on était tous gamins quand on s'est connus. Et puis tu imagines, si je ne t'avais pas parlé de lui, je n'aurais rien eu à te raconter du tout. »

Mon inexpérience l'a fait sourire.

« De toute manière, je suis prude. Au fond. »

Là, elle a ri à gorge déployée. « C'est vrai, quelle sainte-nitouche tu fais !

— Oui, bon, pas la peine d'en rajouter. » Je plaisantais mais en réalité, en plus d'être prude, j'étais un peu déconcertée.

Mais qu'est-ce que j'ai, enfin ?

9

Le prêtre, l'inconnue et l'enfant surprise

Nous n'étions pas sortis en bande depuis la fameuse nuit. Anne a décidé que le moment était venu. Elle a décrété que le bowling était un choix évident. Je n'étais pas convaincue. Je déteste le bowling. Tout jeu impliquant une sphère en mouvement me donne des angoisses. Mais bon, au bowling, au moins, personne ne la lancerait dans ma direction. Bref, j'ai cédé. Clo était enchantée, car elle se révélait douée dans à peu près tous les sports qu'elle essayait. Et puis elle se disait que c'était l'occasion idéale de nous présenter Mark.

« C'est parfait, a-t-elle annoncé. Trois contre trois, on peut faire un match. Les filles contre les garçons. »

Mark allait prendre la place de John, comblant le vide que celui-ci avait laissé. Mon cœur s'est serré et j'ai eu un haut-le-cœur. Cela a dû se voir à ma tête.

« Oh, pardon, m'a-t-elle lancé en prenant conscience de ce qu'elle venait de dire.

— Ne sois pas bête », ai-je répondu en réprimant ma nausée. La vie continuait, et elle avait raison : sans Mark, les équipes auraient été inégales. Elle était tellement surexcitée à l'idée de sortir avec quelqu'un assez longtemps pour le présenter à ses amis… Je n'allais quand même pas lui gâcher ce plaisir.

« Je suis très heureuse pour toi, Clo.

— Je sais.

— Je ne veux pas être la rabat-joie de service.

— Je sais aussi.

— Je hais le bowling.

— Ça aussi, je le sais ! » Elle riait, maintenant.

« Je suis archinulle pour ce genre de trucs.

— C'est clair.

— Tu te rappelles la fois où John m'a lancé le ballon de basket, en sixième ?

— Tu te l'es pris dans la figure et tu as été assommée.

— J'ai eu la lèvre enflée pendant cinq jours.

— Et ton nez n'a plus jamais été le même.

— Quoi ?! » J'ai immédiatement porté la main à mon nez.

Elle était toujours hilare. « Je blague, Emma. »

J'ai ri, dépitée de m'être laissé avoir si facilement. Je m'étais souvent demandé si le chagrin ne me rendait pas un peu neuneu. J'avais la réponse.

Clo et moi sommes entrées ensemble au bowling ; Anne et Richard s'entraînaient déjà dans l'allée 2. Seán s'achetait de quoi dîner, à savoir un hot-dog et un sachet de chips. Clo regardait sans cesse la pendule en se demandant ce que fabriquait Mark.

L'heure du rendez-vous n'était dépassée que de cinq minutes, mais on lui avait souvent posé des lapins, et son inquiétude me faisait de la peine. Dix minutes plus tard, un homme est entré et elle s'est levée d'un bond en souriant, agitant les bras comme si elle n'avait pas un souci au monde. Mark. Il était séduisant, dans le genre chevelure à la Samson et cou de taureau mais chic quand même. En se musclant un peu plus, il aurait pu être gladiateur. Il nous a indiqué du doigt le côté bar pour dire qu'il allait chercher à boire. Elle lui a fait signe d'y aller, heureuse de pouvoir désormais se concentrer sur le jeu.

Anne était occupée à travailler son lancer, mais malheureusement pour elle il était aussi catastrophique que moi. Clo a soudain compris qu'en jouant avec les filles elle se retrouverait dans l'équipe perdante, or elle détestait perdre.

« J'ai une idée, si on mélangeait les équipes ? a-t-elle demandé innocemment.

— Dans tes rêves ! a répondu Seán en essuyant de la moutarde sur son menton.

— Pourquoi ? a-t-elle gémi.

— Parce que Em et Anne sont archinulles, a lâché Richard avant de réaliser un strike parfait.

— Mais on joue juste pour s'amuser », a protesté Clo avec un dégoût audible. Les gars n'ont rien voulu savoir.

« Voilà, tu vas t'amuser avec tes copines.

— Eh merde », a-t-elle marmonné entre ses dents.

Mark est revenu avec des sodas pour tout le monde. Nous lui avons serré la pince et l'avons accueilli dans notre petit monde. Il avait l'air sympa.

La partie était terminée et les garçons nous avaient battues à plate couture. Clo s'efforçait de le prendre avec grâce, d'autant plus qu'elle avait réussi à remporter une manche. Mark avait été le maillon faible de l'équipe masculine. Il paraissait confus de son échec public, et pourtant je l'avais décomplexé dès le début, quand j'avais réussi à lâcher deux fois ma boule sur mes pieds. Décidément, je hais le bowling.

Nous sommes allés au pub le plus proche. Les autres fêtaient leur super partie pendant qu'Anne et moi fêtions le fait que ladite partie soit terminée. C'était un de ces établissements gigantesques à trois étages, et pourtant il était bondé, même un jeudi soir. Nous avons joué des coudes entre les étudiants qui buvaient des shots dans le vacarme d'un groupe de rock médiocre installé sur une estrade au fond de la salle et sommes montés à l'étage, où Enya chantait les beautés d'un mystérieux *« Oronico Flow »*. Là nous attendaient des fauteuils et une serveuse qui venait prendre les commandes.

« Rester debout à se hurler dans les oreilles par-dessus un groupe naze en descendant des shots ou écouter Enya assis dans un fauteuil : c'est la différence entre la vingtaine et la trentaine, a constaté Seán en se carrant confortablement dans son siège.

— Eh oui, on vieillit », a ajouté Richard avant de faire signe à la serveuse.

Les filles, qu'une discussion sur le thème de l'âge ne branchait aucunement, ont gardé le silence. Clo a voulu aller aux toilettes et je l'ai suivie, craignant de me perdre toute seule. C'est au retour que j'ai aperçu mon frère, assis dans un coin en compagnie d'une femme. Je lui ai fait coucou et me suis dirigée vers lui, tout en remarquant qu'il finissait son verre cul sec et semblait dire « allons-y » à sa compagne. Clo se tenait derrière moi quand j'ai atteint leur table.

« Salut, bel inconnu ! ai-je lancé gaiement, contente de tomber sur mon frère, qui plus est dans un bar.

— Quelle heureuse surprise ! m'a-t-il répondu avec une exubérance un peu exagérée.

— On était au bowling, ai-je expliqué en attendant d'être présentée à la femme, qui fixait obstinément le sol.

— Toi, au bowling ? s'est-il esclaffé.

— Eh oui !

— Salut, moi c'est Clo, a fait cette dernière en tendant la main à l'inconnue qui commençait à beaucoup nous intriguer.

— Bonsoir, enchantée », a lancé la jolie femme en relevant un instant la tête. Visiblement, nous dérangions.

« On allait partir », a d'ailleurs enchaîné Nigel. Il s'est levé, et la femme l'a imité.

« Seán et Richard sont là-bas, ai-je indiqué en pointant le doigt. Vous venez boire un verre avec nous ?

— Je ne peux pas, j'ai du travail, m'a-t-il répondu en fuyant mon regard.

— Ah bon. »

L'inconnue avait déjà enfilé son manteau.

« Bon, on se voit chez les parents dimanche ? ai-je demandé.

— Oui, ça marche. À dimanche. »

La femme nous a dit au revoir et ils se sont dépêchés de partir en nous plantant là, Clo et moi.

« Qu'est-ce que c'est que cette histoire ? s'est interrogée Clo avec suspicion.

— Sans doute une paroissienne qui avait besoin de conseils.
— Il les voit souvent dans des pubs ?
— Bah, c'est un endroit comme un autre, ai-je assuré avec conviction.
— D'accord... » a fait Clo, sans aucune conviction, elle.
J'ai éclaté de rire. « Il est curé, Clo !
— Il n'en est pas moins homme, Em.
— Tu as vraiment l'esprit mal tourné.
— Il faut croire.
— Comme si tu ne connaissais pas Nigel. Il n'a jamais eu de copine avant de se faire prêtre... Il ne va pas commencer maintenant ! » L'absurdité de cette idée me faisait rire.
Clo a souri. « Elle avait l'air stressée, en tout cas.
— Ça oui. Elle doit être en train de se séparer ou de se battre contre un cancer, quelque chose dans le genre.
— C'est gai ! Je ne sais pas comment il fait.
— Ouais, je sais », ai-je acquiescé. Je n'en avais pas la moindre idée.

Seán s'employait à devenir l'étoile montante de la presse masculine. Il écrivait des chroniques spirituelles et charmantes sur des sujets dont il se fichait complètement, et cela payait ses factures. Son rare temps libre, il le consacrait à coucher sur le papier ce qui comptait vraiment pour lui, mais ces textes-là, personne ne les voyait jamais. De mon côté, je travaillais beaucoup et je sortais de temps en temps, mais pour tout dire je trouvais mon existence un peu vide. Mes amis et moi restions proches, plus solidaires que jamais, unis comme les doigts de la main, et notre perte commune nous poussait à chérir plus que tout notre amitié.

C'était un vendredi soir, tard, cinq mois après la mort de John. Allongée sur mon canapé, je regardais la télé. On a sonné : c'était Clodagh. J'ai su tout de suite qu'il y avait un problème, car mon amie toujours tirée à quatre épingles a débarqué chez moi avec l'air d'avoir été traînée à travers une haie. Elle m'a accueillie par les mots « Foutu salopard de merde ! », le visage maculé de traces de mascara. J'ai présumé qu'elle s'était disputée avec Mark, mais ce n'était pas tout. Elle a clopiné jusqu'à la cuisine, et j'ai remarqué seulement à ce moment-là qu'un de ses talons était cassé. Elle m'a réclamé un café et s'est affalée sur un tabouret, envoyant voler ses chaussures l'une après l'autre en se tenant la tête à deux mains.

« Une dispute avec Mark ?

— On peut dire ça, oui.

— Bon, je suis sûre que ce n'est pas la fin du monde. »

J'aimerais préciser pour ma défense qu'avant la mort de John jamais je n'aurais proféré une telle platitude. Mais quand on s'est habitué à en entendre un certain nombre, il devient difficile de les éviter. Quoi qu'il en soit, elle m'a simplement répondu d'un regard assassin.

« Pardon. C'est idiot, ce que je viens de dire. Raconte-moi ce qui se passe. »

Elle regardait la moquette, qui aurait pu être plus propre, à vrai dire. « C'est fini, Mark et moi. »

Je n'en croyais pas mes oreilles… Eux qui s'entendaient si bien ! « Pourquoi ?

— On s'est engueulés. »

Elle s'est tue. J'avais l'impression d'être en train de lui arracher une dent.

« Et ?

— On s'est engueulés parce que j'étais enceinte. »

J'ai failli en tomber de mon tabouret. « Tu es enceinte ? ai-je réussi à articuler.

— Surprise ! » a-t-elle fait, sarcastique. Elle avait les larmes aux yeux.

Ignorant comment réagir à cette nouvelle, je me suis plutôt attachée à critiquer son ex. « Ce salaud, qu'est-ce qu'il t'a dit ? »

Un soupir. « En gros, que ce n'était pas sa faute et qu'il s'en lavait les mains. »

Je me suis étranglée de rage. Elle, de son côté, avait juste un air de lassitude extrême. « Pourquoi est-ce que je craque toujours pour de tels connards ? »

Je me posais la même question.

« Je ne sais pas, Clo.

— Qu'il aille se faire foutre, Emma ! D'accord ? Je l'emmerde. Lui, ce n'est plus mon problème. Mais ça... (elle a pointé le doigt vers son ventre), ça, c'est mon problème. »

Je l'ai prise dans mes bras en me remémorant le jour où j'avais redouté la ligne bleue, en me rappelant que quelques heures plus tard, John était mort et je me retrouvais seule. Les choses pouvaient être pires, je le savais désormais. Je n'ai rien dit. Je n'avais jamais parlé à personne du jour où mon amour était mort. C'était trop douloureux. Quelque part, au fond de ma tête, j'ai pris conscience que si j'avais été enceinte à l'époque, je serais à terme maintenant. J'aurais encore un petit bout de lui. Mais il ne s'agissait pas de moi, là.

« Je vais avorter, m'a annoncé Clo.

— À cause de Mark ?

— Non, a-t-elle fait, catégorique. Je suis au courant depuis plus d'une semaine. J'ai beaucoup réfléchi, et si ce connard m'avait laissé finir ma phrase, au lieu de se lancer dans son speech "je ne suis pas prêt à m'engager" et blablabla, je lui aurais dit la même chose. »

C'est drôle, la vie : un an plus tôt, si Clo m'avait caché une grossesse pendant une semaine, cela m'aurait rendue furieuse, mais à présent je comprenais.

« Tu es sûre ? » n'ai-je pu m'empêcher de lui demander.

Elle a eu un faible sourire. « Évidemment, je vais devoir faire ça à Londres. Tu viendras avec moi ? »

Bien sûr que j'irais. « Ça fait des années que je rêve d'aller faire du shopping là-bas. » J'ai guetté sa réaction.

« Je savais que je pouvais compter sur toi », a-t-elle soufflé avec un soulagement visible.

Nous sommes passées au salon, avons discuté de bêtises, de tout et de rien, et au bout d'un moment nous avons recommencé à glousser. Nos deux désespoirs nous unissaient ; nos angoisses à propos de l'avenir, notre quête de réponses et nos peurs nous ramenaient aux gamines que nous avions été jadis. Nous étions forcées d'affronter notre peine, et ensemble nous trouvions la force de lui faire un pied-de-nez.

Clo avait la bouche pleine de tarte aux pommes lorsqu'elle a éclaté d'un grand rire.

« Qu'est-ce qu'il y a de drôle ?

— Mark ! »

Moi-même j'ai pouffé à nouveau. « Quoi, Mark ?

— Quand je le lui ai annoncé, et qu'il a réagi comme un con, je me suis vraiment fâchée, et j'ai dit… » Elle s'est couvert la bouche. « Oh non ! C'est trop nul. »

J'étais tout ouïe. « Quoi ? Qu'est-ce que tu lui as dit ?

— Eh bien… Il m'a demandé ce que je comptais faire à propos de mon petit problème. »

J'ai eu envie d'aller le trouver pour lui mettre mon poing dans la figure.

Elle a continué. « Et là, j'ai dit : "Qu'est-ce que tu veux que je fasse ? Que je m'accroupisse en criant 'Sors de là !'" ? »

À ces mots, nous avons explosé de rire, et nous avons continué jusqu'à ce qu'elle soit en larmes. Elle a pleuré longtemps ce soir-là, mais elle savait qu'elle prenait la bonne décision, et je savais, moi, que quoi qu'il arrive je serais là pour elle. Elle est restée dormir chez moi et nous avons organisé notre excursion à Londres. Cette nuit-là a été un tournant. Pour la première fois, j'étais parvenue à m'oublier moi-même pendant une soirée entière – ou presque.

10

Un voyage, un raté, un aveu

C'est le téléphone qui m'a réveillée. J'ai cherché le combiné à tâtons, je l'ai laissé tomber, et en le ramassant j'ai vu l'heure sur le réveil : six heures trente. Je me suis renfoncée dans mon oreiller, le combiné à l'oreille.

« Allô », ai-je marmonné sous ma couette.

C'était Anne. « Salut, je t'appelle juste pour te dire de te lever. »

Elle était en voiture, en route pour le comté de Kerry, et en bruit de fond j'entendais Richard chercher une station de radio.

« Il est six heures et demie du matin, bon Dieu », ai-je grommelé.

Évidemment, elle savait parfaitement quelle heure il était. « Tu n'as pas encore fait ton sac, et la dernière fois que tu as voyagé avec Clo vous avez raté l'avion à l'aller et au retour. »

Impossible de discuter : elle avait raison. Mais notre

vol décollait dans l'après-midi et j'avais encore une demi-journée de cours devant moi.

« Je suis levée », ai-je dit faiblement.

Elle ne comptait pas s'arrêter là. « Tu n'es pas levée tant que tu n'es pas debout… Allez, bouge-toi ! »

Je me suis assise dans mon lit. « Je suis debout. »

Elle n'a pas été dupe. « Lève-toi et marche », m'a-t-elle ordonné.

J'ai brandi le majeur devant le téléphone.

« Ça y est ? T'es debout ? »

J'ai posé les pieds par terre. « Voilà, je suis debout. Purée, Anne, tu n'as jamais pensé à entrer dans l'armée ? »

Elle m'a félicitée d'être si amusante avant d'aboyer un nouvel ordre à Richard : « Choisis une station une bonne fois pour toutes, nom de Dieu ! »

Puis elle s'est radoucie. « Ah, c'est mieux. Bon, Richard et moi, on vient vous chercher toutes les deux dimanche soir. Clo m'a donné votre horaire d'arrivée. Essayez d'y être, Em. Je déteste attendre pour rien dans les aéroports. »

Bien sûr, Clo et moi avions noté l'ironie du sort : Anne qui souhaitait si ardemment concevoir l'enfant dont Clo, elle, ne voulait pas. Nous avions envisagé de ne rien lui dire, craignant que cela lui fasse de la peine. Cependant, après moult débats, nous avions conclu que le pire serait de lui cacher ce qui se passait. Elle l'avait bien pris. Anne était un bon petit soldat.

« D'accord, ai-je convenu.

— Dis-lui qu'on l'aime et que ça va aller.

— Promis.

— OK, on se voit dimanche. Au fait, Richard t'embrasse.

— J'ai entendu. À dimanche. » J'ai raccroché et je me suis rallongée sous la couette en me disant que c'était juste pour quelques minutes. Je me suis réveillée une heure plus tard.

« Merde ! Bordel de merde ! »

J'ai bondi de mon lit et couru sous la douche. Une demi-heure plus tard, je jetais ce qui me tombait sous la main dans un sac tout en avalant un toast. J'ai réussi à tacher de confiture mon petit haut préféré. *Mais merde, à la fin !* Je l'ai flanqué au sale.

Cinq minutes après, j'étais dans ma voiture. J'avais l'impression persistante d'oublier quelque chose, et cela commençait à me perturber. J'ai regardé la maison. Le chat avait à manger pour une semaine, la porte était fermée à clé, le four éteint. J'avais mon sac de voyage, mes billets d'avion et mes clés. Qu'est-ce qui manquait ? J'ai passé la marche arrière.

« Oh non, bon sang ! »

J'ai pilé, bondi de la voiture, ouvert la porte et foncé dans l'escalier pour faire irruption dans la chambre d'amis.

« Seán, Seán, debout ! »

Il a grogné et s'est retourné.

« Lève-toi ! Je suis hyper en retard.

— Deux minutes », a-t-il gémi.

Il était calamiteux le matin, presque autant que moi. Il fallait que je trouve quelque chose pour le tirer du lit. Je suis allée à la salle de bains remplir un verre d'eau, que je suis revenue lui verser sur la tête. Il a sauté au plafond.

« Mais putain ! »

Je n'avais aucune patience. « Allez, zou, debout. Je suis hyper en retard et c'est ta faute. »

Il s'est enfin levé. « Ah bon, c'est ma faute, maintenant ? J'aimerais bien savoir pourquoi », a-t-il rétorqué d'un air narquois.

Je l'ai ignoré. Il s'était pointé chez moi à deux heures du matin, n'ayant pas réussi à trouver de taxi après une tournée des bars, et je n'étais pas d'humeur à faire la conversation.

« Je t'attends en bas. Tu as cinq minutes, sinon je t'enferme pour tout le week-end. »

Voyant que je ne blaguais pas, il s'est activé. Je l'ai laissé se débrouiller. Il m'a rejointe deux petites minutes plus tard – une performance impressionnante, je dois le reconnaître.

« On y va, ai-je dit en m'approchant de la porte.

— Eh ben, et mes toasts ? »

Son numéro de charme est tombé à plat – il m'agaçait prodigieusement. J'ai pris deux tranches de pain de mie et je les lui ai tendues. « Tiens, rapporte-les chez toi et mets-les dans le grille-pain.

— Charmant », a-t-il noté en considérant le pain écrasé dans sa main.

Deux minutes plus tard, j'étais de retour derrière le volant et je passais la marche arrière pour la seconde fois. Doreen était sur le pas de sa porte. « Coucou, Emma ! Bonjour, Seán ! Tu es encore resté dormir, à ce que je vois. »

Elle affichait un large sourire. Nous nous étions encore rapprochées depuis la mort de John. Elle était adorable, et après bien trop de vendredis soir passés à regarder *The Late Late Show* avec moi, elle rêvait que je trouve quelqu'un avec qui passer mes nuits, ce qui était gentil, certes, mais le moment était mal choisi.

« Salut, Doreen ! Je n'ai pas trouvé de taxi hier soir ! lui a crié Seán par la fenêtre.

— C'est ce qu'ils disent toujours ! s'est-elle esclaffée.

— Ouais, ben la prochaine fois il rentrera à pied ! ai-je crié.

— C'est bien, chérie. Fais-le ramer un peu. Les hommes, quelle bande de fieffés… Oh, bonjour, mon père ! »

Tournant la tête, j'ai alors vu Nigel approcher. J'ai freiné. « Mais c'est pas vrai ! Qu'est-ce qu'il y a, encore ?! » J'ai descendu ma vitre. « Nigel, je suis hyper à la bourre. »

Il a souri. « Je vois ça. T'inquiète, je vais prendre la clé de secours : j'ai oublié ma veste chez toi l'autre soir. » Il a tapé sur le toit de la voiture. « Allez, démarre. Amusez-vous bien. »

Je ne lui avais pas dit pourquoi je m'absentais tout le week-end. Je détestais lui mentir, mais je ne comptais pas évoquer l'avortement devant lui, ç'aurait été idiot. « Je t'appelle en rentrant. » Je lui ai fait au revoir de la main et j'ai filé avant qu'il puisse ajouter quoi que ce soit.

Dans le rétroviseur, j'ai vu Doreen l'alpaguer, sans doute pour l'inviter à boire un thé, une de ses spécialités.

Seán m'a dévisagée.

« Quoi ?

— Comment ça se fait que je ne connaisse pas, *moi*, l'existence d'une clé de secours ?

— Parce que tu t'en servirais.

— Charmant », a-t-il grogné. Il a gardé le silence une minute. « Eh, Em, dis à Clo que je penserai à elle.

— Tu le lui diras toi-même ! »

Je suis arrivée en classe cinq minutes seulement après la sonnerie. Mes élèves profitaient joyeusement de ce petit supplément de liberté. Je me suis excusée, sous les applaudissements. Comme c'était un cours d'anglais, j'ai pris mon exemplaire de *Roméo et Juliette*. Lorsqu'on travaillait sur une pièce, au lieu de la leur faire lire, je leur demandais de la jouer. Chaque jour, je choisissais les acteurs requis pour la scène que nous devions étudier. Je me disais que cela favorisait la mémorisation du texte, des passages clés, etc. La classe, elle, pensait que c'était de la pure perversion de ma part, et il y avait aussi du vrai là-dedans.

« Un volontaire pour jouer Roméo ? »

Aucune main ne s'est levée. J'ai promené mon regard dans la salle. « Tiens, Peter, il y a un moment qu'on ne t'a pas entendu. Jessica, tu seras Juliette. Qui veut faire la Nourrice ? »

Pas de réponse.

« Bon, Linda, c'est toi la Nourrice.

— Mais madame, j'ai déjà fait la Nourrice la semaine dernière !

— Eh bien, j'attends une prestation digne des oscars. »

Un éclat de rire général a accueilli ces mots. N'est-ce pas étrange que la réplique la plus banale puisse avoir un effet hautement comique dans une classe, une église ou une salle de mariage ?

Bref, Peter a commencé à lire. Quelques secondes plus tard, James a fait un bond sur sa chaise et la classe entière s'est retournée.

« Une seconde, Peter. James, qu'est-ce qui te prend ? »

Il se frottait le derrière. « C'est Declan qui me pique avec son compas, madame. »

J'ai poussé un long soupir. « Declan, pourquoi tu fais ça ?

— Putain, James est trop menteur, madame.

— Surveille ton vocabulaire, Declan.

— Mais merde, madame, j'ai juste dit "putain" ! »

Nouvel éclat de rire.

« Fais attention à toi, Declan. Pourquoi est-ce que tu piques James ? »

Il a poussé un soupir très similaire au mien, pour la plus grande joie de ses camarades. « Je ne le piquais pas, madame, je le poussais. Il ne veut pas partager son livre avec moi. »

Je lui ai demandé où était son livre.

« Je l'ai oublié. »

C'était la troisième fois d'affilée.

« Que vas-tu faire après le cours, Declan ? »

Il a gémi. « Venir vous voir, madame.

— Tout à fait. Peter, reprends depuis le début. »

J'ai entendu Peter rouspéter dans sa barbe, mais je n'ai pas relevé. La vie est trop courte.

À la fin du cours, Declan s'est approché de moi. « Où est-il, ce livre ? Et je t'en prie, ne me raconte pas que tu l'as oublié. J'ai très mal dormi la nuit dernière, alors je ne garantis pas de me maîtriser.

— Bon, d'accord, mais vous me jurez de ne pas vous énerver, hein ? »

Il a attendu mais a fini par comprendre que je n'avais pas l'intention de jurer quoi que ce soit. « Je l'ai vendu à Mary Murphy pour dix livres, a-t-il avoué avec un grand sourire.

— Tu as vendu ton exemplaire de *Roméo et Juliette* ?

— Ouais ! Dix livres.

— Et avec quoi comptes-tu travailler, du coup ? ai-je demandé, sincèrement intriguée.

— Je peux en trouver un d'occase pour cinq livres en ville demain. Ça s'appelle un bénéfice, madame. J'ai appris ça en éco. »

Son grand sourire était toujours là. Je m'efforçais de réprimer le mien.

« Declan.

— Oui, madame.

— Ferme la porte en partant. »

Il s'est illuminé. « J'étais sûr que vous comprendriez ! »

Je me suis déridée, cette fois, c'était plus fort que moi. « Oh, au fait, je ne peux pas te ramener ce soir. Je prends ma demi-journée.

— Pas de problème. Bon week-end. »

Je l'ai regardé partir, heureuse de le connaître. Les professeurs ne sont pas censés avoir de chouchous et, si on m'avait posé la question, je n'aurais jamais avoué qu'il était le mien.

J'étais en train de ranger mon bureau lorsque Eileen, une prof de physique, est apparue à la porte. « Emma, téléphone pour toi en salle des profs. »

Je n'ai pas vraiment réagi. « D'accord, j'arrive tout de suite. »

Elle n'a pas bougé. J'ai relevé la tête.

« Ça a l'air urgent. »

Je me suis troublée. Urgent, c'était synonyme de mauvaise nouvelle. Peut-être que quelqu'un était mort. Mon cœur s'est emballé, un bourdonnement a envahi mes oreilles. J'ai couru jusqu'à la salle des professeurs et pris le téléphone.

« Allô.

— Allô. Infirmière O'Shea à l'appareil. Je vous appelle de l'hôpital de Holles Street.

— Oui ? ai-je soufflé en m'efforçant de l'entendre par-dessus les battements de mon cœur.

— Je vous appelle à la demande de votre amie Clodagh Morris. Elle a malheureusement fait une fausse couche. »

Personne n'était mort. J'ai remercié le Ciel. « J'arrive tout de suite. »

J'étais en train de m'asseoir lorsque Eileen est entrée dans la pièce. « Tout va bien ? »

Je lui ai adressé un sourire épuisé. « Mon amie vient de faire une fausse couche. »

Elle s'est assise à côté de moi. « Quelle horreur, la pauvre. Elle essayait depuis longtemps ? »

Je l'ai regardée, interloquée. « Si elle essayait de faire une fausse couche ? »

Elle m'a fixée bizarrement.

« D'avoir un bébé.

— Oh pardon, j'avais mal compris, ai-je bredouillé avec embarras. Est-ce que quelqu'un peut me remplacer ? Il faut vraiment que j'aille la voir.

— Bien sûr. »

Je me suis levée pour partir.

« Je suppose que ton week-end de shopping tombe à l'eau, a-t-elle ajouté.

— Eh oui.

— Bah, ce sera pour une autre fois…

— J'espère bien que non. »

Je suis tombée sur Seán dans le parking de l'hôpital. Nous sommes entrés lentement, sans savoir trop quoi dire. Clo attendait dans la zone des consultations externes. Elle était blafarde. Une femme enceinte s'occupait d'un bambin en larmes. Seán et moi nous sommes assis chacun d'un côté de notre amie. Elle tentait de donner le change, mais ses yeux étaient bouffis.

« J'ai toujours été radine », a-t-elle plaisanté.

Je lui ai souri. Je ne savais pas quoi faire d'autre. Seán lui a pris la main et lui a dit que cette grossesse n'était pas destinée à aller à terme.

Clo a eu un rire amer. « J'aurais préféré le savoir avant de me ruiner en billets d'avion. »

Elle avait des crampes abdominales. Je lui ai proposé d'appeler une infirmière, mais elle m'a répondu que ce n'était pas assez fort pour justifier une nouvelle prise d'antalgiques.

« Vous êtes trop sympas avec moi, tous les deux. J'ai l'impression d'être une tricheuse. J'allais m'en débarrasser. C'était mon choix, et maintenant il n'est plus là, et tout le monde est trop gentil. » Elle s'est mise à pleurer, en chœur avec le bambin.

« Quand tu sortiras, tu pourras venir habiter un peu chez moi, le temps de te remettre. » Ce n'était pas une invitation de ma part : c'était un ordre.

Elle a refusé et m'a assuré qu'elle se débrouillerait très bien seule. Elle avait simplement envie de rentrer chez elle. Je comprenais, mais j'étais déçue parce que j'aurais vraiment voulu m'occuper d'elle, comme mes parents l'avaient fait avec moi, quelques mois auparavant. Seán l'a informée qu'Anne et Richard arrivaient.

Ça l'a contrariée. « C'est pas vrai ! Ils devaient

être à mi-chemin du Kerry ! Ce n'était vraiment pas la peine de revenir. »

Seán a gloussé.

« Je pense qu'Anne profite de cette excuse pour rentrer. Pour ma part, j'en ai profité pour me tirer d'un déjeuner particulièrement barbant.

— Et puis ils peuvent aller dans le Kerry quand ils veulent, leur maison ne va pas s'envoler, ai-je ajouté.

— Je ne veux pas qu'on en fasse toute une histoire. Je me sens déjà assez naze comme ça. »

Sa lèvre tremblait et j'avais envie de pleurer pour elle, mais, sachant bien que cela ne l'aiderait pas, je me suis retenue. Seán a décidé de parler d'autre chose.

« Je ne me fais pas à l'idée qu'ils envisagent de déménager là-bas.

— Je sais, ai-je acquiescé.

— Le Kerry. Quelle idée.

— Bah, chacun son trip », a commenté Clo.

Nous étions d'accord.

« Je ne suis jamais allée dans le Kerry, ai-je continué.

— Moi non plus, a dit Seán.

— C'est peut-être chouette, là-bas, a hasardé Clo.

— Mmm. » Nous sommes restés sans rien dire, jusqu'au moment où une infirmière est venue annoncer à Clo qu'elle pouvait rentrer chez elle. Nous l'avons raccompagnée à sa voiture, l'avons embrassée avec effusion et lui avons fait au revoir de la main quand elle a démarré.

Comme je repartais vers mon auto, Seán m'a fait remarquer que j'avais l'air triste. Et je l'étais. Je lui ai avoué qu'en recevant le coup de fil j'avais paniqué, cru qu'il y avait un mort, et que j'avais été terriblement soulagée en apprenant ce qui se passait. C'était seulement en sortant de l'hôpital que j'avais compris qu'il y avait bien eu un mort ; que le bébé de Clo soit désiré ou non, qu'elle ait fait une fausse couche ou avorté, quelque chose qui vivait en elle la veille au soir était mort aujourd'hui, et c'était triste. Il m'a prise par l'épaule et m'a dit que nous allions surmonter tout cela, et je savais que c'était vrai, mais à cet instant ce n'était pas à nous que je pensais.

Ce soir-là, je me suis rendue au confessionnal parce que c'était encore le plus simple pour discuter avec Nigel. Il n'y avait pas la queue. Il n'y avait jamais beaucoup d'attente. En général, je tombais sur les deux mêmes vieilles dames. J'ai attendu qu'elles confessent leurs péchés en m'efforçant d'imaginer à quelles turpitudes pouvaient se livrer deux petites grands-mères comme elles, pour passer tant de temps à chercher l'absolution chaque semaine. Lorsque la dernière est sortie, j'ai pris place dans l'étroite cabine. Il y faisait froid et le prie-Dieu était dur sous mes genoux. Je me suis demandé un instant si cet inconfort n'était pas un peu pervers, sachant que la majorité de ceux qui s'y agenouillent ont plus de soixante ans. Nigel a fait coulisser le petit panneau qui révélait la grille séparant le sacré du pécheur.

« Salut.

— Em, il faut qu'on arrête de se voir comme ça, a-t-il aussitôt plaisanté.

— C'est-à-dire que si tu décrochais ton téléphone, je ne serais pas obligée de me mettre à genoux pour te parler.

— Je croyais que tu partais ce week-end ?

— Changement de programme. Clo a fait une fausse couche. »

Il a eu un tic nerveux à la paupière. Cela lui arrivait toujours quand il était surpris ou ne savait pas quoi dire.

« Mais ça va, ai-je ajouté. Elle n'était pas prête à avoir un bébé.

— Dieu l'a peut-être entendue. »

J'ai eu un rire amer, comme Clo avant moi. « J'en doute fort. Il ne m'a jamais écoutée, moi. » J'avais conscience d'ouvrir un débat qu'en principe j'évitais soigneusement avec Nigel, car je n'avais aucune envie d'entendre son avis sur Dieu et je n'aimais pas me disputer avec lui. Mais ce jour-là j'étais curieuse de savoir ce qu'il avait à dire, ne fût-ce que pour lui dire où il pouvait se la mettre, son opinion, et me sentir un peu ragaillardie.

« Je peux te poser une question ?

— Vas-y, a-t-il avancé avec méfiance, sentant bien que je cherchais à en découdre.

— Bon. Comment sais-tu qu'Il existe ?

— Qui ? Dieu ? » Il cherchait à gagner du temps.

« Non, le père Noël ! me suis-je impatientée.

— Je le sais, c'est tout.

— Trop facile.

— D'accord, alors c'est écrit dans la Bible. »

Incroyable. « C'est tout ? "C'est écrit dans la Bible ?" » *Et c'était à ça qu'il sacrifiait sa vie entière ?* « OK, alors laisse-moi te demander une chose. Si on découvrait que la Bible n'est qu'un roman, une affabulation inventée il y a quelques milliers d'années par un gros fumeur de pétards ? Hein ? Tu croirais encore en Dieu ? »

Ça l'a fait rire.

« Il faudrait vraiment fumer beaucoup pour inventer une histoire pareille.

— Réponds-moi sérieusement.

— D'accord, Em. La Bible, ce n'est que le guide pratique. Dieu, c'est un sentiment que j'ai en moi. Il fait partie de mon âme. »

Là, je me suis sérieusement demandé s'il consommait des psychotropes. Voyant bien que cela ne me suffisait pas, il a continué. « OK, tu ne crois pas à ça. Mais que fais-tu de tous les gens qui ont vu des miracles ? Tous ceux qui ont vu la Sainte Vierge ? »

Facile, ai-je songé. « Il y a nettement plus de gens qui prétendent avoir été enlevés par des extraterrestres, et eux, on les traite de dingues. »

J'étais très contente de mon argument, mais il l'a balayé d'un rire.

« Je suis sérieuse, Nigel. Tu n'as jamais peur de gâcher ta vie pour quelqu'un qui n'existe même pas ? »

Son sourire s'est envolé et il est devenu pensif. J'avais espéré le mettre en rogne, mais non. « Mon boulot consiste à aider mon prochain. En quoi est-ce gâcher ma vie ? Dieu est en chacun de nous, Em. »

Était-ce moi qu'il essayait de convaincre, ou lui-même ? J'ai réfléchi pendant quelques instants.

« Qu'est-ce que tu peux être fleur bleue, Nigel !

— Ça, c'est vrai.

— Bon, faut que j'y aille. »

Il m'a fait au revoir de la main pendant que je dépliais mes pauvres genoux meurtris.

Je suis restée assise un moment dans l'église vide, en contemplant les alentours. Des statues de saints s'alignaient le long des murs, la Vierge à l'Enfant occupant la place d'honneur. Au-dessus de l'autel de marbre entouré d'arches dorées, le vitrail montrait Jésus, agonisant et ensanglanté, sa mère à ses pieds blessés, les yeux désespérément tournés vers le Ciel, et j'ai pris un moment pour apprécier sa beauté macabre.

Bien longtemps après, Nigel m'a reparlé de ce jour-là. Il m'a avoué que pendant que j'admirais la vue il avait longuement pleuré dans son confessionnal.

11

Ron le canon

Seán dormait souvent dans ma chambre d'amis, surtout depuis Noël. Ce qui n'avait pas échappé à Anne.

« Bon alors, qu'est-ce qui se passe ? m'a-t-elle un jour demandé, l'air de rien, dans un café bondé.

— Rien ! »

Elle n'allait pas se contenter de cette réponse, persuadée que les visites de Seán avaient plus à voir avec moi qu'avec des problèmes de transports. Je n'avais aucune envie d'en parler.

« Ça fait combien de temps, Em ?

— Mais quoi ? » me suis-je exclamée, énervée. Je voulais juste boire un café, moi.

« Ça fait combien de temps que tu n'as pas niqué ? » Elle a prononcé « niqué » à voix basse.

Je vais faire comme si je n'avais rien entendu, ai-je pensé, mais je savais qu'elle était prête à répéter sa question à tue-tête s'il le fallait.

« Tu crois vraiment que c'est important ?

— Oui. »

J'ai soupiré comme je le faisais avec mes élèves. Elle s'en est rendu compte, mais elle s'en fichait, car elle était convaincue qu'il fallait absolument aborder le sujet. Cela faisait juste un peu plus de dix mois que John n'était plus là ; il me paraissait donc évident que je n'avais couché avec personne depuis un peu plus de dix mois.

« Depuis John, bien sûr, ai-je lâché, agacée de devoir le préciser. Dix mois.

— Dix mois, Em !

— Quoi ?

— Em. Tu as eu vingt-sept ans en octobre.

— Tu m'avais promis de ne pas évoquer mon anniversaire », ai-je gémi pour changer de sujet. J'avais passé ce soir-là de la même façon que Noël, c'est-à-dire sous ma couette. Je commençais à regretter de ne plus y être.

« Et c'est ce que j'ai fait, s'est-elle justifiée.

— Ça voulait dire aussi : ne pas en parler, et d'ailleurs tu m'as envoyé des fleurs.

— Tu détournes la conversation exprès.

— Bon, alors qu'est-ce que tu voulais dire ? ai-je rétorqué avec méfiance.

— Eh bien, il ne va pas revenir. » Elle avait l'air un peu triste, comme si le fait de le dire rendait la disparition de John plus réelle.

« Je sais.

— Tu devrais peut-être essayer de sortir un peu. » Elle me souriait, comme si cela pouvait rendre son conseil plus facile à encaisser.

« Sortir un peu ! Tu crois peut-être que, juste parce qu'on a changé d'année, je devrais l'oublier ? ai-je lancé, incrédule.

— Bien sûr que non. Personne n'oublie ce que vous avez partagé, John et toi. Mais… Je sais que ça peut paraître dur, ce que je vais te dire… Il est parti, il ne reviendra pas, et tu as vingt-sept ans et tu es seule et on se dit tous que…

— Qui ça, "on" ? » Anne n'a pas été assez rapide. « Vous avez parlé de ça dans mon dos ! »

Elle s'est décomposée. Je l'ai presque entendue penser : *Eh merde.*

« Qui ça, "on", Anne ? »

Elle s'est accordé une minute de réflexion avant de répondre. « Richard, Clo et Seán ».

J'en suis restée comme deux ronds de flan. « J'y crois pas ! Vous complotez derrière moi ! »

Du coup, elle s'est mise à chercher ses mots. « Ce n'est pas ça du tout, et tu le sais. On s'inquiète pour toi, c'est tout. »

Il m'apparaissait clairement que ces gens avaient de gros soucis à se faire si leur seule préoccupation était que je m'envoie en l'air. J'étais blessée.

« Ma vie sexuelle, c'est privé, et vous n'avez pas à discuter de ça ! ai-je craché entre mes dents.

— Écoute, c'est arrivé par hasard. C'est juste que Richard connaît un type qui est notaire… Quelqu'un de très bien, célibataire depuis plus d'un an, et… »

J'ai cessé d'écouter. Je n'en revenais pas. Je n'en revenais pas qu'elle trouve normal d'avoir cette conversation avec moi, là, dans ce café bondé à la noix.

« … et donc, tu vois, c'est comme ça que la conversation a commencé, et Clo et moi on pense vraiment qu'il est temps que tu tournes la page. »

J'avais raté le milieu. Merde, ils parlaient de moi

derrière mon dos, c'était tout ce qu'il y avait à retenir. J'étais abasourdie que Clo et Anne aient évoqué ma vie sexuelle en présence de Seán et Richard. Quelle humiliation !

« Bon, pour être honnête, Seán n'a pas dit grand-chose, a-t-elle reconnu. C'est vrai qu'il est souvent chez toi. Est-ce qu'il y a quelque chose qu'on devrait savoir ?

— Il n'y a rien entre Seán et moi. C'était le meilleur pote de John », lui ai-je rappelé, écœurée par son manque de délicatesse.

Mais ma réponse a eu l'air de l'enchanter.

« Très bien, donc tu peux sortir avec Ron.

— Ron ?

— Mais oui, Em, le notaire. »

J'avais très envie de l'envoyer bouler, mais, après l'avoir écoutée dérouler son argumentaire, je me suis surprise à accepter de faire connaissance avec le dénommé Ron. Il faut croire que je souffrais plus de la solitude que je ne le croyais.

Une semaine plus tard, me voilà dans ma chambre en train de m'habiller pour sortir à vingt heures en compagnie de Ron. Mon premier rencard depuis mes seize ans. J'avais acheté une robe, puis avais aussitôt décidé qu'elle ne me plaisait plus. Clo et Anne étaient là, pour m'aider autant que pour assister à l'événement. Elles buvaient de la vodka en se disputant à propos de ma tenue : devais-je m'habiller en noir ou en rouge ? Quant à moi, j'avais les nerfs en pelote, comme quelqu'un qui a peur en avion et s'apprête à embarquer sur un vol long-courrier.

« Et si je le déteste au premier coup d'œil ?

— Aucune chance, m'a prévenue Anne.

— Qu'est-ce que tu en sais ?

— Il est canon.

— Il est canon ? a fait Clo.

— Oh oui.

— Et pourquoi tu ne me l'as jamais présenté, à moi ? »

Nous avons pouffé et Clo a souri pour elle-même. « De toute manière, c'est aussi bien, j'ai arrêté les hommes », nous a-t-elle rappelé. C'est ce qu'elle nous avait dit, et nous nous demandions combien de temps elle tiendrait.

C'était presque l'heure du rendez-vous. Clo et Anne étaient pompettes et j'étais à deux doigts de prendre mes jambes à mon cou.

« Où est Richard ? a demandé Clo à Anne.

— Sorti avec Seán. »

Je n'avais pas informé ce dernier de mon rencard. Je ne savais pas comment il le prendrait, par rapport à John. Cela me mettait mal à l'aise.

« Est-ce que Seán sait que je sors avec ce type ? me suis-je enquise en tâchant de rester naturelle.

— Oh, Richard lui en a sûrement parlé, m'a répondu Anne en me recoiffant comme si j'avais deux ans.

— Ça pose un problème ? a demandé Clo, toujours en alerte.

— Non, ai-je prétendu. Pas du tout. »

La sonnette a retenti et j'ai eu envie de vomir.

« Va ouvrir, m'a pressée Anne.

— Bon. Vous deux, vous restez dans la cuisine. Moi, je pars avec Ron. » J'arrivais à peine à prononcer son prénom. « Ensuite, vous rentrerez chez vous et vous ne serez plus ici à mon retour. »

Elles s'y sont engagées, si bien que j'ai ouvert pour accueillir mon cavalier. « Bonsoir, je suis Emma. »

Il m'a souri. « Ron Lynch. Désolé pour le retard. » Il était vingt heures une.

« Tu n'es pas en retard », ai-je souligné en prenant mon manteau. Il fallait que je le sorte de là avant que Clo oublie ses bonnes résolutions et se pointe pour voir sa tête, comme l'avait fait ma mère avec John il y avait des années de cela. « Allons-y.

— D'accord », a-t-il acquiescé aimablement.

Nous sommes sortis et j'ai marché vers sa voiture de sport tout en songeant *La vache, c'est vrai qu'il est canon.* Mes rideaux ont bougé quand nous avons démarré. J'étais sûre que Clo était en train d'engueuler Anne pour ne pas lui avoir présenté Ron, à elle. Nous avons roulé en silence, en tournant de temps en temps la tête pour échanger un sourire. Il m'a demandé si je voulais écouter un peu de musique.

« Oui, super ! ai-je répondu avec un peu trop d'enthousiasme.

— Une préférence ? »

J'ai trouvé sa question un peu idiote, vu que nous étions en voiture. *Il a tant de choix que ça ?* Mais je suis restée polie.

« Qu'est-ce que tu as ?

— Qu'est-ce qui te ferait plaisir ? »

Cela m'était complètement égal. « Du Springsteen.

— Quel album ? »

Bon, d'accord, il voulait frimer.

« Eh bien, lesquels as-tu ? ai-je demandé, enjouée.

— Tous. »

OK, j'ai capitulé. « *"Born in the USA"*, alors. »

Il a manipulé une télécommande et quelques secondes plus tard Bruce Springsteen était dans la voiture avec nous en train de chanter *I'm on Fire*. C'était tout à fait impressionnant, dans le genre m'as-tu-vu. Il m'a souri, et je lui ai retourné son sourire tout en tâchant de trouver une position confortable dans le siège baquet. Nous sommes arrivés au restaurant avant que j'aie pu entendre la chanson titre. J'ai noté mentalement de m'acheter le CD. Il me rappelait des séances de pelotage dans la chambre de John, ces instants volés que nous réussissions à nous ménager même si sa mère nous interdisait de fermer la porte.

« Prête ? m'a-t-il demandé.

— Pardon ? » J'étais à des années-lumière.

« On y est. » Il m'a indiqué le restau.

« Ah oui. Super. »

Combien de fois allais-je répéter ce mot ? me suis-je demandé tout en essayant de m'extirper de l'habitacle sans perdre ma dignité. Cette étape-là ayant échoué, nous sommes entrés dans l'établissement. C'était très prétentieux : tentures en soie, nombreuses petites lampes, nappes en tissu, argenterie, chandelles, un pianiste dans un coin, serveurs obséquieux, bref, la totale, comme aurait dit Clo. Je déteste dîner dans des endroits où le personnel vous fait sentir qu'il vous accorde une faveur en vous recevant.

Après nous être consultés, nous avons commandé. Le serveur, svelte et condescendant, a pris note de nos desiderata tout en soupirant lourdement pour signifier son dégoût à l'idée de servir une béotienne qui osait réclamer de la mayonnaise.

« C'est superbe, ici, ai-je dit en continuant de sourire à m'en faire mal aux joues.

— Tu détestes.

— Non ! » ai-je protesté, alarmée, en cherchant des poussières à chasser de ma jupe.

Il m'a demandé si je préférais que nous allions ailleurs, mais les entrées étaient commandées et, pour la première fois, j'ai commencé à me détendre un peu.

Je l'ai observé, de l'autre côté de la table. Blond, grand, mâchoire carrée, épaules larges, plutôt joli garçon. Pas mon genre mais beau gosse, objectivement. En tout cas, plusieurs femmes dans la salle semblaient apprécier. Je les surprenais sans cesse à lui lancer des regards, et à ce moment-là elles se retournaient vers leur cavalier au physique ordinaire.

Je me suis entendue soupirer.

« Bon, d'accord, tu détestes carrément cet endroit », a-t-il constaté, non sans raison.

J'ai continué de prétendre que c'était très bien jusqu'au moment où, après un deuxième verre de vin, il m'a reposé la question.

« C'est un peu guindé, ai-je convenu avec embarras.

— Je sais. J'essayais de t'impressionner. »

J'ai souri, avec sincérité cette fois. « Du coup, je suppose que le coupé sport n'est pas à toi… »

Il a éclaté de rire.

« Si, il est bien à moi. Tu n'aimes pas ?

— Si, si, ça va. Mais je préfère les Volvo. Des voitures très sûres. »

Il a reconnu qu'en effet c'était le cas.

J'avais l'impression d'être une maîtresse d'école et je m'en suis excusée. Ça l'a amusé, et nous sommes tombés d'accord pour dire que les rencards à l'aveugle, c'était difficile. Mais il s'est avéré que Richard lui avait abondamment parlé de moi, alors que de mon côté je ne savais rien de lui.

« Je suis vraiment navré pour ton compagnon. »

J'ai failli m'étrangler. « Merci », ai-je bredouillé. Il a eu l'air gêné : on voyait clairement qu'il s'en voulait d'avoir abordé le sujet. Je lui ai dit que cela faisait presque un an et que j'allais bien. Il m'a alors révélé qu'il était présent à la fête d'héritage chez Anne et Richard, et qu'il m'avait remarquée quand j'étais entrée avec John. Il avait demandé à Richard qui j'étais, mais Richard lui avait expliqué que j'étais prise.

« Je ne me rappelle pas t'avoir vu.

— Il faut dire que tu as passé toute la soirée dans la cuisine.

— Oui, je m'en souviens », ai-je reconnu avec un faible sourire, en espérant que nous pourrions rapidement passer à autre chose.

« Je suis sincèrement désolé, a-t-il répété.

— Donc en fait ce n'est pas vraiment un rencard à l'aveugle, ai-je constaté. Je veux dire, pour moi oui, c'en est un, mais pas pour toi. »

Il a piqué un fard. « Mmm, c'est vrai. Tu m'avais plu, ce soir-là. »

Bon Dieu de merde, ai-je pensé en rougissant. Mortifiée, je me suis excusée pour aller aux toilettes. Peu après mon retour, il a demandé l'addition.

« Il ne faut pas se forcer si on ne le sent pas, m'a-t-il dit.

— Non, en effet.

— Mais on pourrait finir la soirée dans un club de jazz que je connais, a-t-il proposé plus joyeusement.

— Allons-y. »

Lorsque nous sommes entrés dans le club, j'ai commandé une tournée de shots tout en prenant soin de préciser que je n'étais pas alcoolique. Il a ri et m'a assuré que ce n'était pas rédhibitoire, qu'il était preneur de toute manière.

« C'est rassurant ! » ai-je plaisanté, et il m'a dit que j'étais drôle : l'espace d'un instant, je me suis fait l'effet d'être Barbra Streisand.

Il m'a parlé de son enfance. En fait, il était né en Allemagne, mais ses parents étaient rentrés en Irlande, dont ils étaient originaires, quand il avait deux ans. Comme j'étais nerveuse et un peu pompette, j'ai fait une blague sur la race aryenne que j'ai aussitôt regrettée mais qui l'a fait marrer quand même. J'ai ri aussi, soulagée. Nous avons tous deux convenu qu'un premier rencard était toujours cauchemardesque, et j'en ai profité pour lui avouer que je n'en avais pas eu depuis mes seize ans.

« C'est pas vrai ! s'est-il exclamé.

— Eh si. » J'ai repris un shot.

Il m'a confié qu'avant de devenir notaire il avait été guitariste dans un groupe au lycée. Je lui ai raconté que John avait toujours voulu être Jimi Hendrix.

« Il jouait de la guitare ? » s'est-il enquis avec intérêt.

Détendue, j'ai répondu que non. Je lui ai demandé s'il jouait encore, et il m'a dit qu'il avait arrêté mais qu'il chantait toujours sous la douche.

« Moi aussi.

— Ah oui ? Qu'est-ce que tu chantes ?

— Du James Taylor, ai-je avoué, enhardie par l'alcool.

— James Taylor !

— Quoi ? C'est très bien, James Taylor ! Et toi, qu'est-ce que tu chantes ?

— Aerosmith. »

J'ai ricané pendant un bon moment, cette fois. « Aerosmith ! T'es gonflé de te moquer de moi ! »

Il a soutenu que les musiciens d'Aerosmith étaient les rois du rock and roll. Je lui ai fait remarquer que cette couronne-là revenait à Elvis.

« Oui, mais il est mort. » Aussitôt qu'il a dit cela, il s'est décomposé. « Oh, mon Dieu, pardon, désolé, je ne voulais pas…

— Bah, ne t'en fais pas. Je veux dire, bien sûr, ça m'a fichu un coup quand j'étais petite, mais bon, Graceland est toujours là. »

Là, nous avons franchement éclaté de rire et je me suis rendu compte que malgré moi je m'amusais beaucoup. Nous étions ivres. Il a laissé sa voiture en ville et nous sommes rentrés chez moi en taxi. Il a demandé au chauffeur d'attendre le temps qu'il me raccompagne jusqu'à ma porte. Comme il pleuvait à verse, je lui ai suggéré de rester au sec, mais il n'a rien voulu savoir. Il m'a escortée sur les trois mètres qui me séparaient du seuil.

« J'ai passé une très bonne soirée, a-t-il dit.

— Moi aussi.

— Pourrai-je te revoir ?

— Avec plaisir », ai-je répondu tandis que mon estomac faisait un petit bond.

Il s'est penché, m'a embrassée, et je lui ai rendu son baiser avant de m'écarter de lui, consciente que le chauffeur nous regardait.

« Je t'appelle, m'a-t-il soufflé.

— D'accord. »

Je lui ai fait au revoir de la main.

Le taxi l'a emporté et, une fois qu'ils ont été hors de vue, je me suis accordé une minute pour digérer l'incident. J'avais embrassé un blond prénommé Ron, sur le perron de la maison de John. J'ai levé les yeux dans la nuit pluvieuse.

Je t'aime encore, John. Un baiser n'y change rien. Passe le bonjour à Elvis.

Je suis rentrée, le visage mouillé de pluie. Comme je m'en doutais, Anne et Clo étaient encore là, inconfortablement assoupies sur des chaises dans la cuisine. Je suis montée dans ma chambre, le sourire aux lèvres. J'avais embrassé un type appelé Ron.

Il y avait trois jours que j'étais sans nouvelles de Seán. Après les cours, j'ai filé en ville et je suis passée à son bureau. Comme il était en réunion, j'ai dit que j'attendrais. J'ai feuilleté des magazines dans le hall de l'accueil jusqu'à ce qu'il passe devant moi, visiblement lessivé. Je me suis levée, mais il ne m'a même pas vue. Je l'ai appelé. Il a eu l'air surpris.

« Je me demandais ce que tu devenais... J'ai pensé qu'on pourrait aller boire un verre, par exemple. »

J'ai eu l'impression qu'il cherchait une excuse pour se défiler, mais il s'est ravisé. « D'accord, j'arrive dans une minute. »

Nous étions mal à l'aise. Arrivée au bar, j'ai commandé à boire avant que nous ayons le temps de prononcer le moindre mot. Il a parlé le premier.

« Alors, comment ça s'est passé, ta sortie ?

— Bien.

— Clo dit que tu l'as embrassé. » Son sourire n'allait pas jusqu'à ses yeux.

« Clo est trop bavarde ! » Je me suis empressée d'embrayer sur autre chose.

« Sur quoi tu travailles, en ce moment ?

— Un article sur les frottis. »

J'ai aussitôt regretté ma question. « Ah, ai-je fait en me rappelant que j'avais raté un rendez-vous chez le gynéco.

— Et alors, il te plaît ? a insisté Seán.

— Il est sympa. » J'ai bu une rasade d'alcool.

« Sympa », a-t-il répété.

Cela commençait à devenir pénible. Il était furieux que je sois sortie avec un homme et cela se voyait comme le nez au milieu de la figure, malgré ses efforts pitoyables pour le dissimuler.

« Tu as quelque chose à redire, Seán ? l'ai-je provoqué avec irritation.

— Non.

— Alors pourquoi tu me fais la gueule ? Tu crois que je devrais entrer au couvent, peut-être ?

— Mais non, bien sûr que non !

— Bon, alors qu'est-ce qu'il y a ? Je suis sortie avec un mec et on s'est embrassés. La belle affaire. Ça fait presque un an que John… » Je n'ai pas pu me résoudre à dire « est mort », alors que je venais de parler d'un baiser accordé à un autre.

Seán s'est excusé, s'est traité de con et m'a dit qu'il était content pour moi. J'ai objecté qu'il n'y avait pas encore de quoi se réjouir, qu'il ne s'agissait que d'un baiser. Il a ri, franchement cette fois. Il m'a dit qu'il devait sortir avec une comptable ce soir-là. À mon tour, j'ai fait comme si de rien n'était, mais j'étais beaucoup plus douée que lui pour dissimuler mes sentiments. Je lui ai bravement souhaité une agréable soirée. Nous avons échangé une embrassade avant qu'il s'en aille, et j'ai eu du mal à le lâcher. Dans ses bras, je me sentais protégée, comme avant avec John, parce que je savais qu'il était mon ami.

Je suis sortie dans la rue. Le ciel était gris, mais un rayon de lumière parvenait à traverser les nuages telle une voie royale argentée menant à un autre monde, par-delà le nôtre. *Ça ne voulait rien dire, John. Ce n'était qu'un baiser.*

En secret, j'étais contente que Seán ait été contrarié par ce baiser, et j'ai passé le trajet du retour à me répéter que c'était parce que cela prouvait qu'il pensait à John.

Deux semaines et trois dîners après ma première rencontre avec Ron, il m'a invitée chez lui. Il préparait le repas, j'apportais le vin. Cette invitation pouvait se résumer en un mot : sexe. Il désirait que nous couchions ensemble. Je n'étais pas certaine de vouloir la même chose. Je ne vais pas mentir : j'étais plus excitée qu'un collégien par une chaude journée d'été. Cela faisait trop longtemps, mais il y avait encore la question de John. Que faire ? J'ai choisi quatre tenues, que j'ai étalées sur mon lit. Je me suis longuement douchée puis me suis assise sur les toilettes, les pieds dans une bassine, pour me raser les jambes.

Juste au cas où.

De retour dans ma chambre, j'ai constaté que mon choix de tenues s'était réduit à trois. Leonard était couché en rond sur ma robe en velours noir.

« Merde ! »

Vêtue de soie verte, je me suis regardée dans la glace. John disait toujours que le vert mettait mes yeux en valeur, et même Seán m'avait un jour complimentée sur cette robe. Non que son avis eût une quelconque importance, mais c'était un mec, et il avait du goût. Mes cheveux noirs me retombaient librement sur les épaules. J'aurais voulu passer chez le coiffeur, mais c'était trop tard. Je me suis maquillée lentement et soigneusement. Il fallait que tout soit parfait.

Juste au cas où.

J'ai ajusté mon Wonderbra en remontant mes seins. J'ai fait un bisou à Leonard, qui s'est débattu pour m'échapper. Il a sauté du lit et a filé au cas où j'aurais imaginé lui faire un câlin. Apparemment, il n'était pas d'humeur. J'ai ramassé ma robe en velours, désormais couverte de poils de chat, et je l'ai mise au sale. De toute manière, la verte m'allait mieux.

Mon Dieu, qu'est-ce que je suis en train de faire ?

Dans le taxi, je tremblais. Le chauffeur n'était pas bavard, et c'était tant mieux. Il a monté le chauffage sans dire un mot. J'ai prié pour ne pas me mettre à transpirer. Il s'est arrêté devant un immeuble chic, à Donnybrook.

« Ça fera huit livres, m'dame. »

J'ai fouillé dans mon portefeuille et je lui ai tendu un billet de dix. « Gardez la monnaie », ai-je bredouillé tout en bataillant pour prendre mon sac et ouvrir la portière en même temps. J'ai finalement réussi à m'extirper de la voiture et le chauffeur m'a fait un signe en redémarrant. J'ai envisagé un instant de le rappeler, mais j'ai regardé sa voiture s'éloigner et la barrière automatique se refermer derrière lui. J'ai soufflé telle une athlète olympique avant le départ d'une course. Ça y était. J'avais impression de pénétrer dans l'antre du lion.

J'ai sonné à l'interphone.

« Monte ! Je suis au troisième. » Sa voix était légère et joyeuse.

J'ai poussé la porte, qui a cédé facilement. Je me suis vue avancer dans le grand miroir installé au fond du hall. L'ascenseur s'est ouvert devant moi et j'y suis entrée d'un pas prudent. J'ai pressé le bouton marqué « 3 » et attendu face aux portes qui se refermaient.

Dernière chance de faire demi-tour.

Sur le palier, je me suis sentie bête. Il attendait que je frappe. Moi, j'attendais un signe de John. Il ne s'est rien passé. Je me suis mordu la langue et j'ai levé la main. La porte s'est ouverte avant que je l'aie touchée. Il portait un tablier orné d'un canard coiffé d'une toque de cuisinier. Il me souriait.

« Bonsoir ! Tu es magnifique. »

Mes craintes se sont évaporées. La porte s'est ouverte en grand et un doux baiser m'a accueillie. Il a pris mon manteau et m'a guidée jusqu'au salon. Hauts plafonds, murs blancs, parquet sombre, tableaux chics et colorés aux murs. Un luxueux canapé en velours chocolat trônait au milieu de la pièce, face à une cheminée en bois épais et foncé. Le téléviseur et la chaîne hi-fi occupaient un coin entier. En dehors de cela, la pièce était vide. C'était sublime. L'appartement était immense. Il y avait même une salle à manger séparée. Elle était plus petite que le salon mais tout aussi impressionnante. Nous avons dégusté un dîner qui semblait avoir été préparé par un chef étoilé plutôt que par un notaire. J'étais un peu gênée de lui avoir montré où j'habitais. Il avait dû me prendre pour une clocharde.

« Alors, tu aimes ? m'a-t-il demandé avec un grand sourire.

— C'est magnifique. On dirait un musée. Mais un super beau musée. »

Il a éclaté de rire. Ce qui m'a légèrement décontenancée, car je n'avais pas voulu plaisanter.

« Je parlais du dîner, a-t-il clarifié.

— Ah d'accord, je suis vraiment nouille.

— Non, ça me fait plaisir que l'appart' te plaise. » Il a encore souri, et cela l'a rendu très beau. J'ai eu un rire gêné.

Après le repas, nous sommes passés au salon et nous nous sommes installés côte à côte dans le canapé moelleux, en buvant le vin pour lequel j'étais contente d'avoir claqué une fortune.

Il m'a parlé de son passé, de ses études, des raisons qui lui avaient fait choisir le droit. Il était clair que, comme mon ami Richard, Ron était issu d'un milieu huppé. Mais il était plus joueur séducteur, à l'évidence. En tout cas, ce soir-là il avait envie de me séduire, et après la seconde bouteille de vin j'étais prête à jouer avec lui. Nous parlions de Madonna, je ne sais pas pourquoi. La conversation s'est épuisée tout naturellement et nous avons senti un baiser flotter dans l'air. Nous avons simultanément posé nos verres par terre. Nous nous sommes tournés l'un vers l'autre. Il a posé une main sur mon cou et j'ai senti sa chaleur. Il m'a attirée vers lui et je me suis penchée. Nous nous sommes embrassés longuement, avec douceur. Sa main est descendue le long de mon dos et quand elle s'est posée dans le creux de mes reins je me suis sentie sur le point d'exploser. Nous nous sommes dévêtus dans le salon. Le tissu du canapé était doux contre ma peau. Et son corps, bien plus encore.

Dingue ! Ça y est. Je suis en train de le faire !

Il m'a portée dans la chambre – fantastique, elle aussi ; des chandelles l'éclairaient et la vue était à tomber, mais oublions cela. Il m'a déposée sur le lit, qui était accueillant. Il avait certainement une femme de ménage, et j'ai noté de penser à me racheter des draps. Voilà qu'il était sur moi, puis en moi, et que nous bougions ensemble. J'ai cessé de penser. Il était doux, attentif, passionné, sexy, et nous passions un très bon moment. Trois semaines plus tôt, nous ne nous connaissions pas, et maintenant nous partagions cette nuit pleine de musique, de chandelles, de vin, de roses et de sexe formidable.

Ensuite, il s'est endormi et je suis restée assise sur le marbre froid du sol de sa salle de bains en pleurant le garçon qui avait attendu presque deux ans pour me faire l'amour. L'atmosphère de romance dans laquelle je baignais un moment plus tôt s'était évaporée à l'instant où j'avais joui. La magie n'était qu'un pauvre numéro d'illusionniste. Ma tristesse était si désespérée qu'elle me frappait maintenant de plein fouet, tel un semi-remorque. Incapable de retourner dans la chambre, je suis partie au milieu de la nuit en me sentant comme une épouse adultère.

Ron a appelé chez moi le lendemain matin et j'ai laissé le répondeur se déclencher. Il espérait que j'allais bien. Il avait passé une soirée merveilleuse et désirait me revoir le soir même. Tout ce que je désirais, moi, c'était que la Terre s'ouvre et m'engloutisse. J'ai appelé Clo pour lui dire que je n'étais pas sûre de vouloir le revoir. Elle m'a assuré que c'était parfaitement naturel d'hésiter et d'avoir peur mais que ce type méritait que je lui laisse sa chance. Ce n'était pas ce que j'avais envie d'entendre. J'aurais voulu qu'elle me conseille de le larguer. Donc, après avoir raccroché, j'ai appelé Anne. Elle m'a dit à peu près la même chose que Clo, après quoi elle a enchaîné en me répétant que Ron était fabuleux et que nous allions très bien ensemble. Comme je ne voulais pas en entendre davantage, j'ai appelé Seán. Il m'a dit qu'il arrivait, ce à quoi j'ai répondu que ce n'était pas nécessaire. Il est venu quand même, avec une bouteille de vin. Je lui ai annoncé que j'avais passé la nuit avec Ron.

« Vas-y », a-t-il lâché, les dents serrées, en espérant visiblement que je n'allais pas faire comme les filles entre elles et tout lui raconter dans le détail.

J'ai engagé cette conversation en marchant sur des œufs, consciente de ses réticences. Je lui ai dit que Ron me plaisait plutôt, que c'était un type adorable, qu'on s'entendait bien et qu'il était sympa. Seán m'a paru moins embarrassé que je ne m'y attendais. C'était encourageant.

« Continue. »

J'ai ajouté que je ne comptais pas le revoir.

« Pourquoi ? » m'a demandé Seán sans montrer d'émotion ou de jugement.

Les autres ne m'avaient pas posé cette question et je n'y étais pas préparée. J'ai réfléchi.

« Je n'ai pas le cœur à ça, c'est tout. »

Il a souri. « Eh bien, attends de l'avoir. »

Et soudain, je ne me suis plus sentie si lamentable. Ce n'était pas parce que je ne voulais pas de quelque chose avec Ron que je ne voudrais jamais rien avec personne. J'avais fait l'amour. C'était déjà un début et, qui sait, la prochaine fois que je coucherais avec un homme je resterais peut-être toute la nuit. J'avais le choix ; j'étais une femme des années quatre-vingt-dix. Je me sentais allégée d'un poids. Ce soir-là, j'ai appelé Ron pour lui expliquer que c'était un peu tôt pour moi. Il s'est montré compréhensif, mais la conversation a été brève.

Anne était consternée. Je pense qu'elle avait déjà planifié mon avenir entier, et que cela signifiait qu'elle devait retourner à la case départ. Clo m'a demandé si cela ne me dérangeait pas qu'elle tente sa chance avec Ron, avant de rire à gorge déployée – ce qu'elle faisait chaque fois qu'elle se trouvait elle-même irrésistible. Et donc, je me retrouvais solo après seulement trois petites semaines. J'avais de nouveau seize ans, et cela m'a fait sourire.

12

Un an passé

Et puis le mois de mars est revenu. Je me suis réveillée le matin de l'anniversaire de la mort de John sans avoir vraiment dormi. Neuf heures : ma mère m'appelle. Comme je savais que c'était elle, j'ai laissé le répondeur décrocher à ma place. J'ai touillé mon café en écoutant le bip de l'appareil.

« Emma, c'est maman. Décroche. Je sais que tu ne dors pas. Emma ! » Silence. « Ton père me dit que tu ne veux pas aller à la messe anniversaire de John. Que vont penser ses parents ? Je sais que tu souffres, ma chérie, mais tu es une adulte et tu ne peux pas… Écoute, tout le monde attend ta présence là-bas. Courage, chérie, je te rappelle dans une heure. » Elle a raccroché.

Je savais qu'elle avait raison, mais je m'étais persuadée que j'étais malade. J'avais mal au crâne. Je ne voulais pas y aller, mais elle avait raison : j'étais une adulte. Je ne me sentais pas adulte, pourtant.

J'ai déjà dit que le chagrin est égoïste par nature. Aux enterrements, nous pleurons sur nous-mêmes, notre chagrin, notre perte, notre douleur, et cela ne passe pas au bout d'une semaine, d'un mois ni même d'un an. Le problème, c'est qu'après un certain temps il devient inacceptable de se montrer égoïste, et donc inacceptable de s'abandonner au chagrin. Ce luxe me manquait, mais, une fois de plus, elle avait raison. J'avais des responsabilités. Je suis allée vomir aux toilettes. J'ai rendu tripes et boyaux en me jurant de ne plus jamais boire une bouteille de vodka toute seule. Je me suis douchée, et j'étais en train de m'habiller quand Seán est arrivé. Il est entré sans frapper, ayant tanné Nigel pour qu'il lui révèle où je cachais la clé de secours. Quand je suis descendue, il était en train de se verser un café.

« Dure nuit ? » m'a-t-il demandé.

Donc j'avais une sale mine.

« On peut dire ça, ai-je répondu avant de m'asseoir, attendant qu'il me serve. J'ai dit que je n'irais pas à la messe, ai-je lâché quelques instants plus tard, contrariée que personne ne semble vouloir entendre ma décision.

— C'est vrai, tu as dit ça, a-t-il confirmé pendant que je regardais Leonard courir après sa queue – en me demandant comment cela pouvait encore l'intéresser, depuis le temps. Je savais que tu changerais d'avis, a ajouté Seán en essuyant le lait qu'il avait renversé sur le comptoir.

— Ce n'est pas parce que je me suis habillée que j'ai changé d'avis ! » me suis-je récriée.

Il a scruté mon visage bouffi, que j'essayais de cacher entre mes mains. « Mais si. Et puis, ta mère m'a obligé à venir te chercher. Elle m'a promis que je passerais un sale quart d'heure si je me pointais sans toi, tu sais. C'est une dure à cuire, ta maman. »

J'ai souri. Il avait raison, c'était une dure à cuire, et en plus je savais qu'ils disaient vrai. Il fallait que j'y aille. Cela ne se discutait pas. Les parents de John avaient accepté ma décision de ne pas témoigner lors de l'enquête, mais ça, c'était différent.

« Bon, je suppose que je vais devoir me maquiller un peu, alors. »

Il a acquiescé. « Ça ne serait pas du luxe. »

Je suis remontée dans ma chambre et je me suis assise devant ma coiffeuse. J'ai pris entre mes doigts une photo de John et moi. Nous étions en train de rire. Il m'enlaçait de son bras et me chuchotait quelque chose à l'oreille. J'aurais aimé me rappeler quoi. Bien sûr, il n'avait jamais été question que je n'assiste pas à l'office ; je me comportais juste comme une idiote. Comment aurais-je pu ne pas y être ? Comment aurais-je pu ne pas évoquer son souvenir en ce jour ? Je me suis maquillée et j'ai embrassé la photo.

Je n'en reviens pas que ça fasse déjà un an.

Quand je suis redescendue, Seán m'attendait, mon manteau à la main. Il m'a applaudie.

« Allons-y », ai-je dit, et il m'a emboîté le pas.

C'est Nigel qui a célébré la messe. Ensuite, nous nous sommes réunis chez les parents de John. Il y avait de la musique ; les gens buvaient en racontant leurs souvenirs de lui. Nous avons ri et nous sommes réjouis d'être ensemble. Maman a entonné une chanson et le père de John l'a accompagnée sur son piano désaccordé. Sa mère et moi avons très longuement discuté. Elle m'a parlé des choses qu'il faisait et disait lorsqu'il était tout petit, et je lui ai raconté notre vie de couple. Seán et Richard ont chanté *Willie McBride*, la chanson du soldat inconnu, et Clo a raconté des blagues, pendant qu'Anne et Nigel débattaient de la loi sur le divorce.

Ce soir-là, je me suis couchée en me repassant la journée que j'avais tant redoutée. Cela avait été formidable parce que, pour la première fois depuis un an, tous ceux qui avaient connu John s'étaient souvenus de lui ensemble, avec chaleur et humour, et c'était exactement ce qu'il fallait.

J'étais perdue dans un vaste jardin entouré de fleurs exotiques plantées dans un sable vert et doux. J'observais ce paysage surréaliste, en m'intéressant particulièrement à un buisson ardent qui brillait au loin. Sans trop savoir où j'allais ni ce que je faisais, je me dirigeais vers le soleil violet suspendu au-dessus d'un arbre décharné qui, je ne sais pourquoi, me paraissait familier. À mesure que j'avançais, des feuilles semblaient naître des branches noueuses de l'arbre. Je n'avais pas peur ; il faisait trop doux pour la peur. Soudain, j'étais en train de gravir une colline, les yeux toujours rivés sur le soleil violet qui semblait maintenant tournoyer sur lui-même devant moi. La colline s'aplanissait sous mes pieds et, alors que j'approchais de l'arbre maintenant en fleur, une douce brise l'animait. Des pavots bleus dansaient dans l'épais feuillage qui continuait de pousser le long des branches rouge cerise. Le soleil violet sautillait comme un ballon qu'aurait fait rebondir une main puissante. Puis il volait dans ma direction. Je ne cherchais pas à l'esquiver. Au contraire, je le saisissais au vol et le renvoyais.

John le rattrapait alors et me souriait. « Et moi qui croyais que tu avais peur des ballons. »

Il était radieux et, en marchant vers moi, il rejetait le ballon par-dessus son épaule. Celui-ci rebondissait une fois avant de reprendre sa place dans le ciel.

Nous étions ensemble, les yeux dans les yeux, sous l'intense lumière violette, et tout semblait parfaitement normal.

« Où étais-tu passé ? lui demandais-je comme s'il rentrait d'une nuit dehors.

— Pas loin.

— Tu m'as manqué.

— Je sais. Tu te rends compte que ça fait déjà un an ? » Il souriait comme quand nous étions enfants et qu'il croyait tout savoir.

« Il fait beau », faisais-je remarquer sans raison.

Il regardait autour de lui et hochait la tête. « Oui, très beau.

— Je t'aime encore », lui disais-je comme en passant.

Il éclatait de rire et ses yeux semblaient s'illuminer. « Tu m'aimeras toujours. »

Cette fois, je riais aussi. Il avait toujours été sacrément présomptueux. « J'ai couché avec un autre, avouais-je avec un peu de honte.

— C'était comment ? » s'enquérait-il sans se démonter.

Nous marchions côte à côte, mais je m'arrêtais sans cesse pour l'embrasser du regard. « Bon. Dans l'ensemble, c'était naze. »

Il hochait la tête, nous n'étions pas obligés d'en parler. Nous étions tout proches, mais nous ne nous touchions pas. « J'ai cru que je ne te reverrais jamais, lui disais-je.

— Je suis toujours là. »

Je regardais alentour. « Où ça ?

— Où tu veux.

— N'importe quoi. Tu es mort.

— Tu sais ce que je veux dire. »

Et il partait à grands pas, me laissant sur place. Je l'appelais. Il ne me répondait pas. Très résolue, je le rattrapais et remarquais que l'étrange végétation disparaissait autour de nous. Le sable vert nous menait jusqu'à un arbre à pavots bleus. Il s'asseyait dedans et me faisait signe de le rejoindre. Nous admirions le panorama violet, qui se transformait en décor de jeu de Pac-Man, celui auquel nous pouvions jouer pendant des heures.

« Pardon. »

Il se figeait et me regardait avec le plus grand sérieux. « Ce n'est pas ta faute », soufflait-il, mais il n'allait évidemment pas dire autre chose.

« Si seulement... » murmurais-je piteusement.

Il riait à nouveau, et voir ses grands yeux pétiller me rappelait notre vie à deux.

« Avec des "si", on mettrait Dublin en bouteille. »

Je sentais sa main prendre la mienne. Je m'étonnais de pouvoir sentir sa forme, sa force, son pouls. Je la pressais, et il faisait de même.

« Et maintenant où va-t-on ? lui demandais-je gaiement.

— Fais claquer les talons de tes souliers magiques, Dorothy, et allons trouver le magicien d'Oz ! » Il me souriait, et mon cœur commençait à se briser.

« Je suis en train de rêver », disais-je en attrapant

la larme unique qui tombait et s'écrasait dans ma main ouverte.

John regardait autour de lui d'un air serein. « Tu as toujours eu une grande imagination.

— Mais ça paraît si réel ! C'est toi. Je sais que c'est toi. » Je lui donnais un coup de coude et il basculait contre l'arbre.

« J'ai un aveu à te faire, disais-je encore, au bout d'un petit moment.

— Tu es en train de tomber amoureuse d'un autre, devinait-il avec un sourire.

— Quoi ? » m'écriais-je, anéantie. Ce que je voulais lui avouer concernait sa mère et notre éloignement. « Pas du tout ! Tu te prends pour qui, pour me dire ce que je ressens ?

— Il n'y a que toi pour t'engueuler avec un mort, se marrait-il.

— Il n'y a que toi pour être mort et rester aussi casse-pieds », répliquais-je, et soudain c'était drôle et nous étions écroulés de rire, mais j'étais triste quand même qu'il puisse me croire capable d'en aimer un autre. Il comprenait sans doute que je n'étais pas prête à ce qu'il le sache, si bien qu'il détournait mon attention en me prenant par la main et en me chuchotant des souvenirs, après quoi nous restions assis sans un mot, heureux ensemble, pendant un temps infini. Je sentais les minutes s'égrener et dans mon cœur je savais que le moment de partir approchait.

« Il va falloir que j'y aille, soupirais-je.

— Je te retrouve plus tard », disait-il en se levant.

Il me tendait sa main et je m'y accrochais pour qu'il m'aide à me remettre debout. Je l'attirais contre moi comme le font les vieux amis ou les parents à l'aéroport. Je sentais les battements de son cœur, et son souffle sur mon épaule.

« Oui, tu me retrouveras », lui murmurais-je sans pleurs, ni crainte, ni tristesse, ni regrets.

Je m'écartais de lui, le saluais une dernière fois de la main, et puis il n'était plus là.

Moi, amoureuse d'un autre ? N'importe quoi ! Quelle andouille, alors ! Et puis de toute façon tout est ma faute, quoi qu'il en dise.

13

Sexe, mensonges et vidéo

Un peu plus d'un mois après l'anniversaire de la mort de John, il m'est venu à l'esprit, alors que je sortais mon linge de la machine, que Nigel était le seul d'entre nous qui ait véritablement changé depuis la disparition de John. Je n'aurais su mettre le doigt précisément sur ce qui était devenu différent, mais bon, je n'ai jamais prétendu avoir beaucoup d'intuition. J'ignorais que la femme que j'avais croisée des mois plus tôt était la solution de l'énigme ; c'est dire à quel point j'étais absorbée dans mon petit monde. Pendant que je me traînais d'un jour au suivant, mon frère faisait de même de son côté. Son nouveau monde à lui était excitant et agréable, mais aussi terrifiant et culpabilisant.

Après le fameux soir où je l'avais croisé en charmante compagnie, ils s'étaient revus et c'était cette fois-là qu'ils s'étaient avoué leurs sentiments. Ils avaient aussi compris l'un comme l'autre qu'une histoire d'amour était inenvisageable. Ils s'étaient accordés à dire qu'ils étaient adultes et, bien que conscients de leur solitude, ils avaient décidé que l'amitié était leur seul recours.

Cela avait bien fonctionné pendant quelques mois, le seul problème étant que plus ils apprenaient à se connaître, plus ils se livraient l'un à l'autre, et plus ils se voyaient, plus il leur était difficile de nier la chaleur que chacun provoquait en l'autre. Nigel n'avait jamais éprouvé cela. Adolescent, il était trop timide pour approcher les filles. Jeune adulte, il avait tellement désiré devenir prêtre qu'il n'avait pas eu de temps à consacrer aux femmes, mais à présent il était exactement comme nous tous, travaillant pour gagner sa vie, et rentrant le soir sans trouver personne chez lui. Il avait désormais l'assurance qui vient avec l'âge adulte, et le temps de ne penser qu'à ça.

Au début, il était allé voir l'évêque pour chercher les conseils d'un homme capable de comprendre ses affres et de le guider. Cela ne s'était pas déroulé comme il l'espérait. L'évêque s'était montré gentil mais ferme. Il était resté sur son quant-à-soi et n'avait manifesté aucune empathie. « Vous avez prêté serment », tel avait été son argument. « Comme dans le mariage, pour le meilleur et pour le pire. Vous êtes prêtre. »

Nigel avait acquiescé. Il savait ce qu'il était, mais il avait un besoin terrible d'entendre un autre son de cloche, même s'il ne savait pas bien lequel.

« Que puis-je faire ? Comment redevenir le prêtre que j'étais avant ? avait-il demandé en priant pour que son aîné ait une réponse à lui apporter.

— Cessez de la voir. »

Et c'était tout. C'était ça, le grand remède au désespoir de Nigel. Il avait réfléchi. « Je ne peux pas. Je l'aime. »

Il était parti de chez l'évêque en comprenant pour la première fois qu'il était amoureux, et lorsqu'il avait sonné chez elle plus tard ce soir-là, ce n'était pas pour lui dire au revoir.

Ils faisaient lit commun depuis six mois. Avant de connaître l'amour, jamais Nigel n'avait fait l'expérience de tels sommets ni de tels abîmes dans son univers protégé. Il priait sans répit et guettait la parole du Très-Haut, mais aucun signe ne lui parvenait. Il avait une vie, désormais, une vie en dehors de Dieu et de l'Église, et c'était réel. Cette femme existait. Elle l'entourait de ses bras et le protégeait contre les angoisses du monde. Elle l'embrassait avec tendresse quand il pleurait et elle lui donnait un plaisir qu'il n'avait jamais connu. Il était plus heureux qu'il ne l'avait jamais été, et cela le déchirait.

Comment avais-je pu ne pas le voir ?

Richard tenait dur comme fer à aller s'installer dans sa nouvelle maison de campagne, dans le comté de Kerry. Anne, elle, n'en avait pas très envie. C'était une indécrottable citadine. Comme toujours, Richard avait obtenu ce qu'il voulait. C'était à prendre ou à laisser. Malheureusement pour Anne, notre ami Richard était plus habitué à prendre qu'à laisser. Clo, Seán et moi sommes allés chez eux les aider le jour de leur déménagement. Seán avait apporté de la bière, mais nous n'avions pas beaucoup de temps pour la boire. Les déménageurs devaient arriver, et très peu de choses étaient emballées. Anne se mettait à ressembler à sa mère, criant des ordres à son mari tout en nettoyant toutes les surfaces accessibles, terrifiée à l'idée que des inconnus puissent penser qu'ils étaient des gens sales. Clo lui a préparé une tasse de thé. Nous nous sommes mis au travail, remplissant des cartons, les marquant, posant des questions stupides comme « Ça va où, ça ? », ce à quoi Anne et Richard répondaient en chœur : « Dans un carton ! »

Je déambulais dans leur maison vide et c'était étrange. Leur départ n'était pas encore réel. Une fois que tout a été emballé, Anne a préparé à déjeuner et nous avons mangé en silence dans la cuisine vide. On se serait cru à un enterrement.

« Je n'arrive toujours pas à réaliser que vous partez pour de bon, ai-je répété pour la cinquième fois.

— Moi non plus ! » s'est exclamé Richard, tout excité.

Anne est restée muette. Elle n'avait pas dit grand-chose de la journée et tout le monde, à l'exception de son mari, était pleinement conscient qu'elle n'avait aucune envie de s'installer dans le Kerry. Nous avons terminé notre déjeuner. Les déménageurs n'étaient toujours pas là.

« Ces salopards », a noté Anne avec agitation.

Nous nous sommes assis pour les attendre en silence. Richard, lui, était sur son nuage, rêvant de golf et de pêche à la ligne. Anne restait pétrifiée telle une biche surprise par les phares d'une voiture. Clo et moi ne cessions de nous apitoyer sur nous-mêmes.

Seán a fini par s'énerver. « Hé, ho ! Quelqu'un pourrait dire quelque chose, s'il vous plaît ? » Personne ne l'écoutait. « Ho ! Bon, j'en ai marre. Je m'ouvre une bière. »

Il s'est levé pour aller ramasser son sac de bières tièdes en grommelant qu'il n'en revenait pas qu'ils aient expédié en premier les choses importantes comme les chaises et le putain de frigo. Il s'est mis à boire. Clo est sortie de son coma.

« Dis donc, et nous ?

— Ah tiens, là, tu te décides à parler ! »

Elle a souri. « Tu serais étonnée de ce que je suis prête à faire pour boire un coup. »

Il a réfléchi un instant. « Non, sans doute pas. »

Elle a gloussé. « Mmm, je crois que t'as raison. »

Je détestais ça, quand ils flirtaient ensemble. J'ai réclamé une bière pour changer de sujet. Anne et Richard ont décidé de faire comme nous, plutôt que résister. Et donc nous étions là, en train de boire des bières dans une maison vide en attendant que les déménageurs emportent les affaires de nos amis, et nos amis avec. Clo s'est ragaillardie après sa seconde bière.

« J'ai rencontré quelqu'un cette semaine », a-t-elle annoncé. Ce qui a soulevé un intérêt considérable étant donné que, depuis sa fausse couche, elle avait décidé que tous les hommes, étant en possession d'un gland, étaient eux-mêmes des glands. Et que par conséquent elle comptait les éviter à tout prix.

« Qui ça ? » ai-je voulu savoir.

Elle nous a appris que c'était un graphiste qui avait travaillé sur sa dernière campagne de pub. Ils avaient déjeuné ensemble plusieurs fois et s'entendaient très bien. Elle n'avait pas couché avec lui, mais elle était carrément intéressée. Elle a dit qu'il la faisait rire et qu'il était gentil. Elle appréciait particulièrement sa manière de toujours lui proposer de goûter ce qu'il avait dans son assiette. Il était plutôt mignon, dans le genre Mulder, avait de très belles dents et aimait les mêmes films qu'elle. Nous nous sommes accordés pour dire qu'il avait l'air formidable mais qu'il devait mentir à propos des films, parce que Clo avait des goûts épouvantables en matière de cinéma.

Je lui ai rappelé qu'elle s'était déclarée lesbienne la semaine précédente. Elle a acquiescé, expliquant que l'idée lui avait paru bonne. Mais à bien y réfléchir, elle avait compris que si les hommes étaient des glands, les femmes étaient des chiennes et que, par ailleurs, la page de la playmate du *Sun* la laissait de marbre.

Le nouveau type auquel elle s'intéressait s'appelait Tom Ellis. Elle devait aller boire un verre avec lui un peu plus tard, et elle attendait ce moment avec impatience. Pendant une minute, je l'ai enviée, mais ensuite je me suis rappelé que les rendez-vous de ce genre impliquaient généralement des heures de conversation tournant autour des signes du zodiaque, et je me suis réjouie de rentrer retrouver Leonard.

Les déménageurs ont fini par arriver et nous les avons aidés à charger les possessions terrestres d'Anne et Richard dans le camion, après quoi ils ont été prêts à partir. Tout le monde était dehors. Anne est rentrée pour jeter un dernier coup d'œil dans la maison, pendant que Richard était occupé à indiquer l'itinéraire aux déménageurs. Au bout d'un moment, je me suis décidée à la rejoindre. Je l'ai trouvée dans la cuisine.

« Coucou, me suis-je annoncée.

— Coucou, toi. » Elle a souri. Elle avait l'air sur le point de fondre en larmes.

« Ça va être super, le Kerry. La maison est géniale ; au bord de la mer, tu te rends compte ? La campagne a l'air magnifique, et si tu veux tu trouveras un job sur place sans problème. C'est à moins de cent bornes de Cork, et il y a tout là-bas, ça vaut largement Dublin… » J'étais lancée, mais elle m'a coupé la parole.

« Il n'y a pas mes amis », a-t-elle dit à mi-voix.

Je savais ce qu'elle ressentait. « Mais on peut se parler au téléphone, et Richard a encore beaucoup de boulot à Dublin. Tu reviendras tant que tu voudras, et puis on ira te voir. Ça va être chouette. » J'essayais de me rassurer autant que de la rassurer, elle.

Elle s'est un peu ressaisie. « Je sais, je sais, tu as raison. La campagne est magnifique, la maison superbe, les gens ont l'air adorables, c'est un mignon petit village que Richard adore. C'est idéal pour élever des enfants et je sais qu'on a de la chance, mais j'espère juste qu'on prend la bonne décision. »

Je l'espérais aussi. J'avais envie de lui dire : « Ne pars pas. » J'aurais même été volontaire pour défaire tous les cartons. Mais je l'ai juste enlacée. « Ça va être super », ai-je répété.

Elle a souri. « Promets-moi que tu ne vas pas m'oublier juste parce que j'habite ailleurs. D'accord ? »

J'ai pouffé. « Enfin, Anne, tu passes plus de temps au téléphone qu'un parrain des Alcooliques anonymes. Je ne pourrais pas t'oublier même si je le voulais. »

Nous avons ri, et Richard est venu nous chercher. Il a regardé autour de lui. « Bye bye, vieille baraque ! » a-t-il lancé gaiement.

Anne a grommelé « Peuh, les hommes ! » entre ses dents et nous avons fermé la porte derrière nous. Nous nous sommes embrassés devant leur voiture. Richard nous a rappelé de venir les voir à Noël. Nous avons tous dit oui. Seán et lui ont fait des projets pour aller assister à un match de foot en Angleterre le mois suivant. Anne et moi avons versé quelques larmes. Clo était occupée à prendre des photos, son nouveau hobby du moment. Ils ont démarré et Seán, Clo et moi sommes restés à agiter la main devant leur portail.

« Et il n'en resta plus que trois », a soupiré Clo, ce qui m'a redonné envie de pleurer.

Seán s'est frotté les mains. « Qui veut aller boire une pinte ? »

Clo a décliné : il fallait qu'elle rentre prendre une douche et se faire belle pour le charmant Tom Ellis. Pour ma part, j'ai accepté. Leonard pouvait attendre. Il avait descendu trois boîtes de pâtée pour son petit déjeuner, ça ne pouvait pas être bon pour lui.

Nous nous sommes installés dans le pub en bas de chez Seán et avons devisé sur le rencard de Clo, ce qui nous a amenés à parler de notre déprimant statut de célibataires. Je n'avais pas essayé de sortir depuis Ron, et la dernière conquête de Seán s'était révélée une sorte de déséquilibrée qui le suivait partout. Nous sommes restés devant nos pintes, résignés.

« Au fait, des nouvelles de Carrie ? » Carrie était le surnom dont nous avions affublé la folle. Son vrai prénom était Janet.

« Non, heureusement. Il paraît qu'elle sort avec Pete, des comptes clients. »

Je n'en croyais pas mes oreilles. Carrie était cintrée. « Mais Pete est au courant qu'elle est dingue ?

— Eh bien, s'il passe du temps avec elle, il doit bien s'en rendre compte, m'a répondu Seán avant de sourire pour lui-même, tout content de son astuce.

— Ne fais pas le malin, c'est moche de ta part,

lui ai-je dit, dégoûtée. Je n'en reviens pas que tu ne l'aies pas prévenu.

— Oh, arrête, tu ferais la même chose. »

J'étais scandalisée.

« Bien sûr que non !

— Mais si. Si tu avais un cinglé qui venait frapper chez toi toutes les cinq minutes et qu'il se trouvait une diversion, tu ne la ramènerais surtout pas. »

J'ai secoué la tête.

« Tu déconnes, vraiment.

— Je te dis que tu ferais pareil. »

J'ai changé de sujet parce qu'il savait que je savais qu'il avait raison. Après quelques pintes, j'ai commencé à parler de l'avenir. Je me faisais du souci parce que, de la manière dont je voyais les choses, Clo était sortie avec beaucoup de spécimens, tous des connards absolus. Moi, j'en avais trouvé un, le mec parfait, à seize ans. C'était l'homme de ma vie, et il n'était plus là. D'un point de vue purement statistique, j'étais maintenant condamnée à fréquenter des tocards pendant des années avant de retrouver quelqu'un de bien, à supposer que cela m'arrive un jour. Et si je ne retrouvais jamais le bon ? Ou si, ne supportant plus de partager mon petit univers solitaire avec un chat boulimique, je finissais par épouser un gros nul, juste pour avoir quelqu'un ? Je commençais à paniquer.

Seán a éclaté de rire.

« Ça n'arrivera pas.

— Ça pourrait.

— Jamais.

— Comment ça ? Pourquoi jamais ?

— Parce que, a-t-il fait en souriant.

— Parce que quoi ?

— Parce que tu ne t'abaisserais jamais à ça. »

J'ai souri aussi. C'était gentil, jusqu'à ce qu'il ajoute la suite :

« Tu as des goûts de luxe, toi. »

J'ai choisi de ne pas relever.

Nous sommes retombés dans le silence. Malgré nos bavardages, Seán me semblait encore préoccupé. Il fixait son verre en se tripotant l'oreille gauche.

« Tu n'as pas l'air dans ton assiette, lui ai-je fait remarquer.

— Ah bon ?

— Non.

— Qu'est-ce qui te fait dire ça ? » Il était intrigué.

« Tu sais comme je chasse des poussières invisibles quand je suis nerveuse ? » Il a confirmé. « Eh bien toi, tu tires sur ton oreille gauche. »

Il a ôté sa main de son oreille. « Alors comme ça tu veux savoir ce qui me tracasse ? m'a-t-il taquinée.

— Ben oui.

— Pourquoi ?

— En partie pour t'aider, et en partie pour me dire que je ne suis pas la seule à m'angoisser. »

Cette fois, il s'est franchement esclaffé.

« C'est délicat.

— Délicat ? Pourquoi ça ?

— Bon, tu sais que je travaille dans un bureau avec dix femmes et vingt mecs. »

J'ai fait oui de la tête. Ça oui, je le savais.

« D'accord, donc tu vois, tu couches avec quelques-unes de ces femmes et tout va bien, mais ensuite tu couches avec d'autres et, euh… les femmes parlent entre elles. »

La conversation prenait un tour intéressant et la

pipelette en moi hurlait déjà : « Vas-y, crache le morceau ! »

« Il se trouve que quelques-unes ont comparé leurs impressions et que maintenant il y a un graffiti dans les toilettes des femmes.

— Et ça dit quoi ? »

En fait, je n'étais pas tout à fait sûre de vouloir le savoir.

Il s'est raclé la gorge. « Seán Brogan broute comme un dieu. »

Je me suis étranglée sur ma bière.

« Maintenant, chaque fois qu'elles sont ensemble, elles me sifflent quand je passe devant elles. Je me sens… comme violé », a-t-il continué en recommençant à se tirer sur l'oreille.

Là, je ne savais vraiment pas quoi faire. J'étais partagée entre l'envie de rire et celle d'épousseter mon pantalon, si bien que j'ai croisé les bras.

« Waouh. C'est dur », ai-je réussi à bafouiller en espérant que je n'étais pas toute rouge. Je le plaignais : dommage qu'il n'ait pas eu un ami garçon à qui se confier. Moi, je ne pouvais rien pour lui.

« C'est un cauchemar, je te jure. Carrie est dans le coup, et elle a des photos, cette garce !

— Noooon ! » Je ne savais plus où me mettre.

« Qu'est-ce que tu ferais, toi ? m'a-t-il demandé avec le plus grand sérieux.

— Je tiendrais ma langue. »

Là, il a hurlé de rire, et j'ai eu envie de me pendre.

Tenir ma langue. Comment j'ai pu dire ça ?

Mais je me suis mise à rigoler aussi. Quelques pintes plus tard, Seán a pris la résolution de ne plus jamais coucher avec une collègue de bureau, très sage décision à laquelle nous avons trinqué.

Je suis rentrée vers vingt-deux heures ; Seán avait rendez-vous avec une fille qui n'avait aucun lien professionnel avec lui. La télé était allumée et la bouilloire sifflait dans la cuisine. Comme je vivais seule, c'était inquiétant.

« Nigel ? » J'ai brandi mon parapluie en me rappelant qu'il fallait viser l'entrejambe. « Nigel ? C'est toi ? » Le dos tourné à l'escalier, je tenais mon parapluie pointé vers la porte entrouverte du salon.

« Salut ! » ai-je entendu derrière moi. J'ai fait volte-face en donnant des coups de parapluie dans le vide.

« C'est moi, c'est Nigel ! Pitié, ne me tue pas ! s'est-il exclamé en levant les mains.

— Bon Dieu, Nigel, tu m'as foutu une de ces trouilles !

— Pardon, je ne voulais pas te faire peur. J'étais aux toilettes et je t'en prie, cesse d'invoquer le Seigneur en vain. » Il était sacrément culotté.

« Je suis chez moi, je dis ce que je veux ! » Tout en parlant, j'ai laissé tomber le parapluie sur mon pied. « Bordel de Dieu, mon pied ! » Il a voulu parler, mais je l'ai devancé. « La ferme ! Je suis chez moi ! »

Il m'a assuré qu'il survivrait à mon langage de charretier, après quoi je l'ai suivi à la cuisine. Il a préparé du café et m'a dit qu'il avait eu peur que je me sente encore plus seule, maintenant qu'Anne et Richard étaient partis pour le Kerry. Il était sacrément culotté, d'accord, mais sacrément gentil aussi. Je lui ai juré que tout allait bien ; après les quelques verres bus avec Seán, c'était tout à fait vrai. Je lui ai raconté l'histoire du graffiti dans les toilettes et nous avons bien ri aux dépens de notre ami.

Puis, sans transition, Nigel a noté d'un air réfléchi : « Je suppose que c'est une des raisons de l'obligation de célibat des prêtres. “Le père Nigel broute comme un dieu”, c'est pas possible. »

J'ai explosé de rire. « Mmm, je ne sais pas... Il paraît que des tas de prêtres le font ! » J'ai trouvé ma blague hilarante.

Mon frère a semblé soudain mal à l'aise.

Je me suis excusée en me rendant compte que mon commentaire était de mauvais goût. (Pardon pour le jeu de mots.) « Excuse-moi, Nigel, c'était nul.

— Pas grave. » Il a souri, mais l'ambiance avait changé.

Je lui ai demandé ce qui n'allait pas.

« Rien, rien.

— Allez, quoi. Ça se voit que quelque chose te tracasse, même moi je le sens, et pourtant tout le monde sait que je ne m'intéresse qu'à moi. »

Il a souri. « C'est pas faux. »

Je l'ai encouragé à se confier, ce qu'il a fait. Il m'a dit qu'il était seul depuis trop longtemps. Nigel avait passé tant d'années à défendre son célibat qu'il s'était refusé à en mettre le principe en doute, jusqu'à maintenant. Il avait rencontré quelqu'un. Elle était assistante sociale, la petite trentaine, séparée de son mari. Ils s'étaient tout de suite plu. Il disait qu'elle était jolie et drôle ; qu'elle était intelligente et le rembarrait quand il l'ennuyait, alors que personne ne faisait cela en dehors de sa famille ; qu'avec elle il se sentait homme. Je l'ai écouté en silence me décrire la couleur de ses cheveux, un sourire aux lèvres. Sa chaleur, son charme fou.

Il m'a expliqué qu'un seul regard de cette femme lui faisait remettre en question tout ce qu'il était et ce qu'il avait toujours voulu. D'après sa description, j'ai compris qu'il parlait de l'inconnue que j'avais vue avec lui au pub, plusieurs mois auparavant. J'étais abasourdie. D'habitude, j'étais plutôt douée pour donner des conseils sans qu'on m'en demande, mais là je restais sans voix, à essayer de me faire à l'idée que mon frère puisse avoir un sexe. Mais ça dépassait cela. Pendant des années, j'avais cru que sa foi suffisait à le réchauffer la nuit, à lui tenir compagnie lors des soirées d'hiver, à compenser une vie de solitude, mais je me trompais. Personne n'est fait pour rester seul, et encore moins ceux qui consacrent leur vie à prendre soin des autres.

Je l'aurais bien encouragé à tout laisser tomber et à s'envoler pour la Jamaïque avec elle, mais force était de constater que j'ignorais totalement ce qu'il traversait et que la plupart des situations n'ont pas de solution simple.

« Mon Dieu ! » ai-je lâché avant de vite m'excuser – c'était le moins que je puisse faire, dans ces circonstances.

Nous sommes restés muets pendant un petit moment. Puis j'ai osé poser une question : « Tu l'as embrassée ?

— On est ensemble, Em, m'a-t-il répondu sans parvenir à me regarder en face.

— Ah. » J'ai soudain compris pourquoi mon frère avait l'air si désespéré. « Et alors ? » avais-je envie de hurler, mais sachant que cela ne l'aiderait pas je me suis abstenue. « Tu es amoureux ?

— Oui, a-t-il soufflé.

— Qu'est-ce que tu veux faire ? ai-je dit doucement, tout en craignant de le briser avec ma question.

— Je voudrais juste pouvoir être prêtre sans devoir tout sacrifier. Ce n'est pas juste. Je passe ma vie à marier des couples et à baptiser des bébés et je n'aurai jamais droit à rien de cela. Et pourtant, quand je la regarde, c'est ça que je veux. Je veux me réveiller à ses côtés le matin. Je veux des gosses qui entrent en courant dans notre chambre à six heures le samedi. Je veux des réunions parents-profs et devoir m'excuser parce que mon fils n'arrête pas de gigoter en classe. Mais le problème, c'est que j'ai besoin d'être prêtre. Je ne peux pas m'imaginer faisant autre chose dans la vie. Je sais que c'est pour ça que je suis sur terre. » Il a enfoui sa tête dans ses mains et s'est mis à pleurer comme un enfant. « Je suis tellement seul, Emma ! »

Je l'ai serré contre moi en lui disant que ça allait s'arranger, et en espérant que ce serait le cas. Il s'est excusé, embarrassé de partager ses soucis, comme le sont souvent les gens qui n'en ont pas l'habitude. Nous sommes restés un moment sans rien dire.

« Chienne de vie, ai-je lâché.

— Tu l'as dit. »

On a ri.

« Ça doit quand même pouvoir être mieux que ça.

— Ouais, a-t-il soupiré.

— Ça viendra. Il faut juste tenir le coup, pas vrai ?

— Si, si », a-t-il répondu tristement.

Puis il m'a dit qu'il allait partir, mais j'avais envie qu'il reste. Il n'a pas protesté.

Plus tard, alors que j'étais dans mon lit en train de

digérer cette nouvelle révélation, il est passé devant ma porte en sortant de la salle de bains.

« Bonne nuit, Nigel !

— Bonne nuit, Laura », m'a-t-il lancé distraitement.

Je lui ai souri.

Purée, j'ai hâte de raconter ça à Clo !

14

Ménage à trois

Peu après notre petite conversation, Nigel a rompu avec son grand amour. Elle avait besoin qu'il se décide ; elle ne pouvait plus le regarder se déchirer ainsi.

« La culpabilité, c'est fini », avait-elle décrété.

Nigel savait que ce ne serait pas possible. Il ne pouvait pas renoncer à la prêtrise et l'admettre le forçait à abandonner tous les espoirs qu'il s'était accordés pendant l'année passée. C'était terminé. Elle a pleuré comme une Madeleine, et lui aussi. Elle l'a supplié de rester avec elle et il l'a implorée de le comprendre. Leur peine était immense. Elle s'accrochait à ce qu'ils avaient tandis qu'il se faisait violence pour s'en détacher. Il l'a laissée en pleurs, assise sur son perron en chemise de nuit et chaussons. Il a longé la rue, aveuglé par les larmes, le cœur brisé, le désespoir de son amour sonnant à ses oreilles.

Mon Dieu, qu'est-ce que j'ai fait ?

Nigel ne l'a plus revue après cela. Elle s'est remise debout et est rentrée chez elle, a refermé sa porte sur lui et sur leur avenir avorté. Il a regagné la maison qu'il partageait avec Rafferty, qui ignorait tout de l'épreuve qu'il traversait.

Il a alors constaté qu'il avait du mal à rester seul dans sa chambre. Il avait besoin de monde autour de lui. De quelqu'un qui le fasse se sentir normal. Quelqu'un qui ne le juge pas et comprenne qu'il avait besoin de temps pour guérir. Il s'est mis à passer de plus en plus de temps chez moi, à ma grande joie. Nous avons pris nos habitudes. Nigel dormait chez moi trois ou quatre nuits par semaine. Ce n'était pas un cordon-bleu, mais il cuisinait nettement mieux que moi. En rentrant le soir, je trouvais régulièrement une tourte irlandaise dans le frigo et mon frère en train de ranger la cuisine.

Il avait besoin de s'occuper et cela me convenait parfaitement, vu que le ménage n'était pas mon fort. Je le faisais, bien sûr, mais cela me déprimait. Le genre fée du logis, ce n'était pas mon truc, j'étais affreusement bordélique. Nous regardions des films ensemble et parfois il ressortait les jeux vidéo de John ; je le voyais y jouer avec la même passion que John avant. Il était triste et semblait parfois avoir pleuré, mais à d'autres moments je retrouvais presque l'ancien Nigel. Presque.

Seán, lui, avait rompu avec sa dernière amante en date, mais, pire, il souffrait de l'angoisse de la page blanche. Il travaillait sur un roman depuis plus de six mois et avait bien avancé au début, il était ensuite tombé dans une impasse et son clavier le narguait. Lorsqu'il a compris que Nigel passait beaucoup de temps avec moi, il s'est joint à nous. La maison commençait à être passablement encombrée. Désormais, quatre soirs sur sept, je trouvais à mon retour les deux compères sirotant du thé et se battant pour la télécommande.

« Nigel, je ne vais pas regarder des vieux *Starsky et Hutch* ! rugissais-je dans le vacarme du générique.

— Oh, allez !

— Non mais c'est pas vrai, je vous jure... » soupirais-je.

Comme il y avait des lits jumeaux dans la chambre d'amis, ils restaient de temps en temps dormir tous les deux. À les entendre discuter et rire à travers le mur, j'avais l'impression d'être en colonie de vacances. Ils bavardaient jusqu'au petit matin. Je me réveillais de mauvais poil et devais attendre que la salle de bains soit libre pour prendre ma douche. Quand j'ouvrais le frigo, il n'y avait plus de lait, et mes toasts disparaissaient mystérieusement dès que j'avais le dos tourné. Nous comptions trop les uns sur les autres. Ce n'était pas sain. Je savais qu'il fallait que ça change.

Un soir en particulier, pendant que Nigel et Seán s'envoyaient des bières devant Irlande-Lettonie, Clo a débarqué avec son nouveau copain, Tom. Nigel et Seán se sont fait un plaisir de partager leurs bières ; moi, j'avais juste envie d'une soirée tranquille, mais apparemment je n'avais pas voix au chapitre. Tom buvait en regardant le foot, visiblement enchanté par les initiateurs de ces réjouissances inédites. Ils ont rapidement sympathisé tout en débattant de l'importance d'une bonne défense et de leurs idées de stratégie d'équipe, chacun se croyant meilleur que l'entraîneur irlandais.

Clo et moi nous sommes réfugiées dans la cuisine.

« Je ne savais pas qu'il y aurait du monde », m'a-t-elle confié.

Il y avait toujours du monde en ce moment, et pour je ne sais quelle raison absurde la solitude me manquait, au point que j'ai brusquement explosé.

« C'est un cauchemar ! Ils squattent ici en permanence. Ils ne sont pas SDF, à ce que je sache ! Bon Dieu, je voudrais juste pouvoir bouquiner tranquille sans avoir à regarder le catch.

— Alors dis-leur de rentrer chez eux. »

Elle avait raison. Il était temps. Pourtant, je ne voulais pas les dissuader complètement de venir. Ils allaient me manquer. Ils étaient marrants, quand même, et au fond j'avais un faible pour *Starsky et Hutch*. En revanche, je n'en pouvais plus de faire la queue à la porte de la salle de bains quatre matins par semaine.

« C'est ce que je vais faire, oui. »

Je lui ai demandé comment ça se passait avec Tom.

« À merveille. »

Ils se fréquentaient depuis un mois et n'avaient toujours pas couché ensemble.

« Demain, c'est le grand soir, m'a-t-elle annoncé, radieuse.

— C'est pas trop tôt.

— Tu peux parler, dis donc ! »

Elle n'avait pas tort. Je me suis tue.

« Je pensais mettre ma robe noire à décolleté en V. Qu'est-ce que tu en penses ?

— Ça fait plus d'un mois que tu le fais poireauter…

J'en pense que tu pourrais t'habiller avec du vomi de chien il te sauterait dessus quand même.

— C'est pas faux. Je vais faire la cuisine, mettre de la musique douce, allumer des chandelles… J'ai même acheté des draps en soie. »

Clo a toujours eu du style, il faut le reconnaître.

« Pas mal.

— Eh ouais ! »

Nous avons toutes deux fantasmé sur des corps chauds pendant quelques minutes.

« Et toi ? s'est-elle enquise.

— Personne. »

Seán est entré, a sorti trois bières du frigo et a fait une plaisanterie sur les goûts de Nigel en matière d'hommes. J'ai rigolé et je l'ai regardé repartir.

« Tu es sûre ? m'a demandé Clo.

— De quoi ?

— Tu es sûre qu'il n'y a personne ?

— Personne », ai-je affirmé, mais je nous mentais à toutes les deux. Elle n'a pas insisté, et c'était tant mieux.

« Dis, m'a-t-elle lancé un peu plus tard, tu veux que je te lègue mon vibro ? »

Je l'ai regardée en attendant qu'elle s'esclaffe, mais rien.

« Il est super, compact, tu peux le mettre dans ton sac et je n'en aurai plus besoin à partir de demain soir. »

Grands dieux ! C'était une délicate attention, mais je lui ai répondu qu'elle ferait mieux de le garder pour les mauvais jours, tout en tâchant de dissimuler mon malaise.

« Emma, quelle prude tu fais !

— En effet », ai-je reconnu.

Clo et moi sommes repassées au salon. Tom et les gars bavardaient comme de vieux potes. J'ai appris plus tard qu'au départ Tom avait été légèrement perturbé à l'idée de fréquenter un curé. Je suppose qu'il s'inquiétait pour les conversations. La plupart des gens ont du mal à parler à des prêtres d'autre chose que du temps, de peur de s'incriminer aux yeux du Seigneur. Mais il s'était aligné sur Seán, qui n'avait jamais peur de dire ce qu'il avait en tête, Dieu ou pas Dieu.

Clo rayonnait. Tom a posé la main sur sa cuisse tout en discutant avec les autres, et elle a raconté des blagues qui ont amusé tout le monde. C'était agréable à voir, et cela m'a donné envie d'avoir quelqu'un pour me toucher la cuisse. J'ai tourné la tête vers Seán : il me souriait. Nous nous sommes regardés juste un instant avant de reprendre la conversation, mais c'était intime. Intime et un peu bizarre, parce que mon estomac a fait un petit bond comme la première fois que John m'avait présentée à lui, au bar de la fac.

Une fois Clo et Tom partis, Nigel et Seán m'ont fait asseoir. « Bon, on sait qu'on t'envahit », m'a dit Nigel.

J'ai rougi comme une tomate tout en essayant de bafouiller quelque chose comme « Mais non, voyons, quelle idée ! ».

« Je t'ai entendue dans la cuisine », m'a appris Seán avec un sourire.

J'étais grillée. Au moins, ils ne semblaient pas mal le prendre.

« Pardon, ai-je bredouillé, encore gênée.

— Mais non. On ne voulait pas transformer ta maison en dortoir d'étudiants. »

Nigel a souri à l'idée que lui, entre tous, puisse être responsable d'une telle métamorphose.

« Ce n'est pas ça, ai-je admis.

— C'est quoi, alors ? » m'a demandé Nigel. Il n'était pas vexé – juste attentif, comme toujours.

« J'ai peur qu'on soit trop dépendants les uns des autres. Je veux dire, jusqu'à quand est-ce que ça va continuer ? Si je m'habitue trop à vous avoir autour de moi, qu'est-ce que je vais faire le jour où vous partirez ? »

Voilà, je l'avais avouée, ma vraie inquiétude. Je craignais de ne pas pouvoir les laisser partir si je les laissais trop entrer dans ma vie alors qu'ils ne m'appartenaient pas. C'était simple, en fait. Ils ont souri tous les deux.

« On ne s'en ira pas, m'a rassurée Nigel.

— On va juste rentrer chez nous », a ajouté Seán.

Ils sont encore restés ce soir-là, et le lendemain matin ils sont partis ensemble pendant que je leur faisais au revoir de la main. J'ai refermé la porte. À nouveau seule, mais ce n'était pas désagréable.

Le lendemain soir, Clo a couché avec Tom. Elle m'a appelée au petit matin. Il était encore là, il dormait. Elle était surexcitée. La soirée avait été formidable, même si ça ne s'était pas passé exactement comme prévu. Elle avait oublié d'acheter un briquet pour allumer les chandelles ; du coup, elle avait essayé de le faire avec la flamme du gaz mais n'avait réussi qu'une chose : couvrir le brûleur de cire. Le vin avait un goût de fromage et son repas maison avait été une vraie catastrophe. Tom était arrivé, alors qu'elle était au bord de la crise de nerfs, avec une pizza, une bouteille de picrate et une vidéo. Ils avaient grignoté la pizza en sirotant le vin et rigolé en regardant *Screwballs*, une consternante comédie canadienne pour potaches attardés.

« *Screwballs ?* » C'était tout simplement incroyable.

« Je sais, c'est fou ! C'est son film préféré, à lui aussi ! »

J'étais abasourdie. C'était donc vrai qu'il avait les mêmes goûts immondes que Clo.

« Waouh !

— Mais oui ! Au lit, c'était super, mais je ne veux pas trop en parler parce que j'ai peur que ça me porte malheur. L'important, c'est de briser les schémas, Em. Je change des choses.

— C'est super pour toi, ai-je assuré sans bien savoir ce qu'elle voulait dire.

— Ouais. » Je l'ai entendue sourire dans le téléphone. « Je vais l'épouser, ce mec », m'a-t-elle affirmé avec une totale certitude.

J'ai convenu qu'il était bien possible que ce soit le bon, maintenant que son goût pour *Screwballs* avait été révélé au grand jour.

15

Du foot, des Bétazoïdes et une sortie

Seán avait finalement retrouvé l'inspiration. Il se concentrait sur l'achèvement de son premier roman, une chose dont il parlait depuis le jour où nous avions fait connaissance. Il travaillait sur ses articles, puis les mettait de côté et se laissait absorber par son manuscrit des heures d'affilée. Il ne regardait plus sa montre et se fichait complètement des horaires, ce qui pouvait être exaspérant, surtout quand on avait rendez-vous avec lui pour déjeuner.

Nigel, lui, s'était mis à prendre du boulot en plus. Il avait des activités associatives presque tous les soirs.

Moi, je n'avais pas grand-chose dans quoi me jeter à corps perdu, pas d'échappatoire. Je donnais mes cours, je rentrais, je corrigeais des copies et c'était tout. Je m'ennuyais, et comme Nigel était débordé, j'étais contrainte de retourner au confessionnal rien que pour le voir.

« Coucou ! » ai-je lancé quand il a fait glisser le petit panneau.

Il a soupiré.

« Te revoilà, toi.

— C'est que tu te fais rare. Je voulais juste prendre de tes nouvelles.

— Tu sais où j'habite », m'a-t-il fait remarquer avec malice, car nous savions l'un comme l'autre que je ne tenais pas à me faire piéger à parler faim dans le monde avec le père Rafferty.

« Mais tu n'es jamais là », ai-je argué pour éviter le sujet de son vieux coloc.

Il a capitulé. « Bon, alors si on allait plutôt parler dehors ? J'ai les fesses en compote. » Apparemment, il existe toutes sortes de manières de souffrir pour son Dieu, et notamment, donc, les fesses en compote.

Nous sommes allés dans un café. L'après-midi tirait à sa fin et l'établissement était rempli d'étudiants. J'ai regardé autour de moi et je leur ai souri : les souvenirs de ma vie à la fac me paraissaient déjà lointains. Nigel a remarqué que je rêvassais.

« C'est drôle, le temps qui passe, a-t-il dit. Parfois, je voudrais pouvoir m'accrocher à un instant précis, arrêter le temps, juste pour un petit moment.

— Moi, je sais exactement à quel moment j'aimerais m'accrocher. »

Il a soupiré, l'air soudain triste.

« Moi aussi.

— Est-ce que tu vas bien ?

— Oui, ça va. » Son sourire est revenu. « À vrai dire, je suis bien content que tu sois venue me voir… Ça m'évite une visite.

— Ah oui ? ai-je fait, intriguée.

— J'ai l'intention de partir un peu. »

J'ai paniqué.

« Où ça ? ai-je demandé en priant pour qu'il me réponde "Bray" et pas "Bali".

— Je songe à prendre une année sabbatique pour voyager, voir un peu le monde que Dieu a créé. Je radote assez dessus... Il est temps que j'en fasse l'expérience. »

Cette fois, c'était officiel : je paniquais. Je ne pouvais pas le perdre lui aussi.

« Tu veux voyager ou tu veux fuir ? l'ai-je accusé, désespérée qu'il me quitte.

— Aïe ! a-t-il fait, amusé. Et la réponse est : je n'en sais rien. Mais il faut que je reprenne les choses en main. Je ne peux pas continuer comme ça, sans y mettre le cœur. Je dois retrouver ce que j'ai perdu. »

J'avais envie de lui dire qu'il racontait n'importe quoi et qu'il devait rester, régler ses problèmes ici, que je l'aiderais, mais je savais que je ne pouvais rien pour lui et qu'il avait besoin de s'éloigner pour trouver la paix.

« Et si tu ne retrouves pas ce que tu as perdu ?

— Alors je tournerai la page. »

Il avait raison. Je le savais, mais cela me tuait. « Je te trouve très courageux. Tu vas beaucoup me manquer. » Je souriais, mais les larmes roulaient sur mes joues.

« Je t'aime beaucoup, Emma.

— Moi aussi, Nigel. »

Nous sommes tombés dans les bras l'un de l'autre, et par-dessus son épaule j'ai vu les étudiants ricaner sur ce curé et sa copine. Si seulement ils avaient connu sa situation, sa douleur ne les aurait peut-être pas autant amusés.

Clo, jugeant que nous ne passions pas assez de temps ensemble, s'est mis en tête d'organiser une soirée en groupe.

« On bouffe, on se mate un film et on boit un coup après, annonça-t-elle.

— "On se mate un film", ai-je répété. Tu veux dire "on va voir un film" ?

— Em, vis un peu avec ton époque. Tout le monde dit "mater". Quelle mémé tu fais !

— J'ai vingt-sept ans !

— Exactement. Bon alors, tu en es ? »

J'ai demandé qui viendrait.

« Toi, moi, Tom, son pote Mick, et Seán. »

Je n'étais pas encore convaincue. « Seán a dit qu'il viendrait ?

— Oui.

— Ce n'est pas juste Tom et toi qui essayez de me jeter dans les pattes de son copain, hein ? »

Elle a secoué la tête. « Toujours méfiante, Em ! Personne n'essaie de te jeter dans les pattes de qui que ce soit. C'est juste une sortie entre potes. »

J'ai appelé Seán. Comme il m'a confirmé qu'il serait de la partie, j'ai accepté.

Nous avions prévu de nous retrouver dans une pizzeria à six heures et demie, juste à temps pour le premier service, comme nous l'a profusément rappelé Mick. Seán était en retard. Je commençais à croire qu'il ne viendrait pas, ce qui m'inquiétait énormément, car Clo et Tom en étaient encore à la phase « tourtereaux » et Mick m'ennuyait à mourir.

« Tu sais ce qu'il y a de plus génial dans *Génération* ? » m'a-t-il demandé.

Je ne savais même pas de quoi il parlait.

« Non.

— La diversité culturelle, a-t-il déclaré en frappant du plat de la main sur la table.

— Ah bon ? » Je lui ai souri tout en essayant d'attirer l'attention de Clo. Ce qui n'était pas une mince affaire. Tom lui chuchotait dans le cou… Elle était loin, très loin de nous. J'étais coincée. J'ai regardé vers la porte du restaurant. Qui ne s'ouvrait toujours pas.

« Tu vois, dans l'équipage de *Star Trek*, il y avait un Vulcain, mais c'était tout : les autres étaient des humains. Alors que dans *Génération* il y a un Klingon, un Bétazoïde, un Androïde et Colm Meaney, c'est trop génial. Après *Les Commitments*, il s'est vraiment bougé pour devenir quelqu'un. C'est vrai, quoi, qu'est-ce qu'ils sont devenus, les autres couillons ?

— Bonne question », ai-je concédé tout en regardant discrètement ma montre et en prévoyant de faire une tête au carré à Seán. Une demi-heure et quatorze commentaires extasiés sur *Star Trek : La nouvelle génération* plus tard, il a fini par arriver.

« Pardon, vraiment, j'ai été retenu, s'est-il excusé en se glissant à côté de moi sur la banquette, au grand dam de Mick.

— Je te présente Mick », lui ai-je lancé avec un grand sourire. Ils se sont serré la main. « Mick me racontait *Star Trek : La nouvelle génération.* »

Avant que Seán ait pu dire un mot, Mick lui a demandé s'il aimait *Star Trek*.

« Non, je trouve ça complètement naze », a répondu Seán avec une amabilité parfaite. Ce qui a merveilleusement cloué le bec de Mick.

Nous sommes allés voir une reprise du *Silence des agneaux*. J'étais assise entre Seán et Mick. Ce dernier a commencé à me parler à l'oreille – c'était un grand bavard. Je déteste ça : quel intérêt d'aller au cinéma si c'est pour parler du début à la fin ? Comme cela me rendait folle, j'ai donné un petit coup de pied à Seán. Mick s'est remis à me raconter à voix basse je ne sais quelles insanités sur les tueurs en série.

Seán s'est penché par-dessus mes genoux. « Quoi ? Parle plus fort, j'entends rien. »

Mick s'est renfoncé dans son fauteuil.

« Rien, rien.

— Ah merde, pardon, je croyais que tu avais dit quelque chose. »

Seán m'a fait un clin d'œil tandis que je m'efforçais de cacher ma jubilation. Mick n'a plus soufflé mot.

Ensuite, nous avons décidé d'aller boire un verre vite fait. Mick est rentré car il était crevé, à mon grand soulagement. Une fois dans le pub, après la dissection du film, Clodagh et Tom nous ont annoncé qu'ils s'installaient ensemble. Cela m'a stupéfiée, tant c'était rapide, mais je m'en suis réjouie pour eux. « Après tout, pourquoi pas ? On peut tous mourir demain. »

Seán et moi les avons félicités et sommes restés un moment avec eux pour fêter la bonne nouvelle. Ils sont partis ensemble et nous avons partagé un taxi pour rentrer.

« C'est un peu précipité, quand même, a commenté Seán.

— Quand on sait, on sait », ai-je répliqué.

Il regardait par la fenêtre.
« Et comment est-ce qu'on sait, Emma ?
— On sait, c'est tout.
— Quand ? »
J'étais perplexe.
« Qu'est-ce que tu veux dire ?
— Quand est-ce qu'on sait ?
— On sait, c'est tout », ai-je répété.
Il s'est tu durant le reste du trajet. J'ai regardé les lumières défiler en fantasmant tout haut que j'étais Clarice Starling et que je démolissais Hannibal Lecter. Seán, lui, regardait devant lui en silence. Apparemment, je ne savais pas de quoi je parlais.

Un mois plus tard, mes parents ont donné un pot de départ pour Nigel. Ils avaient accroché dans leur salon une grande bannière « Bon voyage[1], Nigel ! ». Il y avait des vol-au-vent, des saucisses et des petits sandwichs partout, et par conséquent très peu de place pour s'asseoir. Seán, Clo et Tom sont venus. Anne et Richard devaient se joindre à nous, mais Richard avait la grippe et Anne jouait les gardes-malades. J'ai contemplé les amis de Nigel et de mes parents, la bannière, les victuailles. Cela m'a rappelé la fête d'héritage et j'ai pensé à John, peut-être pour la première fois de tout le mois. La culpabilité m'a légèrement levé le cœur. J'avais besoin d'air. Je suis donc sortie dans le jardin.
Seán m'a suivie.
« Il te manque déjà ? m'a-t-il demandé.
— Nigel ? Non, il reviendra », ai-je répondu sans me retourner.

1. En français dans le texte. *(N.d.T.)*

Il s'est approché de moi. « J'ai presque terminé mon livre. »

Je lui ai demandé, pour la cinquième fois de la semaine, quand je pourrais le lire.

« Pas encore. Mais tu seras la première. »

Cette réponse ne me suffisait pas, et je l'ai supplié, puisque le manuscrit était presque achevé. Je mourais d'envie de voir enfin ce qui l'occupait tant ainsi durant des heures d'affilée. Il a réfléchi une minute. « Ça ne va pas te plaire. Ça parle d'une équipe de foot… »

Oh non, je vais devoir me taper un livre sur le foot !

J'ai dû décrocher à ce moment-là, car même si ses lèvres bougeaient je n'enregistrais pas vraiment ce qu'il disait.

Je n'arrive pas à croire que je n'ai plus pensé à John tout ce temps…

« Tu n'as pas entendu un mot de ce que je viens de dire.

— Le foot ? Une équipe de foot dans un bled à la campagne… »

Il a souri. « T'en fais pas… Pas besoin d'être Alex Ferguson[1] pour apprécier l'histoire.

— Ah bon, tant mieux, j'ai hâte. »

C'est qui, Alex Ferguson ?

Tout le monde est parti et nous nous sommes retrouvés en famille, à nous demander qui craquerait le premier. L'avion de Nigel décollait à vingt-deux heures. Il était dix-neuf heures et le temps passait bien

1. Célébrissime joueur écossais devenu entraîneur, qui détient le record de citations comme champion d'Angleterre (douze fois) pour l'équipe de Manchester United. *(N.d.T.)*

trop vite pour ma pauvre maman. Elle s'est occupé les mains en faisant la vaisselle pendant que je passais un coup de balai. Papa et Nigel sont allés dans son bureau. Ils y sont restés un moment. Maman retenait ses larmes. J'ai tenté de nous rassurer toutes les deux.

« Ça va très bien se passer.

— Mais il s'en va dans la jungle !

— C'est Cuba, maman, pas la jungle.

— Chez les cocos !

— Maman ! me suis-je exclamée, choquée par son mépris du politiquement correct.

— Des gens qui ne sont même pas civilisés !

— Mon Dieu, tu ne sais vraiment rien sur Cuba, hein ?

— Parce que toi tu connais, peut-être ! »

Elle avait raison. Je ne connaissais rien à Cuba, mais je n'allais pas pour autant laisser passer ses remarques xénophobes.

« Il y a de belles plages, ai-je hasardé en essayant de me remémorer un documentaire vu à la télé.

— Formidable, il va pouvoir mourir à la plage.

— Arrête de dire des idioties.

— Tu me traites d'idiote ? s'est-elle indignée.

— Tout va bien se passer, je te dis. » Je commençais à regretter d'avoir ouvert la bouche.

« Espérons. Il n'est jamais allé plus loin que l'Espagne, en famille, et même là il a eu la courante toute la semaine. Il ne peut pas rester en Europe, comme tout le monde ? »

J'ai soupiré et secoué la tête, comme quand mes élèves me décevaient.

« Tu sais bien que j'ai raison, a-t-elle insisté en s'asseyant. Il n'aurait pas pu être normal, engrosser une petite et l'épouser par devoir, comme le fils de Mary Matthews ? Il a trois enfants, lui, maintenant, et il travaille à la banque. » Sa voix chevrotait et le dernier mot a sonné comme « baaa… anque ».

« Il faut qu'il fasse comme il le sent, ai-je avancé sans y croire, car, à l'instar de ma mère, j'aurais préféré qu'il soit comme le fils de Mary Matthews.

— Tu crois qu'il nous reviendra un jour ?

— Mais bien sûr ! »

J'ai posé le balai, me suis installée sur une chaise à côté d'elle et j'ai enlacé ses épaules.

« Je voudrais juste que la vie ne soit pas si dure, a-t-elle gémi avec le peu de voix qui lui restait.

— Moi aussi, maman, ai-je admis en la serrant dans mes bras. Comme tout le monde. »

Les adieux à l'aéroport ont été épouvantables. Maman pleurait sans retenue. J'ai essayé de ne pas craquer, mais c'était trop dur. Mon frère m'abandonnait. Qui écouterait mes histoires, maintenant ? Qui pourrait me donner des réponses, même si elles ne me plaisaient pas ? Il me manquait déjà alors qu'il était devant moi, à s'efforcer de maintenir le moral des troupes. Je savais qu'il était impatient et enthousiaste, mais je percevais aussi son appréhension. J'aurais voulu l'empaqueter et le ramener à la maison. Je ne pouvais même pas imaginer combien maman devait souffrir.

Papa, lui, demeurait stoïque. Il a échangé une poignée de main avec son fils et lui a tapé sur l'épaule.

« Je suis fier de toi, mon gars.

— Moi aussi je suis fier de toi, papa. » Papa a hoché le menton comme le font les hommes.

Puis Nigel a pris maman dans ses bras. Je n'avais jamais remarqué cet air de force qu'il dégageait. « Je t'aime, maman. Je reviendrai pour Noël.

— Promis ? » a-t-elle bêlé en rectifiant le col de sa veste, car les habitudes ont la vie dure.

« Promis. »

Nous l'avons regardé franchir les portes vitrées qui nous l'enlevaient pour l'expédier vers Cuba. Il nous a adressé un dernier signe de la main. Papa lui a souri, et puis il a disparu. En me retournant, j'ai vu mon père se dissoudre sous mes yeux. Il a éclaté en sanglots et émis un bruit que je n'avais jamais entendu. Il s'est caché le visage dans ses mains, mais les larmes coulaient entre ses doigts. Ma mère l'a entouré de ses bras et ils sont restés ainsi, serrés l'un contre l'autre. « On le reverra à Noël », a-t-elle dit.

Mon père ressemblait à un petit garçon. Je suis restée à leurs côtés, le cœur gros, après quoi nous sommes repartis de l'aéroport en silence.

En rentrant chez moi, j'ai trouvé Leonard en train de dévorer un sac en plastique. Je le lui ai arraché de la gueule et il a quitté la pièce à petits pas, furieux que j'aie interrompu son projet de repas parfaitement raisonnable. Les lumières étaient éteintes. Je suis restée dans le noir et j'ai allumé la télé. Je me suis rappelé la fois où Nigel était venu après le départ d'Anne et Richard pour le Kerry. Il avait voulu s'assurer que j'allais bien. Maintenant, il n'était plus là, et je n'avais plus personne pour s'inquiéter de moi.

Et voilà, encore un qui mord la poussière (« Another one bites the dust »)

Il adorait Queen. J'ai souri. *Mon frère aurait fait un homo génial.*

16

Varicelle

Anne a appelé. Richard et elle essayaient de faire un bébé. Problème : ils avaient beau s'y employer depuis des mois, rien ne se passait.

« Tu crois que je devrais voir un toubib ? »

J'ai repensé à Noreen, la prof de SVT de mon collège, qui avait attendu deux ans avant que sa petite fille arrive.

« Non, c'est bien trop tôt. Il faut être patient, c'est tout, ai-je affirmé.

— Je ne sais pas… On a tout essayé. »

J'ai assuré que les résultats venaient avec le temps. Par ailleurs, il me semblait que s'il fallait procéder à des examens médicaux, il convenait de le faire sur les deux conjoints.

« Quoi ? Tu crois que c'est Richard qui a un problème ? » m'a-t-elle demandé, aussitôt sur la défensive.

Je me suis hâtée de rétropédaler. « Je n'ai pas dit ça. Je ne pense pas que vous ayez de problème, ni l'un ni l'autre, mais si vous faites des examens, quel est l'intérêt de ne tester que l'un de vous deux ? » Je n'étais vraiment pas d'humeur à discuter.

Elle a réfléchi un instant. « Tu crois que ça peut être à cause de la pilule ? »

Je n'y comprenais plus rien.

« Quoi ? Tu prends encore la pilule ?

— Emma, ne sois pas bête ! Je veux dire : le fait que je l'aie prise pendant des années ?

— Mais je ne sais pas, moi. Il y a quelque chose d'écrit sur la boîte ?

— Non. On va peut-être essayer encore un peu.

— Bonne idée. »

Le reste de la conversation a tourné autour du fait que le centre commercial le plus proche de chez eux se trouvait à cinquante kilomètres. J'étais fatiguée, j'avais mal au crâne. Je n'avais pas très bien dormi cette nuit-là et j'avais trop chaud. Je n'arrivais plus à lui parler.

« Il faut que je te laisse.

— D'accord, mais n'oublie pas : je suis à Dublin demain, alors on dîne ensemble. »

Je lui ai promis de ne pas oublier et j'ai raccroché, après quoi j'ai pris deux antalgiques et je suis mollement montée me coucher.

Je me suis réveillée quelques heures plus tard, dans un état encore pire. Je me suis levée pour me traîner jusqu'au miroir, et là j'ai remarqué de gros boutons rouges sur tout mon torse.

« Nom de Dieu ! » ai-je rugi.

Je me suis rapprochée du miroir et j'ai retiré mon peignoir pour mieux voir. D'autres bubons sont apparus en temps réel, sous mes yeux.

« Eh merde ! La varicelle », ai-je soupiré.

En me rappelant que mes parents étaient partis passer quelques jours à Édimbourg, j'ai eu envie de pleurer. Le médecin est arrivé une heure plus tard et m'a confirmé que j'avais attrapé une vilaine varicelle. Il m'a prescrit une semaine d'isolement et toutes les lotions calaminées que je pourrais trouver. Après son départ, je suis restée devant la glace à attendre que les boutons apparaissent sur mon visage tout en priant pour que cela n'arrive pas. J'ai appelé Clo, qui a trouvé ma situation désopilante.

« C'est pas drôle, me suis-je lamentée. Si je me gratte, je vais avoir des cicatrices.

— Alors ne te gratte pas, grosse maligne.

— Facile à dire ! Ça me démange de partout. J'ai l'impression d'être Indiana Jones dans *Le Temple maudit.* »

Elle s'est tue une seconde.

« Je ne pige pas.

— Quoi ?

— *Le Temple maudit.*

— Mais si, tu sais, les araignées ? »

Non, elle ne savait pas.

« Tu sais, quand toutes les araignées tombent sur Indiana Jones et sa copine ?

— Je crois que c'est dans le premier.

— Ah bon, il s'appelle comment ?

— Je ne sais plus », a-t-elle répondu après réflexion.

Je me suis creusé la tête de mon côté. « Moi non plus. »

Comme elle n'avait jamais eu la varicelle, Clo ne pouvait pas venir me voir ; Anne essayant de tomber enceinte, c'était la dernière personne au monde avec qui je devais dîner ; Richard n'était pas candidat, pour la même raison ; mes parents et Nigel étaient loin. Je me retrouvais donc seule et j'avais très, très envie de me gratter. J'ai longuement regardé la télé, ce qui s'est révélé extrêmement barbant et déprimant. L'ennui intensifiait les démangeaisons. Je me suis préparé à manger, mais mon repas m'est resté coincé dans la gorge. Après avoir failli m'étrangler, je me suis étendue sur le canapé en regrettant amèrement de travailler avec des enfants. L'un d'eux avait dû amener le virus dans la classe. *Petits salopards.*

C'est la sonnette qui m'a réveillée. J'ai aussitôt paniqué, comme toute personne en proie à la fièvre.

Je me suis plantée derrière la porte.

« Qui est là ?

— C'est Seán. Ouvre !

— Je ne peux pas, ai-je chouiné, j'ai la varicelle. »

Je l'ai entendu rire.

« Clo m'a dit ça. Ouvre, je te dis !

— Impossible. C'est très contagieux.

— Je l'ai déjà eue !

— Mais tu peux encore attraper un zona !

— Emma, bon Dieu, ouvre cette porte ! »

J'ai ouvert. La lumière m'a fait mal aux yeux. Il est entré et j'ai levé la tête vers lui. « D'accord, mais ne viens pas te plaindre si tu attrapes un zona. Ça peut te faire enfler la cervelle et te tuer. »

Mon goût du drame l'a beaucoup amusé. « Où as-tu pêché ça ? »

Je lui ai montré les brochures laissées par le médecin. Il en a pris une et a commencé à lire.

« Tu ne crois pas que tu en fais un peu trop ?

— Je voudrais t'y voir, ai-je larmoyé. Si tu étais dans le même état, tu ferais pareil. »

Il a pouffé, et je me suis rendu compte que, malgré son attitude quelque peu paternaliste, j'étais bien contente qu'il soit là.

« J'ai apporté des films, un pot de glace et de la pommade en rab. »

Mon héros !

Nous nous sommes installés devant un film. Il m'a fait mettre des moufles, ce qui ne m'a pas facilité la tâche pour manger de la glace, mais j'ai fait l'effort, car c'était le premier aliment qui ne me donnait pas la nausée. Une bonne partie a fini sur mes joues, que j'ai essuyées avec mes moufles.

« Très sexy ! m'a charriée Seán.

— Ha, ha. » Voilà tout ce que j'ai trouvé à répondre. J'étais incapable de faire mieux : la maladie avait eu raison de mon esprit pétillant.

« Non, vraiment, à te voir là dans ton pyjama en pilou-pilou, couverte de pustules, avec tes moufles et de la glace plein la figure… je suis grave excité. »

Il était hilare, ravi de sa petite blague.

« Enfoiré ! » Décidément, j'avais la réplique subtile…

« Quel sens de la repartie ! Ça t'ennuie si je prends des notes ? » a-t-il rétorqué. Il était exaspérant.

Je lui ai jeté un coussin à la figure. « Je suis malade ! J'ai la varicelle. Je risque de mourir », ai-je gémi, cherchant sa pitié.

Là, il a carrément éclaté de rire. « Tu risques de mourir ! » a-t-il répété, juste pour le plaisir.

Dit par lui, cela paraissait en effet un tantinet mélodramatique. J'ai tenté de me justifier. « C'est ce qui est écrit dans la brochure. Les adultes peuvent attraper un zona, qui dans de rares cas peut mener au gonflement de la cervelle dont je te parlais, et à une mort subite. »

Seán se marrait toujours.

« Tu as la varicelle. Tu vas être d'une humeur de chien et tu vas avoir envie de te gratter pendant quelques jours, et après tu seras guérie.

— D'accord. Il est possible que je survive, mais je suis très fragile, alors vas-y mollo sur les vannes.

— Je ne te vannais pas. Tu es magnifique. »

J'ai tenté de garder mon sérieux, mais quand j'ai vu une grosse tache de glace au chocolat sur mon pyjama, j'ai cédé au rire. J'étais dans un état lamentable, Seán était un vrai boute-en-train, et moi, de toute évidence, aussi belle avec la varicelle que sans. J'avais secrètement envie qu'il l'attrape aussi, pour voir s'il ferait autant le malin. Il m'a étalé de la pommade dans le dos et m'a préparé du thé. Nous avons fini de regarder le film et quand j'ai eu besoin d'aller aux toilettes il m'a aidée à retirer mes moufles. À dix heures, il m'a bordée dans mon lit en veillant à ce que mes médicaments soient à portée de main sur ma table de nuit.

« Comment ça se fait que tu sois encore célibataire ? me suis-je interrogée tout haut pendant qu'il tapotait mon oreiller. Tu ferais un si bon conjoint. » Je me suis pelotonnée sous ma couette.

Pour la première fois depuis que je le connaissais, je l'ai vu rougir. J'ai pris conscience de la gêne qui flottait dans l'air, épaisse comme un pet dans un ascenseur. J'ai fait semblant de m'endormir, sans bien savoir d'où venait ce soudain changement d'ambiance. Il est sorti à reculons.

« Bonne nuit », m'a-t-il dit.

J'ai fermé les yeux, mais j'ai senti qu'il continuait de me regarder pendant quelques secondes avant de refermer la porte.

M'enfin, qu'est-ce qu'il a ?

Il est resté dormir chez moi et m'a préparé le petit déjeuner. Je suis entrée dans la cuisine au moment où il garnissait un plateau. Il a eu l'air déçu de me voir apparaître.

« J'allais t'apporter le petit déj' au lit. »

J'ai souri. « Je me sens un peu mieux. »

Je l'ai remercié d'être venu me voir. Il m'a ordonné de m'asseoir et m'a tendu un thé et des toasts. J'ai obéi et l'ai regardé remettre des tranches dans le grille-pain.

« Ça fait un an, quatre mois et deux jours que John est mort », ai-je déclaré de but en blanc.

Il s'est retourné vers moi.

« C'est vrai ?

— Oui. Avant je le savais de tête, mais maintenant il faut que je calcule », ai-je reconnu.

Il a gardé le silence.

« Tu crois qu'il nous voit ?

— Hein ? »

J'ai répété la question. Il m'a dit qu'il ne le pensait pas.

« Pourquoi ? Tu ne crois pas que ce soit une possibilité ? l'ai-je défié.

— Non, Em, je ne veux pas penser à ça. Je veux croire qu'il est dans un monde meilleur. »

Seán avait l'air peiné et je me suis demandé pourquoi. C'était peut-être une question idiote. J'étais juste fatiguée et je ne voulais pas l'embêter.

« Pardon. Tu as raison. Il est sûrement dans un

monde meilleur. Pourquoi traîner ici ? » ai-je dit avec une gaieté forcée.

Il s'est retourné vers son toast. « Un jour, tu le laisseras partir, Emma. J'espère que ça viendra bientôt », a-t-il soufflé en se redressant sur sa chaise.

Je jouais avec mon pain. « Moi aussi », ai-je confié à sa nuque.

Il est parti peu après. Son humeur avait changé et j'étais contente qu'il s'en aille, car je me sentais triste et bête. Bien sûr qu'il ne voulait pas entendre parler de John dès le petit matin ! C'était déprimant. Son ami lui manquait. C'était pour ça qu'il se comportait bizarrement. Il essayait d'avancer – et il voulait que j'avance aussi. C'était logique.

Sauf que non.

Dix jours plus tard, en bien meilleure forme, j'ai décidé de me rendre sur la tombe de John. Il y avait longtemps que je n'y étais pas allée. Il était temps que j'inspecte mon rosier et que je donne des nouvelles. C'était une belle journée sèche et lumineuse de la fin du printemps. Les arbres étaient couverts de feuilles et l'air immobile. J'ai veillé à ne marcher sur personne, restant bien dans l'allée jusqu'à l'arbuste que j'avais planté plusieurs mois auparavant. Il était en fleur. Trois roses rouges et deux boutons s'inclinaient juste au-dessus de la nouvelle pierre tombale, sur laquelle était inscrit son nom.

En souvenir de
John Redmond
1972-1998
Il dort avec les anges.

C'était joli. Sans doute choisi par sa mère.

Je préférerais qu'il dorme avec moi.

Je me suis assise sur le sol sec.

« Salut, bel inconnu ! »

Rien.

« Pardon, ça fait un moment que je ne suis pas venue. »

Rien.

« Mais tu me manques. »

Rien.

« Seán veille bien sur moi. J'ai eu la varicelle. Je suis presque guérie. Il a été très sympa. Je ne pourrais pas espérer un meilleur ami. Et toi, tu en as, des amis ? »

Question idiote.

J'ai regardé vers le ciel.

« J'aimerais bien avoir de tes nouvelles, rien qu'une fois, juste pour être sûre que tout va bien. Je ne rêve plus de toi. Tu venais toutes les nuits, avant. Ça fait des mois que je ne t'ai pas vu. Je me demande : est-ce que je te reverrai ? »

J'ai contemplé sa tombe en attendant une réponse. Aucune n'est venue, et peu à peu je me suis rendu compte d'une chose. J'avais oublié le son de sa voix.

Oh mon Dieu !

Les larmes ont jailli de mes yeux, grosses et bruyantes, comme d'un robinet mal fermé. J'ai fouillé ma mémoire, mais celle-ci restait vide.

Oh non, non, mon Dieu !

Je suis partie en courant, sans plus me soucier des tombes de chers disparus que je piétinais. Je suis montée en voiture, le souffle coupé.

Je ne me souviens plus. Je ne me souviens plus !

J'ai fui le plus vite possible, tellement j'avais honte.

Comment ai-je pu oublier si rapidement ? Qu'est-ce que j'ai qui ne va pas ?

Je suis rentrée chez moi en roulant plus vite que je n'aurais dû, et j'ai entièrement retourné mon salon, ma cuisine et ma chambre jusqu'à retrouver la cassette du répondeur, au fond du tiroir où je l'avais rangée des mois plus tôt. J'ai viré la cassette actuelle de l'appareil et inséré celle-là aussi vite que me le permettaient mes doigts. J'ai appuyé sur *play*.

« Salut, vous êtes bien au six cent quarante, cinquante-deux, soixante et un. On est partis sous les cocotiers, alors laissez un message et, si on vous aime bien, on vous rappellera. »

Voilà, John était de retour. Quel soulagement ! Je possédais encore la cassette : même si je ne pouvais pas le garder dans ma tête, j'avais son enregistrement. J'ai remercié le Ciel pour l'invention de la bande magnétique. Je me suis répété que tout irait bien, mais ce n'était pas le cas. Comment aurait-ce été possible ? J'étais paumée.

Mais pourquoi est-ce que je ne maîtrise rien ?

17

Pas de chance pour certains

L'été s'était écoulé sans histoires et nous étions en octobre, le vendredi treize, jour de mon anniversaire. J'ai été réveillée par la voix de ma mère chantant « Joyeux anniversaire » puis *For She's a Jolly Good Fellow*. Cela m'a fait plaisir de l'entendre. Malgré mes vingt-huit ans, j'étais en pleine forme. Et pourquoi pas ? Mes amis et moi partions passer le week-end à Paris. Je n'y étais jamais allée, et j'étais folle de joie. Mes sacs étaient prêts depuis la veille. J'étais bien réveillée, et excitée comme une puce.

Leonard était un poids mort sur mes jambes. J'ai tenté de le chasser du lit, mais il ne s'est pas montré coopératif. J'ai renoncé et je l'ai soulevé pour le poser à côté de moi. Il a soupiré tel un vieux pépé dérangé par sa petite-fille, puis levé ses petites pattes dodues et attendu ses caresses matinales sur le ventre. Les sensations sont revenues dans mes jambes. Sous la douche, j'ai entonné des chansons d'amour. Puisque j'allais à Paris, après tout, autant me mettre tout de suite dans l'ambiance. J'étais habillée et prête à partir quand Clo et Tom sont arrivés. Nous devions retrouver Anne et Richard à l'aéroport. Seán était déjà sur place là-bas, car on l'avait chargé d'interviewer un rappeur français pour un article sur le phénomène mondial du hip-hop. Ce n'était pas son domaine, mais son collègue était cloué au lit avec une vilaine pneumonie et il avait dû le remplacer au pied levé. Cela faisait trois jours qu'il suivait l'artiste pour dresser de lui un portrait complet. Quand nous avions appris qu'il serait logé dans un appartement privé, nous avions sauté sur le prétexte de mon anniversaire pour organiser une escapade.

Nous avons atterri sur un minuscule aérodrome en rase campagne : pas franchement l'idée que je me faisais de Paris. De là, on nous a fait monter dans un car qui a mis encore une heure et demie à rejoindre la ville, mais je m'en fichais. Tom et Clo étaient assis dans le fond, blottis dans leur petit monde de romance et de bisous. Anne et Richard étaient en face de moi. Richard lisait des passages d'un guide de Paris pendant qu'elle notait les centres d'intérêt. Je regardais défiler les rues en écoutant mon Walkman, impatiente de voir Seán. Je ne l'avais pas vu de la semaine, et il m'avait manqué. Jusque-là, je n'avais pas eu conscience d'être si dépendante de lui. Maintenant que Clo avait trouvé son âme sœur, elle n'était plus aussi disponible pour les copines. Non qu'elle fût absente, mais elle devait désormais tenir compte de quelqu'un d'autre ; Anne et Richard vivaient dans le Kerry ; la dernière fois que j'avais eu des nouvelles de Nigel, il faisait la cueillette des fruits en Amérique du Sud. Seán, lui, était célibataire comme moi, il était donc logique que nous passions davantage de moments ensemble. J'avais trouvé le temps long sans lui, et je me languissais de le voir.

Il nous attendait à l'arrêt du car. Anne et Richard ont été les premiers à le saluer. Il parlait avec entrain, l'air heureux, lorsque j'ai descendu les marches. J'avais hâte de lui sauter au cou, mais en touchant le sol j'ai compris pourquoi il était si radieux : il était en train de présenter une beauté blonde à nos amis. Une Française bronzée et ultra-mince, avec débardeur au crochet et petits seins guillerets, qui a embrassé Richard sur les deux joues (à la grande joie de ce dernier) tandis qu'Anne restait en retrait, un sourire poli aux lèvres.

Seán était tellement occupé avec les autres que je suis allée toute seule chercher mon sac dans la soute, le cœur lourd. Je n'étais pas d'humeur à fréquenter des Parisiens, malgré le lieu où je me trouvais. Clo est sortie à son tour : avec son cachemire rose, ses lunettes noires et son gloss, elle évoquait une star de cinéma descendant d'un jet privé. Le ciel était bleu, mais, étant donné la saison, les lunettes de soleil n'avaient rien d'indispensable. Tom, derrière elle, portait son sac à main, son vanity et sa valise, qu'elle avait refusé de ranger en soute. J'ai soudain pris conscience que j'étais cernée par des couples.

Eh merde.

Seán avait mille choses à nous montrer. Fabienne, ou Fab, comme il l'appelait, était la sœur du rappeur et elle avait craqué pour Seán dès le jour de son arrivée. Ils ne se quittaient plus, d'autant qu'en plus d'être la frangine de l'artiste elle était aussi son attachée de presse. Elle est restée collée à Seán tel un costard en polyester tandis que nous montions vers Montmartre pour déjeuner à la terrasse d'un joli petit café. Chacun parlait avec enthousiasme de ce qu'il comptait faire et des lieux qu'il avait prévu de visiter. La conversation est devenue pour moi un bruit de fond tandis que je m'efforçais de m'adapter à la nouvelle pièce rapportée, la ravissante Fab. Laquelle semblait charmer tout le monde, sauf moi.

C'est seulement au moment de l'addition que j'ai pris le temps de regarder autour de moi. C'était un enchantement. De vieilles rues pavées, des peintres au chevalet, des étudiants américains, de jeunes couples sur les trottoirs autour de nous. De petites pâtisseries aux vitrines débordantes de gâteaux alléchants et de pain frais, qui répandaient leur odeur dans les rues. Les deux-roues, les promeneurs, le Sacré-Cœur, majestueux dans le fond. Je voyais le sommet de ses dômes depuis ma place.

On ne se sentait pas dans une ville, mais plutôt dans un village glamour et cosmopolite appartenant à un autre temps et un autre lieu. J'étais sous le charme.

Nous avons suivi Seán et sa miss Univers en direction de son appartement. Clo photographiait à peu près tout ce qu'elle voyait : des piafs et des pigeons picorant des miettes, une vitrine pittoresque, un réverbère, un couple d'amoureux, un serveur apportant son café à un vieux monsieur. Elle mitraillait tous azimuts comme si elle craignait de passer à côté de quelque chose – on aurait dit une touriste américaine. Tom l'aidait en lui indiquant obligeamment tout ce qu'elle aurait pu rater.

« Sympa, cette bagnole.
— Je l'ai.
— La vieille, là.
— Fait.
— Wouah, regarde ce manège !
— Monte dessus. »

Il s'est exécuté, a souri, fait coucou.

« Fais comme si je n'étais pas là ; assieds-toi sur le cheval et prends un air inspiré. »

Il s'est assis et a tâché d'avoir l'air inspiré.

« C'est bon. »

Anne et Richard se payaient leur tête, main dans la main, en se chuchotant à l'oreille qu'ils allaient faire un bébé dans la ville de l'amour. Fab marchait devant avec Seán, la main enfoncée dans sa poche revolver pour bien montrer à tout le monde qu'il était pris. Quant à moi, j'admirais le décor en essayant de tout absorber. Je me sentais proche du paradis. Le ciel bleu semblait monter du sol sous mes pieds pour nous entourer de partout. S'il y avait des villages au paradis, ils devaient ressembler à Montmartre.

Arrivés à l'immeuble, nous avons pris un vieil ascenseur ornementé et absurdement minuscule jusqu'au dernier étage. Le parquet sentait la cire, les fenêtres étaient hautes, les huisseries en joli bois blanc. La cuisine était petite, avec un minifour et un vaste frigo. Le salon lumineux donnait sur une rue animée. Une grande toile représentant une jeune fille sur le pont des Arts était accrochée au mur. Elle avait l'air heureuse – mais n'avait-elle pas toutes les raisons de l'être ? Elle vivait à Paris ! Il y avait trois chambres, que les couples se sont aussitôt attribuées. Moi, j'ai eu droit au clic-clac du salon.

« Tu es sûre que ça te convient ? m'a demandé Seán.

— Très bien. J'aime mieux ça que tomber sur un couple en pleins ébats en me levant le matin. »

Il a hoché la tête. L'argument se tenait. À l'évidence, tout le monde comptait bien s'envoyer joyeusement en l'air. Ça, c'est Paris ! Seán m'a indiqué la chaîne hi-fi.

« Tu peux mettre de la musique.

— Ça va, j'ai des boules Quies. »

Il a acquiescé en souriant puis est allé rejoindre les autres, qui s'étaient entassés dans la cuisine et essayaient de comprendre le fonctionnement de la machine à café. Sur le seuil, il s'est retourné comme pour me dire quelque chose mais n'a pas eu l'air de trouver les mots.

« Quoi ? lui ai-je demandé avec espoir, sans savoir vraiment ce que j'espérais.

— Qu'est-ce que tu penses de Fab ?

— Elle a l'air sympa », ai-je menti. Elle était méprisante et pointait ses seins en avant chaque fois qu'elle voulait avoir raison.

« Oui, bon, je ne la reverrai pas après dimanche, tu sais », a-t-il lâché en scrutant mon visage pour y chercher une expression. Laquelle, ça, je ne le savais pas trop.

« Une fille dans chaque port ! lui ai-je bravement lancé.

— Voilà », a-t-il conclu, pas aussi amusé que je l'aurais voulu.

Le soir, nous sommes allés dîner dans un petit restau à l'ancienne choisi par Fab.

« C'est un endroit pour les Français », nous a-t-elle mystérieusement informés. Une précision un peu étrange, étant donné que nous étions en France. Elle a dû remarquer mon expression. « Pas pour ces crétins de touristes. On y mange bien, les prix sont honnêtes, ce n'est pas un piège à gogos », a-t-elle précisé avant de boire une gorgée de son vin de table.

Super, nous voilà devenus des crétins de touristes.

Clo a photographié la fenêtre encadrée de fleurs. Le serveur a pris nos commandes. Je me régalais à l'avance de mon carré d'agneau.

« *Quelle cuisson ?* m'a demandé le serveur en français.

— Pardon ?

— Ta viande, tu la veux comment ? » m'a traduit Fab en adressant au serveur une mimique entendue.

Pouffiasse.

« À point. » Je me suis concentrée sur la carte pour ne pas les regarder. Elle a traduit pour moi.

Le serveur s'est éloigné après un hochement de tête.

« C'est super authentique », s'est enthousiasmée Anne.

J'ai vu Fab la regarder comme je pouvais regarder les Américains qui claironnaient : « Oh, tout est minuscule, c'est trop mignon ! »

Clo et Tom se faisaient du genou sous la nappe en tissu. Je tenais la chandelle à mon propre dîner d'anniversaire ! Seán a dû remarquer ma mine dépitée : il a levé son verre, aussitôt imité par les autres.

« À la reine d'un jour – qu'elle reste toujours aussi belle ! »

J'ai piqué un fard. Les autres m'ont joyeusement acclamée. Fab m'a toisée en montrant bien qu'elle ne voyait pas ce qu'il voulait dire. On l'entendait presque penser : *Pour pouvoir rester belle, il faudrait déjà que tu le sois au départ.*

Je m'en fichais. C'était très gentil, ce qu'il m'avait dit, alors elle pouvait aller se faire voir. Le serveur a commencé à apporter les commandes. Mon assiette était la dernière, évidemment. Mes camarades ont mis un point d'honneur à m'attendre, jusqu'à ce que les leurs aient complètement refroidi. Quand ma viande est arrivée, elle était à peine cuite. Le serveur a quasiment balancé l'assiette devant moi et est reparti avant que j'aie eu le temps de voir le sang couler dans mon gratin dauphinois. J'ai coupé dans les côtelettes, révélant la chair rouge.

Oh mon Dieu, il vit encore !

Richard a été le premier à remarquer mon horreur. « Je croyais que tu avais demandé à point ? »

Anne a jeté un coup d'œil à mon assiette.

« Il a eu le temps de cuire, pourtant.

— Ouh là là », ai-je soufflé avec effort.

Fab s'est penchée pour voir ce qui provoquait tant d'histoires. « Qu'est-ce qu'il y a ? C'est très bien, mange ! »

Décidément, je ne l'aimais pas.

« J'avais demandé bien cuit, ai-je dit avec hauteur.

— Eh bien quoi, ce n'est pas bleu. C'est cuit, regarde. » Elle me montrait le dessus grillé. Évidemment.

Furieuse, j'ai brandi au bout de ma fourchette un morceau qui évoquait davantage un animal écrasé sur la route. « Et ça, alors ? C'est rouge et ça pisse le sang ! »

Seán, voyant que la situation s'envenimait, a rappelé

le garçon. Celui-ci est apparu à mes côtés et m'a regardée de haut.

« *Yes ?* »

Il parlait anglais, l'enfoiré !

« J'ai demandé à point, ai-je dit en m'efforçant d'imiter son arrogance.

— Oui », a-t-il lâché, sur quoi il a tourné les talons.

Tout le monde a cessé de manger.

« Mais quel connard, celui-là ! s'est exclamée Clodagh, aussitôt approuvée par Richard.

— Pardon, Em, ils sont un peu susceptibles avec leur viande », a temporisé Seán.

Fab a souri comme si elle venait de décrocher je ne sais quelle victoire. J'ai repoussé mon assiette et je me suis versé un grand verre de vin.

Joyeux anniversaire.

La boîte de nuit se trouvait dans une rue adjacente aux Champs-Élysées. La musique était forte, les gens dansaient, de grosses banquettes confortables longeaient les murs autour de la piste. Elles étaient pleines de jeunes types qui regardaient des filles à demi nues se trémousser entre elles. Contrairement à chez nous, il n'y avait pas la queue au bar. Au moins, de ce côté-là, l'univers n'était pas contre moi. J'ai commandé une double vodka-Coca et je me suis assise au bord de la banquette que nous gardait Fab.

« Le carré VIP va bientôt ouvrir, nous a-t-elle annoncé.

— On va dans le carré VIP ? s'est écriée Clo avec enthousiasme.

— Bien sûr, a répondu la fille avec dédain, comme si Clo était attardée. Mon frère n'est pas n'importe qui… Tu croyais qu'on irait où ? Dans le local à poubelles ? » Elle pointait l'index vers Clo, à quelques centimètres de son œil droit.

« Pourquoi pas ? Apparemment, c'est là que tu as été élevée ! a répondu Clodagh en reculant sa tête.

— Tu me soûles », a lâché Fab en se renfrognant.

J'avais envie de lui mettre mon poing dans la figure, mais elle me faisait un peu peur – elle devait pouvoir faire très mal avec ses longs ongles pointus. Clo avait visiblement les mêmes craintes, car elle a attendu que la Française ait le dos tourné pour lui faire un doigt d'honneur.

Moins d'une heure plus tard, nous étions dans le salon VIP, bien plus praticable. Fab y était entrée comme si elle était chez elle. Anne, Clo et moi étions restées en arrière, sans trop nous soucier de savoir si nous pourrions la suivre ou non : notre envie de dire du mal d'elle était plus forte.

« Quelle garce ! a soufflé Anne.

— Elle ne nous aime pas, je crois, a dit Clo.

— Oui, eh ben on s'en tape, ai-je conclu.

— Tu l'as dit, bouffi ! » s'est marrée Clo.

Le videur nous considérait d'un œil perplexe.

« On est avec Fabienne, lui a annoncé Anne.

— Qui ? » a fait le type, qui avait le crâne rasé.

Et toc, ai-je pensé avec satisfaction.

Tom est revenu à la porte.

« Elles sont avec nous, a-t-il aimablement lancé au crâne d'œuf.

— Allez-y. » L'homme a décroché le cordon rouge qui séparait les grands de ce monde du commun des mortels.

La pièce, très sombre, n'était éclairée que par des bougies. Des banquettes circulaires dotées de hauts dossiers donnaient une illusion d'intimité aux élus qui y avaient accès. Nous en avons trouvé une réservée pour le frère de Fab. Sa bande de potes était déjà vautrée dans les coussins. Les présentations ont été faites. Je me suis contentée de hochements de tête muets, tandis que Seán serrait la pince à ses nouveaux amis.

« Où est Pierre ? s'est-il enquis.

— Au bar. »

Je me suis assise à côté de Seán, rien que pour énerver Fab.

« Alors, qu'est-ce que tu en penses ? m'a-t-il demandé.

— Super, quand on aime se prendre son verre dans les dents.

— Ça me plaît bien qu'il fasse noir. »

En fait, ce n'était pas si mal. Clodagh et Tom dansaient un slow sur un morceau rapide. Anne et Richard discutaient intensément. Fab a roulé un gros palot à Seán, juste pour détourner son attention. Un Français a tenté de me faire la conversation, mais entre la musique et son anglais, qui ne valait pas mieux que mon français, nous avons renoncé au bout de deux minutes. Fab a relevé la tête de son exploration buccale et a agité la main.

« Pierre ! »

Le fameux rappeur, un grand brun avec quelques mèches dorées, un sourire éblouissant et un corps comme sculpté dans une pierre précieuse, a fait signe à sa sœur. Il a dit au revoir à un mannequin, une fille aux allures de pauvresse que j'ai reconnue pour l'avoir vue dans *Vogue* et qui s'est retirée dans un coin sombre. Il s'est ensuite approché et a salué à la cantonade.

« Je peux m'asseoir ? m'a-t-il demandé, et je me suis poussée. Pierre, s'est-il présenté.
— Emma.
— Ah, la copine de Seán.
— Oui.
— Tu aimes Paris. » Ce n'était pas une question.
« Magnifique.
— Une Irlandaise brune, pas rousse !
— Très observateur », l'ai-je raillé en essayant de rester hautaine, mais ce n'était pas aussi facile qu'avec sa sœur.
« Le feu.
— Pardon ?
— Le feu dans ton ventre, non ? L'Irlandaise brune. »
J'ai souri sans rien dire. Je ne comprenais rien à ce qu'il déblatérait. Nous avons siroté nos cocktails pendant un petit moment. Il donnait aux autres des nouvelles de sa carrière musicale et de son placement au top cinquante, de ses dates de tournée, de ses campagnes de presse. Je n'avais jamais entendu parler de lui.
Barbant.
Je fumais. Ce qu'il y avait de super à Paris, c'est que le tabagisme était non seulement toléré mais même encouragé. Du coup, alors qu'en temps normal j'étais une petite fumeuse, les circonstances me poussaient ici à cloper sans réserve. J'ai allumé une nouvelle cigarette. Il me l'a prise de la main et a longuement tiré dessus.
« Merci », a-t-il fait avec un grand sourire.
Je m'en suis simplement allumé une autre. Ce Français était bien trop suave pour être honnête. Mais

il était beau garçon. J'aimais bien le regarder, surtout depuis que j'avais remarqué que Seán n'en perdait pas une miette. Après tout, il n'était pas le seul à pouvoir faire des conquêtes.

« On va danser ?

— Peut-être plus tard », ai-je répondu, contente de moi. *Je parie que tu n'as pas l'habitude d'entendre cette réponse, pas vrai ?*

Il était intrigué. Je voyais bien qu'il était accoutumé à ce que les filles tombent à ses pieds.

Il s'est levé. « Tu viens avec moi ? »

Ma main s'est retrouvée dans la sienne, et soudain me voilà debout, traversant la piste de danse. Il avait une certaine autorité naturelle, je veux bien l'admettre. Je sentais les regards de Seán et de Fab dans mon dos, et quand je me suis retournée pour leur faire un signe de la main ils n'avaient pas l'air enchantés.

Il m'a emmenée dehors, sur un balcon privé donnant sur une cour emplie d'arbres, de fleurs et de petites fontaines éclairées en bleu. Nous nous sommes assis sur le banc, il m'a mis une cigarette dans la bouche et l'a allumée. J'ai inhalé et je lui ai souri, en espérant qu'il ne remarquerait pas que la tête me tournait un peu. Il a touché mes cheveux.

« J'aime le noir.

— Moi, j'aime bien les lumières bleues.

— Je parlais de toi.

— Je sais.

— Tu es célibataire, non ?

— Oui.

— Seán m'a parlé de son pote, ton mec. C'est dur. »

Jusque-là, je me sentais assez sûre de moi – sûre de moi et un peu soûle –, mais sa réflexion m'a flanqué un coup.

« Ah, ai-je soufflé.

— Je ne voulais pas te faire de peine.

— Non, ça va.

— Bien. La vie est faite pour être vécue.

— J'ignorais que j'avais affaire à un génie. » J'ai sorti cela sans réfléchir, mais heureusement ma pique l'a amusé. Il a renversé la tête en arrière et éclaté de rire. « Je t'aime bien, l'Irlandaise. Et j'aime bien Seán. Il est sympa.

— Exact.

— Mais moins avec moi qu'avec ma frangine. »

Il se marrait toujours, et j'ai fait pareil : son rire était contagieux. Nous avons gardé le silence un moment, sans que ce soit gênant. Je sentais sa cuisse contre la mienne. Quelques étoiles étaient apparues dans le ciel nocturne, on aurait pu croire qu'elles avaient été accrochées spécialement pour nous. Mon moral commençait à remonter. Tout à coup, j'ai eu comme un éclair de lucidité. J'étais sur un balcon VIP avec un demi-dieu français ; certes, je n'avais jamais entendu parler de lui, mais des millions de gens l'adulaient. C'était une célébrité. *Qu'est-ce qui lui prenait de traîner avec moi ?*

« Combien de filles rêveraient d'être à ma place en ce moment ? » ai-je demandé de but en blanc.

La franchise de ma question l'a apparemment réjoui. « Beaucoup. » Il avait une dent un peu de travers, tout à fait sexy.

« Alors pourquoi tu perds ton temps avec moi ? Car tu perds ton temps, tu sais », ai-je ajouté pour être bien claire. Je ne prévoyais pas de coucher avec une star française.

Il ne s'est pas démonté. « Je ne perds jamais mon temps. »

J'ai gloussé. Il était séduisant. J'ai aperçu Clodagh à travers la vitre : à l'évidence, les autres l'avaient envoyée en éclaireuse pour qu'elle les tienne au courant de la situation. Souriant jusqu'aux oreilles, elle a levé les deux pouces. Pierre l'a vue et a imité son geste. Elle a bondi en arrière et fait semblant de parler à quelqu'un, qui l'a fusillée du regard avant de s'en aller. Sa retraite précipitée nous a fait éclater de rire.

« Ta copine, elle pense que je perds mon temps ?

— Mon amie ne pense pas du tout. »

Je disais n'importe quoi, bien sûr, mais notre badinage m'était agréable. Un slow français que je ne connaissais pas passait à l'intérieur.

« On danse maintenant, oui ? »

Il s'est levé, une main tendue vers moi. Je lui ai donné la mienne et il m'a hissée sur mes pieds. J'étais debout face à lui, attendant qu'il prenne l'initiative, mais il m'a laissée un petit moment là, contre son torse, avant de me prendre dans ses bras. Un instant plus tard, nous dansions. Il sentait bon. Il a plongé une main dans mes cheveux et saisi mon visage, de manière que je ne puisse voir que lui. Il était beau, et il le savait. L'astuce était de ne pas se perdre dans ses yeux. Je me suis donc concentrée sur sa bouche. Erreur. Sa moue très française me faisait soudain l'effet d'un Coca glacé en plein désert.

Oh ! là là !

« Je n'ai pas l'intention de coucher avec toi, l'ai-je prévenu, plus pour moi que pour lui.

— Pourquoi ? »

Bonne question. Je n'y avais pas réfléchi.

« Je ne te plais pas ?

— Si tu ne me plaisais pas, je ne serais pas en train de danser avec toi. » Je me suis félicitée que l'obscurité dissimule mes joues pivoine.

Il a ri.

« Toi, tu me plais. Tu n'es pas comme les autres.

— Personne n'est comme les autres – simplement, parfois, on se comporte comme les autres.

— Tu es intelligente. »

Ses appréciations commençaient à me lasser.

« Tu aimes distribuer les bons points, hein, champion ? »

Il s'est marré de plus belle. J'aimais bien son rire.

Il est passé à la vitesse supérieure.

« Allez, on bouge.

— Où ça ? » Je voulais gagner du temps.

« Je t'emmène chez moi. »

De surprise, j'ai aspiré par le nez, ce qui a produit une sorte de ronflement involontaire.

« Mmm, très sexy ! s'est-il moqué.

— Merci ! » J'ai réussi à rester cool, même si j'étais mortifiée.

« Viens », m'a-t-il simplement dit. Là, j'ai lâché prise et je l'ai simplement suivi.

Il est allé chercher sa veste et mon sac. Anne et Richard dansaient. Clo s'est approchée de moi.

« Tu pars ? m'a-t-elle demandé, visiblement enthousiasmée par cette idée.

— Eh oui », a fait Pierre avec un clin d'œil.

Seán s'est adossé à la banquette.

« À plus, Seán, a lancé Pierre d'un ton cordial.

— Ouais, à plus. »

Seán ne parvenait pas à dissimuler sa contrariété. Quant à Fab, elle était horrifiée. Je lui ai adressé un grand sourire et elle s'est renfrognée en me regardant droit dans les yeux, prête à me découper en morceaux. Pierre et moi sommes partis vers la sortie. J'ai fait semblant de ne pas voir les filles qui nous observaient en pointant le doigt, dont certaines essayaient même de le toucher ou de lui parler au passage

Mais qu'est-ce qui se passe ?

Des vigiles nous ont escortés. Une voiture et son chauffeur ensommeillé attendaient dehors.

« Rue Boissière.

— Oui, monsieur Dulac, tout de suite. »

Nous sommes montés à l'arrière. Il m'a enlacé les épaules.

« Ne t'inquiète pas. Je ne mords pas. Sauf si tu le demandes.

— Je ne demanderai pas ça. »

Il a eu un petit rire.

« Peut-être. Peut-être pas.

— Tu es bien sûr de toi.

— Contrairement à toi. »

Zut. Jeu, set et match pour M. Dulac.

Le chauffeur fonçait dans les rues à une allure alarmante, au point que j'ai eu envie de lui crier « Moins vite, espèce de malade ! ». Je commençais à avoir les nerfs en pelote, mais pour Pierre c'était une soirée comme une autre, alors je me suis forcée à me détendre. J'ai tout de même soufflé de soulagement quand la voiture s'est arrêtée.

« Allons-y. » Il m'a prise par la main pour descendre.

Nous nous sommes retrouvés dans son immeuble avant que j'aie eu le temps de dire « ouf ». Il aimait que les choses aillent vite, de toute évidence. Le hall d'entrée évoquait un hôtel des années vingt, avec partout des ornements de cuivre. Sur les murs rouge sombre étaient accrochées des toiles contemporaines. Nous sommes entrés dans l'ascenseur – exigu aussi, celui-là. *Bizarre, cette passion des Français pour les ascenseurs minuscules.*

J'ai contemplé mes pieds, pour bien montrer que je ne comptais pas me laisser peloter dans cet espace confiné. Pierre arborait toujours cette expression de chat qui a trouvé un pot de crème – ou, dans le cas de Leonard, plutôt un plein camion. Une fois chez lui, j'ai commencé à me demander à quoi je jouais. Cela devenait un peu intense. J'ignorais complètement où je me trouvais et ce que je venais y faire. Il m'a fait asseoir sur un sofa, ou plus exactement une méridienne, rouge et dangereusement sexy. Il a mis de la musique, que je n'ai pas reconnue : du jazz français. Il a rempli des verres à un bar qui occupait tout un coin de la pièce, m'a tendu une vodka avec un trait de Coca. J'aurais apprécié l'inverse – beaucoup de Coca et un trait de vodka –, mais je n'ai pas protesté.

Il s'est approché de moi, et mon cœur s'est emballé. Nous étions sur le point de nous embrasser lorsqu'il s'est passé quelque chose de très étrange. Nous nous sommes mis à parler. Je veux dire, vraiment parler. Il m'a questionnée sur John, et je lui ai tout avoué. Je lui ai raconté des choses que même Clo ignorait. De son côté, il m'a parlé de la fille qui lui avait brisé le cœur en partant pour l'Amérique. Elle n'était jamais revenue. Quelques années après leur rupture, elle était morte dans un incendie. Il n'a pas comparé nos douleurs : ce n'était pas une compétition.

Nous avons beaucoup ri. Nous avions le même regard sur la vie, le même humour, les mêmes idéaux. Beaucoup de choses nous séparaient aussi. Il était un dieu du hip-hop, moi une prof de collège. Il aimait coucher à droite à gauche, ce qui n'était pas mon cas. Il était arrogant, moi timide. Mais nous passions un bon moment. Il m'a raconté des histoires osées, et j'ai fait semblant d'être un peu plus choquée que je ne l'étais, uniquement parce que cela lui faisait trop plaisir. Nous avons continué à boire jusqu'au petit matin et nous nous sommes endormis sur son lit. Quand je me suis réveillée deux heures plus tard, il me regardait.

« Bonjour, m'a-t-il dit avec un grand sourire.

— Salut », ai-je marmonné en tâchant de couvrir ma bouche.

Son haleine sentait la menthe : il s'était donc brossé les dents pendant que je dormais.

« Où est la salle de bains ? »

Il m'a indiqué la pièce attenante. J'ai mis du dentifrice sur mon doigt et je me suis rafraîchi la bouche tant bien que mal, puis je me suis passé de l'eau sur le visage et je suis revenue. Il m'attendait dans le lit, sachant que j'étais prête, et pas à rentrer chez moi. Je me suis approchée, et il a soulevé le drap pour que je m'y glisse. Ce que j'ai fait, et là nous avons échangé un baiser. Un *french kiss*, évidemment.

Ce qui a suivi ? Bien, je ne dirai qu'une chose : s'il était aussi bon devant un micro qu'au lit, son statut d'idole n'était pas usurpé. Mieux encore : je n'ai pas pleuré après.

Quelques heures plus tard, il m'embrassait une dernière fois avant de donner l'adresse de Seán à son chauffeur.

« On se reverra ? m'a-t-il demandé.

— Non, ai-je fait avec un grand sourire.

— Dommage », a-t-il lâché. Mais il a souri aussi.

« Merci », ai-je ajouté, et j'étais sincère : il était vraiment plus que temps que je m'envoie en l'air.

« De rien ! » Il a tapé sur le toit de la voiture et le chauffeur a démarré.

Je ne me suis pas retournée, je savais qu'il ne regardait pas.

À mon retour, Clo et Tom étaient encore au lit. Anne et Richard étaient déjà partis, bien résolus à profiter à fond de la journée. J'étais dans la cuisine en train de me battre avec le café en grains lorsque j'ai senti quelqu'un entrer derrière moi. C'était Seán, vêtu en tout et pour tout d'un bas de pyjama. Je l'ai accueilli gaiement, mais son expression furibonde m'a refroidie.

« Mais où t'étais passée ? » Il pointait vers moi un index légèrement tremblant.

« Pardon ? me suis-je rebiffée.

— Qu'est-ce que tu as foutu ? Je n'ai pas dormi de la nuit tellement je m'inquiétais ! »

Son bras est retombé le long de son corps, mais son visage exprimait toujours la même rage.

« Tu sais très bien ce que j'ai foutu. Arrête de jouer au con, tu n'es pas mon père, ai-je lancé sur le même ton que lui.

— Non, Emma, je sais avec qui tu étais, et sachant ce que j'ai vu cette semaine, tu aurais pu être n'importe où, en train de faire n'importe quoi. Tu ne le connais pas, moi si. Comment voulais-tu que je sois sûr qu'il ne s'était pas lassé de toi au bout d'une heure ? »

Toute la joie qui m'emplissait au retour de ma nuit romantique a disparu d'un coup. Mon impression d'être libérée des remords s'est envolée. Il salissait ce moment, pour le transformer en quelque chose de mal. Il me disait que je n'étais qu'un numéro de plus dans une longue série, que je n'étais rien, que je devrais avoir honte.

Je ne vais pas pleurer.

Les larmes me piquaient les yeux, mais je refusais de les laisser sortir. La colère me nouait la gorge, et ma voix a dû se battre pour la traverser. « Espèce de sale hypocrite ! Toi, tu peux te taper tout ce qui bouge, et moi je ne pourrais pas avoir une nuit, rien qu'une nuit ? Que ta pétasse française te fasse des mamours pendant tout le dîner, ça, aucun problème. Évidemment, monsieur est le chéri de ces dames… Mais moi, par contre, je suis une pauvre traînée. Ne perds pas ton temps à t'inquiéter pour moi, Seán. C'est bon, je n'ai pas besoin de toi ! »

Il a blanchi. Je n'avais jamais vu cela en vrai. Son visage a perdu toute couleur instantanément, comme si j'avais appuyé sur un bouton.

« Ce n'est pas ce que je voulais dire. Je ne te traitais pas de… Pardon. Je me suis inquiété, c'est tout. » Ça n'avait pas de sens. Sa réaction était disproportionnée.

Menteur. Il avait tout gâché.

« Alors qu'est-ce que tu voulais dire ?

— Je suis ton ami, a-t-il bafouillé.

— Oh, alors tous mes amis vont venir m'engueuler, maintenant, c'est ça ?

— Mais non. » Il secouait la tête, cherchant quoi répondre.

« Qu'est-ce qu'il y a, Seán ? » Ma voix faiblissait. J'avais de plus en plus de mal à retenir mes larmes.

« Je… » Il s'est interrompu et a regardé dans le vide.

J'ai attendu.

« Je… » Nouveau silence.

Mais qu'est-ce qui lui prend, à la fin ?

« Je suis désolé. » Sur ces mots, il a quitté la pièce en me laissant seule devant le paquet de café entamé, et cette fois j'ai pleuré.

Eh merde.

Je reniflais encore, penchée sur mon expresso, lorsque Clo est sortie de sa chambre. Elle est entrée dans la cuisine, dans mon dos, en m'applaudissant. J'ai senti ses bras autour de mes épaules.

« Quelle star tu fais ! Pierre Dulac ! Bon, on n'avait jamais entendu parler de lui, d'accord, mais on est qui, nous ? Tu ne te lâches pas souvent, mais quand tu le fais, quel panache ! » Elle était survoltée.

Lorsque j'ai tourné la tête vers elle, son sourire s'est volatilisé.

« Qu'est-ce qui s'est passé ? Il t'a fait quelque chose ? »

Mes yeux rougis ne rendaient pas justice à ma nuit romantique. « Non, ai-je soupiré. La nuit a été parfaite, et ce matin aussi… du moins jusqu'à ce que j'arrive ici. »

Elle a mis les mains sur ses hanches, une chose qu'elle faisait souvent quand elle était perplexe.

« Je ne te suis plus.
— Seán, ai-je lâché.
— Seán ?
— Seán a l'air de penser que j'ai fait quelque chose de mal.
— Quoi ?! Comment ça ? » Elle a pris un tabouret et s'est assise à côté de moi, la joue posée sur son bras appuyé sur le comptoir.

J'ai haussé les épaules pour indiquer que je n'y comprenais rien. « Il m'a hurlé dessus. » Je m'étais remise à pleurer. Je n'en revenais pas de me sentir aussi mal. C'était tellement injuste !

« Ne fais pas attention à lui. Il se comporte comme un con. Prends une douche et change-toi, on va sortir d'ici, faire un peu de tourisme, et ensuite on déjeunera et tu me raconteras tout. »

Je me sentais déjà un peu rassérénée. J'avais passé une nuit formidable et je pouvais laisser Seán m'enlever ça, ou pas. J'ai choisi de ne pas me laisser faire.

Seán était enfermé dans sa chambre avec Fab quand nous sommes parties. Nous n'avons pas laissé de mot. Tom est allé retrouver Anne et Richard pour une petite croisière sur la Seine : Clodagh lui avait expliqué que nous avions besoin de passer un moment seules toutes les deux, et il s'est exécuté sans rechigner. Nous avons trouvé un plan du métro, et nous voilà parties. Premier arrêt, Hôtel-de-Ville pour un café. Nous nous sommes installées dans un bistro où nous avons fumé des cigarettes bien qu'il ne soit que dix heures du matin. D'habitude, je ne commence pas avant treize heures, mais il faut bien s'adapter aux coutumes locales…

Clodagh avait commandé des croissants, que j'étais en train de dévorer, découvrant brusquement que j'étais affamée. Elle attendait que je lui raconte ce que donnait une nuit avec une star, patiente mais pas trop quand même. Soudain, elle s'est illuminée comme si une petite ampoule s'était allumée dans son crâne.

« Je sais ! On va faire un jeu. Je te raconte un truc personnel, et tu m'en racontes un. »

J'ai éclaté de rire. Elle était si transparente ! « D'accord. Toi d'abord. »

Elle a pris son élan. « Bon. Tom est divorcé. »

Je me suis décomposée. Je m'attendais à ce qu'elle dise je ne sais quelle bêtise juste pour me faire parler. « Je croyais qu'il n'était pas marié...

— Non, il est divorcé.

— C'est pas vrai ! Quand est-ce qu'il te l'a dit ? Il a été marié longtemps ?

— Emma, on ne parle pas de moi, là. C'est ton tour, a-t-elle soupiré, indiquant que cette discussion ne faisait pas partie du jeu.

— D'accord. Je n'ai pas couché avec Pierre cette nuit.

— Quoi ? » a-t-elle quasiment rugi. Un vieux monsieur nous a lancé un regard réprobateur. « Quoi ? a-t-elle repris plus bas. Tu n'as pas couché avec lui ? Emma, merde, je suis hyper déçue ! Mais pourquoi ? »

Son expression était si drôle que j'ai commencé à oublier Seán. « Clo, c'est ton tour », ai-je fait malicieusement.

Eh, si tu veux jouer, on est deux !

« Très bien. » Elle s'est redressée sur sa chaise. « Tom a deux enfants. Mia a neuf ans, Liam quatre. » Je pense que j'ai blêmi. « Deux gosses ? »

Elle a confirmé d'un mouvement de tête.

« Tu les as rencontrés ?

— C'est ton tour. »

Je commençais à me lasser de ce jeu. « Bon, OK. J'ai couché avec Pierre ce matin. »

Elle a pouffé de rire. « Alléluia ! » Nous gloussions toutes les deux. « C'était comment ? » Elle sautillait sur sa chaise. Il était temps de mettre fin à cette blague et de découvrir ce qui se passait réellement avec Tom, car, crac-crac ou pas crac-crac, c'était de cela qu'il était important de discuter.

« Tu me racontes tout sur Tom et ses enfants et sur ce que ça implique, et je te raconterai ma matinée avec Pierre Dulac. »

Et donc, elle m'a raconté.

Tom avait dix-sept ans quand sa copine était tombée enceinte. Ils avaient eu Mia. Il avait trouvé du travail dans une fabrique de composants électroniques. À vingt et un ans, il était marié et avait un emprunt immobilier sur le dos. Il travaillait dur la journée et prenait des cours d'informatique le soir. Sa femme travaillait chez un fleuriste. Liam était né ensuite. Tom avait monté son affaire. La réussite était venue rapidement, mais il n'était jamais chez lui. Sa femme avait rencontré quelqu'un d'autre à la boutique. Elle avait eu une liaison. Il était parti. Leurs relations avaient été difficiles pendant un moment mais avaient fini par s'apaiser. Tous deux s'étaient rendu compte qu'ils faisaient semblant depuis un moment. Ils s'étaient mariés trop jeunes, c'était tout. Elle s'était bien sortie du divorce. Elle s'était remariée depuis, et il voyait ses enfants le week-end. Il avait raconté son passé à Clodagh dès le premier rendez-vous. Elle avait fait connaissance avec ses enfants, et même si clairement elle n'était pas Mary Poppins ils s'entendaient plutôt bien. Elle était heureuse et c'était tout ce qui comptait.

« Tu es sûre ?

— Au début, ça m'a inquiétée, surtout avec le bol qui me caractérise. C'est pour ça que je n'ai rien dit. Il fallait que je me débrouille seule avec tout ça. »

Elle craignait un peu que je sois vexée de ne pas avoir été informée, mais au fond elle savait que ce n'était pas grave.

« Tu es amoureuse.

— Oui, c'est vrai. Il y a une première fois à tout ! »

Wouah, Clo amoureuse ! C'est donc vrai qu'il y a une lumière au bout du tunnel.

J'aimerais pouvoir dire que nous avons passé le reste de la journée dans des musées, des galeries et de vieilles églises, mais ce serait mentir. Nous avons fait du shopping, chez Kookaï, Promod, Naf Naf. Nous nous sommes acheté des robes, des chaussures, des sacs, Clodagh a fait l'acquisition d'une montre, puis nous avons déjeuné dans un café en regardant passer nos semblables. Nous avons fureté quelques minutes chez Prada, Gucci, Chanel, filant avant qu'une vendeuse attentive nous repère et nous vire. En fin d'après-midi, nous avons longé les quais en nous imprégnant de l'atmosphère.

Il était vingt heures passées quand nous sommes rentrées. Anne, Richard et Tom jouaient au poker dans le salon. Fab et Seán étaient sortis. Anne a préparé du thé et nous lui avons raconté notre journée. Elle nous a parlé de *La Joconde*, qui l'avait déçue, d'autant plus qu'elle avait les pieds en compote (Anne, pas Mona Lisa). Elle adorait les galeries d'art, et elle avait acheté un tableau qui serait expédié directement dans le Kerry. Tom, qui avait énormément apprécié la balade, était d'humeur radieuse. Richard et lui avaient eu un peu le mal de mer à bord du bateau-mouche, mais ils s'étaient suffisamment remis pour descendre quatre pintes dans l'après-midi.

Nous étions tous affamés, si bien qu'Anne a laissé un mot à Seán pour lui indiquer dans quel restaurant nous retrouver. Pendant le dîner, Tom nous a montré des photos de ses enfants. La gaieté régnait. J'ai pris le menu végétarien et j'ai mangé à ma faim. Nous passions une bonne soirée, mais l'absence de Seán me rappelait notre dispute et les horreurs que nous nous étions dites. J'étais fatiguée. Les autres voulaient aller boire un verre, mais j'ai décliné poliment. Ils ont mis ma fatigue sur le compte de ma folle nuit, ce en quoi ils n'avaient pas tout à fait tort.

Clo et Tom m'ont raccompagnée jusqu'à l'immeuble. Ils ont attendu que je sois entrée avant de repartir bras dessus bras dessous. Je me suis assise sur le canapé et j'ai allumé une cigarette. Seán est sorti sans bruit de sa chambre et s'est installé à côté de moi. Je lui ai tendu une clope, qu'il a aussitôt acceptée. Nous sommes restés sans rien dire.

« Tu avais raison. Je suis un con.

— Mais non, tu n'es pas un con. Juste un couillon égoïste. » J'ai souri. C'était impossible de lui en vouloir très longtemps.

« Je ne voulais vraiment pas te faire de peine.

— Je sais.

— Je m'en veux.

— Je sais. »

Il avait l'air si perdu que je n'ai pas pu m'empêcher de l'enlacer pour un câlin tendre.

« Où est Fab ? »

Il s'est légèrement raidi. « Partie. »

Cela m'est revenu : Pierre et sa bande s'envolaient pour le Canada dans l'après-midi. Elle faisait partie du voyage, bien entendu.

« Bah, ai-je soupiré. Au moins, nous, on est là. »

Il a déposé un baiser sur le sommet de ma tête et nous nous sommes endormis dans les bras l'un de l'autre.

18

La Mélodie du bonheur, des nénés en plastique et Bruce Willis

Noël approchait, et j'étais pleine d'appréhension. J'avais devant moi la perspective de trois fêtes auxquelles je ne pouvais échapper. J'allais devoir me casser la tête pour trouver des cadeaux au son de *Jingle Bells*, affronter les foules, me battre avec le papier d'emballage, demander une autorisation de découvert supplémentaire, faire la queue pendant des heures à la Poste, corriger les contrôles de fin de trimestre et supporter le calamiteux *Last Christmas* de Wham à la radio toutes les cinq minutes, le tout culminant le vingt-cinq décembre chez mes parents, qui se disputeraient la télécommande. Mais, au moins, j'allais revoir mon frère, et rien que pour ça cela en valait la peine. J'étais en train de faire des paquets lorsque le téléphone a sonné.

« Allô ?

— Emma, *crrrr crrrr...*

— Allô ?

— *Crrrr crrrr...* »

J'ai secoué le combiné, comme je le faisais toujours quand la liaison était mauvaise. Cela n'avait jamais servi à rien, mais cela me donnait l'impression d'agir.

« Emma, *crrrr crrrr.* C'est moi, Nigel.

— Nigel, c'est toi ? » *Crrrrr bzzzz crrrac crrr.*

« La ligne est très *crrrr crrrr crrrr...*

— Mon Dieu, Nigel ! D'où est-ce que tu appelles ? Je suis trop contente de t'entendre ! *Bzzzzz.* Il y a de la friture !

— De Goa *bzzzzzzzzzzz.*

— Ça va ? *Crrrrr crrrr ccrrrr.* Tu arrives quand ?

— Em, je ne vais pas venir. *Crrrrr crrrrr crrrrr...* Dis *crrrr crrrr* que *crrrrr crrrr.* Pardon. J'ai *crrrr* rais bien mais j'app *crrrrr* le jour de *crrrr.*

— Quoi ? » *Bzzzzzzzzz.* « Tu ne rentres pas ? » Mon cœur s'est serré.

« Je *crrrrrrr* pas *crrrrr* temps *crrrrrr* vous embra *crrrrr.* Je *crrrrr.*

— Tu *quoi* ?

— Je vais bien !

— Je t'embrasse ! » ai-je crié.

La ligne a été coupée.

« Merde ! »

Comment allais-je annoncer ça aux parents ?

Oh ! Nigel, je t'en supplie, reviens !

Je me suis énervée, puis fâchée, puis vraiment fâchée tout rouge. Il m'avait balancé la mauvaise nouvelle pour que ce soit moi qui la transmette à nos parents. Il faisait Dieu sait quoi à Goa et c'était moi qui allais tout prendre.

On dirait moi.

Décidant de me débarrasser de la corvée le plus vite possible, je me suis préparé un vin chaud et j'ai appelé à la maison.

Je hais Noël.

Les fêtes de fin d'année avaient quand même du bon : Clo, Tom, Seán et moi allions fêter le Nouvel An dans le Kerry chez Anne et Richard, et il me tardait vraiment d'y être. Ils me manquaient et j'avais hâte de voir leur maison et de sortir de Dublin. Du coup, j'avais résolu d'endurer le reste de bonne grâce. Ça, c'était mon projet – la réalité s'est révélée un peu différente.

Tom dirigeait une entreprise de design graphique et il organisait un pot de Noël à sa boîte. Clodagh s'était mis en tête de nous y traîner.

« Ça va être super ! » assurait-elle.

Je n'en avais aucune envie, et j'ai rouspété haut et fort. Elle m'a demandé de me taire. Un mois s'était écoulé depuis Paris et, dès notre retour à Dublin, mon vieux moi asocial avait repris le dessus. Elle n'en pouvait plus.

Seán, lui, ne se plaignait pas : il était d'humeur festive. Il avait rencontré une New-Yorkaise venue travailler quelques mois pour son magazine. Le genre carriériste, grande, blonde à forte poitrine. En bref, la hantise des femmes normales. Malgré sa résolution de ne plus jamais sortir avec une collègue de bureau, il paraissait sous le charme et cherchait un prétexte pour l'inviter à sortir. Le pot de Noël de Tom tombait à pic.

J'étais en train de me préparer lorsqu'on a sonné à la porte. Je me suis dépêchée de descendre en maudissant le livreur de pizzas. En fait, c'était Seán.

« Tu es en avance, lui ai-je fait remarquer tout en me séchant les cheveux avec une serviette.

— Oui, je sors d'un rendez-vous de boulot.

— Ça s'est bien passé ? » Je suis remontée en courant sans attendre la réponse.

Il a fait comme chez lui. Le livreur est arrivé et il l'a payé. Quand je suis redescendue un quart d'heure plus tard, la moitié de la pizza avait disparu. Il a relevé les yeux du carton.

« J'avais faim », s'est-il justifié.

Je me suis assise pour manger le reste. « Alors, comment ça s'est passé ? ai-je repris, attentive cette fois à la réponse.

— Bien. » Mais il n'avait pas l'air content.

« Qu'est-ce qu'il y a ?

— Rien. »

C'était pénible. Je voyais bien qu'il n'y avait pas rien. Je savais toujours quand il me cachait quelque chose.

« Alors ?

— Alors », a-t-il répété.

Bon sang, c'est pire que parler avec ma mère. Je l'ai fusillé du regard.

« D'accord, s'est-il résigné. Mon boss m'a convoqué dans son bureau pour me proposer une promotion.

— Oh, mais c'est génial ! Félicitations ! C'est quoi, le poste ?

— Rédac' chef, a-t-il lâché d'un air lugubre.

— Wouah, ai-je fait avec plus de prudence. Impressionnant.

— Ouais. Le truc, c'est que c'est pour un autre magazine. Je serais basé à Londres. »

Mon sourire s'est envolé.

« Londres.

— Ouais, a-t-il répété en fixant le sol.

— Londres en Angleterre ? » C'est sorti tout seul.

« Non, Londres en Espagne. » Il a retenu un éclat de rire.

« Wouah. » Puis j'ai répété le mot « Londres » parce que j'avais du mal à digérer l'information. *Oh non, je vais encore pleurer.* Pour m'occuper les mains, j'ai ramassé le carton à pizza et je l'ai jeté à la poubelle, puis j'ai entrepris de préparer du café. Seán se taisait.

« C'est super, ai-je dit une nouvelle fois.

— Tu crois ?

— C'est bien payé ? » ai-je demandé pour retarder ma réponse.

Que veut-il que je dise ? « Ne pars pas » ?

« C'est bien payé », a-t-il confirmé sur un ton morne.

Seán adorait Dublin. Contrairement à la plupart d'entre nous, il ne se plaignait jamais de la crasse ni des bus en retard. Il vivait dans le Dublin de Joyce, voyait encore la beauté de cette cité ancienne, le vieux, le neuf, la tradition, les gens et bien sûr le *craic*, cette joie de vivre typiquement dublinoise. Il aimait réellement faire la queue pour un taxi à la station de Dame Street : il tournait sur lui-même en admirant la splendeur de la Banque centrale et de Trinity College, les deux œuvres d'art en pierre de taille qui l'entouraient.

« C'est ici que Stoker a eu l'idée d'écrire *Dracula* », m'avait-il confié par une froide soirée. Je me souviens de m'être moquée de lui. Il m'avait montré la Banque centrale illuminée : « On voit bien la façon dont ce bâtiment l'a inspiré, tu ne trouves pas ? » Il voyait quelque chose qui m'échapperait toujours.

Dublin allait lui manquer et il allait me manquer,

lui. Je ne voulais pas me retourner parce que mes yeux s'embuaient.

« C'est une vraie opportunité », a-t-il affirmé pour notre gouverne à tous les deux.

J'ai engouffré la tête dans le frigo et feint d'avoir du mal à attraper le lait. *Ne pleure pas. Sois une bonne amie. Il ne s'agit pas de toi, là.*

J'ai pivoté, la bouteille de lait dans les mains. « C'est une super nouvelle. Tu peux être fier. Je suis très heureuse pour toi. » J'espérais que mon sourire était convaincant.

Il a baissé les yeux. « Tant mieux. »

J'ai poursuivi d'un ton allègre. « Et tu pars quand ? » Je redoutais la réponse.

« Fin janvier.

— Déjà ?

— Déjà. »

Mon cœur s'est serré encore plus, et j'ai souri de plus belle. « C'est super », ai-je dit une fois de trop.

Comme il était pressé de partir, il a appelé un taxi pendant que je faisais semblant d'aller chercher mon rouge à lèvres. Je me suis assise sur mon lit avec l'envie d'éclater en sanglots. Ma tête était soudain si lourde que je l'ai tenue entre mes mains.

« Merde », ai-je dit au mur. *Que faire ? Je ne peux pas lui demander de rester. Ce serait égoïste. Je ne peux pas lui dire qu'il me sera intolérable de le perdre. Je ne suis pas sa copine. Nous sommes simplement amis.*

Il me manquait déjà et j'en étais malade, mais nous étions invités à une fête. J'ai remis du rouge à lèvres. Le taxi est arrivé et nous sommes partis.

Il était vingt et une heures passées quand nous

sommes arrivés à destination, et il y avait déjà de l'ambiance. Clo était ivre. « J'ai bu trop de vin au dîner, m'a-t-elle confié. Et je n'ai pas assez mangé. Le poulet était ripou. » Sa blague l'a fait hurler de rire, puis elle a vu que cela ne m'amusait pas.

« Oh là là ! Ma parole, tu as un parapluie dans le…

— Seán s'en va.

— Mais il vient d'arriver !

— Il part pour Londres fin janvier. »

Cette annonce l'a instantanément dégrisée.

« Tu plaisantes ?

— Est-ce que j'ai l'air de plaisanter ?

— Tu lui as demandé de rester ? »

La question m'a désarçonnée. « Bien sûr que non. Ce ne sont pas mes oignons. » Elle m'avait contrariée et je me suis demandé si elle suivait notre conversation ou si elle en tenait une toute seule dans sa tête. « Pourquoi voudrais-tu que je lui demande de rester ? »

Elle a levé les mains en l'air. « Pour rien, Emma. Rien du tout. Si tu me cherches, je serai au bar. » Et elle a tourné les talons.

M'enfin, quelle mouche la pique ?

Tom discutait avec une de ses employées. Il parlait aimablement de tout et de rien, et cela me barbait au plus haut point. Clo avait disparu et je me suis fugacement demandé si elle était déjà partie roupiller au vestiaire. Je l'ai cherchée des yeux en buvant ma vodka à petites gorgées. Seán, devant le bar, baratinait sa collègue blonde.

Pétasse.

Il m'a surprise à les observer. Je lui ai souri, gênée,

après quoi j'ai promené mon regard dans la pièce en faisant semblant de continuer à chercher Clo. J'ai terminé mon verre. Tom s'en est aperçu, et un autre verre est apparu comme par magie dans ma main. Clo est réapparue.

« T'étais où ? lui ai-je demandé.

— Pipi. Ça fait longtemps que Tom lui tient la jambe, à celle-là ?

— Non, pas longtemps.

— Pétasse ! a-t-elle soufflé entre ses dents.

— Qu'est-ce que j'ai fait, encore ? me suis-je insurgée, regrettant de m'être forcée à venir.

— Pas toi, banane ! Elle ! » Clo a indiqué la femme avec qui Tom discutait.

Je lui ai demandé où était le problème, et elle m'a appris que c'était une ex à lui.

Quelle importance ? Seán part pour Londres.

« Et alors ?

— Et alors, c'est une pétasse », a affirmé Clo.

Tom est revenu vers notre table, les mains levées en signe de paix. « Je n'ai fait que bavarder un peu. »

Clo a fait comme si elle ne voyait pas de quoi il parlait.

« C'est un pot de Noël et je suis sorti avec elle longtemps avant de te connaître, s'est-il justifié avec douceur. C'est une fille sympa et elle est fiancée à un courtier en assurances. »

Clo a eu l'air ravie.

« Je suis sûre que c'est quelqu'un de très bien. N'empêche que pour moi ce sera toujours une pétasse, a-t-elle déclaré en toute franchise.

— Et pourquoi ?

— Parce qu'elle a mis sa langue dans ta bouche. »

Il a hoché la tête, et ça a paru la calmer. Puis il a fait une grimace malicieuse et a fourré sa langue dans la bouche de Clo. Elle a pouffé de rire, et ils se sont mis à se bécoter. Clo a une étonnante capacité à embrasser un garçon tout en descendant quatre verres de suite. Je n'en étais toujours qu'à mon deuxième. Voir Seán flirter avec la blonde me serrait la gorge. Je les dévisageais ouvertement. Comme il me tournait le dos, je me sentais en sécurité, jusqu'au moment où la blonde m'a montrée du doigt. Il s'est retourné, et je lui ai fait un grand sourire, puis je me suis levée pour m'approcher d'eux, mortifiée.

« Bonsoir, ai-je dit en lui serrant la main. Emma. J'attendais que Seán fasse les présentations, mais tu sais comment il est. » Je souriais toujours bêtement.

« Julia », s'est-elle sèchement présentée.

Je leur ai demandé s'ils voulaient quelque chose à boire. Ils ont décliné. « Cool », ai-je dit.

Cool – tu as quel âge, quatorze ans ? Je me suis traitée d'idiote.

J'avais envie de faire pipi. Clo m'a agrippée au passage. « Tu vas aux chiottes ?

— Oui.

— Ah, super. Je t'accompagne, je pourrais remplir une piscine », m'a-t-elle dit en se cramponnant à ma manche. Au bout de quelques pas, ses genoux ont cédé, si bien que je l'ai à moitié portée sur le reste du trajet. Je l'ai tenue debout pendant que nous faisions la queue, qui était interminable. Elle m'a demandé ce que je pensais de la blonde de Seán. J'ai répondu que je n'en savais rien.

« Elle m'a l'air top », a jugé Clo.

Je l'ai lâchée, et elle est tombée par terre.

« Hé, ho, c'est pas juste ! a-t-elle râlé tout en se relevant tant bien que mal.

— Pardon, ai-je grommelé en la stabilisant. Qu'est-ce que tu en sais, d'abord ? Tu ne lui as pas parlé une seule fois. »

Elle a redressé les épaules, et j'ai bien compris qu'elle me voyait en double. Je me trompais, m'a-t-elle dit. Apparemment, Julia était arrivée une heure avant Seán et moi.

« Ces Américaines, elles sont super indépendantes, hein ?

— Tu te fous de moi ? » lui ai-je demandé avec irritation.

Ça l'a fait rire. « Décidément, tu ne vois rien. » Elle a rejeté la tête en arrière et s'est cognée au mur. « Aïe ! a-t-elle fait en se frottant l'occiput. Oh là là, je suis trop bourrée. Pourquoi est-ce que je n'ai pas mangé ce poulet ? »

Notre tour arrivait : je l'ai poussée dans une cabine, je suis entrée avec elle et je l'ai assise sur le siège.

« Je t'ai dit n'importe quoi, tout à l'heure. Elle est naze, en fait », m'a lancé Clo en urinant bruyamment. Elle était drôle quand elle avait bu.

« J'aimerais quand même savoir où elle a acheté ses nichons », ai-je dit avec une pointe d'envie.

Clo a rigolé et basculé d'un côté. Je l'ai redressée. « C'est un bon investissement », a-t-elle noté. J'ai pouffé, pour la première fois de la soirée.

« Dis, Em ?

— Quoi ?

— Tu crois que les gens vont m'en vouloir de pisser dans le lavabo ?

— Tu n'es pas assise sur un lavabo.

— Ah, tant mieux. » Elle a hoché la tête et je lui ai passé le PQ.

Je lui ai acheté une bouteille d'eau minérale en sortant. Elle s'est assise pour la boire en levant le pouce vers moi de temps en temps. Elle a fini par se remettre suffisamment pour que Tom puisse la traîner sur la piste de danse, où ils ont ondulé sur *Lady in Red*.

Je tétais ma vodka-Coca. Je devais vraiment avoir l'air d'une pauvre fille, car un gros type éméché en costard rouge s'est pointé pour me demander si je voulais embrasser le père Noël. J'ai décliné poliment.

« Allez, quoi. Comment tu peux dire non à ça ? a-t-il fait en avançant brusquement son entrejambe. On danse ? »

J'ai de nouveau dit non et essayé de lui tourner le dos, mais le buffet me coinçait.

« Meuh, allez… T'as l'air triste, assise toute seule comme ça. »

Il commençait vraiment à m'énerver, là.

« Je ne suis pas triste, ai-je craché entre mes dents.

— M'enfin, c'est Noël ! Lâche-toi un peu, nom de Dieu. »

Cette fois, j'en avais assez entendu. « Écoute, mon pote : quand je dis non, ça ne veut pas dire oui, ça ne veut pas dire peut-être et je te jure que ça ne veut pas dire qu'il faut que tu insistes. J'aimerais mieux me retrouver seule au monde plutôt que danser avec un relou comme toi qui me donne envie de gerber. Alors rends-nous service à tous les deux, casse-toi ! »

Il a encaissé ma petite tirade. « Gouine », a-t-il lâché avant de disparaître.

J'ai repris contenance et j'ai cherché Seán des yeux.

Il était dans un coin, en train d'embrasser la pétasse blonde. J'en ai eu un haut-le-cœur. J'ai cherché Clo, qui secouait énergiquement ses cheveux en dansant sur *The Final Countdown*, du groupe Europe.

J'ai pris mon manteau et je suis allée la trouver. « Clo, je rentre à la maison. »

Elle m'a regardée d'un œil vague. « Maison ? » a-t-elle répété d'une manière qui me rappelait un peu trop *E.T.*

« Oui. L'endroit où j'habite, tu sais ? Il se fait tard. »

Elle a semblé se réveiller d'un coup et m'a agrippé la main.

« T'as appelé un taxi ?

— J'en trouverai un dans la rue, ai-je répondu en essayant de me dégager.

— Attends ! T'en trouveras jamais un dans la rue. »

Elle avait raison, mais je voulais sortir de là au plus vite.

« J'irai à la station. J'ai besoin d'air. Ça ira très bien. »

Elle m'a embrassée.

« Je suis bourrée et tu peux être vraiment chiante quand tu veux, mais je t'aime.

— Merci ! »

Tom m'a fait au revoir sans cesser de se trémousser. Je n'ai pas salué Seán.

La queue à la station de taxis était interminable. Il faisait froid, et je n'avais qu'une envie : être chez moi. Ce n'était qu'à vingt minutes de marche. *Bah, après tout...* Je suis partie à pied. George's Street était très animée, grouillant de gens qui essayaient de héler des taxis et qui les insultaient quand ils passaient sans s'arrêter. Je marchais d'un pas vif et peu à peu la rue est devenue plus sombre, les passants se sont faits plus rares. Je me suis retrouvée seule.

Voilà, l'histoire de ma vie !

J'ai pressé le pas, et je passais devant une ruelle quand j'ai entendu un cri. J'ai pivoté. Encore une plainte étouffée, puis un choc sourd. Je me suis arrêtée en retenant mon souffle, l'oreille tendue.

« Ta gueule, salope ! » a rugi une voix d'homme.

J'ai entendu une fille pleurer.

« Pitié ! » suppliait-elle.

Une claque, puis un bruit de sanglots. Je n'ai pas réfléchi. J'ai sorti les mains de mes poches et suis entrée dans la ruelle. Il était couché sur elle. Le chemisier de la fille était déchiré. Elle avait le visage meurtri et les bras plaqués au sol, il l'écrasait sous son poids. Elle m'a regardée avec ses yeux écarquillés, implorants, pleins de larmes. Le type essayait de lui baisser sa braguette, et elle s'est mise à crier. Il a alors placé une main sur sa gorge. J'avais l'impression d'avoir débarqué dans le cauchemar de quelqu'un d'autre. Je me suis approchée d'eux. C'était plus fort que moi, j'étais comme attirée par une force inconnue. Apparemment, il ne m'entendait pas, il était trop affairé à tirer sur le pantalon de la fille en grognant. Je l'ai haï de toutes les fibres de mon corps, prise d'une envie irrépressible de lui faire mal. De sa main libre, il a tiré sur sa propre braguette et juré entre ses dents. J'ai scruté la ruelle : mes yeux se sont posés sur un vieux manche à balai. En trois pas, je suis allée le ramasser. C'est alors qu'il m'a entendue et qu'il a tourné la tête. Je me suis ruée sur lui et j'ai commencé à le rouer de coups, violemment, aveuglément.

Il est retombé à côté de la fille. Je continuais de frapper, encore et encore. Il a eu beau lever les mains pour se protéger, j'ai continué d'abattre le manche. La fille, tâchant de s'éloigner, a rampé jusqu'au pied du mur, où elle s'est effondrée en se tenant les côtes et en gémissant. « Debout ! lui ai-je crié. Lève-toi tout de suite ! »

Je frappais toujours.

La fille était pétrifiée, mais elle a commencé à se relever, lentement, laborieusement. Le type s'est dégagé en roulant sur lui-même et s'est levé d'un bond. Je continuais de faire pleuvoir les coups, qu'il essayait de parer avec ses bras. Nos regards se sont croisés. Il tenait mal sur ses jambes. Je n'avais pas peur – au contraire, l'idée de l'assommer me rendait euphorique.

« Viens te battre, espèce de petite merde ! »

J'étais Bruce Willis en robe.

« Tu vas le regretter ! » m'a-t-il avertie sur un ton venimeux.

Faux. Je ne regrettais rien du tout. Je l'ai cogné en pleine figure avec le manche à balai, et il est retombé contre le mur. J'ai encore frappé. Il a titubé. Puis j'ai fait l'idiotie la plus spectaculaire de ma vie. J'ai lâché le manche à balai et je l'ai attrapé par les couilles, puis j'ai serré de toutes mes forces. Ça l'a mis à terre, et j'en ai profité. Je lui ai flanqué des coups de poing en pleine figure, non pas une fois, mais trois fois de suite. Il gémissait et ne semblait pas pouvoir se relever de sitôt. La fille se tenait au mur en pleurant. Je l'ai prise par la main et nous sommes parties dans la rue en courant. Avisant un couple d'amoureux, j'ai hurlé à tue-tête : « À l'aide ! À l'aide ! À l'aide ! »

La fille s'est écroulée au sol, secouée de sanglots hystériques.

« Aidez-nous ! » criais-je toujours.

Ce qu'ils ont fait. La police est arrivée. On nous a emmenées à l'hôpital. La fille avait été violemment battue. Elle avait la lèvre ouverte, des côtes cassées, le visage meurtri. Pour ma part, j'avais très mal à la main et au crâne. J'étais sous le choc, mais en dehors de cela j'étais indemne. J'ai attendu en salle de consultation, engourdie et désorientée, pendant qu'un interne pansait mon poing enflé.

Qu'est-ce qui m'a pris ?

Le médecin est parti, remplacé par un policier qui est entré avec un calepin.

« Bonsoir, vous vous souvenez de moi ? Jerry.

— Bonsoir, Jerry », ai-je répondu machinalement.

Il m'a souri.

« Bon, Emma, votre amie va très bien. Elle sera vite sur pied.

— Je ne la connais pas, ai-je marmonné. Et le type, vous l'avez attrapé ?

— Malheureusement non. Il avait filé quand nous sommes arrivés. »

Je me suis demandé comment il avait réussi à s'enfuir avec ses roubignoles remontées jusqu'aux amygdales, mais je n'ai rien dit.

« Cette jeune fille vous doit une fière chandelle. Mais pour info, ce n'est jamais une bonne idée de vous attaquer seule à un fou furieux. Vous auriez dû appeler des secours. »

Il avait raison. Je n'ai pas discuté. Je n'en revenais

pas de ce que j'avais fait. Une bosse me poussait sur le crâne… Je ne comprenais pas.

« Il ne m'a pas touchée, pourtant.

— Vous avez dû vous cogner vous-même avec le manche à balai, a fait le flic d'un air amusé.

— Je ne vous ai pas parlé du manche à balai, ai-je repris avec méfiance.

— Mais si, dans le couloir, il y a cinq minutes. »

Aucun souvenir.

« Vous êtes encore sous le choc.

— Ah. » J'aurais voulu être chez moi, dans mon lit.

« Voulez-vous que je rappelle le médecin ? » m'a-t-il proposé.

Je ne devais pas être belle à voir.

« Où est-elle ?

— En train de passer des radios. Sa mère est avec elle.

— Tant mieux.

— Pouvez-vous nous dire quoi que ce soit qui puisse nous aider à l'identifier ? » s'est enquis le policier, qui m'avait sans doute déjà posé la question.

Rien du tout. Je ne me souvenais que de la fille. Impossible de dire s'il était grand ou petit, jeune ou vieux, blond ou brun, blanc ou noir. Pas le moindre détail. J'étais gênée, vexée de me sentir inutile.

« Ce n'est pas grave. La nuit a été longue. Qui peut-on appeler pour venir vous chercher ?

— Seán. »

C'est le seul nom qui me soit venu à l'esprit.

Seán est arrivé peu après cinq heures du matin. Jerry l'a amené derrière le rideau. J'ai tout de suite compris qu'on ne lui avait rien expliqué. Il a regardé ma main bandée et ma bosse au front.

« Oh non, c'est pas vrai ! Qu'est-ce qui s'est passé ?

— Tout va bien, ai-je répondu, profondément soulagée de le voir. Désolée de leur avoir demandé de t'appeler. Tu es la première personne à qui j'ai pensé. » J'étais embêtée. Jerry se tenait toujours là, ce que Seán a remarqué.

« Ils t'ont expliqué ce qui s'est passé ? » lui ai-je demandé.

Il était perdu. « Non, m'a-t-il répondu en lorgnant Jerry. On m'a juste dit de venir te chercher. Tu t'es fait agresser ? » Il semblait redouter la réponse.

« Non. C'est moi l'agresseuse ! »

Il s'est décomposé et a pivoté vers Jerry. « Mon Dieu, vous l'avez arrêtée ? »

Jerry a souri. J'ai voulu intervenir, mais Seán m'a sévèrement interrompue. « Emma, je m'en occupe. » Il s'est adressé à Jerry. « Je suis navré, elle n'a jamais rien fait de ce genre, et elle vient de passer une année très stressante. »

Le flic a éclaté de rire. « Votre amie n'est pas en état d'arrestation. Certains diraient même que c'est une véritable héroïne. » Il m'a fait un clin d'œil. J'ai soufflé, soulagée qu'il tienne ma bêtise en si haute estime.

« Pardon, mais quelqu'un pourrait m'expliquer ce qui se passe ? » s'est impatienté Seán.

Jerry a décidé de nous laisser un peu seuls. « J'ai tabassé un violeur », ai-je déclaré. Comme Seán me regardait sans avoir l'air de comprendre, j'ai continué. « Je passais devant une ruelle quand j'ai entendu des cris… Le mec essayait de violer une fille, alors j'ai attrapé un manche à balai…

— Un manche ? À balai ?

— Oui, et je l'ai cogné avec. Ensuite, je l'ai saisi par les couilles et je lui ai collé des bourre-pifs jusqu'à ce qu'il tombe par terre, et puis on s'est enfuies. »

Cela paraissait surréaliste quand je le racontais. J'avais mal à la tête, mon poing me picotait et, sans que je sache pourquoi, de grosses larmes roulaient sur mes joues.

« Mais bon Dieu, Emma, tu aurais pu te faire tuer. » Il s'est laissé tomber sur la chaise qui se trouvait là. Ma folie m'est revenue en pleine figure.

« Mais je ne pouvais pas la laisser comme ça !

— Je sais », a-t-il soufflé, mais d'un ton las.

J'ai éclaté en sanglots. Il m'a prise dans ses bras, m'a serrée fort contre lui, et j'ai pleuré pendant très, très longtemps.

Le médecin est revenu examiner mon crâne et m'a autorisée à sortir. Comme je voulais voir la fille, Seán m'a emmenée au deuxième étage, où elle dormait dans une chambre. Par la vitre, j'ai regardé sa mère qui veillait à son côté. Elle tremblait et semblait brisée. Cette scène m'a rappelé des souvenirs. La fille était plongée dans un sommeil artificiel. Nous n'avions plus rien à faire là, si bien que nous sommes partis. À l'extérieur, nous nous sommes assis sur les marches des urgences pour fumer une cigarette en attendant un taxi.

« Irlande, "patrie des saints et des savants" ? Ils sont où, les profs pleins de sages enseignements ? m'a grondée Seán.

— Ils se sont barrés pour fonder l'Amérique. »

Le taxi est arrivé. « Allez, on rentre. »

Il m'a hissée sur mes pieds. Dans le taxi, je lui ai demandé où était Julia. Il m'a répondu qu'elle n'était pas son type, et nous en sommes restés là.

19

Terminus

Le lendemain, en me réveillant dans mon lit, j'ai soufflé de soulagement. *Ouf, ce n'était qu'un affreux cauchemar !*

Puis j'ai tâté mes pommettes. *Oh non, merde !*

J'ai bondi de mon lit et titubé jusqu'au miroir. Je me suis assise pour contempler mon pauvre œil meurtri, qui commençait à prendre toutes les teintes de l'arc-en-ciel. Cela me faisait mal de pleurer, mais je l'ai fait quand même. Pas de tristesse, mais de terreur pure. Dans la froide lumière du jour et l'intimité de ma chambre, j'étais écrasée de trouille rétrospective. Je n'étais pas Buffy la chasseuse de vampires. Je n'avais jamais fait de karaté. Je n'avais même jamais pris un cours d'autodéfense. La seule et unique fois où j'avais frappé quelqu'un, j'avais cinq ans, et ça s'était plutôt résumé à des cheveux tirés. J'ai ruminé tout cela. On ne pouvait vraiment pas dire que je sois casse-cou. À la fête foraine, j'étais celle qui reste sur le banc pour garder les manteaux pendant que les autres font la queue pour aller sur les montagnes russes. J'étais incapable de monter sur une grande roue, je craignais même les ballons ! Pour qui m'étais-je donc prise la veille ? J'aurais pu me faire tuer ou, pire, ce salopard aurait pu mettre ses sales pattes sur moi. Alors, qu'est-ce qui m'avait attirée dans cette ruelle ? J'étais un peu nauséeuse, et soudain la vérité m'est tombée dessus.

« John ? »

J'ai lancé des regards suspicieux dans la pièce.

« John ? Tu es là ? »

Tu es en train de perdre la boule, ma pauvre fille.

Je me suis remise au lit et je n'en suis plus sortie de la journée.

Noël s'est déroulé sans plus rien de notable. Je n'ai pas raconté à mes parents mon petit accrochage avec un violeur, craignant de provoquer des infarctus. J'ai préféré leur dire que j'étais tombée un soir où j'avais trop bu. Ma mère a rouspété pendant vingt minutes, sous les rires de mon père, après quoi Nigel a appelé, tombé du ciel pour me sauver à distance. C'était bon d'entendre sa voix. Il me manquait, et j'aurais bien aimé qu'il soit avec nous. Il était heureux, il s'en donnait à cœur joie, et je m'en réjouissais pour lui. Nos parents étaient tellement ravis de l'entendre qu'ils ne se sont pas attardés sur sa promesse non tenue. Nous n'avions pas beaucoup de temps pour parler, et Papa a occupé l'essentiel de la conversation à commenter la météo. « Appelle-moi en rentrant », m'a dit Nigel. Il m'a donné un numéro et a raccroché.

J'avais hâte. La journée n'en finissait plus. J'ai trop

mangé, et ma mère a tenu à ce que nous regardions *La Mélodie du bonheur*, qui n'en finissait pas. Je suis rentrée à vingt heures passées. J'ai pris le numéro et appelé Nigel.

« Qu'est-ce qui ne va pas ? m'a-t-il demandé.

— Rien », me suis-je défendue.

Je n'en revenais pas qu'il ait perçu mon trouble depuis l'autre bout du monde. Et la vérité, c'est que j'étais préoccupée. Ma rencontre avec ce sale type m'avait laissé comme un mauvais goût dans la bouche.

« Dis-moi tout. »

Je lui ai conté ma sordide petite histoire. Il a écouté jusqu'au bout sans m'interrompre. « Tu es une bonne Samaritaine des temps modernes », a-t-il conclu.

Cela m'a arraché un rire.

« Si maintenant les bons Samaritains défoncent le crâne des gens, alors oui, j'en suis.

— J'ai bien dit "des temps modernes" !

— Tu ne m'engueules pas, alors ?

— Tu as fait ce qu'il fallait, et tu t'en es très bien tirée. Je suis fier de toi. »

Je n'étais pas près de lui confier ma théorie à propos de John : je n'avais aucune envie qu'il s'inquiète pour ma santé mentale.

« Et toi, comment ça va ?

— Très bien. Je ne massacre personne, mais je vis, et c'est super. »

J'étais sincèrement heureuse pour lui, mais le naturel a vite repris le dessus et je n'ai pas pu m'empêcher de m'apitoyer sur mon sort.

« Tu me manques. Quand est-ce que tu rentres ? ai-je demandé d'un ton geignard.

— Je ne sais pas.

— Tu es toujours curé ? »
Un silence.
« Je ne sais pas.
— D'accord. Je t'aime beaucoup, tu sais.
— Moi aussi. Comment va Seán ? »
Soudain, la tristesse m'est tombée dessus. « Il part pour Londres. Il va être rédac' chef d'un magazine là-bas. »
Nouveau silence.
« Peut-être qu'il lui faudrait une raison pour rester, a dit Nigel.
— Ça ne dépend pas de moi.
— Peut-être. » Puis, après une pause : « Ça fait un moment que John est parti. »
J'en étais bien consciente, mais je ne voyais pas le rapport.
« Je sais.
— Joyeux Noël, Emma.
— Joyeux Noël, Nigel. »
J'ai raccroché et je me suis ouvert une bouteille de vin. « Joyeux Noël, John », ai-je murmuré en emportant la bouteille au lit.
Quand j'ai éteint, j'étais ivre. Incapable de dormir, je suis restée étendue dans l'air immobile en me demandant si John me voyait. Était-ce possible ? Le paradis était-il un endroit d'où il pouvait regarder en bas quand il le voulait ? Pouvait-il encore me toucher ? Cela m'effrayait de penser qu'il était quelque part, qu'il savait que parfois j'oubliais de penser à lui pendant une journée entière ou même un mois, que la douleur dans mon cœur s'était dissipée. Et même s'il me manquait et si je l'aimais encore, j'étais obligée de regarder la photo si je voulais le voir vraiment.

Savait-il que j'avais oublié le son de son rire ? Et savait-il pour…

J'aurais préféré l'imaginer simplement endormi. Nigel aurait dit que c'étaient les voies du Seigneur, Son plan, et que la vie continuait. Je me sentais dans la peau d'une traîtresse. Peut-être ne voulait-il pas que j'avance dans ma vie, peut-être voulait-il que je continue de l'aimer jusqu'à ce que la mort nous réunisse, et peut-être était-ce pour cela qu'il m'avait envoyée dans cette ruelle. Le voulait-il ? Avait-il voulu que je sauve cette fille, ou m'avait-il envoyé un signe ? Nigel m'avait dit un jour que je considérais la mort comme une punition, alors que lui y voyait un don. Il voyait des cadeaux partout. Si on lui avait mis un coup de poing dans la figure, il aurait dit merci. Je lui avais demandé une fois s'il croyait réellement avoir toutes les réponses. Il m'avait répondu que non, qu'il se contentait de croire. C'était ça, le problème : je ne savais pas si je voulais croire, moi. J'ai sombré dans un sommeil alcoolisé, et c'est la sonnette qui m'a réveillée.

Doreen est entrée en me bousculant. Elle avait un cake aux fruits entre les mains.

« Merci, ai-je dit quand elle l'a posé dans la cuisine.

— Laisse-moi un peu voir ta figure », m'a-t-elle ordonné.

Elle a pris son temps pour examiner ma paupière enflée.

« Comment va ta main ?

— Bien. »

J'ai plié les doigts pour montrer qu'elle fonctionnait correctement. J'ai préparé du thé. Doreen préférait le thé, le café la mettait sur les nerfs.

« Seán m'a appelée, m'a-t-elle annoncé. J'ignorais

que j'avais Wonder Woman pour voisine. Il craint que tu sois devenue zinzin. »

Je me demandais ce qui lui avait pris d'appeler Doreen. « Il t'a téléphoné ?

— Évidemment. Tout le monde sait que je suis géniale dans les situations de crise. J'ai travaillé un an pour SOS Amitié, tu sais. J'ai tout entendu. »

Je me suis esclaffée.

« Il n'y a rien à raconter.

— Il y a toujours quelque chose à raconter, ma chère », m'a-t-elle corrigée d'un ton sentencieux, l'œil pétillant de malice.

Je lui ai juré que je n'avais pas l'intention de m'attaquer à tous les violeurs sillonnant les ruelles.

« Ce n'est pas ça qui m'inquiète. » Elle a agité la main en l'air. « Il est temps de tourner la page, a-t-elle ajouté sans transition, mais j'ai tout de suite su à quoi et à qui elle faisait allusion.

— Il n'y a pas d'inquiétude à avoir, Dor, vraiment. J'ai tourné la page », ai-je assuré en regardant le plan de travail.

Elle a pris mon menton dans sa main pour me regarder au fond des yeux. Je ne pouvais pas lui échapper.

« Où est passée la fille que je connaissais ? La fille dont le sourire pouvait faire fondre le cœur le plus dur ? Je sais que tu es là, quelque part, derrière toute cette peine et ces remords.

— C'est ma faute ! Si seulement je n'étais pas repartie chercher… » Les larmes me brûlaient les yeux.

Elle m'a regardée longuement. « Écoute-moi bien, jeune fille, il n'y a pas de “si seulement” qui tienne.

Tu ne peux rien changer. Tu n'as jamais rien eu à voir là-dedans. »

J'ai secoué la tête.

« Il ne voulait pas que j'y retourne.

— Ça n'a pas d'importance.

— Il m'a dit de laisser tomber… Il voulait juste rentrer à la maison.

— Ça n'a pas d'importance.

— Il serait encore là aujourd'hui.

— Non ! Pas du tout. »

Je me suis dégagée. « Comment ça ? » me suis-je écriée.

« Parce que, Emma, c'était sa destinée », m'a-t-elle répondu calmement.

Je me suis recroquevillée et nous sommes restées un moment sans rien dire. Elle a pris ma main et l'a caressée, le temps de me laisser accepter la vérité. Ce que j'avais déjà fait, sauf qu'elle ne savait pas tout.

« Dor, je ne le sens plus dans mon cœur. Ça ne fait même pas deux ans, et je ne le sens plus. Il mérite mieux. Je déteste ça. » Je pleurais.

Elle s'est adoucie. « Je vais te poser une question. Si c'était toi qui étais morte, tu ne voudrais pas qu'il avance sans toi, qu'il soit heureux ? »

Bien sûr que si, et elle le savait. J'ai hoché la tête.

« Pourquoi ? m'a-t-elle demandé.

— Parce que je l'aimais !

— Et il t'aimait aussi. »

J'ai eu un sanglot et j'ai acquiescé.

« Il est temps de le laisser partir, trésor. En t'accrochant, tu vous fais mal à tous les deux, m'a-t-elle dit gentiment.

— Dor ?

— Oui.
— Tu crois qu'il nous voit ?
— Probablement, de temps en temps. Ça doit beaucoup l'énerver.
— Pourquoi ça ?
— Il a avancé, lui. »

J'ai hoché la tête encore une fois. Au fond de moi, j'ai su qu'il était temps que je fasse de même.

Nous étions en route pour le Kerry. Tom était au volant, Clo à l'avant, Seán et moi à l'arrière. J'étais heureuse de m'éloigner de la capitale, et encore plus d'être installée à côté de Seán. Près de lui, je me sentais en sécurité.

La route était longue. Après cinq heures passées assis, nous nous sommes engagés dans une longue allée sinueuse bordée d'arbres. Nous ne pouvions qu'être impressionnés. La maison était imposante ; l'éclairage de la terrasse brillait au loin. Tom a klaxonné : Anne et Richard nous attendaient dehors. J'avais mal aux fesses. Clo aussi – elle n'arrêtait pas de se soulever de son siège pour se masser le derrière et jurait abondamment.

Seán a été le premier à sauter de la voiture. Richard et lui se sont jetés dans les bras l'un de l'autre. Clo et Anne ont dansé une sorte de sarabande ensemble. Moi, je suis simplement restée debout, le sourire aux lèvres. Tom, à côté de moi, observait la scène.

« Richard, Anne, vous vous souvenez de Tom », ai-je dit. Je me suis rendu compte aussitôt que c'était idiot : nous avions passé un week-end entier ensemble à Paris. Anne a poussé de hauts cris en voyant mon œil pendant que nous entrions dans la maison. Elle m'a demandé si j'allais bien.

« Oui, contente de sortir de cette voiture ! »

Richard m'a pris la main. « Salut, Rambo ! »

Mais Anne voulait des détails sans attendre.

« Je t'ai déjà tout raconté au téléphone ! » lui ai-je rappelé.

Elle a cessé de remplir sa bouilloire pendant que j'observais sa cuisine, qui était aussi grande que ma maison entière. « Emma, une histoire ne devient une vraie histoire que quand elle est racontée face à face.

— Depuis quand ? a demandé Clo.

— Je veux tous les détails, m'a ordonné Anne sans l'écouter.

— Elle lui a flanqué un bourre-pif ! a lancé Clo comme si elle avait été sur place. Et un coup de pied dans les couilles.

— C'était plutôt un écrasement, l'ai-je corrigée.

— Qui aurait cru que tu pouvais être aussi impitoyable ? » s'est récriée Anne, et elles m'ont dévisagée d'un air approbateur.

Seán nous observait en silence ; clairement, il n'était pas aussi admiratif que les autres. Et c'était tant mieux, vu que je n'avais aucune intention de réitérer mon exploit. Richard est arrivé du salon.

« Et la pauvre fille, comment va-t-elle ? s'est-il enquis.

— Bien. »

À vrai dire, je n'en savais trop rien. Je n'avais eu qu'une brève conversation téléphonique avec sa mère, qui m'avait remerciée et dit qu'elle allait l'emmener en vacances. Cela ne prouvait pas que la fille allait bien, mais je l'espérais.

Tom et Seán ont déniché la PlayStation de Richard, de sorte que nous n'avons pratiquement pas revu les garçons de la soirée. Anne, Clo et moi sommes restées dans la cuisine à boire du vin en admirant la vue depuis la superbe terrasse qui donnait sur une rivière. C'était à couper le souffle, il fallait bien le reconnaître. Clo et moi étions au paradis.

« C'est quelque chose, cette maison, a commenté Clo.

— Oui », a soufflé Anna avant de changer de sujet.

Nous savions qu'elle n'était pas convaincue par sa vie dans le Kerry, mais en regardant autour de nous nous trouvions difficile de compatir. Clo a mis un CD. Anne m'a demandé des nouvelles de mon chat.

« Hier, je l'ai surpris à essayer d'avaler sa souris en peluche », ai-je répondu.

Clo a ri et raconté à Anne que la semaine précédente il avait trouvé le moyen d'entrer dans le frigo et d'y faire un vrai carnage.

« C'est très bizarre, a commenté Anne.

— M'en parle pas. Il a réussi à gober trois côtelettes d'agneau et à vider une demi-bouteille de vin blanc ! »

Anne était d'avis que je devrais l'emmener chez le vétérinaire. Clo, pour sa part, a défendu son solide appétit, qui témoignait selon elle d'une belle santé. Anne était dégoûtée. « Il n'y a rien de sain à dévorer trois côtelettes avec une bouteille de pinard.

— Une demi-bouteille », ai-je rectifié.

Elle m'a lancé un regard noir avant de demander s'il était obèse. Il avait presque deux ans et affichait les dimensions d'un chien de gabarit moyen.

« Il a un gros squelette », ai-je justifié.

Clo était de mon côté. « C'est sa race qui est comme ça », a-t-elle argumenté.

Anne nous a décoché un autre regard noir. « Emma, emmène ce chat chez le véto », a-t-elle tranché sur un ton qui m'a rappelé Doreen.

J'ai capitulé et dû reconnaître que mon chat avait un problème. Je me suis un instant demandé si j'étais une mauvaise mère.

Tout à coup, Anne s'est mise à glousser comme une gamine. Elle nous a expliqué qu'elle n'avait plus l'habitude de boire, car Richard et elle suivaient depuis deux mois un régime strict qui interdisait l'alcool.

« Pourquoi ? s'est exclamée Clo, choquée.

— Pour augmenter mes chances de tomber enceinte », a chuchoté Anne bien que les garçons soient dans une pièce à environ cinq kilomètres de nous, dans ce que Clo avait baptisé “l'aile ouest de la Maison-Blanche”.

Clo a réfléchi une minute. Cela m'a amusée, parce que je devinais le cheminement de sa pensée. « Marrant, je croyais que la plupart des nanas tombaient enceintes après un bon repas et quelques Bacardi Breezer de trop. Ou c'est juste moi ? »

J'ai avalé mon vin de travers. Anne a gardé le silence une minute avant d'articuler : « C'est vrai, putain. »

Cela nous a fait rigoler pendant vingt minutes. Seán est alors arrivé, criant victoire : il avait battu Richard au jeu de Time Crisis.

« Ah oui ? J'en bâille », a fait Clo avant de lui mettre une main aux fesses.

Il lui a dit qu'elle ne comprenait rien à rien en reprenant quelques bières dans le frigo. Anne hoquetait encore de rire.

« Qu'est-ce qu'il y a de drôle ? a demandé Seán.

— La picole. »

Clo et moi avons ricané bêtement.

« Je vois. » Sur ces mots, il est reparti.

Nous étions en train de descendre une deuxième bouteille et Anne commençait à avoir la langue pâteuse.

« Ch'est shuper que vous shoyez là », a-t-elle grasseyé. Clo et moi avons souri. C'était la première fois que nous nous voyions depuis des mois et elle avait raison, c'était super.

Richard nous a montré nos chambres pendant qu'Anne avait quelque difficulté à retrouver la sienne. Nous nous sommes tous souhaité une bonne nuit. Cinq minutes plus tard, on frappait à ma porte. C'était Richard.

« On n'a pas vraiment eu le temps de se parler », a-t-il commencé. Je déteste quand les gens commencent de cette façon, avec ce ton qui annonce un sermon. « Je sais ce que tu penses, et je ne suis pas venu te faire la leçon. »

C'est ça, oui.

« Je voulais juste m'assurer que tu allais bien. » Son air affable ne m'a pas dupée. « Très bien.

— Tant mieux. » C'est alors qu'est arrivé le redoutable : « Mais je me disais… »

Et voilà.

« Ce n'était pas très prudent ce que tu as fait, tu sais… Te jeter sur un violeur… On pourrait même aller jusqu'à dire que c'était un peu délirant. »

Il regardait par terre. J'ai suivi son regard. Le sol était en marbre. *Joli.*

« Je n'ai pas l'intention de recommencer.

— Parfait. »

Puis il s'est mis à m'expliquer à quel point Seán s'était inquiété.

« Ah oui ? ai-je fait sèchement.

— Eh oui. » Son sourire a disparu. « Il tient beaucoup à toi. »

Je me suis sentie rougir.

« Je sais.

— Et toi, tu tiens à lui ? m'a-t-il demandé sur un ton accusateur.

— Bien sûr. » Je commençais à être vexée.

« Il va partir pour Londres, a-t-il continué sans faiblir.

— C'est une bonne opportunité », ai-je lâché en m'asseyant. Tout ce que je voulais, c'était qu'il s'en aille.

« Et c'est ce que tu lui as dit ?

— Oui. »

Nous commencions tous les deux à être agacés. « Si tu as des sentiments pour lui, et on sait tous que tu en as, je te suggère de te sortir la tête du derche et de le lui dire. »

J'étais estomaquée. *Il est gonflé !*

« La campagne te fait débloquer.

— Je sais ce que je vois, et tout le monde sait que je ne vois pas grand-chose », m'a-t-il dit gentiment. Il s'est dirigé vers la porte pendant que je restais assise, abasourdie par son culot. Il s'est retourné. « Bon, on peut garder cette petite conversation pour nous ? Si Anne savait que je suis venu te parler, elle me tuerait. Bonne nuit. » Il m'a fait un clin d'œil. « Je t'aime beaucoup, Em, mais parfois tu es encore plus aveugle que moi. »

Que tu dis. Ta femme déteste sa nouvelle vie, tu sais.

Il est parti.

Je me suis étendue mais n'ai pas trouvé le sommeil. Je ruminais ce qu'il m'avait dit : tout le monde était au courant de mes sentiments pour Seán. Clo ne m'avait jamais rien révélé à ce sujet. Elle faisait des blagues, mais ça ne voulait rien dire : elle plaisantait à propos de tout. Anne n'y avait jamais fait allusion non plus. Peut-être que Seán savait. J'ai rougi. J'avais vingt-huit ans, j'étais dans le noir dans une chambre, et je piquais un fard toute seule.

« Zut alors, il faut absolument que je parle à Clo. »

Clo et Tom dormaient. Il était à peine plus d'une heure du matin. J'ai frappé à leur porte et je suis entrée à pas de loup. Tom a gémi.

« Tom ! » ai-je chuchoté.

Il s'est retourné, toujours endormi. Je me suis rapprochée.

« Tom ! »

Il était encore au pays des rêves.

« Zut », ai-je dit tout bas. *Je n'en reviens pas qu'ils dorment déjà.* Je me suis encore approchée et je l'ai secoué.

« Tom ! » lui ai-je soufflé à l'oreille.

Il s'est redressé d'un coup dans le lit. « J'arrive ! J'arrive ! » a-t-il lancé en regardant autour de lui, avant de comprendre qu'il était dans le noir complet. Il a fixé un regard hébété sur ma vieille robe de chambre.

« Mais enfin, Em, quelle heure est-il ? » a-t-il demandé en se frottant les paupières.

« Je suis vraiment vraiment vraiment désolée, mais c'est une urgence. On pourrait échanger nos lits ?

— Quoi ? » Ma proposition parfaitement sensée semblait l'étonner.

« Il faut absolument que je parle à Clo, c'est une urgence. »

Il a regardé sa compagne, qui roupillait en bavotant. « Elle dort, a-t-il souligné.

— Je sais comment la réveiller. Je te jure que c'est hyper important. Ma chambre est deux portes plus loin, à gauche.

— Bon, d'accord. » Il commençait à se rendre compte que j'étais en pleine panique.

J'ai aimablement attendu qu'il sorte du lit. Il est resté sans bouger à me regarder.

« Alors ? ai-je fait avec une pointe d'impatience.

— Il faut que j'enfile quelque chose, a-t-il bredouillé, gêné.

— Ah, oui, pardon. » Je lui ai tourné le dos.

Il s'est débattu pour enfiler caleçon et tee-shirt, puis il est sorti du lit et j'ai pris sa place.

« Mmm, c'est tout chaud ! » Le sol en marbre, c'était classe, mais glacial sous les pieds. « Clo ! »

Elle a geint.

« Clo ! » Je l'ai secouée.

« Encore dix minutes... »

Je l'ai secouée plus fort. « C'est Em, il faut absolument que je te parle. »

Elle n'a pas bronché.

« Qu'est-ce que... »

J'ai allumé. Elle a péniblement ouvert les yeux.

« Ça a intérêt à valoir la peine, m'a-t-elle avertie.

— Je suis amoureuse de Seán. »

C'était drôle, parce que je n'avais pas du tout prévu de commencer ainsi.

Elle s'est aussitôt assise dans le lit. « Il était temps ! » m'a-t-elle lancé avec un demi-sourire.

Mais j'étais totalement affolée, moi.

« Qu'est-ce que je vais faire ?

— Le lui avouer.

— Facile à dire, ai-je grondé en cherchant une position confortable dans le lit.

— Facile à faire, a-t-elle répliqué. Il t'aime et tu l'aimes. C'est simple ! » Elle a empoigné son paquet de cigarettes.

« Tu crois ? »

Elle s'est allumé une clope et a pris une bouffée. « Je ne crois pas, je le sais. Il me l'a dit l'an dernier. »

Je tombais des nues. « Et tu ne m'as rien dit ? » ai-je presque hurlé.

Elle m'a regardée d'un air entendu. « Non, parce que tu aurais flippé et que tu m'aurais tapé dessus. Tu le sais. » J'ai réfléchi à sa réponse et, à la lumière des récents événements, je ne pouvais pas la contredire. Elle avait raison, j'aurais flippé. Je n'étais pas prête.

« Mais tu es prête, maintenant », m'a dit Clo, lisant dans mes pensées.

J'avais des papillons dans l'estomac. Une sensation que j'avais oubliée. C'était agréable, mais aussi un peu perturbant.

« Putain, ai-je soufflé.

— Eh oui, putain. »

Elle a terminé sa cigarette dans le silence.

« Où est Tom ? s'est-elle étonnée au bout de cinq minutes.

— Je l'ai expédié dans ma chambre. »

Elle a ri.

« Alors, comment je le lui dis ?

— Tu lui sautes au paf, c'est tout. »

Sage conseil, mais pas celui que je voulais entendre.

Cela devait se lire sur ma figure, car elle s'est hâtée d'ajouter : « Ce n'est pas sorcier, Em, il suffit de le dire. »

Nouveau long silence.

« Tu ne penses pas que c'est injuste par rapport à John ? » J'avais besoin d'entendre le mot « non ».

« Ne sois pas débile, m'a-t-elle répondu.

— OK, faudra que je me contente de ça. » Et cela a réglé la question.

« D'accord. Je lui dirai, ai-je chuchoté avec une joyeuse détermination.

— Tant mieux. » Elle a éteint sa cigarette. « Maintenant, on éteint et on dort. »

J'ai obéi et je me suis rallongée.

Je suis amoureuse de Seán, me suis-je répété en sombrant dans un sommeil paisible.

Nous nous sommes tous retrouvés autour de la table du petit déjeuner. Clo avait poliment interdit à Tom de dire le moindre mot sur les trafics de la nuit, et il tenait consciencieusement sa langue.

Anne avait la gueule de bois. « Pas d'œufs pour moi », a-t-elle marmonné.

Clo et Tom se faisaient du pied et échangeaient des sourires béats. Richard mangeait des toasts tout en établissant le programme de la journée. J'ignore ce que faisait Seán parce que j'étais incapable de le regarder, craignant de rougir et de vomir simultanément. Je me rappelle avoir pensé que cela pourrait devenir un vrai problème, avant que Richard me ramène sur terre.

« Je nous ai préparé une grosse journée. D'abord, une petite randonnée en montagne. Ensuite, je vais vous montrer les forêts du coin. On a réservé un bateau de pêche pour cet après-midi et ensuite, si ça vous dit, je pensais à une petite heure de golf avant le dîner. On pourrait manger vers vingt heures. Qu'est-ce que vous en dites ? »

Clo a ri et lui a dit que ça ressemblait à une descente en enfer. Anne a menacé de le tuer, mais Seán était enthousiaste, au point que je me suis demandé un instant ce que je lui trouvais. J'ai rassemblé mes esprits et ajouté mes doutes à ceux des autres. « Si on fait tout ton programme plus un bon repas à vingt heures, on sera tous au lit à vingt-deux heures, et c'est le Nouvel An, quand même ! »

Anne et Clo étaient d'accord. Tom s'est levé, et j'ai cru que c'était pour m'applaudir, mais non : il allait juste chercher du lait dans le frigo. Une fois sa soif étanchée, il s'est rangé à l'avis de Richard et Seán. C'était filles contre garçons, et je nous sentais mal parties. La combativité d'Anne était diminuée, et une promesse de Tom suffisait à acheter Clo. À l'évidence, Richard allait une fois de plus obtenir ce qu'il voulait.

Il s'est demandé tout à coup pourquoi il n'avait pas la gueule de bois, et j'ai prié pour que celle-ci se déclare. Malheureusement, ce n'est pas arrivé, et quand nous nous sommes entassés dans son Range Rover j'ai à nouveau maudit le Ciel. Seán était assis à l'avant. Clodagh, Tom, Anne et moi, à l'arrière. J'ai surpris le sourire de Seán dans le rétroviseur. Quelque chose m'a poussée à lui faire signe de la main, et je me suis sentie totalement cruche. J'ai remarqué que je m'étais recoiffée deux fois en l'espace de cinq minutes, et cela m'a épouvantée. Anne était encastrée contre moi. Elle s'est penchée et, craignant qu'elle se mette à vomir, j'ai eu un vif mouvement de recul.

« Qu'est-ce qui te prend ? » m'a-t-elle demandé.

Je me suis détendue.

« J'ai cru que tu allais gerber.

— Mais non, tout va bien. »

Elle avait le teint grisâtre et sentait la vinasse. Je n'étais toujours pas rassurée. « Tu veux la place près de la fenêtre ? »

Elle s'est encore penchée vers moi. « Mais non. Bon alors, quoi de neuf ? m'a-t-elle glissé à l'oreille.

— Rien.

— Tu mens, a-t-elle chuchoté un peu plus fort.

— Je ne vois pas de quoi tu parles, lui ai-je répondu tout bas en espérant que je n'avais pas l'air paniqué et que Tom n'entendait rien.

— Il y a anguille sous roche. Tu ne dis rien, tu n'arrêtes pas de te recoiffer depuis que tu es dans cette voiture et Clo m'a raconté pour cette nuit. » Elle s'est reculée contre le dossier d'un air satisfait : elle reprenait des couleurs.

« J'allais t'en parler », ai-je chuchoté. J'avais envie de casser la figure à Clo.

« Il était temps », a-t-elle gentiment persiflé.

J'ai rougi, puis compris que je rougissais – j'ai donc rougi encore plus fort. C'était un cercle vicieux, si bien que j'ai caché mon visage contre mes genoux. Clo s'est penchée par-dessus Tom : « Emma, tu as mal au cœur ? »

Richard a arrêté la voiture. Seán a enjambé son dossier pour me rejoindre. « Ça va ? » s'est-il enquis, adorablement attentionné.

Rouge betterave, j'ai décidé de répondre depuis mes genoux. « Je vais très bien.

— Tu peux relever la tête ? »

Fous-moi la paix, a supplié ma cervelle en silence. Mais il n'était pas décidé à s'en aller, si bien que j'ai relevé vers lui mon visage écarlate.

Clo a explosé de rire.

« Richard, redémarre », ai-je lâché avec toute l'autorité possible dans ma situation.

Seán est retourné s'asseoir à l'avant, légèrement perplexe. Clo a articulé des excuses silencieuses à mon intention, mais il était évident qu'elle n'était pas du tout désolée, car elle gloussait encore. Richard a repris le volant. Anne avait trop mal au cœur pour rigoler, mais je sentais bien qu'elle allait conserver son sourire idiot jusqu'au sommet de cette fichue montagne. J'ai fermé les yeux et posé la tête contre la vitre. Mes paupières me protégeaient de mon public, et ma voix intérieure me répétait : « Reste zen, reste zen. » Au bout d'un moment, j'ai commencé à me demander qui j'essayais de tromper. Seán savait que je n'étais pas zen, et cela ne semblait pas le déranger. D'un autre côté, maintenant que j'avais compris que je l'aimais, la moindre des choses était que j'essaie de ne pas me ridiculiser toutes les deux minutes. Mais je ne pouvais pas changer comme ça. Le problème était qu'il me connaissait trop bien. Bref, tout était très embrouillé. Plus tard, quand Richard a de nouveau arrêté la voiture pour permettre à Anne de vomir, je me suis surprise à regarder par la fenêtre, émerveillée par tant de beauté, oubliant un instant mon petit monde stupide.

Nous avons commencé notre randonnée vers onze heures. À quinze heures, nous marchions toujours.

Richard, Seán et Tom étaient en tête, parlant de foot ou de rallye automobile et s'extasiant sur la faune et la flore. Clo, Anne et moi traînions derrière. Au début, nous avions vraiment pris plaisir à la promenade. Anne se sentait nettement mieux. Le paysage était splendide, il faisait sec et, si l'air était froid, le ciel était bleu. Notre joie avait duré environ une heure. Trois heures plus tard, nous perdions patience. Nous étions perdus et les garçons étaient trop absorbés dans leurs conversations débiles pour s'en apercevoir. Nous avons réussi à nous occuper en disséquant l'objet de mes désirs nouvellement mis au jour. La conversation suivait son cours habituel : j'étais nerveuse et hésitante ; elles, surexcitées et pleines de certitudes. Je pouvais dire n'importe quoi, elles me répondaient que j'étais fantastique. J'ai dit une idiotie, Clo m'a complimentée sur mes cheveux. Puis je me suis rappelé *Friends* et cela m'a glacée. Je me suis arrêtée net et j'ai regardé mes deux amies.

« Quoi ? a demandé Clo, plus pour me faire redémarrer que pour parler.

— *Friends* », ai-je dit.

Elles m'ont regardée d'un œil vide.

« Ross et Rachel », ai-je ajouté, croyant que ce serait suffisant pour qu'elles pigent.

Visiblement, non.

« Et… ? » a fait Clo.

Je n'en revenais pas. *Friends* était sa série préférée. C'était quand même facile de comprendre où je voulais en venir. « Ross est secrètement amoureux de Rachel depuis une éternité, mais il ne dit rien – il est simplement son ami. Il est toujours là pour elle. Il est son roc. Elle sort tout juste d'une grande histoire d'amour. Elle s'agite dans tous les sens pendant qu'il attend dans l'ombre. Et le jour où elle comprend enfin qu'elle l'aime, il est avec la Chinoise. »

J'ai interrompu mon vibrant hommage au feuilleton américain le temps de reprendre une goulée d'air dont j'avais bien besoin.

« Emma, m'a dit Clo, tout va bien. Seán n'est pas avec une Chinoise : il est là-bas, en train d'essayer de mater le cul d'un cerf. »

Je n'étais pas très tranquille pour autant. « Mais la situation est comparable. »

Anne a souri.

« Quoi ? lui ai-je demandé.

— Rien. »

Je ne bougeais toujours pas.

« C'était juste une péripétie rigolote », m'a-t-elle expliqué.

Clo a passé son bras sous le mien et m'a obligée à redémarrer. Elle m'a rappelé que ma vie n'était pas un épisode de *Friends* et m'a aussi prédit non sans justesse que la Chinoise ne ferait pas long feu. Ross et Rachel étaient nés pour finir ensemble. Je n'en étais pas si sûre, les amours heureuses n'étant pas très bonnes pour l'audimat. Mais sachant que ce n'était pas un argument en béton, je l'ai bouclée et j'ai remis un pied devant l'autre.

Nous avons fini par arriver en vue d'un pub, ce qui tombait bien, car nous étions morts de faim. Il était trois heures et demie de l'après-midi et le beau programme de Richard était à l'eau. L'équipe des filles s'en réjouissait. Les garçons ont dû concéder leur défaite : la récré était terminée. Nous avons tous bien trop mangé, puis gaspillé trois heures exquises à boire des irish coffees devant un feu de cheminée. Il était vingt heures passées lorsque nous sommes arrivés à la maison. Le temps de prendre une bonne douche chaude et de nous changer, nous n'avons commencé à préparer le dîner qu'à vingt et une heures. Nous buvions du vin, sauf Anne, qui s'en tenait à la bière. Tout le monde mettait la main à la pâte, dressant la table, choisissant la musique, touillant des sauces et remplissant des verres en se cognant constamment les uns dans les autres. Le cas classique où il y a trop de monde aux fourneaux. J'ai pris ma veste et décidé de sortir m'en griller une.

Je me suis assise sur un banc dehors, les yeux perdus dans la nuit, éclairée uniquement par le bout de ma cigarette. J'ai entendu des pas derrière moi et mon cœur a raté un battement, car je savais que c'était Seán.

« Je croyais que tu avais arrêté, m'a-t-il dit en s'asseyant.

— Exact, ai-je répondu en soufflant ma fumée. Tu me vois là en train de rechuter.

— Je peux me joindre à toi ? »

J'avais une terrible envie de l'embrasser, mais je lui ai tendu une cigarette. Nous avons fumé en silence, mais pendant ce temps je menais une conversation entière dans ma tête.

Alors, Seán, elle est comment, cette clope ? Ah, impec. Écoute, au fait, je t'aime et j'ai envie qu'on s'envoie en l'air, là, tout de suite.

Au bout d'un moment, il m'a demandé ce qui me faisait sourire.

« Rien. »

Nous sommes retombés dans le silence. J'ai commencé à me sentir sous pression. Il fallait que je dise quelque chose, n'importe quoi, pour faire la conversation. La tension entre nous était palpable. Je ne trouvais rien à raconter, ce qui était ridicule : nous étions amis depuis des années. Je me demandais pourquoi il restait mutique et je priais pour qu'il parle, mais il se contentait de fumer. Cela devenait bizarre, alors j'ai décidé d'ouvrir la bouche et de dire la première chose qui me viendrait à l'esprit. Je me suis lancée, tant pis pour les conséquences.

« Bonne année, Seán. »

Il m'a regardée.

« Il n'est que neuf heures et demie.

— Je sais ! » J'ai pris une bouffée sur ma cigarette, en regrettant de ne pas pouvoir fumer plus vite.

C'était trop dur. J'étais lâche. Je n'avais pas le courage de mes convictions. Je n'assumais pas. J'étais faible et j'avais la trouille. C'était drôle, je ne m'étais pas doutée que j'aimais Seán jusqu'à la veille au soir, et à présent, tout à coup, l'idée que je puisse le perdre me rendait malade. Seán avait dit à Clo qu'il m'aimait, mais il avait bu et cela faisait plus d'un an. Peut-être était-il passé à autre chose depuis – d'où son départ pour Londres. Londres, c'était sa Chinoise ! J'avais tout gâché, réagi trop tard. Il partait pour Londres et j'avais raté le train. Ou le bateau. Dire quelque chose maintenant serait idiot. Cela ne servirait qu'à rendre les choses plus difficiles et risquerait de démolir notre amitié si précieuse. Il n'y avait même pas deux ans que John était mort. Lorsque nous sommes enfin venus à bout de notre interminable cigarette, j'avais décidé que le mieux était de ne toucher à rien. Nous avons repris l'allée pour rejoindre la maison et il m'a prise par les épaules.

« Tu as l'air triste. »

Je me suis serrée contre lui. « Non, je ne suis pas triste. Je suis heureuse d'être ici. » Je sentais sa chaleur, et j'ai eu envie de le lui dire, malgré tout.

Nous avons dîné et bu du bon vin. Anne s'est même autorisé un verre ou deux. Nous sommes ensuite passés au salon. Il pleuvait dehors. Richard avait fait du feu dans la cheminée. La télé était allumée sans le son, et de la musique sortait de la chaîne. Seán était assis à côté de moi et j'avais l'impression que la pièce entière attendait qu'il se passe quelque chose. Lui ne se rendait compte de rien. Il était occupé à écrire dans son carnet. Anne lui a demandé ce qu'il fabriquait : il nous a dit qu'il avait un article à rendre le mardi suivant et qu'il prenait des notes. Clo l'a traité de bonnet de nuit. Plus qu'une demi-heure avant la nouvelle année, et il travaillait encore ! Il s'est défendu en faisant remarquer que ses articles venaient toujours à point nommé pour nous donner des sujets de discussion, tout en prenant soin d'omettre que lesdites discussions se terminaient invariablement en disputes.

Cette fois-ci, il devait définir la femme moderne.

Clo s'est esclaffée. « Facile ! Super au pieu, nulle en ménage. »

Nous avons éclaté de rire en lui donnant raison. Il a noté sa réponse d'un air satisfait puis a relevé les yeux vers moi. « Et toi, Em ? Si un collier de perles, des escarpins et un plumeau à poussières définissaient la femme des années cinquante, qu'est-ce qui caractérise celle des années quatre-vingt-dix ? »

Bonne question. Je n'étais pas sûre de ma réponse.

« Alors ? a-t-il insisté.

— Tu veux la réponse des magazines féminins ? »
Je savais qu'il voulait toujours la réponse des magazines féminins. Il a acquiescé. Bien entendu.

« Bon, d'accord. D'après *Cosmopolitan*, la femme moderne serait une bosseuse, financièrement indépendante, qui a toujours des capotes sur elle et ne dit pas non à un coup d'un soir. Elle sait cuisiner, changer une roue, faire le grand écart, accoucher dans l'eau sans péridurale, conserver la silhouette d'une jolie gamine de seize ans jusqu'à la soixantaine bien tassée, est désinhibée au lit, aime le foot, possède une vaste collection de disques et apprécie les blagues cochonnes. »

Les autres se marraient pendant que Seán notait à toute vitesse, et je me suis demandé pourquoi il ne lisait pas directement *Cosmopolitan*. Il a relevé la tête au bout de quelques minutes.

« Et toi, qu'est-ce que tu en penses ?

— Qu'elle est libre », ai-je répondu sans réfléchir.

Clo a entonné *Get Up, Stand Up*. Tout le monde s'est joint à elle, mais Seán s'est contenté de hocher la tête pendant que je repensais à ce que je venais de dire.

Je suis libre.

Il a demandé à Anne quelle héroïne de la télévision elle voudrait être si elle pouvait choisir. Elle a réfléchi un peu en remuant sa bière.

« Lois Lane. » Il a voulu savoir pourquoi, alors que la réponse nous paraissait évidente. « Être mariée à Superman ? » Elle n'avait pas besoin d'en dire davantage.

Clo a donné son accord avant d'annoncer que pour sa part elle aimerait être Pamela Anderson dans *Alerte à Malibu*, ce que Tom a approuvé sans réserve. Pour ma part, j'ai choisi Dana Scully. Cependant, quand Clo m'a fait remarquer que l'agent Scully était débordée de boulot, avait un job immonde, pas de mec et était tout le temps en crise, je me suis posé des questions sur ma santé mentale et j'ai changé pour Yasmine Bleeth, la copine de Pammie dans *Alerte à Malibu.* Clo a levé le pouce.

Richard a monté le son de la télévision. Il était minuit moins cinq. J'étais assise à côté de Seán.

Mon Dieu.

J'ai envisagé un instant d'allumer une cigarette, mais je ne voulais pas qu'Anne sache que j'avais recommencé à fumer. D'un coup, tout le monde s'est mis à scander le compte à rebours. Ma vessie allait éclater et j'ai eu peur de faire pipi. Nous avons tous braillé « Bonne année ! ». Anne et Richard se sont embrassés et enlacés. Clo et Tom étaient pelotonnés dans un fauteuil profond. Seán et moi avons échangé un sourire.

« Bonne année, Em », m'a-t-il dit, et mon cœur s'est arrêté, ce qui fait qu'il m'a été difficile de lui répondre. Il m'a attirée contre lui et je jure que cela a accéléré mes battements cardiaques. J'étais excitée comme une gamine, mais ensuite il m'a embrassée sur la joue et s'est écarté de moi.

« Bonne année », ai-je balbutié, et nous sommes restés gauchement plantés face à face en attendant que les autres se décollent. Ensuite, nous avons écouté de la musique des années quatre-vingt en buvant beaucoup.

Clo et Anne m'ont accompagnée jusqu'à ma chambre. Elles étaient mécontentes que je n'aie pas profité du baiser de Nouvel An avec Seán comme nous l'avions prévu plus tôt dans la journée. Je me suis excusée de ma nullité. Anne s'est montrée compréhensive, mais Clo n'a rien voulu savoir et m'a dit de me sortir la tête du derche, ce qui était en train de devenir un leitmotiv à mon sujet. J'ai gémi que je ne pouvais rien y faire.

Clo a ricané d'un air entendu. « Bien sûr que si. Tu peux aller dans sa chambre. »

Anne a vigoureusement hoché la tête. Il était trois heures passées, mais mes protestations se sont heurtées à un mur. Clo m'a rappelé inutilement que nous rentrions à Dublin le lendemain et que le temps passait vite. Anne et elle m'ont laissée devant ma chambre.

« C'est maintenant ou jamais, a déclaré Anne.

— Amen. » Clo a baissé la tête.

Nigel m'avait annoncé lors de notre coup de téléphone de Noël qu'il envisageait de se rendre en Nouvelle-Guinée. Je me suis demandé tout à coup s'il y était, finalement, mais je n'y pensais déjà plus lorsqu'elles ont refermé la porte derrière moi. Seule dans ma chambre plongée dans le noir, je me retrouvais face à une décision qui pouvait aboutir à la plus douloureuse humiliation de ma vie. Soit j'allais dans sa chambre et je lui avouais mon amour, soit je retournais me coucher et le laissais partir.

Soudain, j'ai pris conscience que je n'avais pas le choix. Il fallait que je le lui dise, ou j'allais devenir folle. La seule chose qu'il me restait à faire était de rassembler mon courage, si bien que j'ai mis de la crème hydratante, je me suis brossé les dents, j'ai appliqué du baume sur mes lèvres, puis je suis restée très longtemps appuyée contre ma porte. C'est la menace d'une crampe dans le cou qui a fini par me faire bouger.

Je suis allée jusqu'à sa porte. J'étais dans tous mes états, mais je savais qu'il n'était plus question de faire demi-tour, et j'ai frappé fort.

« Qui est là ? » a-t-il demandé.

Il avait l'air parfaitement réveillé. Je n'avais pas prévu qu'il serait si fringant.

« C'est Emma. »

La porte a semblé s'ouvrir instantanément.

« Salut.

— Salut. » Je lui ai dit que je devais lui parler. Il m'a fait entrer. Les rideaux étaient ouverts et une demi-lune traversait la vitre. J'ai laissé mes yeux s'accoutumer et noté que les rideaux descendaient jusqu'au sol. La fenêtre était en réalité une porte-fenêtre, qui donnait sur une petite terrasse, laquelle donnait sur la rivière. C'était absolument sublime. « C'est une belle chambre », a-t-il d'ailleurs commenté.

Je n'en revenais pas ; je n'avais même pas de salle de bains attenante à ma chambre. Il m'a suivie sur la terrasse. Je lorgnais le petit canapé à deux places installé entre les plantes vertes.

« Moi, je n'ai pas de balcon, ai-je pleurniché.

— Je t'ai montré ma salle de bains privée ? » m'a-t-il demandé malicieusement.

Il m'a fait entrer dans sa salle de bains, dissimulée derrière ce qu'un œil non averti aurait pris pour une simple armoire. C'était luxueux, la baignoire était ronde et un parfum genre Chanel flottait dans l'atmosphère. J'étais verte. Seán séjournait au Ritz, et moi, au bout du couloir, dans un foutu Holiday Inn. Pendant que je traitais intérieurement Anne de fieffée garce, Seán attendait que je lui explique la raison de ma visite. Et donc, lorsque j'ai été enfin remise de l'iniquité de la répartition des chambres, je l'ai suivi dans la sienne, qui était un rêve. Il s'est assis sur le lit et j'ai pris place à côté de lui. Une fois tant d'injustice encaissée, j'étais bien forcée d'affronter mon problème. Mon cœur s'est mis à battre plus vite ; mes muscles se sont crispés. Il m'a demandé si tout allait bien en me regardant bizarrement. Je l'ai rassuré, mais mon sourire hystérique lui a probablement laissé des doutes. À mesure que les secondes défilaient, il commençait à avoir l'air de craindre pour ma santé mentale. Ce n'était pas l'entrée en matière fracassante que j'avais espérée, mais j'ai tenu bon. Ça y était, j'allais lui dire que je l'aimais. J'ai exhalé et je me suis lancée.

« Je n'ai pas envie que tu partes. »

Zut, je voulais dire « je t'aime ».

Je ne m'étais pas tenue à mon plan, et du coup je me trouvais en terrain inconnu. Son humeur a changé et il m'a regardée intensément.

« Pourquoi ? » Il avait la voix un peu rauque.

J'ai espéré qu'il n'était pas en train de prendre froid, puis je lui ai répondu le plus franchement possible.

« Parce que tu me manquerais trop. »

Mais zut à la fin, tu ne peux pas le lui dire, tout simplement ?

Je voulais détourner les yeux, mais son regard m'en empêchait. Ses yeux étaient brillants, grands, tristes. Sa bouche, tendre, à quelques centimètres de la mienne. Il ne portait qu'un bas de survêtement et, même si ses yeux m'hypnotisaient, je sentais son torse tout près. Seigneur, il me faisait fondre.

« Pourquoi, Emma ? »

Je t'aime.

« Pourquoi est-ce que je te manquerais ?

— Parce que... » Ma voix m'a abandonnée.

« Parce que quoi ?

— Parce que je t'aime. » C'est sorti sur une note un peu trop stridente, mais ça y était, au moins je l'avais dit. Je crois que j'ai soufflé de soulagement.

« Tu m'aimes ? » a-t-il répété, sceptique.

J'ai fait oui de la tête, parce que c'était vrai.

Il a souri.

« Toi ? Tu m'aimes ?

— Oui.

— Pas juste en amie ?

— Non, pas juste en amie. »

Il s'est penché plus près. « Depuis combien de temps ? »

J'ai répondu honnêtement. « Longtemps. »

Il s'est illuminé. « Moi aussi, je t'aime. » Il était radieux.

Alors nous nous sommes embrassés, et c'est vrai, ce mec savait s'y prendre. Puis nous nous sommes touchés, et ce n'était pas bizarre – au contraire, c'était bon, vraiment bon, trop bon pour que je puisse l'expliquer. Je ne me rappelle pas une seule des pensées qui m'ont traversé l'esprit. Je me souviens juste de l'extase la plus intense qui soit. Nous avons réussi à nous retrouver nus avec une rapidité et une dextérité étonnantes. C'était comme si nous nous connaissions déjà intimement. Pas de chocs entre nos têtes, pas de tâtonnements maladroits, pas de mains mal placées. Comme si nous nous emboîtions naturellement.

Il était allongé sur moi, nu, lorsqu'il m'a demandé : « Tu es sûre ? »

J'ai levé les yeux vers lui. « Oui ! »

Je l'ai attiré contre moi, et il a ri, et nous nous sommes encore embrassés, et puis il a été en moi et, oh, ce mec savait s'y prendre…

Ensuite, nous avons profité de la baignoire ronde, dans sa salle de bains géniale parfumée au Chanel, nus et chauds.

« À quoi tu penses ? m'a-t-il demandé en surprenant mon sourire.

— Pourquoi j'ai tellement attendu ? »

Il s'est esclaffé. « Tu es lente. »

J'ai souri, parce qu'il avait raison. J'étais lente, mais que veux-tu, personne n'est parfait. Nous avons parlé toute la nuit, dans les bras l'un de l'autre, du passé et de l'avenir. Il m'a dit qu'il ne partirait pas pour Londres, et cela m'a rendue si heureuse que j'ai pleuré.

Le lendemain matin, nous avons eu droit à un petit déjeuner au lit. Richard, Anne et Tom s'étaient levés tôt et nous avaient préparé des œufs. Quant à Seán et moi, nous n'avions dormi que vingt-cinq minutes. Nous nous sentions un peu nus tandis que nos amis nous disaient des choses comme « Enfin ! » et « On s'est dit que vous auriez faim ! ».

J'ai cru que l'un d'eux allait sortir un appareil photo et s'écrier « *Cheese !* ». Lorsqu'ils sont enfin partis, nous nous sommes dévisagés, totalement déboussolés, et nous avons éclaté de rire. J'avais à nouveau seize ans.

20

Chucky, un retour et une bague

C'était une journée froide et sèche de janvier, grise à l'exception d'un unique rayon lumineux qui traversait les nuages pour rejoindre la terre. Le sol était durci par le froid, qui traversait les vêtements les plus épais. Mes mains étaient bleues, même rentrées sous mes manches. J'ai franchi le portail et slalomé entre les tombes qui menaient jusqu'à John. J'avais mal au nez et les lèvres gercées. J'ai pressé le pas en me promettant de ne rester que le temps de dire ce que j'avais à dire. Je suis arrivée à destination en quelques minutes, mais j'ai alors découvert que, malgré la matinée glaciale, je n'étais pas seule. La mère de John, Patricia, était en train de nettoyer la pierre. J'ai songé un instant à me cacher, mais son regard a croisé le mien : j'étais coincée.

« Emma ! m'a-t-elle lancé avec chaleur, malgré le froid.

— Patricia ! » ai-je fait avec un entrain un peu forcé.

Elle s'est approchée les bras tendus et je me suis laissé embrasser. « Il y a longtemps que je ne t'ai pas vue ! »

Je me suis excusée en rougissant.

Elle a senti mon embarras coupable et m'a mise à l'aise d'un sourire rayonnant. « Ça me fait très plaisir de te voir.

— À moi aussi, Patricia. » J'étais sincère, malgré ma gêne.

J'ai pris une éponge et nous avons nettoyé ensemble. Elle me parlait de sa voisine qui avait gagné un tour du monde, puis je lui ai donné des nouvelles de mon boulot. Une fois la tombe impeccable, elle m'a proposé d'aller boire un café. Je n'avais pas pu parler à John, mais je passais un très bon moment avec elle, et l'idée d'un café bien chaud était irrésistible.

Il s'est mis à pleuvoir à verse alors que nous retournions vers le parking. Nous étions toutes les deux trempées en entrant dans le café. Une adorable vieille dame a récupéré nos manteaux et les a accrochés près de la porte. Nous nous sommes installées à côté du feu qui ronflait dans la cheminée et avons lentement commencé à fondre. Une serveuse a pris nos commandes et nous nous sommes regardées comme de vieilles amies qui auraient été séparées plus longtemps qu'elles ne l'auraient voulu.

« Tu as l'air en forme », a-t-elle observé.

Mes remords sont revenus.

« Tu es heureuse, Emma ? m'a-t-elle gentiment demandé.

— Oui.

— C'est bien. »

Je ne voulais pas lui parler de Seán parce que ç'aurait été injuste. Cela lui aurait fait trop mal que je sois heureuse avec le meilleur ami de John pendant que ce dernier dormait sous terre, me disais-je. Mais en fait je n'avais pas à m'en faire.

« Et Seán ? s'est-elle enquise.

— Il va bien, ai-je soufflé en rougissant.

— Ta mère m'a dit pour vous deux, et je m'en réjouis. Je suis soulagée, Emma. Nous avions si peur que tu restes seule. »

Oh mon Dieu. J'aurais dû dire quelque chose.

Je n'arrivais pas à la regarder. Elle a ri.

« Tu es mignonne !

— Je suis désolée, Patricia. » J'avais envie de pleurer, mais j'étais déjà assez mouillée.

« Tu n'as pas à t'excuser.

— Je l'aime toujours, ai-je fait d'une voix pitoyable.

— Je sais, moi aussi, mais il n'est plus là, et nous si. » Elle était si sage. Soudain, je me suis mise à regretter de ne pas la voir plus souvent.

« Seán est super.

— Je n'en doute pas… Il a eu de l'entraînement ! »

Nous avons pouffé toutes les deux et trinqué avec nos tasses de café. C'était vraiment bon de la voir. Plus tard, nous nous sommes embrassées devant les voitures et nous sommes promis de rester en contact. Je me suis rendu compte en rentrant que je n'avais pas besoin de parler à John. Il savait, et il était heureux pour moi.

Les semaines qui ont suivi Noël sont passées à toute vitesse. Seán a emménagé avec moi début février. Tout le monde était enchanté pour nous sauf Leonard, qui souffrait intensément de son régime. La privation de nourriture imposée par un nouveau colocataire provoquait chez lui une réaction violente. Au début, il a manifesté son mécontentement en faisant pipi sur le côté du lit où dormait Seán, si bien que nous avons veillé à toujours fermer la porte de la chambre. Cela a fonctionné pendant un moment, jusqu'à une nuit où Seán, qui suffoquait, a trouvé Leonard endormi sur sa tête. Je me suis réveillée à temps pour voir le chat s'écraser contre le mur d'en face, faire une sorte de saut périlleux et atterrir sur ses petites pattes dodues. Seán m'a expliqué la situation pendant que Leonard, assis au bout du lit, le regardait d'un air venimeux. C'est à ce moment que j'ai remarqué que la porte était fermée. Je me suis tournée vers Seán, qui semblait fasciné par les yeux du chat.

« Tu as laissé Leonard en bas quand on est allés se coucher, non ? »

Il a fait oui de la tête. J'ai désigné la porte. « Alors comment est-il entré ? »

Seán a blêmi. « Oh non, c'est la poupée Chucky », a-t-il soufflé.

Nous avons continué de fixer Leonard pendant un moment, en essayant de comprendre comment il avait eu accès au visage de Seán. Finalement, le chat a cédé et réclamé la porte en miaulant. Je l'ai fait sortir, complètement perplexe. Seán a dormi assis cette nuit-là, et nous n'avons jamais eu la clé du mystère.

Le lendemain matin, j'en ai parlé à Doreen, qui était passée pour échapper à son mari, lequel avait récemment rejoint les Verts. Il était en train de trier les ordures et cherchait à la persuader d'installer un système de recyclage. Elle est restée assise à la table de la cuisine pendant que je préparais du café. « Enfin quoi, c'est vrai, Emma, quand je l'ai épousé, je n'ai pas signé pour me laver avec mon urine ! »

J'ai convenu que cela dépassait ce que l'on pouvait exiger des liens matrimoniaux. Leonard est passé devant nous et je l'ai regardé entrer dans le salon. J'ai couru fermer la porte et suis retournée demander conseil à mon amie plus âgée, donc pleine de sagesse. Je lui ai exposé le troublant incident de la nuit.

« Comment a-t-il pu entrer dans la chambre ? » s'est-elle étonnée.

Je lui ai dit que je n'en savais rien.

« Bizarre. »

J'attendais mieux comme explication. Elle s'est levée, a entrouvert la porte et a contemplé le chat assis devant la fenêtre, lequel surveillait un oiseau qui sautillait sur la pelouse. Percevant sa présence, il a tourné la tête pour la regarder fixement. Elle l'a observé une minute avant de refermer la porte.

« Il est affamé », a-t-elle diagnostiqué.

Je ne comprenais pas le rapport avec le fait que mon chat soit un psychopathe.

Doreen s'est rassise. « Il a ce regard vide qu'ont les top-modèles », s'est-elle esclaffée.

Je ne voyais toujours pas où elle voulait en venir.

« Quand l'as-tu mis au régime ?

— Juste après Noël.

— Et quand est-ce que Seán a commencé à dormir ici avec toi ?

— Juste après Noël.

— Eh bien voilà ! Il associe la faim à Seán. Il doit se dire que s'il tue Seán il aura à manger. »

Je me suis interrogée. « Tu as peut-être raison.

— J'ai plus de soixante ans, chérie. J'ai toujours raison. »

Je lui ai fait confiance, jusqu'au moment où elle m'a demandé si j'avais déjà pensé à une psychothérapie pour chat. J'ai gémi que je payais déjà une fortune pour le diététicien. Elle a sagement hoché la tête et m'a rappelé que je pouvais toujours le faire piquer. Je pense qu'il l'a entendue, car au moment où elle partait il s'est jeté sur ses jambes. Dor n'a pas bougé : elle a juste regardé sa petite tête ronde et a menacé de l'écrabouiller. Il a battu en retraite.

« Il faut un peu de fermeté, c'est tout. »

J'ai regardé mon chat. « Démerde-toi ! » lui ai-je crié, après quoi je lui ai tourné le dos et je suis rentrée dans la cuisine.

Plus tard, j'ai fait part à Seán de notre théorie. Il a reconnu qu'elle ne manquait pas de mérite. Nous avons décidé que le chat devait le voir lui servir ses maigres portions. Il l'a fait, et Leonard a pissé sur son repas. Nous ne lui avons rien donné d'autre de la soirée, avons fermé la chambre à clé, et Seán a de nouveau dormi assis. Cela a duré trois jours. Le troisième jour, le chat a avalé son poulet vapeur basses calories, et les tentatives d'assassinat ont cessé.

Les semaines et les mois ont passé et, pendant que Leonard perdait du poids, Seán et moi nous sommes habitués à vivre en couple. Au début, j'étais inquiète à l'idée qu'il emménage dans la maison que j'avais partagée avec son meilleur ami. Nous avons évoqué l'idée de trouver un nouveau logement, mais les loyers flambaient. En plus, j'adorais ma maison, et lui aussi. Nous avons acheté un lit neuf, mais comme je n'arrivais pas à jeter l'ancien, il a suggéré que nous le mettions dans la chambre d'amis et que nous jetions l'autre. Il n'était pas jaloux et ne se sentait pas menacé ni même contrarié par mes états d'âme. Au contraire, il comprenait, et je ne l'en aimais que plus.

Cela faisait plus d'un an que Nigel était parti. Seán et moi étions chez mes parents pour le dîner dominical. Mon père était tourmenté par ses varices, ma mère avait la migraine et moi mes règles. Seán faisait bonne figure, cerné par la mauvaise humeur.

« Alors, comment va le boulot ? a-t-il demandé à mon père.

— Pénible », a répondu papa, morose.

Puis il a demandé à maman comment se passaient ses cours de bridge.

« Je suis nulle. »

Il a pris dix ans sous mes yeux. J'étais embêtée pour lui.

« Seán a eu une promotion », ai-je lancé gaiement. Ils l'ont félicité. « Il va diriger un nouveau magazine qui sera lancé en mai. »

Ma mère était ravie parce que le titre de rédacteur en chef l'impressionnait, mais elle n'a pas pu s'empêcher de faire remarquer que les magazines masculins regorgeaient de bêtises. « C'est vrai, enfin ! Les hommes ne connaissent rien à rien ! »

J'ai ri pour la faire taire pendant que Seán et mon père ricanaient d'un air complice.

Le téléphone a sonné : c'était Nigel. Ma mère a à demi piétiné mon père pour attraper le combiné avant lui. Leur humeur s'est instantanément améliorée. Maman était radieuse et ponctuait toutes ses phrases par les mots « mon fils », tandis que papa s'évertuait à crier dans le téléphone alors que la ligne était parfaitement claire. Quand j'ai finalement pu lui parler, il m'a dit qu'il était en Afrique. Je l'imaginais bronzé, barbu, les cheveux longs comme un hippie, sniffant de la coke et jouant au poker avec des types louches, jusqu'au moment où il a précisé que la sœur Augustina et la mère Bernadette l'avaient déposé dans ce village pour passer ce coup de fil. Je lui ai parlé de Seán et de moi. Bien sûr, il savait déjà que nous nous aimions et il m'a confirmé, lui aussi, que j'étais lente. Je ne lui avais pas parlé depuis quatre mois et il me manquait terriblement. Je l'ai traité de salopard, au grand dam de ma mère.

« Emma, bon sang ! » a-t-elle éclaté.

J'entendais presque Nigel sourire. Je lui ai demandé quand il rentrait et il m'a annoncé un retour dans l'année, puis je lui ai dit au revoir parce que Seán trépignait pour que je lui passe le téléphone. Pourtant, une fois en ligne, il n'a pas dit grand-chose – il a surtout hoché la tête puis est parti dans le couloir avec l'appareil.

Sur le chemin du retour, je lui ai demandé de quoi ils avaient parlé, mais il s'est contenté de prendre un air mystérieux sans me répondre. J'ai trouvé cela très énervant et je lui ai rappelé que j'étais ultra costaude, mais il n'a pas cédé. Aussitôt à la maison, il a détourné mon attention en me faisant l'amour et je n'y ai plus pensé.

Deux dimanches plus tard, comme Seán n'était pas libre, je me suis rendue seule chez mes parents en traînant les pieds. Nous nous sommes assis à table et nous parlions du régime de Leonard lorsqu'on a sonné à la porte. Ma mère s'est levée pour aller ouvrir. Papa et moi discutions du taux de matière grasse dans le thon quand nous avons entendu ma mère pousser un hurlement. Mes entrailles se sont crispées. Mon père a bondi, mais je l'ai devancé. Nous nous sommes rués dans le couloir en nous attendant à quelque chose de terrifiant ; mais nous avons trouvé maman pendue au cou de Nigel, et Seán hilare à côté de lui. Mon père a entouré maman et mon frère de ses bras. On se serait cru dans *La Petite Maison dans la prairie.*

« Alors, Em, je t'ai manqué ? » m'a lancé Nigel par-dessus l'épaule de papa.

Mes parents se sont décollés de lui et j'ai pu lui sauter au cou. Mon père se tenait en retrait pour contempler ses enfants, les larmes aux yeux. Nigel s'est extirpé de mes bras pour retourner vers papa. Ils se sont embrassés, fort, et mon père a versé une larme. Ma mère a donné à Seán trois parts de dessert en récompense pour avoir ramené son fils à la maison, si bien qu'il a mangé comme un glouton pendant que Nigel nous racontait ses voyages, nous montrait des photos de lieux exotiques et distribuait de petits cadeaux rapportés du monde entier. Il était détendu, les yeux brillants. Finalement, mes parents, épuisés par la joie, sont allés se coucher, nous laissant seuls Seán, Nigel et moi.

Nigel était ravi que Seán et moi nous soyons enfin trouvés (ce sont ses mots, pas les miens). Je lui ai dit qu'il était fleur bleue. Nigel m'a traitée de dure à cuire, et Seán l'a approuvé. Je n'ai pas pu m'empêcher de parler de John et de la belle amitié qu'il partageait avec Nigel. Cette idée, presque fugace, m'a fait sourire ; Seán m'a pressé la main pour me ramener vers le présent.

J'ai alors appris que Seán avait depuis bien longtemps confié à Nigel ses sentiments pour moi. « Tu n'étais pas la seule à te confesser, Em », m'a dit mon frère.

Seán a ri en se rappelant comment il s'était laissé aller pendant une de leurs discussions, au point d'allumer une cigarette. Nigel avait flairé la fumée et cru qu'il y avait le feu dans l'église.

Nous avons passé le reste de la soirée à parler de culture africaine, de technologie asiatique et d'éléphants, ces créatures extraordinaires. C'était le premier soir que Nigel passait à la maison, aussi aucun d'entre nous n'a-t-il évoqué l'avenir. Nous ne voulions pas l'obliger tout de suite à nous parler de ses projets.

Clo a déboulé chez moi le dimanche suivant. J'étais perdue dans la lessive. Elle était radieuse.

« Qu'est-ce qui se passe ? lui ai-je demandé.

— Tom m'a demandée en mariage. »

J'en ai lâché mon panier à linge.

Elle s'est livrée à une petite danse de la joie. « J'ai dit oui ! »

J'ai trébuché sur le panier à linge mais réussi à l'embrasser sans me casser la figure. Elle m'a raconté qu'ils étaient chez eux en train de regarder *La Vie en face*, et qu'au beau milieu d'une dispute pour savoir si Miles était sexy ou insupportable Tom lui avait demandé d'être sa femme. Comme ça. Ils allaient acheter la bague cet après-midi. Nous sommes allées nous asseoir à la cuisine.

« C'est drôle, la façon dont les choses finissent par tourner, hein ? » m'a-t-elle dit.

J'ai acquiescé.

« Carrément.

— J'ai cru pendant tellement longtemps que la première mariée ce serait toi, avec John. »

Je lui ai souri.

« Moi aussi.

— Tu crois que Tom lui aurait plu ?

— Sans aucun doute.

— Ouais. Et il aurait plu à Tom, aussi. »

Elle m'a demandé s'il me manquait toujours. Je lui ai répondu que oui.

« Mais tu ne changerais pas la vie que tu as maintenant ? »

Je lui ai dit que je n'avais pas le pouvoir de changer quoi que ce soit, et que pour la première fois je comprenais pourquoi et je n'avais envie de rien changer – de toute façon, si j'avais eu le contrôle de la vie et de la mort, j'aurais sûrement tout fait foirer.

« Ce monde est un échiquier et nous ne sommes que des pions », ai-je déclaré de manière quelque peu pompeuse.

Elle m'a regardée sans comprendre.

« Il faut juste essayer d'apprécier la partie, ai-je tenté d'expliquer.

— Tais-toi, va ! m'a-t-elle remise en place.

— D'accord, mais tu vois ce que je veux dire ?

— Personne ne voit ce que tu veux dire quand tu es lancée », a-t-elle plaisanté. Puis, après un petit moment, elle a ajouté : « C'est chouette de te voir heureuse.

— Pareil pour toi. »

Tout irait bien, au moins pendant un moment, et cela me suffisait. Seán était mon avenir, je l'aimais et il y avait même peut-être une part de moi qui était amoureuse de lui depuis le premier jour. En tout cas, je l'avais toujours trouvé canon, me suis-je rappelée avec tendresse. Clo m'a demandé pourquoi je souriais, et je le lui ai dit. Elle a convenu qu'il était canon.

« C'est drôle, la vie, a-t-elle dit tristement.

— Eh oui… » Mais rien n'allait assombrir le jour où ma meilleure amie m'annonçait son mariage.

« Tom aussi est canon, a-t-elle précisé.

— Oh oui, je sais ! »

Doreen est arrivée avec un paquet de biscuits et s'est laissée tomber sur une chaise de la cuisine. « Vous n'allez pas croire à quoi il joue, maintenant », a-t-elle soufflé. Bien sûr, elle parlait de son mari.

Clo a mis de l'eau à chauffer en rigolant, et Dor a entrepris de nous raconter qu'il était parti à une manif contre l'abattage et la vente des arbres. Clo a fait observer qu'il n'avait peut-être pas tort. Elle avait lu quelque part que c'était important, les arbres. Doreen nous a dit qu'il s'agissait des arbres de Noël. Clo adorait les sapins de Noël. Elle a réfléchi une minute à ce dilemme. « Oh, quelle importance ? Dor, je me marie ! »

Doreen a posé sa tasse de thé.

« Tu l'aimes ?

— Plus que les chaussures.

— Et lui, il t'aime ?

— Plus que le foot. »

Doreen a conclu son interrogatoire en demandant s'il s'intéressait au parti des Verts.

« Pas que je sache.

— Tant mieux. Dans ce cas, tous mes vœux, chérie. »

Je me suis demandé comment était Doreen à vingt-huit ans. Je me suis demandé à quoi nous ressemblerions, Clo et moi, à soixante ans, nous plaignant des dernières idées folles de nos maris ou de l'ingratitude de nos enfants, distribuant les conseils à nos jeunes voisines et faisant des gâteaux autour desquels tout problème pouvait être analysé et disséqué.

Clo et Doreen sont parties ensemble, Clo pour aller retrouver son fiancé et choisir une bague, Doreen pour aller faire descendre son mari d'un arbre. Je suis retournée à ma lessive et j'allais commencer à repasser quand Nigel est arrivé.

« Tu t'es fait couper les cheveux ! » me suis-je lamentée. J'aimais bien son look ébouriffé.

Il a souri. « Je vais voir l'évêque demain.

— Tu aurais pu te contenter de mettre un bonnet…

— Pas cette fois, non. »

Il paraissait vieilli, mais plus heureux. Les petites rides qui étaient apparues autour de ses yeux cette année ne faisaient que mettre en valeur la lumière qui scintillait dans ses pupilles.

« Qu'est-ce que tu vas lui dire ? ai-je demandé en croisant les doigts.

— Je suis prêtre, Emma », a-t-il lâché avec une résignation joyeuse.

Je le reconnais volontiers : mon cœur s'est serré. Je me suis mise à nettoyer le plan de travail pour dissimuler ma déception. Je ne m'attendais pas à cela, j'avais cru que ses aventures autour du monde lui auraient confirmé qu'il n'appartenait pas à l'Église, mais bon, Nigel n'était pas moi.

« Mais l'idée de ne jamais avoir de famille, d'amour, d'amante ? De regarder les autres vivre leur vie sans jamais partager leur expérience ? La solitude ? » ai-je demandé en m'étonnant moi-même de m'énerver ainsi.

Il m'a pris la main. « J'ai vécu beaucoup de choses au cours de cette année. Certaines formidables, excitantes. Tout était nouveau, tout était un défi, mais j'ai vu des choses, Em, des choses qu'on ne devrait jamais voir, et encore moins endurer. »

Il m'a parlé de son voyage au Soudan, et en particulier d'un tout petit garçon de quatre ans, mourant de malnutrition. Son corps torturé, ses os qui perçaient presque la fine peau qui les couvrait, ses muscles noueux, son ventre enflé. Il était aveugle, privé du don de la santé avec lequel nous naissons tous. Cette petite créature était seule au monde. Sa mère était morte un mois plus tôt et mon frère l'avait trouvé gisant sur un lit de camp crasseux. Quand Nigel lui avait pris la main, des larmes avaient roulé sur son visage émacié. Il s'était agrippé à lui, terrifié à l'idée d'être abandonné une fois de plus. Il avait quatre ans et il comprenait qu'il était en train de mourir. Mon frère lui avait chanté des berceuses. Il l'avait câliné et, quand l'enfant était entré en insuffisance rénale, il l'avait pris dans ses bras et avait prié à voix haute en embrassant sa joue humide. Ce petit homme ne jouirait jamais de la vie que nous prenions comme un dû. Il ne connaîtrait jamais les douceurs que peut apporter l'existence. Il n'aurait jamais connu que souffrance et chagrin. *Pourquoi ?*

Cette histoire faisait mal. Elle m'a rappelé la chance que nous avions. Même quand nous perdons, nous sommes gagnants, la plupart du temps. Mais lui ? Quand gagnerait-il ? Nigel avait passé deux jours avec lui. Il lui avait administré l'extrême-onction, puis l'enfant était mort dans ses bras et Nigel jurait qu'il souriait. Il avait suffi de la présence de mon frère. Son nom était Bassa et il voulait devenir médecin quand il serait grand.

Nigel a cessé de parler pour laisser couler ses larmes. J'étais sans voix, les joues brûlantes.

« C'est lui, ma famille, Em. »

Je suis restée sonnée, suffoquée de chagrin pour ce petit garçon que je n'avais pas connu et pour mon frère qui l'avait regardé mourir.

« Tu vas repartir. »

Mon cœur lourd commençait à se fendiller.

« Oui, je vais repartir.

— Tu pourrais devenir travailleur humanitaire.

— Je suis prêtre. »

Nous avons laissé libre cours à notre tristesse, mais nous savions qu'il faisait le bon choix et, même si mon cœur avait mal et que mes oreilles bourdonnaient, j'étais fière de le connaître. Je l'ai serré dans mes bras.

« Je t'aime tellement.

— Moi aussi, Em. »

Le sujet était clos.

Une semaine plus tard, j'étais en ville en train de faire les boutiques avec Clo : nous cherchions une tenue pour ses fiançailles.

« Est-ce que ça me fait un gros cul ? m'a-t-elle demandé pour la quatorzième fois.

— Tu entres dans du 36. Comment veux-tu que quoi que ce soit te fasse un gros cul ? » ai-je répondu pour la quatorzième fois.

J'avais les pieds en compote et je n'étais pas d'humeur à faire du shopping. Elle a fini par choisir une petite robe noire, qui me semblait remarquablement similaire aux huit autres petites robes noires qu'elle avait dans son armoire. Je lui en ai fait la remarque, mais mon commentaire n'a pas été apprécié.

« Emma, tu n'y comprends rien », m'a-t-elle lancé en se dirigeant d'un pas résolu vers la caisse.

J'avais trop faim pour discuter. Les chaussures étaient achetées et nous pouvions enfin aller déjeuner. J'étais mûre pour ramper à quatre pattes, et Clo était de mauvais poil. Nous venions de commander quand son portable a sonné. Le numéro de Tom s'affichait. Elle a répondu, mais ce n'était pas Tom à l'appareil. J'ai vu son teint blêmir et ses traits se décomposer. C'était le frère de Tom, Rupert. Tom s'était effondré et avait été emmené en ambulance à l'hôpital James. Nous avons quitté le restaurant sans prononcer un mot. Nous n'en avons pas dit beaucoup plus en montant en voiture.

« Ça va aller, ai-je dit, terrifiée à l'idée de me tromper.

— Je sais », a-t-elle lâché d'une voix blanche.

Tout nous semblait irréel. Elle conduisait comme une folle, et je ne me suis pas plainte. Nous sommes entrées en courant dans l'hôpital et avons pratiquement atterri sur le comptoir de l'accueil. Le père de Clo était mort d'une crise cardiaque, et, debout devant ce comptoir, j'ai su qu'elle était convaincue que la même chose était en train d'arriver à Tom. Elle tremblait comme une feuille, elle se tordait les mains, et quand elle a voulu parler à l'infirmière elle n'avait plus de voix. Je l'ai serrée fort, terrifiée, attendant l'annonce du drame. Elle s'est raclé la gorge et a donné le nom de son fiancé. Avec un sourire aimable, la femme a consulté son ordinateur. Clo a fermé les yeux, mais les miens étaient rivés sur la femme et sa machine. Elle a relevé la tête vers nous, toujours souriante.

« Il est en chirurgie, mon chou », a-t-elle annoncé d'un ton cordial.

La chirurgie, c'était bon signe. Ça voulait dire qu'il n'était pas mort. Le père de Clo, lui, n'était pas arrivé jusqu'à la table d'opération. John non plus. C'était positif, nous le sentions toutes les deux. Clo a soufflé. Tom n'avait pas trépassé. Mais là, nous avons pris conscience qu'il avait encore le temps le faire. Des gens mouraient tous les jours sur la table d'opération. Que pouvait-il avoir de si grave ? Clo a de nouveau blêmi et je crois que j'ai fait de même.

« C'est le cœur ? » a-t-elle demandé, les yeux pleins de larmes, en serrant ma main si fort que je n'excluais pas qu'elle me broie les os. La femme a une fois de plus consulté son écran.

« Non, l'appendice. »

Le mot est monté lentement jusqu'à notre cerveau. Nous nous sommes regardées.

« L'appendice ? a répété Clo, qui reprenait déjà des couleurs.

— Mais oui. Il n'en a plus pour très longtemps, a confirmé la femme avec un grand sourire.

— Une appendicite, ai-je articulé, pour m'assurer que nous ne partagions pas une heureuse hallucination.

— Une appendicite », a confirmé Clo, hilare, sur quoi nous sommes parties dans un long, très long fou rire. Clo s'appuyait sur moi, les genoux serrés comme si elle se retenait de faire pipi, et j'essuyais mes larmes de joie en essayant de ne pas ronfler par le nez.

La femme nous regardait d'un air éberlué.

Visiblement, elle nous prenait pour des folles, ce qui rendait la situation encore plus comique. Il fallait que j'aille faire pipi d'urgence. Clo avait mal aux joues et, craignant que nous finissions par être virées de l'hôpital, elle a tenté de reprendre contenance.

« Pardon, a-t-elle dit à la femme, vous pourriez nous indiquer les toilettes ? »

Ces mots nous ont fait rire de plus belle et la femme nous a suggéré plutôt froidement d'aller faire un tour dehors jusqu'à ce que nous soyons calmées.

Nous sommes donc allées nous asseoir dans la voiture de Clo. Une fois nos hoquets apaisés, celle-ci s'est tournée vers moi.

« Tu crois qu'il va sortir bientôt de la salle d'opération ? »

J'ai regardé ma montre. « Je crois que ça prend à peine vingt minutes. »

Elle est redevenue sérieuse.

« Bon sang, Em, qu'est-ce que je vais faire ?

— Comment ça ?

— Il va être emmené dans sa chambre et on n'a plus le droit d'entrer.

— Mais non. Elle nous a juste dit d'aller nous calmer.

— On est vraiment passées pour des andouilles. L'appendicite, c'est grave. Je ne voulais pas me marrer… mais j'étais juste soulagée que ce ne soit pas le cœur.

— Et moi, qu'il n'ait pas été écrasé dans la rue.

— Tu crois que ça va aller pour lui ? m'a-t-elle soudain demandé en pâlissant un peu.

— Et toi, ça s'est bien passé quand tu t'es fait retirer l'appendice ?

— Bah oui.

— Et moi, tu te rappelles ?

— Bon, tu as beaucoup geint, si je me souviens bien, mais il faut dire que tu étais une ado très geignarde.

— En tout cas, ç'a été pris à temps, ils sont en train de l'opérer… Tout va bien se passer.

— Son frère Rupert est là, m'a-t-elle rappelé avant de remarquer que je chassais des poussières de mon pantalon. Arrête !

— Pardon. » J'ai croisé les mains sur mes genoux. « Tu veux y aller ?

— Pas encore. Je ne supporte pas Rupert.

— Ah bon ? » ai-je fait, intéressée. Elle ne m'avait jamais parlé de lui.

« C'est le genre monsieur Je-sais-tout », a-t-elle grommelé.

La dame de l'accueil, désormais glaciale, nous a indiqué où se trouvait Tom et informées qu'il allait falloir attendre une heure avant qu'il ne sorte de la salle de réveil. Nous nous sommes donc dirigées vers la cafétéria, avons commandé du chou au bacon qui ne nous tentait guère et avons attendu Seán.

Il a mis plus d'une demi-heure à arriver. Nos assiettes ont vite été terminées, et notre café était froid. Nous avions cette sensation inconfortable d'occuper une table pour rien alors que cinquante personnes chargées de leur plateau cherchaient où s'asseoir. Finalement, une vieille dame arthritique aux cheveux bleus et aux jambes arquées s'est placée juste à côté de nous pour rugir à son amie dans la queue : « Je n'en peux plus, Delores, mes genoux vont lâcher ! »

Nous avons saisi l'allusion et sommes sorties boire nos cafés avec un groupe de fumeurs. L'un d'eux nous a gentiment proposé des cigarettes.

« Non merci, on a arrêté de fumer », a reconnu Clo avec une pointe de regret.

Un quart d'heure et deux clopes plus tard, Seán est arrivé. Tom avait été transféré au troisième étage. Rupert était à son chevet. « C'est pas trop tôt, qu'est-ce que tu foutais ? » a-t-il lancé à Clo quand nous sommes entrées. Il m'a déplu dès la première seconde.

Tom était branché à une perfusion et plongé dans un brouillard médicamenteux, mais il a souri en voyant sa fiancée.

Elle l'a embrassé en ignorant superbement Rupert. « Désolée, vraiment… Tu étais déjà sur le billard quand on est arrivées. »

Il a hoché la tête. Rupert a regardé sa future belle-sœur d'un air incrédule. « Tu bosses à dix minutes de l'hosto ! »

Quelle tête à claques, décidément !

Clo lui a répondu calmement, d'un air angélique : « Eh bien, on est là, maintenant.

— Pas trop tôt, a-t-il grommelé.

— Et si tu la fermais ? » lui a aimablement suggéré Clo. Tom a gloussé, mais nous n'avons pas pu déterminer si c'était parce qu'elle l'amusait ou parce qu'il voyait des éléphants roses faire de la *pole dance*.

Rupert ne s'est pas démonté.

« Il aurait pu mourir, tu sais.

— Il va très bien, a répondu Clo, narquoise.

— L'appendicite est potentiellement mortelle et il n'y a vraiment pas de quoi se marrer. »

Cette fois, elle a perdu patience. « Oh, va te faire foutre, Rupert ! » Tom a éclaté de rire.

Il était bien avec nous, tout compte fait.

21

Une future mariée,
une remarque
et le bon côté des choses

Le mariage avait lieu dans moins de trois mois et Anne et moi devions retrouver Clo pour aller acheter sa lingerie nuptiale. Anne avait tenu à venir à Dublin en avion pour l'événement, ne voulant pas que l'éloignement lui fasse rater la moindre étape. Elle souffrait terriblement de la solitude et, à part son mari, tout le monde le voyait. L'après-Noël avait été particulièrement difficile pour elle, ça, nous le savions. Mais nous avons eu un choc en la voyant : elle avait pris vingt kilos. On aurait dit que quelqu'un l'avait gonflée avec une pompe à vélo. Clo en est restée coite, une rareté en soi. Nous nous sommes ressaisies et l'avons accueillie avec un enthousiasme un peu surjoué.

Elle s'est assise et a aussitôt attrapé la carte en déclarant : « Je crève de faim ! » J'ai croisé les doigts pour que Clo la boucle.

Elle l'a bouclée, en effet. Malheureusement, je suis restée muette, moi aussi, pendant deux bonnes minutes.

« Je pense que je vais prendre le steak-frites, avec aussi des ailerons de poulet frits, et pourrais-je voir la carte des desserts tout de suite ? » a fait Anne comme si tout était parfaitement normal.

J'ai retrouvé ma langue. « Le steak est très bon, ici.

— Quoi ? » a distraitement demandé Clo, qui examinait toujours son amie enflée.

J'ai répété que le steak était bon.

« C'est ça », a-t-elle fait, le regard fixe.

Ça allait mal.

Anne s'est détournée pour héler un serveur. Clo et moi avons échangé un regard. Elle n'avait pas touché un mot de sa prise de poids lors de nos nombreux coups de fil, et c'était tout simplement stupéfiant.

Plus tard, alors que nous étions chez Brown Thomas en train de regarder la lingerie, Anne s'est éloignée vers le rayon chaussures. Clo a sauté sur l'occasion.

« Purée, Anne est devenue énorme. Tu as vu ce qu'elle s'est envoyé au restau ? »

Elle avait en effet englouti son steak-frites, les ailerons de poulet, une grosse part de gâteau au chocolat, un muffin et deux barres Snack. J'ai convenu que cela ne lui ressemblait pas mais proposé de ne pas aborder le sujet.

Clo était catégorique. « Visiblement, il y a un problème énorme – excuse le jeu de mots. On est ses amies, on est là pour découvrir ce qui se passe, arranger ça et la mettre au régime pour qu'elle rentre dans sa robe de demoiselle d'honneur. C'est notre boulot !

— Je savais bien qu'on les avait achetées trop tôt, ces robes.

— Tu rigoles ou quoi ? On fait toutes la même taille depuis au moins cinq ans ! » Elle agitait les mains et commençait à transpirer.

Son argument était valable, et j'ai reconnu que j'étais d'accord. La prise de poids soudaine de notre amie était inquiétante et tombait mal, mais j'ai ajouté que si elle voulait notre aide elle la demanderait, et que pour l'instant elle se comportait comme s'il n'y avait aucun problème. Nous pourrions toujours rendre les robes – et puis peut-être qu'elle était contente de son nouveau gabarit et que c'était seulement l'étroitesse d'esprit des autres qui risquait de la rendre malheureuse.

Clo m'a regardée. « Je t'adore, Em, mais parfois tu déconnes à pleins tubes. »

Je lui ai fait savoir que ma théorie était avérée : je la tenais du talk-show d'Oprah Winfrey. Elle a ri et a fait un commentaire désobligeant sur la présentatrice.

« Excuse-moi, Clo, ai-je dit avec hauteur, mais Oprah en a fait davantage pour les femmes, les gros, les maigres et les minorités en Amérique et dans le monde que la plupart des politiciens, des présidents et des familles royales depuis la nuit des temps. En outre, je crois que quand elle affirme quelque chose elle s'appuie sur des faits médicaux documentés, et non sur le vieil adage selon lequel adopter une idée nouvelle revient forcément à dire des conneries. »

Clo m'a souri largement. « Em, tu as raison et peut-être bien qu'Oprah a raison, mais il y a un truc qui cloche et je te jure que je vais tirer ça au clair. »

J'ai quand même réussi à lui faire promettre d'attendre que nous soyons de retour chez elle, et je me rappelle m'être promis de me bourrer la gueule, aussi.

Nous sommes rentrées tard. J'avais les pieds enflés,

Clo la migraine, et Anne avait de nouveau faim. J'ai ouvert une bouteille de vin et tendu à Clo un verre dont elle s'est servie pour faire descendre deux comprimés.

Et voilà qu'Anne lui a fait la remarque qu'elle maltraitait son corps.

Oh non, c'est parti.

Clo a avalé ses cachets et souri. « À propos, a-t-elle commencé. Em et moi, justement, on en parlait. »

Je n'en revenais pas qu'elle m'inclue d'autorité dans sa croisade. J'ai blêmi pendant qu'Anne l'écoutait avec attention.

« Tu t'es sacrément rembourrée, dis donc. »

Maintenant, c'était Anne qui blêmissait. Clo l'a forcément vu, mais ça ne l'a pas dissuadée de continuer. « Et en très peu de temps. Y a quelque chose qui ne va pas. »

Anne ne pipait mot. Moi, j'étais mortifiée.

Clo a enfoncé le clou. « Tu ne t'appelles pas Oprah, et tu n'as jamais varié de plus de quelques demi-livres dans toute ta vie. »

J'étais consternée qu'elle ait maintenant l'audace de mêler Oprah à tout cela, et de manière si négative, en plus.

Anne m'a regardée d'un air peiné. Je me suis dit qu'il fallait que je dise quelque chose avant que le sens de l'amitié version Clo ne la tue. Sauf que je ne savais pas bien quoi. Cette histoire n'était pas de notre ressort, nous n'avions pas à nous montrer intrusives, et qui étions-nous pour juger ? Que savions-nous ? Elle avait grossi. Et alors ? Que dirait Oprah ?

Je lui ai donc juste demandé si elle était malheureuse, et pour toute réponse elle a fondu en larmes. Clo et moi sommes allées nous asseoir avec elle sur le canapé ; Clo lui a tendu du vin et des mouchoirs en papier. Elle avait les yeux rouges et bouffis.

« Je hais le Kerry ! a-t-elle braillé. Et maintenant, il paraît que je suis une grosse truie !

— Non. Tu es grosse, d'accord, mais tu ne seras jamais une truie », lui a assuré Clo avec affection, comme si cela devait l'aider.

Anne l'a dévisagée avec incrédulité. Moi aussi. Des années dans les relations publiques avaient visiblement endommagé la cervelle de Clo, car elle n'a pas eu l'air de percevoir notre stupéfaction.

« Et d'ailleurs, même avec ces kilos en trop, tu restes plus jolie que la plupart des maigres que je connais ! » a-t-elle ajouté d'un air triomphant.

Anne m'a regardée, j'ai regardé Anne, et Clo nous a regardées toutes les deux, radieuse, comme si elle venait d'agiter une baguette magique. Nous sommes restées coites quelques secondes avant qu'Anne éclate de rire.

« Je n'ai jamais vu quelqu'un qui ait moins de tact que toi, mais je t'aime quand même », a-t-elle plaisanté en donnant un coup de coude à Clo, qui m'a souri, consciente de son inconséquence et appréciant notre indulgence.

« Ça va s'arranger », suis-je intervenue.

Anne a demandé comment.

« Tu vas prendre Richard entre quatre-z-yeux, lui dire que Dublin te manque, et vous allez rentrer », ai-je expliqué comme si c'était aussi simple que ça.

S'installer dans le Kerry était le rêve de Richard. Il adorait vivre dans un bourg minuscule et sublime entouré de montagnes et de lacs. Il aimait les paysages, la lenteur de la vie, les gens, les petits pubs vieillots, les bons repas et le silence. Le Kerry l'apaisait, mais

Anne, elle, était une citadine. Elle trouvait la beauté dans l'architecture, les restaurants bondés, les lumières de la ville, le théâtre, les expos, les grands magasins. Elle aimait le vacarme, la foule, les files d'attente et même les embouteillages.

« Vous vous rendez compte qu'il n'y a pas un seul feu de circulation dans tout le bled ? s'est-elle écriée. Comment voulez-vous que je survive ? »

Nous l'avons approuvée. Cela paraissait fou. Elle a ajouté que son mari n'accepterait jamais de quitter la campagne, et qu'elle avait envie de se pendre.

« Pourquoi pas un compromis ? ai-je demandé. Vous pourriez vivre à Dublin l'hiver et dans le Kerry l'été ? »

Anne a réfléchi. « Mais l'été, ce n'est que trois mois de l'année.

— Justement ! » a lancé Clo.

Anne s'est un peu déridée et a reconnu que la région était magnifique à la belle saison. « Passer Noël là-bas ne me dérangerait pas non plus. C'est très chouette à Noël. » Elle reprenait des couleurs.

« Eh bien voilà ! ai-je lancé, pensant que la question était réglée.

— Encore du vin ? » a enchaîné Clo comme pour sceller le marché.

Mais l'expression d'Anne est redevenue grave. Elle n'était pas aussi sereine que nous. Évidemment. Les problèmes des autres sont toujours plus faciles à résoudre.

Donc nous avons bu. Nous avons bu à notre santé, au mariage de Clo et au régime d'Anne, et puis nous avons bu encore parce que pour la plupart des gens entre vingt et trente ans être un peu en surpoids est un crime mais picoler à mort est parfaitement acceptable. Les gens sont fous.

Seán est passé me chercher peu après vingt-trois heures. Anne était à demi inconsciente sur le canapé, couverte d'un plaid, un verre vide à la main. Clo a tenté de le lui reprendre, mais elle ne voulait pas le lâcher.

Clo et moi nous sommes fait nos adieux et Seán m'a accompagnée à la voiture. Une fois à la maison, il m'a préparé un café et m'a fait couler un bain. J'y suis restée un temps infini à rêvasser. Seán m'a rapporté du café. Il s'est assis par terre, adossé à la baignoire, comme le faisait John. Il m'a proposé de me frotter le dos, comme le faisait John. Il s'occupait de moi, comme le faisait John, et j'ai pris conscience que j'étais heureuse et même comblée. J'avais vingt-huit ans et je vivais en location. J'étais prof, avec un salaire minable. J'avais une voiture qui tombait en panne une fois par mois et un chat à côté de qui Roseanne Barr était un modèle d'équilibre. Mais pendant que Seán me séchait les cheveux dans une serviette, j'étais en paix. Tout allait bien.

Plus tard, au lit, nous nous sommes tournés l'un vers l'autre et je lui ai parlé de la déprime d'Anne et de sa prise de poids.

« Moi, je déménagerais sur la lune pour toi », m'a-t-il dit.

J'ai pouffé. « La lune, pas moins, hein ? Tu vois toujours les choses en grand.

— Évidemment ! »

Il m'a embrassée, et c'était toujours comme la première fois. Nous n'avions plus de préservatifs, mais nous avons fait l'amour quand même, et ensuite je suis restée étendue dans le noir, le sourire aux lèvres.

Anne est repartie pour le Kerry le lendemain. Avec la gueule de bois, mais très résolue. Richard est allé la chercher à l'aéroport. Il avait apporté des fleurs et elle lui a dit qu'il fallait qu'ils parlent. Ce qui a suivi a été une mémorable engueulade à laquelle les fleurs n'ont pas survécu. Anne voulait retourner à Dublin. Richard, rester dans le Kerry. Elle a argué que Dublin lui manquait. Lui, qu'il détestait cette ville. Il a prétendu qu'elle n'avait fait aucun effort pour s'adapter au mode de vie local. Lui s'était fait beaucoup d'amis, mais elle, de son côté, refusait de se lier aux gens. Il a ajouté que, depuis un an, ils s'étaient construit une nouvelle vie là-bas. Il ne faisait que pointer des évidences : ils avaient une maison, ils essayaient de faire un enfant et elle était d'accord pour partir vivre à la campagne. Elle a fait valoir qu'elle avait plus de difficultés que lui à se faire des amis, mais mise au pied du mur elle était incapable de donner une raison à cela. Elle lui a rappelé qu'ils avaient encore un appartement à Dublin, largement les moyens de s'acheter une maison, que de toute évidence ils n'avaient pas réussi à concevoir un enfant jusqu'à présent, et que de toute manière, il y avait des écoles parfaitement valables à Dublin. Ils ont crié, hurlé. Lui, déçu qu'elle renonce aussi vite ; elle, déçue parce que son mari était complètement aveugle à son mal-être ou s'en fichait. Richard était habitué à obtenir ce qu'il voulait et Anne à le lui donner, mais elle ne pouvait plus continuer ainsi.

À quatre heures du matin, elle a fait ses valises et est repartie pour Dublin en voiture. Richard, en se réveillant sur le canapé, a trouvé sa femme absente et une feuille de papier sur laquelle figurait un seul mot : « Choisis ».

Cela faisait maintenant deux semaines qu'Anne avait déserté Richard. Durant ce bref laps de temps, elle avait déjà perdu une taille de vêtements, ce que Clo qualifiait maladroitement de « bon côté des choses ». Moi, je m'inquiétais. De boulimique, elle était devenue incapable de garder un bol de soupe dans l'estomac. Elle s'était installée dans leur appartement de Dublin, un penthouse plus spacieux que ma maison entière, mais cela ne rendait pas sa vie plus facile. Chaque jour elle attendait un coup de fil de Richard, mais il n'appelait pas et cela l'anéantissait. Elle me téléphonait en sanglotant si fort que je comprenais à peine ce qu'elle voulait me dire.

« Je le quitte et il s'en fout ! » braillait-elle. Je tentais de positiver, mais les faits étaient là. « Quel enfoiré d'égoïste ! » rugissait-elle.

Je compatissais tout en ayant soin de ne pas abonder dans son sens, craignant qu'elle ne le retienne contre moi le jour où ils se remettraient ensemble. Les femmes sont bizarres comme ça, parfois.

« Où est-il, Emma ? » s'écriait-elle plaintivement.

Bonne question.

« Pourquoi est-ce qu'il ne peut pas faire la moitié du chemin ? »

Encore meilleure question.

« Est-ce qu'il m'aime, au moins ? »

Effrayante question.

J'aurais voulu qu'elle vienne s'installer un peu à la maison, mais elle se refusait à quitter l'appartement au cas où il appellerait. Elle semblait être au fond du trou et cela me faisait peur.

Un soir où j'essayais de la joindre, elle n'a pas décroché. Elle n'était pas sortie de chez elle depuis deux semaines et m'avait paru particulièrement déprimée la dernière fois que je lui avais parlé. Elle était peut-être sortie, mais au fond quelque chose me disait que ce n'était pas le cas. J'ai rappelé. Pas de réponse. Je commençais à avoir la trouille. Il y avait un problème, je le sentais dans la moelle de mes os. Je suis montée dans ma voiture, mais évidemment elle n'a pas démarré et Seán n'était pas là. J'ai donc appelé un taxi, mais il n'y en avait pas de libre avant une heure. C'était trop long. Comme il n'y avait pas de bus direct, je suis allée trouver Doreen.

Doreen était une ancienne infirmière. Je lui ai dit de prendre sa trousse de premiers secours et nous sommes arrivées chez Anne une demi-heure après mon premier coup de fil. Étant donné que personne ne répondait à l'interphone, nous sommes entrées dans l'immeuble avec un livreur de pizzas. Il ne nous a pas vues ou, si ce n'était pas le cas, il s'en fichait. Nous avons pris l'ascenseur jusqu'au dernier étage et j'ai sonné chez elle. Rien.

« Emma, c'est ridicule… Elle doit être chez ses parents », m'a raisonnée Doreen en s'appuyant au mur.

J'ai sonné une fois de plus et collé l'oreille à la porte. « Doreen, écoute ! » ai-je soufflé, sûre d'avoir entendu quelque chose.

Doreen a pressé son oreille contre le battant, puis m'a regardée. « La télé ? » s'est-elle interrogée avant de recoller son oreille.

Nous écoutions maintenant toutes les deux, avec la plus grande attention. Un homme qui montait dans les étages nous a interpellées.

« Je peux vous aider ?

— Non merci, ai-je dit nonchalamment en essayant de prendre un air normal.

— Je suis le gardien, il y a un problème ?

— Oui, en fait, nous aimerions entrer. Vous avez une clé ? » a demandé Doreen avec autorité, comme si elle était chez elle.

L'homme a semblé s'amuser de son audace.

« Oui, j'ai une clé, mais je ne peux pas la donner comme ça, vous comprenez bien.

— Chut ! J'entends quelque chose. C'est elle, je l'entends. »

Les mots « À l'aide ! » me parvenaient faiblement. Doreen s'est remise à écouter. Le gardien s'est approché et a cherché une place où coller son oreille, lui aussi.

Doreen s'impatientait. « Bon, écoutez, il y a une jeune femme là-dedans et nous pensons qu'elle a besoin de secours. Alors courez chercher votre clé : si on se trompe, on s'excusera et on vous dira bonne nuit, mais si on a vu juste, vous serez un héros. »

Le gardien a pesé le pour et le contre. « Une minute », a-t-il lâché avant de s'éclipser.

Lorsqu'il est revenu, nous étions certaines d'entendre Anne appeler et je lui criais à travers la porte que nous arrivions à la rescousse. Il nous a ouvert et est entré dans l'appartement. Le salon était désert et la télé allumée. Personne dans la cuisine ni dans la chambre. J'ai avancé vers la salle de bains avec Doreen, et le bonhomme nous a suivies en restant en retrait.

J'ai essayé de pénétrer dans la salle de bains. C'était verrouillé de l'intérieur.

« Anne !

— Em ! a fait une petite voix à l'intérieur.

— Anne, ouvre-moi !

— Je ne peux pas !

— Pourquoi ! ai-je demandé en me retournant vers les deux autres.

— Je me suis coincé le dos ! Je ne peux pas bouger ! »

J'ai poussé sur la porte.

« Stop ! Je suis à poil !

— C'est pas vrai ! » a marmonné le gardien. J'imagine qu'il s'attendait à passer une soirée tranquille et que secourir une résidente en tenue d'Ève n'était pas à son programme.

« Du calme, trésor. Le gardien est avec nous. Il va s'occuper de la porte ! a crié Doreen en faisant signe à l'intéressé.

— Doreen ? a gémi Anne.

— Oui, c'est moi, chérie. Tout va s'arranger.

— Mais je suis toute nue !

— Tout va bien. Je vais cacher les yeux de... C'est quoi, votre nom ?

— Jim.

— Je vais cacher les yeux de Jim quand il retirera la porte. »

Jim était dans ses petits souliers. J'ai entendu Anne grommeler quelque chose. Le gardien est reparti chercher ses outils. Doreen et moi parlions sans discontinuer à Anne. Apparemment, elle n'avait pas mangé de la journée et elle avait dû s'évanouir sous la douche. Elle était debout sous l'eau chaude, et soudain elle s'était réveillée par terre, incapable de faire un mouvement. Je me suis efforcée de la calmer, mais en vain, ce que je comprenais : avoir un accident, c'est déjà dur. Attendre les secours complètement à poil, c'était comme se faire verser du sel sur une plaie à vif.

Doreen restait optimiste. « Tu auras une bonne histoire à raconter à tes petits-enfants ! » Elle me souriait, certaine que ses paroles lui feraient du bien, mais j'en doutais, et elle s'est mise à douter aussi quand elle a entendu Anne se mettre à pleurnicher.

Jim est revenu et a entrepris de dévisser les charnières.

« Pourquoi est-ce que vous ne l'enfoncez pas directement ? ai-je demandé.

— Vous voulez que j'enfonce une porte en acajou massif ? m'a-t-il retourné avec une pointe de sarcasme.

— Ben oui. »

Anne a hurlé qu'il n'était pas question d'enfoncer la porte. Elle n'avait pas besoin de se la prendre sur la tête, ni de se prendre un gardien sur une porte lui tombant sur la tête. Doreen lui a recommandé de garder son calme. Comme il ne restait plus qu'une charnière, j'ai tenu à prendre le relais. Une fois le dernier gond dévissé, j'ai prévenu mon amie que j'étais sur le point d'entrer.

« Attends ! » s'est-elle égosillée.

Nous sommes restés pétrifiés.

« Jim ? a-t-elle appelé.

— Oui ?

— Vous pouvez partir. Merci pour tout.

— D'accord ! » a-t-il lancé, soulagé, avant de se carapater presque en courant.

« Les hommes ! a soupiré Doreen. Décidément bons à rien. »

J'ai tiré la porte et découvert la pauvre Anne les fesses en l'air et la tête sur le carrelage.

« On pourrait garer un vélo ! » s'est esclaffée Doreen.

Pas faux. Je m'étais attendue à trouver Anne

allongée par terre. Pas les genoux pliés et le derrière pointé vers le plafond. Je me suis demandé comment elle s'était débrouillée pour se retrouver dans une position aussi gênante.

« Oui, merci, Doreen », a-t-elle lâché, pas franchement amusée.

Je l'ai couverte avec un drap de bain, puis j'ai suivi les consignes de Doreen pour la hisser sur ses pieds. Elle restait penchée en avant et Doreen craignait qu'elle ait une hernie discale.

Nous avons appelé une ambulance lorsqu'il a été évident qu'Anne ne pouvait même pas se mettre en position assise. Je l'ai habillée tandis que Doreen donnait l'adresse à l'opératrice. Pendant que nous attendions, Doreen a interrogé Anne sur les causes de son accident.

« D'accord, tu as eu un vertige. Tu avais le ventre vide. Quand as-tu mangé pour la dernière fois ?

— Hier… ou peut-être avant-hier. » Anne semblait sur le point de vomir, mais c'était peut-être juste parce qu'elle était penchée en avant, le buste à l'horizontale.

« Tu dois être affamée, a noté Doreen. Si je te préparais un sandwich pour le trajet en ambulance ? »

Le regard oblique d'Anne a répondu pour elle, mais Doreen a soigneusement chassé ses cheveux de son visage et lui a parlé très doucement. « Je sais que tu es stressée et que tu passes un sale moment, ma belle, mais il faut manger… ou tu risques de finir à plat ventre, nue comme un ver ! »

Anne a marmonné quelque chose, puis vaguement indiqué qu'il devait y avoir un yaourt dans le frigo. Je l'ai nourrie à la cuiller et nous avons attendu. Les ambulanciers sont arrivés une bonne heure plus tard.

Doreen était ulcérée et n'a pas manqué de le faire

savoir. « Quelle honte ! » n'a-t-elle cessé de grommeler pendant que les hommes portaient Anne dans l'ambulance. « Et c'est là-dedans que partent nos impôts ? » a-t-elle demandé au jeune homme qui injectait un myorelaxant dans le dos d'Anne.

Il a fait mine de l'ignorer, mais elle a répété sa question jusqu'à ce qu'il soit forcé de lui répondre. « Désolé, madame », a-t-il lâché.

Cela a semblé suffire à la calmer. Je l'ai remerciée et lui ai dit que je lui donnerais des nouvelles dès que possible.

« Pas de problème, chérie. On prend un café demain matin. »

Et nous voilà parties pour l'hôpital. La piqûre permettait à Anne de se maintenir allongée, mais on voyait bien qu'elle souffrait.

Une fois que nous avons été à l'hôpital, à l'abri derrière un rideau, je suis restée pour tenir la main à Anne. Elle était en pleurs et mon cœur saignait pour elle. J'ai envisagé d'appeler Richard, mais j'ai eu peur que cela ne fasse qu'aggraver les choses. Quand le médecin est arrivé, j'ai eu un moment de répit qui m'a permis de téléphoner à Seán, lequel a compati et m'a dit de le laisser s'occuper de Richard. À mon retour, Anne somnolait.

« Je lui ai donné quelque chose pour dormir, m'a informée le médecin.

— Merci, ai-je répondu machinalement en me rendant soudain compte que j'étais crevée, moi aussi. Est-ce que ça va aller pour elle ?

— Oui, rien de grave, cependant on dirait bien qu'elle s'est déchiré un muscle. C'est douloureux, mais une semaine de repos et il n'y paraîtra plus.

— Une semaine, ai-je répété juste pour être sûre.

— Peut-être deux. » Il m'a fait un clin d'œil en partant.

« Facile à dire, mon pote. »

J'ai laissé Anne endormie dans une chambre seule. Il était plus de deux heures du matin quand je suis rentrée à la maison. Je me suis écroulée au lit et Seán m'a prise dans ses bras pour me faire un câlin.

« Tu as parlé à Richard ? lui ai-je demandé.

— Il n'était pas là. J'ai laissé un message.

— Eh merde…

— Ne t'en fais pas, il va venir, m'a affirmé Seán.

— Tu es sûr ?

— Absolument.

— Elle devient complètement anorexique, ai-je dit d'un ton coupable.

— Ça va s'arranger.

— Tu crois que c'est parce que Clo et moi lui avons dit qu'elle était grosse ?

— Ça n'a pas dû aider. » Il a soupiré. « Mais le vrai problème, c'est son couple.

— N'empêche, je vais tuer Clo. »

Là-dessus, je me suis endormie.

Le lendemain matin, Doreen a tenu parole et m'a donc réveillée dès l'aube. Nous avons bu un café ensemble et elle a paru satisfaite du diagnostic du médecin.

« Une déchirure musculaire, c'est bien mieux qu'une hernie discale, a-t-elle noté avant d'attaquer un toast.

— Sans doute, ai-je dit bien que je n'y connaisse rien. J'espère juste que ça va s'arranger entre Anne et Richard.

— Mais oui. Rien de tel qu'un accident pour rappeler aux gens ce qui est vraiment important. »

J'ai réfléchi à ce qu'elle venait de dire puis acquiescé.

« Et toi ? m'a-t-elle demandé de but en blanc.

— Quoi, moi ?

— Eh bien, miss Médium. Si tu n'avais pas été si sûre qu'il y avait un problème et si on ne s'était pas radinées là-bas, elle serait sans doute encore par terre les fesses en l'air. »

Je n'avais pas pensé à ça.

« Tu crois, vraiment ?

— Vraiment.

— Mais qu'est-ce que ça voudrait dire, alors ?

— Pose-toi la question.

— John ? ai-je soufflé.

— Va savoir, a-t-elle fait sans se départir de son sourire.

— Purée. »

Elle a hoché la tête.

« J'aimerais bien qu'il me lâche les baskets », ai-je lâché avec mélancolie. Je n'étais pas sûre d'apprécier la propension de mon ex à m'envoyer en mission comme sauveuse.

Doreen s'est esclaffée. « Ouais ! Je comprends ça. »

Elle est partie et, en me rendant au collège, je me suis demandé si John m'avait vraiment envoyé un nouveau message d'outre-tombe ou si c'était moi qui étais devenue hypersensible depuis son décès. Quoi qu'il en soit, avant sa mort je n'avais jamais été connue pour mon intuition. Je me retrouvais un peu trop souvent aux urgences de l'hôpital, depuis deux ans. En arrivant sur le parking, j'étais persuadée que John nous regardait de là-haut. Il avait vu un problème, était venu à la rescousse, et cela n'avait rien d'effrayant. Je me suis excusée auprès de lui pour ma réflexion. Je ne voulais pas qu'il me lâche les baskets. Cela me faisait plaisir de penser qu'il était peut-être encore dans les parages pour veiller sur nous. En me garant, j'ai pris conscience que je n'avais plus peur que la vie et la mort se mêlent jusqu'à ne faire qu'une. Je savais qu'il suivait son chemin, que l'on prenait soin de lui, qu'il était en paix et que je le reverrais dans un autre monde, un autre temps. Seán serait là, ainsi que Clo, Anne et Richard, et tout irait bien. Et pour la première fois depuis longtemps j'ai pensé à Dieu et à son plan, et j'ai cru en Lui. Nigel s'en serait tapé les cuisses.

Après les cours, j'ai filé à l'hôpital. Anne avait bien meilleure mine et, si elle avait encore du mal à s'asseoir, au moins elle était à l'horizontale, une amélioration notable. Mais elle était encore à bout de forces, pétrie d'angoisse, et cela m'a serré le cœur.

Clodagh est arrivée essoufflée. Elle avait dû s'échapper d'une réunion pour respecter les horaires de visite. Richard ne s'était toujours pas montré, ce qui était préoccupant. Anne s'est excusée auprès de Clo parce que, vu son état, elle craignait de ne pas pouvoir être demoiselle d'honneur à son mariage. Clo lui a dit de ne pas s'en faire pour ça. Elle était sûre qu'Anne serait remise, et dans le cas contraire Tom avait une cousine qui rentrerait dans la robe.

Seán était en contact quotidien avec Richard depuis la rupture et il apparaissait que celui-ci, comme Anne, avait l'impression d'être la victime et qu'il était tout aussi déprimé et mutique. Seán avait tenté de l'enjoindre à faire le premier pas, mais il avait mal réagi.

Il était totalement buté : habitué à ce qu'elle finisse par céder, il pensait que ce n'était qu'une affaire de temps. Depuis l'accident, Seán essayait sans succès de le joindre. Richard ignorait complètement à quel point sa femme souffrait et, apparemment, il ne s'en souciait pas. En ce qui le concernait, Anne l'avait planté, donc pourquoi aurait-il dû s'en faire pour elle ? Seán avait bien tenté de lui expliquer qu'un couple fonctionnait sur l'échange et qu'il devrait peut-être songer à lâcher un peu, pour une fois, mais Richard l'avait injurié et lui avait raccroché au nez. Seán rouspétait et m'en voulait d'avoir insisté pour qu'il s'en mêle.

Finalement, là où Seán avait échoué, c'est Clo qui a triomphé. Elle en avait par-dessus la tête de ces histoires, si bien que, deux jours après la chute d'Anne, elle est parvenue à le localiser par le biais de son assistante personnelle. Il était à Paris pour s'occuper d'un appartement qu'il louait. Il avait un problème avec des mauvais payeurs et s'était mis en tête de les expulser lui-même. Clo a appelé sa chambre d'hôtel de chez moi et lui a expliqué la situation, à sa manière unique.

« Richard, c'est Clo, ne t'avise pas de me raccrocher au nez. Richard ? Bon, voilà. Toi et Anne, vous êtes ensemble depuis la première année de fac. C'est ta femme, maintenant. Vous êtes séparés et malheureux, et nous, vos amis, on s'inquiète beaucoup pour vous deux. Alors je vais te mettre un petit coup de pied aux fesses. Tu es un sale enfant gâté et tu as toujours eu tout ce que tu voulais, mais maintenant tu es marié et ça implique des concessions. Anne est à l'hosto, elle est tombée dans les pommes à force de s'affamer – bon, je veux bien reconnaître que j'ai mes torts sur ce coup-là, mais le fait est qu'elle s'est coincé le dos. Elle est malheureuse comme les pierres, elle souffre le martyre, et toi tu es censé l'aimer. Alors bouge ton cul, rentre chez toi et fais quelque chose. Ah et au fait, à l'avenir, écoute tes messages, putain. »

Elle s'est tue et j'aurais bien voulu entendre ce que Richard lui racontait. Au bout de quelques secondes, elle m'a tendu le combiné.

« Il veut te parler. »

J'ai dit bonjour, et il m'a demandé comment allait Anne.

« Elle s'est fait très mal et ç'aurait pu être bien pire. » Je ne pense pas que j'exagérais.

Je lui ai expliqué qu'Anne avait fait tout ce qui était en son pouvoir pour le rendre heureux et qu'il était temps qu'il lui renvoie l'ascenseur. Je lui ai rappelé le bon conseil qu'il m'avait donné et dit que j'espérais qu'il écouterait le mien.

Clo m'a repris le téléphone et a ajouté : « Ne fais pas le con toute ta vie. » Sur ces mots, elle a raccroché.

« Clodagh ! » ai-je glapi. Tout se passait bien, et il avait fallu qu'elle le traite de con.

« J'en ai ras le bol de lui, s'est-elle justifiée.

— Mais bon Dieu ! Le traiter de con, tu parles d'une avancée !

— On a essayé tout le reste, et puis il faut bien appeler un chat un chat.

— Sympa. »

Elle m'a décoché un grand sourire. « Tu es trop flippée. On dirait ta mère. »

Je lui ai jeté un coussin. « Pas du tout ! » ai-je lancé, dégoûtée. Il me faut préciser que je ne sais pas bien pourquoi cette analogie me contrariait, car, en plus de l'amour filial, j'ai beaucoup d'affection pour ma mère, mais bon, c'est comme ça.

« C'est toi qui es comme ta mère, ai-je dit.

— Non, toi.

— Non, toi. »

Le débat s'est poursuivi sur ce ton jusqu'à l'arrivée de Seán, chargé des courses et d'une grande enveloppe kraft. Leonard a immédiatement sauté de la fenêtre pour le suivre dans la cuisine avec espoir. Seán lui a donné à manger avant de regagner le salon en allumant un cigare.

Clo et moi l'avons regardé.

« Qu'est-ce que tu fais ?

— Je fête un truc.

— Ah oui ? a fait Clo.

— Eh oui.

— Et quoi donc ?

— Mon livre. Il va être publié. »

Nous en sommes restées bouche bée.

« Nooon ! a soufflé Clo.

— Dingue ! » ai-je lancé en sautant sur mes pieds.

J'étais tellement surexcitée que j'ai cru que j'allais vomir. Cela m'arrivait souvent, ces derniers temps. Mon estomac était à cran. Toujours est-il que j'étais extatique. Seán sautillait sur place. Je me suis accrochée à lui et j'ai fait pareil.

« C'est génial ! s'est exclamée Clo, sincèrement ravie.

— Il sera peut-être en librairie dès Noël, a-t-il fièrement précisé en me serrant dans ses bras.

— Je pourrais m'occuper des relations presse ! a braillé Clo. J'adorerais faire un lancement de livre ! »

J'ai éclaté de rire tant Clo était accro à son métier. Seán dansait en tirant sur son cigare, oubliant que ce n'était pas une cigarette. Cinq minutes plus tard, il était verdâtre et nauséeux.

Clodagh est partie peu après. À la porte, je me suis demandé à voix haute si nous avions bien fait d'appeler Richard. Elle m'a certifié que oui et m'a suppliée de ne pas me gâcher la soirée à m'inquiéter alors que nous avions une si bonne nouvelle à fêter. Elle avait raison.

Notre coup de fil avait payé. Moins de cinq heures plus tard, Richard était au chevet d'Anne avec le papier sur lequel elle avait écrit « Choisis ». Le mot était barré, et en dessous il avait noté : « Toi ». Un vrai moment de cinéma, mais au lieu de lui tomber dans les bras (soyons réalistes, elle n'était pas en état de faire ça), elle est restée droite dans ses bottes (ou du moins droite sur son lit). Il fallait qu'ils engagent des changements dans leur couple, et soit ils régleraient les problèmes, soit elle s'en irait. Ils ont parlé pendant des heures et, pour la première fois, Richard a écouté sa femme. Elle a détaillé tout ce qui la dérangeait, et la liste s'est révélée très longue. Il a reconnu qu'il s'était comporté comme un crétin et s'est même excusé. Il n'avait jamais eu l'intention de la faire souffrir et il reconnaissait que sa chute lui avait fait très peur. Il avait pensé que s'il restait ferme elle reviendrait, mais pour la première fois de sa vie il se rendait compte que le monde ne tournait pas autour de lui. Ils ont discuté jusqu'au petit matin et ont fini par convenir qu'ils essaieraient de vivre à Dublin la majeure partie de l'année. Richard cédait aux desiderata de sa femme et, malgré son état, elle était euphorique. L'égalité, enfin !

22

Bleu

J'ai ouvert les yeux à sept heures du matin. Le réveil n'avait pas encore sonné et cela ne me ressemblait pas d'être debout avant l'heure. Je ne tenais pas en place alors que Seán, lui, dormait paisiblement. J'ai failli le secouer pour discuter de l'enterrement de vie de jeune fille d'Anne, mais je me suis ravisée. Il m'a trouvée dans mon bain une demi-heure plus tard et m'a demandé si je voulais qu'il me prépare un petit déjeuner, mais cela ne me disait vraiment rien. Il m'a alors proposé de me frotter le dos, car j'avais mal partout. En me levant, j'ai eu un petit vertige. Alors qu'il me tendait une serviette, il a remarqué que j'étais pâle. Il m'a aidée à sortir de la baignoire et s'est inquiété, mais je lui ai dit que ce n'était rien, que l'eau était un peu trop chaude. J'ai voulu me forcer à manger un toast, mais le seul fait de le voir m'a levé le cœur.

Par pitié, faites que ce ne soit pas la grippe, ai-je prié en montant en voiture. Clo enterrait sa vie de jeune fille le soir même et il était inenvisageable que je n'y sois pas. Je suis partie pour le collège en espérant que, si c'était la grippe, tous mes élèves l'aient aussi. Ce n'était pas le cas.

Zut, ai-je pensé en me préparant à affronter trente gamins chahuteurs.

Declan est venu me voir après le cours.

« Est-ce que ça va ? m'a-t-il demandé.

— Très bien, ai-je répondu en souriant, d'autant plus que je me sentais un peu mieux.

— Vous êtes malade ?

— Non.

— Hmmm.

— Qu'est-ce que ça veut dire, "hmmm" ? »

Il a indiqué mon visage. « Vous êtes verdâtre.

— Tu te destines à faire médecine, Declan ?

— Non. Plus tard, je serai manager de groupes de musique, je les ferai bosser comme des chiens, je gagnerai des millions et je prendrai ma retraite à trente-cinq ans. » Il s'est penché vers moi d'un air malicieux. « Vous avez déjà entendu chanter Jackie Lynch, qui est en troisième ? »

J'ai reconnu que non.

« Une bonne voix, et elle n'est pas désagréable à regarder, en plus. Un peu de maquillage, les fringues qui vont bien et on pourrait faire d'elle un vrai petit canon. » Il a ajouté que c'était dommage que je n'aie pas dix ans de moins.

J'ai laissé filer parce qu'il m'amusait beaucoup et qu'à vrai dire, quand j'étais au fond de la déprime et avant Seán, il y avait eu des jours où j'avais trouvé bien dommage qu'il n'ait pas dix ans de plus.

Je l'ai regardé partir en me demandant dans combien de temps j'allais le revoir dans un magazine. À l'heure du déjeuner, j'étais bien ragaillardie. J'ai mangé, ce qui a été une grosse erreur. J'ai très vite régurgité mon déjeuner, mais l'après-midi je me sentais de nouveau mieux. Il était maintenant évident que je couvais une sorte de gastro, et j'ai prié pour qu'elle attende le lendemain avant de se déclarer.

Seán, qui était rentré avant moi, m'attendait à la porte, un bouquet de ballons dans une main, une boîte de mes chocolats préférés dans l'autre et une rose entre les dents. J'ai éclaté de rire.

« Alors ? »

Il a dû recracher sa rose pour parler. « Ils me font un contrat sur deux livres, avec un droit de préférence pour quatre ! » m'a-t-il annoncé, radieux.

J'ai poussé un cri de joie. « Oh là là, mais tu sais que tu es génial, toi ?

— Je sais ! »

Je lui ai sauté au cou. Il a lâché les ballons et les chocolats, pour la grande joie d'un Leonard amaigri et affamé, et, pendant que nous nous arrachions nos vêtements, le chat s'est employé à déchirer les emballages avec les dents. Nous avons fêté l'événement au champagne et au lit de cinq à huit heures, puis j'ai dû le quitter pour la soirée de Clo. Cela ne le gênait pas, de toute manière nous avions tout le week-end pour continuer les réjouissances. La bonne nouvelle était que je me sentais en grande forme, pleine d'amour et de champagne, prête à bambocher. Clo n'avait pas voulu nous confier l'organisation de son enterrement de vie de jeune fille, prétendant que nous allions faire n'importe quoi. Elle s'était chargée de tout, en nous prévenant que toute copine se pointant avec un zizi mécanique ou en plastique serait virée sur-le-champ. Pas de perruques, pas de chaîne et de boulet, pas de couronnes, pas de tee-shirts, pas de gâteaux phalliques. Ce serait une soirée entre femmes, passée à danser, se piquer la ruche et faire une fiesta d'enfer. Nous étions dix, toutes en petite robe noire, cheveux crêpés, maquillage exagéré et talons hauts. Nous sommes entrées dans le premier pub, avons fait la queue au bar et bu une tournée de shots, puis une autre. La troisième était offerte par la maison.

Nous avons pris une table et siroté des cocktails en parlant de Posh Spice, de diamants, de spas, du fisc, de vacances aux Caraïbes, des hommes, de Clinton, du sexe au téléphone, du *Loft*, des frasques de Kid Rock et Pamela Anderson, de la Palestine, de Nostradamus, de bébés, de mariages, de Clo et de l'avenir. Elle était radieuse, ivre, et elle s'amusait comme une folle. Nous sommes ensuite allées danser en boîte pendant des heures – Anne, qui avait encore mal, est restée dans un coin à onduler vaguement –, et nous avons fini la soirée dans un club où nous avons joué au billard et fumé des cigares, affalées sur des canapés, buvant encore, tombant des canapés, après quoi nous recommencions à boire en espérant que personne ne nous avait vues tomber.

À quatre heures, la direction nous a appelé des taxis.

Anne allait nettement mieux, elle était encore un peu raide, mais elle se détendait avec l'alcool. Clo l'a aidée à monter dans son taxi, craignant que les festivités n'aient été un peu intenses pour elle, mais Anne était catégorique : c'était une soirée de fête et elle ne comptait pas en rater une minute. Richard n'étant pas là, elle nous a invitées chez elle pour trinquer encore une fois. Elle a rempli nos verres, et nous les avons levés. Elle se tenait debout, car elle avait encore du mal à rester longtemps assise.

« On te souhaite tout le meilleur et encore plus ! » a-t-elle lancé, et nous avons trinqué.

Clo a voulu porter un toast. « Aux nombreux hommes dont j'ai refusé les avances ce soir et aux nombreux hommes dont je refuserai les avances pour le restant de ma vie ! Bonne chance à tous !

— Bonne chance à tous ! » avons-nous clamé en chœur.

Pour ma part, je n'ai pas porté de toast – j'étais trop occupée à picoler. Anne s'est installée confortablement par terre, en buvant à la paille pour ne pas avoir à bouger la tête. Nous sommes restées jusqu'à six heures du matin à nous remémorer le passé, nos années d'adolescence, la fac, notre été aux États-Unis, les gens que nous avions rencontrés, ceux que nous avions perdus en route. Clo m'a rappelé mon mariage idéal : John m'attendant devant l'autel, George Michael chantant à la noce. Cela m'a fait rire. Maintenant, c'était Seán qui figurait dans mes rêveries, et George Michael n'était plus dans le tableau. C'est drôle, comment tourne le monde, comment nous gagnons et perdons, sans jamais savoir ce qui nous attend alors que nous ne cessons de faire des projets. Comment nous survivons et continuons d'avancer. Une certaine tristesse apparaît avec la survie, mais aussi des bonheurs nouveaux. Nous étions d'accord pour reconnaître que Clo avait mérité le sien. Elle méritait le meilleur parce que pour nous elle était la meilleure, la plus intelligente, la plus drôle et la plus fidèle, et Tom était quelqu'un de bien, et même si, toutes les trois, réunies là ce soir, nous avions compris depuis longtemps que la vie n'est pas un long fleuve tranquille, nous savions aussi que nous trouverions toujours le réconfort les unes auprès des autres, et après tout n'est-ce pas à cela que servent les enterrements de vie de jeune fille ?

Le lendemain, j'avais si mal au crâne que la douleur m'évoquait une bombe explosant entre mes tempes. Je souffrais à tel point que je me suis demandé si je n'étais pas en train de faire une rupture d'anévrisme. J'ai envisagé de retourner à l'hôpital. Je connaissais la route. Je suis restée couchée, un linge froid soigneusement posé sur les yeux, en gémissant pour vérifier que je n'avais pas perdu le don de la parole. Que je sois malade n'était pas surprenant. J'avais bu mon propre poids en alcool. En revanche, cette gueule de bois d'anthologie avait un effet secondaire inhabituel : mes seins me faisaient mal. Ils me semblaient plus gros que d'habitude et extrêmement sensibles. J'ai déboutonné mon pyjama : mes tétons étaient entourés d'un liseré brun.

Intéressant.

Seán était au bureau en train de rattraper du travail en retard, comme souvent le dimanche. J'étais seule avec Leonard, qui se livrait à une compétition de regards menaçants avec le chat de la vieille Mme Jennings, la voisine d'en face. Il était quatorze heures passées quand je suis sortie de mon lit. J'ai vomi, et je me suis immédiatement sentie moins barbouillée. Cependant, mon crâne résonnait encore quand Doreen est passée pour que je lui raconte la soirée. Elle a préparé du thé pendant que je me faisais une joie de lui décrire ma gueule de bois par le menu. Elle n'a pas eu l'air trop inquiète.

« Bah, tu l'as bien cherché.

— Merci beaucoup, Doreen.

— Oui, bon, quel âge as-tu ? Franchement, Emma, parfois je me pose des questions sur ta génération. »

J'ai commencé à me demander pourquoi je prenais la peine de lui parler. Je lui ai fait une grimace, et elle a ri. « C'est pas drôle. Je devais corriger des copies, aujourd'hui. Je n'y vois pas clair. J'ai envie de gerber. » Puis, allez savoir pourquoi, j'ai ajouté : « Et le plus bizarre, c'est que j'ai mal aux seins.

— Mal comment ?

— C'est sensible quand j'appuie dessus, quoi.

— Sensible comment ?

— Oh mais bon sang, ça me fait mal, quoi !

— Quoi d'autre ? »

Je me suis demandé si je devais mentionner les liserés bruns. Puis je me suis dit que je ne pourrais plus le faire quand je serais dans le coma, et que c'était peut-être essentiel.

« J'ai des cercles bruns autour des aréoles. »

Cette déclaration a été accueillie par un silence qui ne ressemblait pas à Doreen. « Des cercles bruns, a-t-elle répété d'une voix lourde de sous-entendus.

— C'est bizarre, non ? » Je me demandais si c'était un effet retard des cabines de bronzage que j'avais fréquentées à vingt ans.

« Tu t'es sentie comment, ces derniers jours ?

— Bien, ai-je dit sans réfléchir. Euh, en fait non, pas si bien que ça. La semaine dernière j'ai cru que j'avais mangé quelque chose d'avarié, et hier j'avais l'impression de couver une grippe. Et j'avais la tête qui tournait…

— Des vertiges, a-t-elle soupiré.

— Eh bien quoi ?

— Enfin, Emma, ça crève les yeux ! »

Je ne voyais pas ce qui crevait les yeux.

« À quand remontent tes dernières règles ? »

J'ai commencé à comprendre où menait cette conversation, et j'aurais ri si cela ne m'avait pas fait si mal au crâne. « Je ne sais pas, un mois ?

— Un mois ?

— Je sais à quoi tu penses, mais ça ne veut rien dire. Je suis plus irrégulière qu'un bus dublinois. »

C'était vrai. Adolescente, j'avais de la chance quand j'avais mes règles six fois dans l'année. Je m'étais régulée passé la vingtaine, mais ensuite John était mort et depuis c'était n'importe quoi.

« Emma, malgré tes irrégularités, tu ne veux pas faire un test de grossesse ? » Mon historique menstruel ne semblait pas la convaincre.

« Bien sûr que non.

— Je pense que tu devrais. »

Je n'avais vraiment pas besoin d'entendre cela, surtout aujourd'hui. « Je t'assure, Dor, il n'y a pas de problème.

— Je ne dis pas qu'il y a un problème, ma belle, juste que tu pourrais bien être enceinte. Les taches brunes, c'est un signe qui ne trompe pas. »

Elle devait aller voir son fils jouer au foot et elle est partie en me recommandant de faire un test. Je suis restée sur le canapé à essayer d'oublier cette conversation. À seize heures, je n'y tenais plus.

Je suis montée en voiture, je me suis rendue à la pharmacie la plus proche et j'ai acheté de l'aspirine. Et un test de grossesse.

Et c'est reparti.

En rentrant, j'ai constaté que Seán n'était toujours pas de retour du bureau. Je suis allée dans la salle de bains, j'ai ouvert la boîte, je me suis débattue avec l'emballage en papier alu et j'ai fait pipi sur le bâtonnet.

Trois minutes.

J'avais la tête complètement vide et j'ai imaginé que c'était dû au fait que j'avais tué des millions de mes neurones au cours de la nuit précédente.

Deux minutes.

Nom d'un chien, cette minute était passée vite.

J'ai songé à Seán et souri parce que, même si j'étais malade comme un chien lorsqu'il était parti ce matin, il avait réussi à me faire rire, je ne savais même plus comment.

Une minute. Mon Dieu, ça file.

Je me suis demandé comment il le prendrait si j'étais enceinte, mais juste en passant. Étrangement, je n'arrivais pas à être inquiète.

Curieux.

J'ai regardé ma montre. Trois minutes s'étaient écoulées. Je n'ai pas traîné. J'ai retourné le bâtonnet, et découvert la plus grosse ligne bleue que j'aie jamais vue. Je suis restée à la regarder, fascinée, pendant un long moment.

Je suis enceinte.

J'ai pris le temps d'absorber la nouvelle. L'onomatopée « waouh » serait la plus adaptée pour décrire ce que je ressentais. En toute logique, j'aurais dû paniquer. Soyons honnête, il est de notoriété publique que j'ai une propension à la panique, mais en cette occasion mémorable j'étais complètement détendue. Je me sentais maître de la situation, heureuse, puis je me suis rappelé que j'avais bu comme un trou la nuit précédente. Cela m'a légèrement perturbée, mais pas plus que ça. J'avais connu une fille à la fac à qui il avait fallu six mois avant de se rendre compte qu'elle attendait un enfant, et elle avait joyeusement picolé pendant tout ce temps. Le petit était arrivé intact et en parfaite santé. Une soirée n'allait pas lui faire grand mal, et je veillerais à ce que cela ne se reproduise pas.

Je suis enceinte.

J'ai téléphoné à Doreen et elle est arrivée presque avant que j'aie raccroché.

« Je te l'avais dit ! a-t-elle lancé en m'embrassant. Est-ce que ça va ? » Elle s'est reculée et a écarté mes cheveux de mon visage pour que je ne puisse rien lui cacher.

« En dehors d'une foutue migraine, ça va.

— Oh, c'est formidable ! »

Elle avait raison. C'était formidable.

« J'adore les bébés. Leur odeur, leurs petits pieds, leur petit corps quand ils s'endorment sur ta poitrine… Oh, ils me manquent, mes bébés », s'est-elle lamentée.

Je souriais si fort que je commençais à avoir mal aux joues. J'allais avoir un bébé et je m'en faisais une joie. Elle a failli m'étouffer en me serrant dans ses bras. Elle m'a préparé quelque chose à manger alors que je lui assurais que je n'avais pas faim. Elle ne voulait rien savoir – apparemment, je devais désormais manger pour deux. Je lui ai quand même demandé comment annoncer la nouvelle à Seán. En me rendant compte que je ne lui en avais pas encore parlé, j'ai culpabilisé qu'elle soit la première au courant.

« Des cercles bruns autour des aréoles ! J'ai su avant toi, andouille ! »

Pas faux. Elle riait toujours.

Quelle patate je fais !

Il était plus de sept heures du soir quand Seán est enfin rentré. Je regardais *Tournez manège*, vautrée sur le canapé, en espérant que le numéro 2 gagnerait. Seán s'est laissé tomber à côté de moi, content de voir que j'étais suffisamment remise pour être curieuse de savoir avec qui la pétasse en imprimé léopard allait passer une journée au parc d'attractions de Scarborough. Je ressentais un peu d'appréhension, mais pas autant que j'aurais dû. Il a pris la télécommande et changé de chaîne.

« Tu as mangé ? ai-je demandé sans réfléchir.

— Oui, j'ai acheté un truc sur le chemin du retour. »

Je me suis concentrée sur la télé. Madonna chantait les joies du sexe.

Il s'est levé. « Tu veux une bière ?

— Non merci », ai-je répondu aimablement.

Il est parti vers la cuisine et je me suis demandé quand j'allais le lui dire. C'est difficile à expliquer, mais tous les sentiments que je m'étais attendue à éprouver, comme la stupéfaction ou la peur, étaient tout simplement absents. J'avais envie de savoir comment il prendrait la nouvelle, mais quelque chose au fond de moi m'empêchait de m'en faire. Décidément, cela ne ressemblait pas du tout à mes réactions habituelles et ce seul fait aurait dû m'alarmer, mais je flottais dans un état bizarre, en pleine béatitude.

Il est revenu avec sa bière et s'est assis en posant ses jambes sur mes genoux. Il m'a lancé un clin d'œil et j'ai souri.

« J'ai fait un test aujourd'hui.

— Ah oui ? » a-t-il lâché en regardant la télé. Une jeune animatrice blonde commentait le top cinquante avec enthousiasme.

« Oui, ai-je dit en admirant *in petto* les bottes de la blonde.

— Quel genre de test ? » Lui admirait probablement son décolleté.

« Un test de grossesse. »

Il a avalé sa bière de travers ; de la mousse est ressortie de sa bouche et a coulé sur son menton. Il a vivement tourné la tête vers moi.

« J'étais barbouillée ces derniers temps.

— Je sais, et... ? » Il ne semblait pas alarmé, ni même tellement surpris : juste curieux, comme s'il y avait peut-être une bonne nouvelle à la clé.

« C'est Doreen qui m'a conseillé de faire le test. »

Il n'a pas bronché. « Et ? » Il n'était vraiment pas du genre à tourner autour du pot.

« Et elle avait raison.

— Raison ? » J'ai vu ses yeux se mettre à briller.

« Je suis enceinte », ai-je dit sans pouvoir m'arrêter de sourire parce que je connaissais son visage, je connaissais ses yeux, et je savais qu'il était heureux.

Il a posé sa bière. « Tu es certaine ? a-t-il insisté, et l'appréhension que j'entendais dans sa voix était une appréhension pleine d'espoir.

— C'était bleu. » L'émotion emplissait ma voix.

Mes yeux se sont emplis de larmes, mais c'étaient des larmes de joie.

Il a pris mon visage entre ses mains. « On va avoir un bébé ? » J'ai songé un instant à lui mettre ça par écrit.

« Euh, j'espère que ça ne sera pas deux, ai-je plaisanté.

— Je vais être papa ! » Il était très ému, et nous nous sommes fait un gros câlin. « Je vais être papa ! » a-t-il répété, après quoi nous avons tous les deux pleuré comme des bébés, ce qui était ironique étant donné que j'en avais un dans le ventre.

Un peu plus tard, nous sommes montés, j'ai fait un second test, juste pour m'assurer que c'était bleu comme la première fois, et nous sommes restés assis par terre dans la salle de bains, à regarder cette ligne bleue en rêvassant sur tout ce qu'elle signifiait. Ce soir-là, nous nous sommes couchés dans les bras l'un de l'autre pour faire des projets. Nous allions certainement devoir demander un prêt à la banque, et ce ne serait pas un problème. Nous avions des emplois stables et quelques économies. Nous avons décidé de ne rien dire à personne, du moins pas avant le troisième mois, et puis de toute manière Clo se mariait et nous ne voulions pas lui voler la vedette. Pour ce qui était de Doreen, on pouvait lui faire confiance, tant que nous l'empêchions de voir qui que ce soit. Beaucoup de gens perdaient leur bébé au cours du premier trimestre, mais c'était inutile d'y penser. Nous le voulions, cet enfant. Nous n'en avions pas pris conscience, mais à présent il était évident que c'était la meilleure chose qui pouvait nous arriver.

La joie que je ressentais comblait et réparait mon cœur naguère affaibli.

Bien sûr, nous avons pensé à John – comment aurions-nous pu l'oublier ? J'ai raconté à Seán le test que j'avais fait le jour de sa mort et pour la première fois je me suis avoué, et à lui aussi, à quel point j'étais mal à ce moment-là. Mais maintenant, c'était différent. Nous étions plus grands et plus sages. Nous étions mieux préparés et plus forts. Cela ne voulait pas dire que je n'avais pas aimé John, simplement que je n'étais pas prête à l'époque. Je n'étais pas fière de moi, mais Seán m'a serrée fort et mes remords se sont envolés.

« Je t'aime, lui ai-je dit.

— Moi aussi, maman, s'est-il moqué.

— Bon alors, sérieusement, t'as pas intérêt à commencer à m'appeler maman. »

Seigneur, je suis tellement excitée que j'ai envie de faire pipi !

23

De l'amour, un mariage, un bébé

Il était neuf heures et demie et Clo se mariait ce jour-là. J'étais à genoux dans la salle de bains de notre chambre d'hôtel, en train de rendre tripes et boyaux. Je me suis essuyé la bouche et j'ai maudit Seán et ses spermatozoïdes frétillants. J'étais demoiselle d'honneur, ce qui était embêtant, car mon dernier essayage remontait à deux semaines et du coup la robe allait me boudiner. Mon Wonderbra devenu inutile était relégué dans un tiroir, et je me suis demandé un instant si je pourrais me faire une gaine avec une grande culotte. Malheureusement, la coupe ultramoulante de la robe interdisait toute culotte, quelle que soit sa taille. Je me suis coiffée, maquillée, et je me suis dandinée jusqu'à la cuisine, où Seán, magnifique dans son costard, préparait le petit déjeuner.

L'enfoiré.

J'avais tenu parole et je n'avais rien dit à personne,

ce qui s'était révélé plus difficile que je ne l'imaginais, d'autant qu'apparemment tout mon entourage avait remarqué que je prenais de l'embonpoint. Je n'avais pas l'air enceinte, juste grassouillette. Clodagh avait retourné les robes de demoiselles d'honneur à la boutique, craignant qu'Anne continue de s'affamer pour être sûre d'entrer dans la sienne. Elle avait choisi un modèle et engagé une couturière, à qui mes changements de silhouette continuels n'avaient pas échappé, chaque essayage me faisant l'effet d'un contrôle sadique. Pendant que je prospérais, Anne dépérissait et la pauvre Clodagh et son infatigable couturière désespéraient de plus en plus. La robe était en satin, outrage supplémentaire pour mes hanches en expansion. J'avais joué un instant avec l'idée de me désister, mais je m'étais finalement résignée à faire mon devoir, grosse ou mince.

Maintenant, je tirais sur ma seconde peau lustrée en me demandant comment j'allais faire pour respirer après le repas. J'ai affecté un air guilleret.

Seán a pouffé. « Tu es superbe.

— Tais-toi, toi. J'ai l'air d'une truie.

— J'ai toujours eu un faible pour le bacon. » Il a fait semblant de flairer l'air et, même si c'était puéril, je n'ai pas pu m'empêcher de rire avec lui. Soudain, j'avais faim, et Seán était si appétissant que j'ai eu une atroce envie de le déshabiller, de lui sauter dessus et de le mettre par terre. Je me suis demandé si mon état ne me rendait pas un tantinet bizarre.

La messe de mariage se déroulait parfaitement. Clo était sublime, toute de soie blanche et peau mate, long voile et sourire inamovible. Tom, l'estomac noué par le stress, s'est détendu en la voyant. Les vœux ont été échangés sans incident. Ils ont allumé le cierge et l'église n'a pas brûlé. La chanteuse a chanté au bon moment, et très bien. Tout se passait à merveille. Je me tenais près de l'autel, à côté de la mariée. Il faisait chaud, ma robe commençait à me serrer, j'avais mal aux pieds et la tête me tournait. J'avais besoin de m'asseoir, mais le curé était bavard.

Tiens bon encore cinq minutes. Ne tombe pas dans les pommes. Ne tombe pas dans les pommes. Allez, ne tombe pas dans les pommes.

Je transpirais et ne comprenais rien à ce que baragouinait le prêtre, mais ça devait être quelque chose de bien, car l'assemblée a applaudi. Clo et Tom ont commencé à descendre les marches de l'autel et le reste de la noce a suivi. Le photographe mitraillait l'heureux couple.

Descends ces quelques marches, c'est tout, me suis-je dit.

Malheureusement, ma chance a tourné. Juste au moment où le photographe s'écriait « *Cheese !* », je me suis effondrée. Je me suis réveillée à plat dos, avec le prêtre, les mariés et Seán penchés sur moi.

« Pardon, ai-je bredouillé en essayant de me lever. Il fait chaud dans cette église. » Seán m'aidait à me hisser sur mes pieds lorsque le dos de ma robe s'est déchiré. L'assemblée est restée silencieuse tandis qu'on m'accompagnait jusqu'à une porte latérale, une veste accrochée autour de la taille. L'air frais m'a fait du bien, mais la robe, elle, était irrécupérable. Clo et Tom s'agitaient autour de moi, mais je les ai suppliés de retourner à leur noce.

« Je vais bien, je vous assure. Pardon, pardon. »

Clo m'a souri. « Tu ferais vraiment n'importe quoi pour attirer l'attention, Em. »

J'ai ri et assuré que rien ne pourrait lui voler la vedette. J'étais sincère. Elle était vraiment très belle, la journée se passait à merveille et mon malaise n'était qu'un micro-incident qu'il fallait oublier au plus vite. Ma gêne l'a amusée et elle a convenu avec Seán que le mieux était que je rentre tout droit à l'hôtel. Une fois dans notre chambre et débarrassée de ce qui restait de ma robe, je me suis sentie bien mieux. Je me suis regardée dans la glace : tout paraissait un peu plus gros que ce matin. Je n'étais pas sûre que ce soit dû uniquement à mon imagination. Seán, étendu sur le lit, attendait que je l'y rejoigne.

« Il faut que tu t'allonges, me répétait-il sans cesse.

— Est-ce que je suis grosse ?

— Non ! Je te l'ai dit, tu es magnifique. »

J'ai soupiré.

Son sourire s'est mué en grimace soucieuse. « C'est ça, le problème ? Tu ne fais pas un régime, quand même ? Tu sais que tu ne peux pas faire ça quand tu es enceinte. »

Je l'ai rejoint sur le lit. « Non, bien sûr que non. Si j'étais au régime, je n'aurais jamais mangé un demi-seau de *chicken wings*, une grosse frite et un supplément de beignets d'oignons hier soir, pas vrai ? »

Il a dû réfléchir un instant avant de se ranger à mon argument. Il avait retiré sa chemise. Il faisait chaud dans la chambre, sa peau était moite, et l'ambiance en général était bouillante. Je me suis soudain sentie totalement guérie. Je l'ai embrassé, il a souri et je l'ai encore embrassé en défaisant sa ceinture. Son sourire s'est élargi et je me suis soudain retrouvée sur le dos, délivrée de ma douleur aux seins. Nous nous étions déplacés contre le mur lorsque Anne et Richard ont fait irruption dans la chambre. Nous ne nous en sommes aperçus que quand Anne a poussé un grand cri. Richard a prononcé un délicat « Oups, pardon » et l'a poussée dehors. Heureusement pour moi, Seán faisait écran, ce qui était une bonne chose. J'aurais été morte de honte si Richard avait vu mes nouveaux nénés énormes. Nous avons entendu la porte se refermer, nous sommes regardés et avons éclaté de rire. Seán s'est inquiété un instant qu'Anne ait aperçu ses fesses, mais quand je lui ai rappelé que tout le monde les avait vues à l'occasion de la victoire de l'Irlande contre l'Italie lors de la coupe du monde 94, il s'est détendu. Nous nous sommes rhabillés. Il a remis son costume. J'ai enfilé une robe en jersey noir, merveilleusement extensible.

Nous sommes tombés sur Richard et Anne dans le hall.

« Alors, ça va mieux ? m'a demandé Anne avec malice.

— Oui, merci », ai-je bafouillé en rougissant.

Richard et Seán sont allés au bar. J'ai commandé de l'eau. Anne, quelque chose de plus fort.

Les mariés sont arrivés peu après. J'avais raté la séance de photos devant l'église, heureusement Clo s'en fichait. Je me suis excusée pour la robe, mais elle n'en avait cure. Elle était euphorique, aussi rayonnante que J-Lo. Elle était juste contente que je sois remise. Anne n'a rien dit et je lui en ai su gré. Le photographe nous a fait signe et nous avons posé devant l'objectif, échangeant nos places avec les beaux-parents, les pièces rapportées, les amis et les proches jusqu'à ce que notre devoir photographique soit accompli et que l'heure du repas ait sonné – à ma grande joie, car j'aurais dévoré un bœuf de concours. Les plats sont arrivés et repartis. Les discours ont été hilarants. Rupert, le frère de Tom, a réussi à se montrer chaleureux, et même un peu drôle, et je me suis demandé si je l'avais mal jugé à l'hôpital – après tout, à ce moment-là il s'inquiétait pour son frère qui était sur le billard. Puis il a raconté une blague sur les femmes et leur absence de cerveau, et j'ai conclu que ma première impression avait été la bonne. La mère et le beau-père de Clo, tout fiers, riaient aux histoires que les autres racontaient sur leur fille.

Après le repas, Anne, Clo et moi sommes montées dans la suite nuptiale. Clo était en train de se maquiller. Anne arrangeait sa robe et je me suis éclipsée aux toilettes pour vomir un petit coup. J'ai allumé les robinets afin de couvrir le bruit, mais c'étaient des robinets de luxe : gros débit, bruit minimal. J'ai eu un spasme, puis un autre, un autre, un autre et encore un autre. J'ai entendu des voix derrière la porte. J'ai bruyamment régurgité, et elles se sont tues.

« Em ? »

C'était Clo.

« Oui ? ai-je articulé d'une voix aussi claire que possible.

— Ça va ? »

J'ai voulu dire « super », mais je n'ai pu aller que jusqu'à « su… » avant de dégobiller une nouvelle fois.

Anne était à la porte. « Ouvre-nous, Emma ! a-t-elle crié sur un ton théâtral.

— C'est ouvert », ai-je répliqué, la tête dans la cuvette.

Elles sont entrées avec des grimaces inquiètes. Clo avait l'air terrifiée.

« Oh non, tu as pris les moules en entrée ?

— Oui, délicieuses, ai-je répondu depuis la cuvette.

— Purée, elles ne devaient pas être fraîches ! La moitié de la noce a pris les moules ! » s'est-elle écriée.

J'ai voulu la rassurer, mais j'avais la bouche pleine. Clo était au bord des larmes. Anne était muette. J'ai senti que la crise dans mon estomac était terminée.

Oh, quel soulagement !

Je me suis passé de l'eau sur le visage en démentant catégoriquement l'hypothèse de l'intoxication alimentaire. Les deux filles me lorgnaient avec attention.

« Emma, tu as pris de la drogue ? » m'a demandé Clo avec le plus grand sérieux.

J'ai pris le temps de me relever du lavabo avant de me retourner pour la regarder bien en face, juste pour vérifier qu'elle ne plaisantait pas.

« Quoi ?

— Écoute, d'abord tu tombes dans les pommes, ensuite tu baises comme un lapin, et maintenant tu vomis. Tu te rappelles la fois où j'ai pris de la coke ? Tout pareil.

— Je ne suis pas sous coke », ai-je protesté, gênée que Clo soit au courant que j'avais séché la séance de photos pour aller m'envoyer en l'air contre un mur à l'hôtel. « Je me sentais mieux », ai-je piteusement ajouté.

Clo a réfléchi pendant une fraction de seconde. « Bon, d'accord, a-t-elle concédé gaiement. Donc ce n'est pas la coke, et ce n'est pas une moule pas fraîche. »

J'ai reconnu que ce n'était ni l'une ni l'autre.

« Donc quand est-ce que tu vas nous annoncer que tu es en cloque, Em ? »

J'ai soufflé de soulagement.

« Maintenant, ai-je fait d'une petite voix, sans savoir s'il fallait rire ou pleurer.

— Tu es enceinte ! a glapi Anne.

— De trois mois. »

Clo a répété « Putain ! Pu-tain ! » un certain nombre de fois, avant de me demander si j'en étais sûre.

« Certaine. J'ai fait le test. »

Anne a précisé que les tests n'étaient pas sûrs à cent pour cent mais a paru satisfaite quand j'ai dit que j'en avais fait deux, suivis d'une consultation gynécologique qui avait confirmé mon état. Anne a demandé si Seán était au courant, ce à quoi j'ai répondu que oui, et qu'il était aussi heureux que moi. Clo m'a embrassée mais je l'ai repoussée, redoutant de mettre du vomi sur sa robe. Elle a ri et Anne m'a serrée dans ses bras, balayant mes craintes. Je me suis accrochée à elle, réconfortée par sa réaction positive.

Combien de livres sur la grossesse Anne et Richard ont-ils lus et combien d'efforts leur faudra-t-il encore pour arriver là où Seán et moi nous sommes retrouvés par accident ?

« Je suis ravie pour vous », a-t-elle dit généreusement, et quand elle s'est reculée son sourire était sincère, même s'il était difficile de ne pas voir que ses yeux brillaient dangereusement.

Clo sautillait sur place. « Je vais être tata ! »

Anne et moi n'avons pas osé discuter. Nous avons

fini de nous maquiller et nous sommes parties pour la soirée.

Seán et moi étions sur la piste en train de danser un slow sur du George Michael. Il me tenait contre lui et je sentais le regard d'Anne me brûler le dos. Elle voulait que je lui avoue que j'avais craché le morceau, pour pouvoir lui sauter au cou puis m'entraîner dans un coin pour parler de bébés toute la soirée. J'avais supplié mes amies de se taire mais savais que cette directive serait exceptionnellement difficile à suivre pour Anne. Cela dit, Seán et moi avions convenu d'annoncer la nouvelle à nos parents d'abord, et j'avais promis de tenir ma langue jusque-là. Par ailleurs, j'avais promis à Anne de mettre Seán au courant que Clo et elle étaient désormais dans le secret. Cela devenait un peu compliqué.

Il va me tuer.

Nous étions donc là, en train de danser à un mariage, et en plus – ironie du sort – sur du George Michael. Seán me regardait d'un air joyeux. Je me suis demandé quelle tête il allait faire en apprenant la nouvelle. J'avais très envie de faire pipi.

Je lui dirai en revenant.

Anne et Richard dansaient maintenant à côté de nous. Elle a croisé mon regard et m'a glissé tout bas : « Dis-lui. » Je me suis demandé si ma vessie tiendrait le coup. « Crache le morceau », a-t-elle insisté en repassant à côté de moi. C'était beaucoup de pression sur ma tête et ma vessie en même temps. Cette chanson était comme la cigarette du Nouvel An : interminable.

« Seán. » Il s'est penché pour approcher son oreille

de ma bouche. « Anne et Clo savent qu'on attend un bébé. »

Il a prudemment hoché la tête.

« Je sais qu'on avait prévu d'attendre, mais le médecin m'a donné le feu vert et…

— Je l'ai dit à Richard et à Tom », a-t-il lâché en me faisant pirouetter.

J'ai digéré l'information.

« Quel enfoiré !

— Quoi ? a-t-il fait innocemment.

— J'étais dans tous mes états ! Je croyais avoir trahi un grand pacte et tout !

— Eh bien… c'est ce que tu as fait… mais il se trouve que moi aussi. »

Il souriait comme il le faisait quand il était content de lui. Et soudain, cela a été réel. J'étais enceinte, en cloque, j'avais une brioche au four, un polichinelle dans le tiroir ! Bien sûr, c'était déjà réel quand j'étais en train de vomir, de grossir et de pleurer pour rien, mais à présent que Clo et Anne étaient dans la confidence, c'était officiel. Une petite larme a trouvé son chemin jusqu'à ma joue et est tombée au sol.

« Je suis très heureuse », ai-je dit aux chaussures de Seán.

Il a relevé mon visage vers le sien. « Moi aussi. »

Nos nez se sont touchés et, dans cette proximité, ses yeux ont eu l'air de danser. Bien sûr, l'éclairage stroboscopique n'y était peut-être pas étranger. J'ai levé le pouce en direction d'Anne, et Richard et elle se sont précipités vers nous, suivis de près par les mariés. Nous nous sommes jetés dans les bras les uns des autres, nous sommes tapés dans le dos. Mon cœur était réparé, comblé.

Je reconnaissais le jardin débordant de fleurs exotiques poussant dans le sable vert et doux. Le buisson ardent luisait toujours au loin et, sachant désormais où j'étais et ce que je faisais, je me dirigeais résolument vers le soleil violet suspendu au-dessus d'un arbre décharné. Tout en gravissant la colline, je lissais ma jupe et recoiffais mes cheveux, pendant que mes yeux restaient rivés sur le soleil tournoyant. La pente s'aplanissait lorsque j'approchais de l'arbre sur lequel s'ouvraient les pavots bleus qui dansaient sur des branches rouge cerise. Une fois de plus, une puissante main invisible lançait le soleil dans ma direction. Je le faisais rebondir et le renvoyais.

John le rattrapait et souriait. « Tu es de retour », me disait-il en jetant le soleil par-dessus son épaule.

Nous échangions une accolade fraternelle.

« J'avais besoin de te voir, disais-je alors, comme s'il était parfaitement normal de rendre visite aux morts.

— Je suis intrigué. » Il s'asseyait sous l'arbre et je me joignais à lui, plissant les yeux dans la lumière du soleil.

« Clo s'est mariée aujourd'hui.

— Ah oui ? »

Je faisais oui de la tête.

« Le 14 juillet 1989, elle a juré de ne jamais se marier, me rappelait-il.

— Et alors ?

— Et alors elle me doit vingt livres. » Il riait et je lui donnais un petit coup de poing tendre.

— Elle est très heureuse. Tom – son mari – est marrant comme tout. Il t'aurait plu.

— Tant mieux. » Je remarquais qu'il était toujours assis immobile, le regard fixe, comme Gandhi.

« Je t'aime encore, lui rappelais-je.

— Tu m'aimeras toujours », me rappelait-il à son tour. Je n'étais pas prête à lui parler du bébé.

« Au fait, est-ce toi qui m'as envoyé dans une ruelle me faire défoncer le crâne ?

— Eh non, je ne peux pas me vanter de ça, Xena la guerrière ! Mais ça aurait fait un bon téléfilm. »

Je lui redonnais un petit coup de poing. Nous restions silencieux pendant que je rassemblais mon courage.

« Tu avais raison, disais-je ensuite en tâchant de l'obliger à me regarder en face.

— Ah oui ? » Il avait l'air à des millions de kilomètres.

« Oui. La dernière fois, quand tu m'as dit que j'étais en train de tomber amoureuse. » Une fois ces mots sortis, je baissais la tête. Je ne voulais plus voir la couleur de ses yeux.

« Épatant.

— Épatant, répétais-je avec dégoût. Qu'est-ce que c'est que ce mot ? »

Il ne me suivait pas.

« Épatant, c'est un mot ringard, expliquais-je. On se croirait dans les années cinquante.

— Tu veux un autre mot ? proposait-il, amusé.

— Non, ça va. » J'avais terminé ma petite tirade.

« Il t'aime autant que je t'aimais », me disait alors John en hochant la tête.

Wouah, pensais-je. Bien sûr, il n'avait pas besoin d'explications. Il savait tout depuis le début.

« Et ça fait combien, ça ? demandais-je, mais il me répondait par un rire.

— Tu veux qu'on marche un peu ? »

Une route jaune s'ouvrait alors devant nous.

« Non. » Même endormie et en train de rêver, j'étais épuisée. J'avais encore une chose à dire. « Donc ce n'est pas la peine que je t'annonce que je suis enceinte ? »

Il secouait la tête.

« En effet.

— Et c'est épatant ? » demandais-je de ma voix la plus sarcastique.

Il s'esclaffait. « Épatant. »

Soudain, nous voilà nous éloignant de l'arbre et marchant sur la route, en dépit de mes jambes lasses.

« *Le Magicien d'Oz* », disais-je en souriant aux briques jaunes qui défilaient sous mes pieds, repensant à Judy Garland et à ses souliers de rubis.

John s'arrêtait pour me regarder sérieusement.

« Tu veux des souliers de rubis ? me demandait-il comme un père s'adressant à son enfant gâtée.

— Non, ça serait trop », murmurais-je, penaude.

Il riait encore, et le spectacle de ses grands yeux et de son grand sourire me le rappelait comme il était avant.

Tout à coup, il n'y avait plus qu'un portail.

« Il est temps de partir, me disait John, ce qui me faisait un peu paniquer.

— Non ! Je viens à peine d'arriver. »

Mais c'était trop tard. J'étais réveillée dans mon lit. Seán roupillait à mes côtés avec Leonard enroulé autour de la tête.

« *Le Magicien d'Oz* », ai-je songé. *Quelle gamine je fais !*

Le lendemain, nous avions décidé d'annoncer la nouvelle à mes parents, et j'avais beau être une femme adulte engagée dans un couple solide, je dois avouer que j'avais un peu le trac. Après tout, nous étions en Irlande, et il restait la question du mariage. Seán était formidable, principalement parce qu'il vivait dorénavant sur un nuage rose et se fichait totalement de ce que les autres pouvaient penser de notre situation et surtout de nous. Il allait être père et avait déjà décidé qu'il serait le meilleur papa du monde. Nous étions dans la voiture, en route pour chez eux, et je me rongeais les ongles.

« Arrête, m'a-t-il ordonné sans quitter la route des yeux.

— Je ne fais rien !

— Tout va bien se passer. On parie que ton père va chialer ?

— J'espère que non.

— Je te parie que ce sera une fille », a-t-il ajouté en s'engageant dans la rue de mes parents.

J'ai souri, puis la maison est apparue et j'ai eu un haut-le-cœur. Il m'a passé un sac à vomi.

« Merci », ai-je bredouillé, grisâtre, tout en essayant de m'armer d'une détermination sans faille. En vain.

Il a garé la voiture devant chez eux.

« Prête ? » Il semblait bizarrement excité.

« Non, ai-je grogné en descendant de voiture.

— Bon, allons-y. »

J'ai sonné, oubliant que j'avais la clé. Ma mère est venue ouvrir. Forcément, elle a dû se demander pourquoi je n'avais pas utilisé mes clés, et s'inquiéter de ce que cela voulait dire.

« Bonjour ! ai-je lancé sur le ton le plus léger possible.

— Bonjour… » Elle nous observait avec suspicion.

Seán lui a fait signe derrière moi, en souriant comme un clown sous acide.

« Qu'est-ce qu'il y a ? a-t-elle demandé, tenant toujours la porte.

— On peut entrer ? » a fait la voix de Seán dans mon dos.

Nous l'avons suivie à la cuisine. « Alors ?

— Je suis enceinte. » Autant en finir tout de suite. Je l'ai regardée avec espoir, mais elle est restée muette.

Oh non, on va y avoir droit !

« Est-ce que ça va ? » lui a demandé Seán en allant machinalement se remplir un verre d'eau.

Quand elle a relevé la tête, elle affichait un sourire radieux. « Bah, j'aurais préféré que le mariage vienne en premier, mais d'un autre côté, puisque ton frère s'est entièrement voué à Dieu, je suppose que ça fait une moyenne.

— Alors tu n'es pas fâchée.

— Je ne suis pas fâchée. » Elle m'a prise dans ses bras, les larmes aux yeux. Mon père a réagi à peu près de la même manière, et Seán a perdu un billet de dix livres, car il n'a pas réellement pleuré.

Tout s'est passé comme sur des roulettes avec le père de Seán. C'était quelqu'un de facile à vivre. Je suppose qu'il n'avait pas le choix : sa femme l'avait quitté quand Seán était tout petit et il avait dû élever seul ce dernier et son petit frère, James. Tout fier, il a partagé un cigare avec son aîné.

« Je savais que tu serais à la hauteur », l'a-t-il félicité.

J'ai appelé Nigel. Il était à New York, en train de suivre je ne sais quelle formation de travailleur social. Seán a insisté pour que je mette le haut-parleur.

« Alors, vous deux, quand est-ce que vous officialisez ? » a demandé mon frère après les félicitations de rigueur.

Je n'y avais pas songé une seconde.

« N'importe quand, a répondu Seán à ma place.

— N'importe quand ? »

J'ai gardé le silence, vu que nous n'avions encore jamais évoqué la question.

« D'accord, a lâché Nigel, songeur. Mais vous allez bien vous marier, n'est-ce pas ?

— Bien sûr », a fait Seán l'air de rien.

J'ai souri.

Ah, d'accord, un bébé, le mariage, tout va bien. Je n'ai aucun mal à respirer. Ça roule.

Nigel, enthousiaste, faisait déjà des projets pour la cérémonie. « Je ne sais pas où je serai à ce moment-là, n'importe où dans le monde, a-t-il dit. Mais je reviendrai pour l'occasion. Vous me donnez une date, et je serai là. »

Oui, tout allait bien à cette époque-là, bien sûr – c'était avant que j'enfle comme une baleine. Plus tard, Seán et moi avons paressé au lit en rêvassant, tâchant d'imaginer à quoi ressemblerait notre enfant et trouvant toutes sortes de prénoms exotiques et jolis mais importables. Nous avons ri et il a caressé mon ventre, qui commençait à s'arrondir : ça me rappelait une joueuse de basket rondelette qui avait tenté de me brutaliser une fois au collège. Clo lui avait balancé un coup de pied mémorable et depuis ce jour-là elle avait gardé ses distances. J'ai souri, allongée, en me demandant si elle avait perdu la bedaine que j'étais en train de prendre.

Deux mois plus tard, j'étais énorme et mes vêtements craquaient aux coutures. Clo et Anne m'ont emmenée acheter des tenues de femme enceinte. Nous avons écumé les boutiques et passé en revue des portants entiers de tenues style petit marin et de robes à fleurs et à volants qui soulignaient le moindre de mes bourrelets ainsi que mon ventre rond. J'étais au bord de la dépression et, si Anne restait optimiste, Clo, en revanche, partageait ma consternation.

« Je ne me laisserai jamais mettre en cloque, a-t-elle grommelé en me voyant sortir de la cabine d'essayage dans un débardeur fuchsia et un pantalon qui, bien que déjà trop serré à la taille, bouffait sur mes cuisses.

— Mais non, tu es très bien ! » a assuré Anne en essayant de lui lancer un regard assassin.

J'étais dans tous mes états. « Je suis moche, moche, moche ! » ai-je répété en repartant dans la cabine pour me débarrasser de ces horreurs. Il m'a semblé que je mettais une éternité pour trouver l'énergie de me déshabiller. J'étais épuisée en permanence. Je m'étais attendue à ce que la grossesse ne soit pas toujours facile, mais une telle fatigue dépassait tout ce que j'avais imaginé.

« Ça va ? a fait la voix de Clodagh, mais ce sont ses coups à la porte qui m'ont tirée de ma torpeur.

— Oui, oui », ai-je murmuré en me demandant comment j'avais réussi à m'endormir avec un bras sorti de l'immonde débardeur fuchsia et l'autre encore dedans.

Plus tard, au café, Clodagh n'a cessé de râler contre la nullité de la mode pour les femmes enceintes ; elle projetait de créer des vêtements fonctionnels mais flatteurs, même si elle ignorait totalement comment s'y prendre ; j'ai regardé Anne et souri, tout en sachant que mon ventre lui rappelait constamment son échec à concevoir un enfant.

« Ça va ? »

Elle a hoché la tête. « Ça va, Em. À vrai dire, j'ai moi-même de grandes nouvelles. »

Je me suis crispée. Je détestais que les gens aient de grandes nouvelles, car cela annonçait généralement des changements, ce qui avait tendance à me bouleverser. Clodagh était tout ouïe.

« Richard et moi allons faire une IA.

— Une IA ? a répété Clo, un peu perplexe.

— Son taux de spermatozoïdes est bas. On risque de ne jamais y arriver à la manière naturelle, donc on va tenter l'insémination artificielle. »

Je me suis décomposée.

Clodagh s'est penchée vers Anne. « On parle d'un bébé-éprouvette, là ? » a-t-elle chuchoté sur un ton de conspirateur.

Anne a soupiré.

« Non, ce n'est pas *in vitro*.

— Quoi, alors ? » Clo était fascinée.

« Richard fournit un échantillon de sperme et, s'il est de bonne qualité, le médecin l'insère avec une sorte de pipette. Ça ne fait pas mal ni rien, au max ce n'est pas très agréable.

— Wouah ! Combien de temps avant que tu saches si ça a pris ? ai-je demandé.

— Comme pour n'importe qui. Je n'ai pas mes règles, je fais un test.

— Super ! s'est enthousiasmée Clo. Imagine, à la même époque l'an prochain, vous serez peut-être mamans toutes les deux.

— Oui, bon, pas de triomphalisme. Ça peut ne pas marcher.

— Ne sois pas si négative Anne. Il faut être positive pour que le résultat soit positif, a dit Clo, riant de son trait d'esprit.

— Quelle fofolle tu fais ! s'est marrée Anne.

— Sérieusement, quelles sont tes chances ?

— Qui sait ? » a fait Anne avec un geste d'impuissance.

Clodagh lui a donné un coup de coude.

« Et le toubib, il est mignon ?

— Tu parles ! Vieux et gros. Enfin bref, je voulais vous le dire.

— Tu sais qu'on est avec toi, hein ? ai-je précisé.

— Je sais.

— Donc maintenant ça se joue entre toi, Richard, le doc et la poire à jus. »

Nous avons toutes éclaté de rire. Que faire d'autre ?

24

Au nom du père

C'était un samedi et, me sentant pleine d'une énergie inhabituelle, j'ai décidé d'aller en ville regarder un peu la layette. Je n'avais pas l'intention d'en acheter. Ma mère et Doreen avaient été catégoriques : cela portait malheur de le faire avant la naissance. J'avais beau ne pas être superstitieuse, inutile de prendre des risques, mais elles avaient toutes deux convenu que cela ne pouvait pas faire de mal de visiter les boutiques. J'ai passé en revue des étagères entières de petites robes, de bodies roses et jaunes, de petits shorts bleus et de cardigans imprimés de toutes sortes d'animaux. J'ai regardé des baskets, des chaussures, des sandales, toutes minuscules et adorables, des petits gants, des petits chapeaux, des petits gilets, et des chaussettes si étroites que j'avais du mal à y entrer le pouce. Je reconnais que, même si j'ignorais encore le sexe de l'enfant, je passais l'essentiel de mon temps au rayon filles. Principalement parce que tout y était ravissant, et que j'avais récemment découvert que j'avais un faible pour ce qui est ravissant.

J'ai fini par m'arracher au rose pour aller jeter un œil du côté bleu, et à ce moment-là j'ai aperçu un visage connu à travers un portant de petits pantalons. Je n'arrivais pas à remettre ce visage, et je me suis demandé si c'était une lointaine parente que je ferais mieux d'éviter. Elle ne m'a pas vue, car elle était occupée à évaluer la taille des pantalons en les posant sur son enfant, qui se débattait pour sortir de sa poussette. J'ai continué à regarder les petites chemises en espérant que la femme m'éviterait comme je le faisais moi-même.

Elle était à la caisse, en train de régler ses achats, quand son petit garçon a tourné la tête vers moi. J'ai émis un petit hoquet et la femme qui se trouvait à côté de moi, remarquant mon ventre et peut-être ma pâleur, m'a poliment demandé si tout allait bien. Je me suis hâtée de dire oui, mais c'était un mensonge.

L'enfant était Nigel – il avait ses yeux, ses traits, ses cheveux bouclés – et la femme était celle que j'avais croisée dans un bar deux ans auparavant. Laura, l'amante de Nigel. J'étais clouée sur place, un peu comme une baleine échouée attendant qu'une grue vienne la soulever pour la remettre à l'eau. C'est en pivotant pour partir qu'elle m'a vue. Nos regards se sont croisés et, quand l'indifférence s'est muée en terreur, j'ai compris qu'elle m'avait reconnue. Elle a pratiquement couru vers la porte et je me suis retrouvée en train de lui courir après en l'appelant. Elle ne s'est arrêtée qu'après avoir parcouru la moitié du centre commercial. Elle ne s'est pas retournée ; elle est restée sur place en attendant que je la rejoigne.

Elle était rouge comme je l'étais souvent moi-même et remuait la poussette d'avant en arrière en regardant droit devant elle comme si elle s'était trouvée face à un peloton d'exécution. Nous savions toutes les deux qu'elle était démasquée, mais malheureusement ni elle ni moi ne savions que faire à partir de là.

L'enfant de Nigel s'agitait, il se demandait pourquoi on le faisait aller et venir ainsi au lieu d'avancer vers une nouvelle destination plus intéressante. Nous sommes restées immobiles, côte à côte, durant quelques secondes, qui sont passées comme trois siècles

Enfin, j'ai prononcé son prénom. « Laura.

— Emma.

— Je crois que nous devrions aller boire un café.

— Écoute, Emma, nous n'avons rien à nous dire, a-t-elle balbutié.

— Je crois que si », ai-je insisté, comprenant au ton de sa voix qu'au fond elle était d'accord.

Plus tard, au café, son fils – mon neveu – s'est détendu dans sa poussette, mais nous, les adultes, étions comme de petites bombes prêtes à exploser sous la surcharge de révélations.

« Comment s'appelle-t-il ? ai-je demandé en regardant l'enfant.

— Nigel, a-t-elle soupiré, s'en voulant peut-être d'avoir été assez fleur bleue pour donner à son fils le prénom de l'homme qui l'avait abandonnée.

— Il est magnifique », ai-je dit avec sincérité. Nigel était bel homme, et son fils était adorable.

« Merci, m'a-t-elle répondu, même si je doute que le compliment ait été très à-propos, étant donné la situation.

— Est-ce que Nigel sait ?
— Non.
— Pourquoi ?
— Tu vas le lui dire ? m'a-t-elle demandé sans tourner autour du pot.
— Oui. Non. Je ne sais pas. » J'étais un peu hébétée.
« Pourquoi ne le lui as-tu pas dit ? » ai-je insisté en espérant qu'elle voudrait bien me répondre.
Ses yeux se sont emplis de larmes, qui ont menacé de rouler sur son visage rosi. Mon cœur saignait pour elle. C'était peut-être à cause des hormones de la grossesse, ou parce qu'elle était mère et que bientôt je le serais aussi. Quoi qu'il en soit, toute animosité en moi s'est envolée aussitôt que je l'ai vue pleurer. Je lui ai pressé la main, et cela a fait l'effet d'un robinet. Les larmes ont coulé à flots et j'ai attendu qu'elles se tarissent. Nigel junior était trop occupé à grignoter un bâtonnet de carotte pour remarquer la détresse de sa mère. Elle m'a expliqué qu'elle n'avait découvert sa grossesse qu'après que Nigel avait décidé de mettre fin à leur histoire. Elle avait cent fois songé à lui en parler mais conclu qu'il avait choisi entre l'Église et elle, sachant qu'il l'avait aimée et qu'il pensait ne pas avoir d'autre choix que de suivre un chemin qui ne les inclurait jamais, elle et son fils. Elle avait jugé qu'il serait cruel de lui compliquer la vie encore plus, ayant été témoin des nombreuses nuits de souffrances et de tourments qu'il avait endurées du temps de leur liaison. Elle était heureuse d'avoir reçu le don d'un enfant, car, à trente-huit ans, elle n'avait plus beaucoup de temps. Elle avait toujours désiré être mère et avait depuis longtemps raisonné que si Dieu

devait lui enlever son amant, il lui avait peut-être offert l'enfant en compensation. Je n'en étais pas si sûre et, bien qu'il fût évident qu'elle aimait Nigel et s'efforçait d'agir au mieux pour tout le monde, je ne pouvais pas me dérober : mon frère avait un enfant et, sachant cela, comment pouvais-je le lui cacher ? Et même si ses arguments étaient convaincants, malgré la douleur que cela risquait d'engendrer, n'avait-il pas le droit de savoir ?

Nous sommes reparties ensemble vers le parking. Elle m'a questionnée sur ma propre vie et a paru ravie que je sois avec Seán et que je porte son enfant. Apparemment, Nigel lui avait parlé de nos amours contrariées. Devant la voiture, elle m'a suppliée de la prévenir avant de parler à Nigel. Elle m'a donné son numéro et, même si j'avais découvert son secret par un pur hasard, elle avait l'air de me rendre responsable de ma position délicate. Il n'était pas difficile de comprendre pourquoi Nigel était tombé amoureux d'elle. Elle était calme, gentille, douce et amicale, même terrifiée alors que son monde vacillait, et, bien que nous ne nous soyons croisées qu'une brève fois auparavant, nous nous sommes étreintes avant de nous séparer.

La pauvre.

Seán se trouvait dans la chambre d'amis, qui était depuis longtemps devenue son bureau. J'ai gravi l'escalier quatre à quatre, ou du moins aussi vite que me le permettaient mes jambes alourdies par la rétention d'eau. Je me suis laissée tomber sur une chaise. Il a levé le nez et m'a demandé combien j'avais mentalement dépensé dans les magasins.

« Nigel est papa. »

Il s'est levé comme s'il venait de se rendre compte qu'il était assis sur une punaise.

« Pardon ? a-t-il bégayé en me regardant affalée sur la chaise.

— Je suis tombée sur Laura en ville, avec leur fils d'un an, Nigel junior. »

Il s'est rassis. « Nigel junior », a-t-il répété, et j'ai hoché la tête.

Je lui ai tout raconté tandis qu'il regardait dans le vide en se grattant la tête de temps en temps.

« C'est énorme. » Il a répété cela jusqu'à ce que je lui dise d'arrêter.

Je lui ai demandé ce que je devais faire, en gardant en tête que Laura avait soulevé un point important : annoncer à Nigel qu'il avait un fils reviendrait effectivement à lui braquer un pistolet sur la tempe. Seán a argumenté que ne rien dire le privait de la chance de connaître son fils unique. Il n'avait pas tort, mais d'un autre côté elle non plus. Mes neurones étaient grillés. J'aurais voulu parler à ma mère, mais ses neurones auraient grillé aussi et cela n'aurait fait que compliquer la situation. Seán et moi avons pesé le pour et le contre pendant des heures. Nous avions tous deux conscience que rien n'était ni tout blanc ni tout noir. Je n'arrivais pas à dormir, incapable de mettre en veille mon cerveau, ainsi que ma vessie, d'ailleurs. Je me suis sentie nauséeuse toute la nuit, la tête me tournait même quand j'étais allongée, et je me sentais si faible que j'avais du mal à porter la main à mon visage.

Le dîner du dimanche a été un cauchemar. Ni Seán ni moi ne parvenions à bavarder comme si de rien n'était avec mes parents. Ma mère a mis cela sur le compte de ma fatigue.

« C'est parfaitement naturel. Je n'arrivais pas à garder les yeux ouverts quand j'attendais Nigel. »

J'ai hoché la tête.

« Et toi, Seán, quelle est ton excuse ?

— Le boulot.

— Ah ! » a-t-elle répondu avant d'ajouter qu'elle aussi était épuisée.

Mon père était trop occupé à regarder Dublin perdre un match de hurling à la télé pour s'interroger sur notre silence, probablement à cause du drame qui se déployait sur le terrain.

Ce soir-là, quand Clodagh a appelé, je ne lui ai rien dit, non que je n'en sois morte d'envie, mais parce que c'était déjà injuste que Seán et moi soyons au courant des affaires de Nigel avant lui. Seán et moi tournions en rond dans nos discussions. Il formulait un argument solide poussant à révéler la vérité à Nigel, puis un argument contraire, tout aussi valable, l'instant d'après. Nigel était réellement heureux pour la première fois depuis très longtemps. Les changements que nous avions constatés en lui sautaient aux yeux. Il avait trouvé sa place dans la communauté des prêtres et parmi les gens qui avaient le plus besoin de lui. Il avait redécouvert son chemin et sa destinée. Il était en paix ; qui étions-nous pour lui retirer cela ? Et pourtant, comment pouvais-je me taire ?

C'était le milieu de la semaine. Le père Rafferty prenait la confession à dix-sept heures, mais j'étais restée chez moi pour corriger des copies en retard. Je n'avais pas envie d'y aller, car cela m'aurait obligée à me poser des questions, or je m'en étais déjà posé pour toute une vie. Pourtant, à dix-sept heures et des poussières, je me suis décidée. Je suis entrée à petits pas dans l'église en espérant contre toute raison m'y trouver seule. La chance était de mon côté. Je me suis introduite dans l'étroit confessionnal et me suis agenouillée sur l'impitoyable prie-Dieu. Comme ma tête, mes genoux me faisaient l'effet d'être serrés dans un étau. À sept mois, mon ventre était devenu plus énorme que tout ce que j'aurais pu imaginer. J'ai redressé mon dos, qui me tuait, et je me suis retrouvée le ventre coincé contre la paroi, le confessionnal n'ayant à l'évidence pas été conçu pour les futures mères – mais ça, c'est l'Église catholique tout craché. Je me suis toutefois promis de ne pas débattre des défauts de l'institution catholique, j'avais à parler d'affaires plus urgentes.

Le petit panneau n'a pas tardé à coulisser, révélant le père Rafferty, les yeux fermés, la tête branlante, la main levée dans un geste de bénédiction.

« Père Rafferty. »

Il a gardé le silence, tête baissée, en attendant que je crache la formule consacrée.

« Père Rafferty », ai-je répété un peu plus fort, quoique toujours avec respect. Il s'est redressé, a ouvert les yeux et a cessé de branler de la tête.

« Emma ?

— Oui, ai-je répondu, contente d'avoir pu attirer son attention sans avoir à taper sur la grille.

— Que puis-je faire pour vous ? s'est-il enquis, comprenant que je n'étais pas venue chercher le pardon.

— J'ai besoin de vos conseils, ai-je chuchoté en me penchant vers lui bien que l'église soit déserte.

— Qu'y a-t-il, Emma ? » Il s'est rapproché lui aussi de la grille.

« C'est Nigel. Il a un enfant. »

Le père Rafferty a pâli.

« Laura, a-t-il soufflé au bout d'un long moment.

— Oui », ai-je répondu, pas étonnée que Nigel se soit confié à lui. Bien qu'ils soient très différents et qu'ils aient une génération d'écart, Nigel et lui se respectaient et se comprenaient.

« Il ne le sait pas, a-t-il ajouté, comprenant pourquoi j'étais venue à lui.

— En effet. Elle l'a su après leur rupture. Elle n'a rien dit parce qu'elle savait qu'il était prêtre avant tout, viscéralement.

— C'est une femme très bien, a-t-il dit, les yeux rivés au sol pour que je ne puisse pas lire leur expression, mais sa voix évoquait la peine. Et maintenant ? a-t-il ajouté en relevant la tête vers moi.

— Et maintenant je suis au courant. Je suis tombée sur elle avec Nigel junior. Il ressemble trait pour trait à Nigel – jusqu'à la même bouclette rebelle. »

Le père Rafferty a tristement secoué la tête, mais j'ai aperçu l'ombre d'un sourire.

« Je ne sais pas quoi faire. » Je priais pour qu'il m'offre une réponse.

Son léger sourire s'est effacé et il s'est pris la tête entre les mains en se pressant les tempes. Luttant contre ma propre migraine, je suis passée d'un genou sur l'autre, en espérant que Dieu trouve rapidement quelque chose.

« Vous ne pouvez pas garder ça pour vous. Ce serait un péché non seulement contre Dieu, mais aussi contre la nature. » Il a secoué la tête entre ses mains comme si ses paroles mêmes lui faisaient mal.

« Nigel quittera la prêtrise. Il ne voudra pas compromettre la réputation de l'Église, ai-je dit, articulant les pensées du père Rafferty.

— Oui, certainement, a-t-il lâché avec désolation. Quel dommage – pas pour lui, mais pour nous. Votre frère est un des meilleurs d'entre nous. »

Je voyais ses mains trembler légèrement, mais je n'aurais su dire si c'était dû à l'émotion ou au grand âge.

« Je suis confuse, ai-je dit.

— Moi aussi. » Il m'a regardée et a tenté de sourire, mais derrière ses yeux fatigués c'est Nigel que je voyais me regarder. Le père Rafferty avait beau être âgé et légèrement obsédé par la fin du monde, il avait été jeune et avait affronté les mêmes peurs, les mêmes désirs et les mêmes manques que mon frère. Il comprenait mieux que personne l'impact d'une telle nouvelle, ses implications pour lui. Il comprenait aussi que Nigel recevait une chance d'être papa, et j'ignore s'il se réjouissait de ses choix de vie ou s'il les regrettait, mais en ce moment précis il avait l'air perdu. J'ai eu envie de pleurer ; par ailleurs, j'avais aussi eu envie de pleurer tout à l'heure, lorsque j'avais commandé du cappuccino et qu'il était arrivé sans chocolat en poudre sur la crème.

« Mon père, ai-je lâché tout à coup.

— Oui.

— Voulez-vous prier avec moi ? » Je ne croyais pas à ce que je venais de dire. Je n'étais même pas sûre de me rappeler une prière entière.

Il a eu l'air rasséréné. « Oui. »

J'ai donc commencé le « Notre Père », en espérant qu'il se joindrait à moi avant que j'arrive au milieu, car je ne me souvenais pas de la suite.

« Notre Père qui es aux cieux, que ton nom soit sanctifié... » *Priez avec moi.* « ... que ton règne vienne, que ta volonté soit faite... » *Allez, quoi, accompagnez-moi !*

« ... sur la Terre comme au Ciel. »

Oh, Dieu merci, il s'y met ! Bon, maintenant je n'ai plus qu'à ânonner la suite pas trop fort.

« Na na na nanana, et ne nous soumets pas mmm mmm mais délivre-nous du mal. Amen. »

Le père Rafferty avait toujours la tête baissée. J'ai croisé les doigts en espérant qu'il ne se lance pas dans une nouvelle prière. Il n'en a rien fait. Il s'est signé et a souri. « Merci, Emma.

— De rien », ai-je répondu, soulagée, toujours sans savoir pourquoi j'avais proposé cette prière, mais il faut dire que je me comportais bizarrement ces derniers temps, et je commençais à me dire que ce n'était pas seulement hormonal.

« Il faut que j'y aille, ai-je conclu en essayant de me lever.

— J'espère vous revoir.

— Oui, oui », ai-je soufflé poliment en me débattant pour me mettre debout.

Il a fait glisser le petit panneau et je me suis retrouvée seule, à genoux. J'avais l'impression d'être complètement coincée. *Oh mais merde !*

« Père Rafferty ! » ai-je appelé en cognant contre la paroi.

Le volet s'est rouvert.

« Emma ?

— Je suis bloquée », ai-je gémi, mortifiée.

Il a eu un petit rire, et quelques instants plus tard il réapparaissait, un pied calé contre la porte du confessionnal pour m'extirper de là.

Seán et moi avions décidé que nous n'allions pas apprendre à Nigel l'existence de son fils par téléphone, et que, puisqu'il était toujours à New York en train de suivre sa formation, le mieux était d'aller lui annoncer la nouvelle en personne. Bien sûr, quand je dis « nous avions décidé », il faut lire « j'avais décidé ». Et comme je n'étais pas en état de prendre l'avion et que personne d'autre n'était au courant de la situation, c'était Seán qui se retrouvait contraint de jouer les messagers.

Beaucoup plus tard, Seán devait me confier que ce qui l'avait perturbé pendant sa traversée de l'Atlantique, ce n'était ni Nigel et ses problèmes, ni le fait que l'avion lui semblait voler un peu trop haut, bien que ces éléments n'aient pas aidé. Non, il avait passé l'essentiel du trajet à se tourmenter à propos de sa propre vie et des nouvelles exigences qui pesaient dessus.

Lorsqu'il m'a décrit les affres qu'il avait endurées pendant cette période de notre vie commune, je dois admettre que je me suis sentie égoïste. Je n'avais même pas remarqué son stress. Cela dit, il est rare de percevoir les plus sombres terreurs d'autrui. Il m'a dit qu'après la joie initiale qui avait accompagné l'annonce de ma grossesse il s'était retrouvé en proie à la terreur – une situation bien peu enviable. Ce n'était sans doute pas rare qu'un homme dans sa situation éprouve une certaine panique. Après tout, élever un enfant n'est pas une plaisanterie. Mais dans le cas de Seán, il y avait autre chose.

Seán avait passé l'essentiel de sa vie à fuir la question de son abandon, et jusque-là cette tactique avait fonctionné. Mais à présent qu'il attendait l'arrivée de sa propre descendance, la peur et les questions qui s'étaient insinuées en lui le jour où sa mère avait abandonné sa famille remontaient des profondeurs. Les murs qu'il avait passé des années à édifier commençaient à se fendiller, et ses peurs gagnaient du volume au même rythme que mon ventre. Serait-il comme elle ? Trouverait-il trop difficile d'élever un enfant ? Échouerait-il en tant que père comme elle avait échoué en tant que mère ? Son père lui avait souvent dit qu'il lui ressemblait ; il avait ses yeux et son sourire. Avait-il hérité aussi de son incapacité à être un bon parent ? Il ne m'en avait pas parlé, préférant repousser ses craintes, mais elles refusaient de se laisser oublier, et en les gardant pour lui il n'avait fait que les intensifier. Il avait tenté de se raisonner – il était le fils de son père, après tout –, mais les questions qu'il n'avait jamais laissées lui barrer la route auparavant commençaient à l'asphyxier. Pourquoi était-elle partie ? Il savait pourquoi elle avait quitté son père : leur mariage était une union de devoir et non d'amour. Elle était tombée enceinte de Seán et les épousailles étaient la seule solution possible à l'époque. Son père jurait qu'elle aimait ses enfants, mais, si ç'avait été le cas, ne les aurait-elle pas emmenés avec elle ? Son père disait que c'était plus difficile pour une mère célibataire dans les années soixante-dix, mais dans ce cas pourquoi ne faisait-elle pas un effort maintenant qu'il était adulte ? Auparavant, il ne s'en était jamais vraiment soucié. Au début, bien sûr, il avait été anéanti par sa disparition, comme n'importe quel enfant, mais il s'y était fait, comprenant rapidement que son absence coïncidait avec l'avènement d'une maisonnée plus heureuse. Fini les longues disputes et les scènes. Au bout d'un moment il s'était trouvé apaisé, s'était senti plus en sécurité. Il savait qu'un éventuel retour de sa mère n'aurait provoqué que rage et anxiété ; elle n'aurait pas été accueillie à bras ouverts. Il s'était longtemps trouvé très bien malgré son absence, mais à présent, au seuil de la paternité, il se demandait si sa capacité à se détourner de sa mère, comme elle s'était détournée de lui, était signe qu'il était capable de se détacher des êtres les plus proches de lui.

Ses craintes étaient confortées par ses états de service. Jusqu'à présent, ses histoires d'amour avaient toujours été éphémères, excitantes mais dénuées de profondeur. Il m'aimait – cela, au moins, il en était sûr. Il m'aimait déjà longtemps avant que l'idée soit devenue acceptable. Au début, il s'était demandé s'il ne convoitait pas plutôt la vie de couple dont jouissait son ami. Mais au fond de lui, il savait que non. C'était déjà dur, puis John était mort et Seán s'était noyé dans la culpabilité, sachant qu'une fois John disparu la voie était libre pour lui, et regrettant chaque seconde d'espoir que cela lui donnait. Il avait tâché de se tenir à l'écart de moi, mais cela avait été trop difficile. À présent, il avait tout ce qu'il désirait, pour la première fois, mais il n'était pas John : ce n'était pas lui, l'élément stable de la bande. Il n'aurait pas dû être le premier à devenir papa. Lui, il était le trublion, celui qui était incapable d'avoir une vie de couple stable. Il priait : *Mon Dieu, faites que je ne foire pas tout !*

Et donc, en route pour aller voir Nigel, toutes ces idées et tous ces souvenirs le tourmentaient ; le temps que l'hôtesse lui apporte son repas, il était en loques. L'hôtesse qui lui a servi de l'alcool lui a gentiment demandé s'il allait bien. Il a fait oui de la tête, mais en réalité il se battait contre les larmes qui n'avaient pas coulé depuis qu'il était tout petit. Il a essayé de dormir, en vain. Son voisin de siège ronflait, la tête contre le hublot, la main un peu trop proche de l'entrejambe de Seán pour que ce soit confortable. Il a fait la queue pour les toilettes, en espérant que ses boyaux tiendraient le coup, même si son esprit flanchait.

Et il se rongeait les sangs. *Et si je n'y arrive pas ? Si je m'enfuis ?*

Il est allé se rasseoir, les tripes en charpie, plaignant le monsieur qui était entré après lui dans les toilettes, et ses pensées sont revenues à son problème immédiat. Qu'allait-il dire à Nigel ? Comment lui annoncer ce qui devait le briser ? Le voyant de la ceinture de sécurité s'est rallumé au-dessus de sa tête et le commandant de bord a annoncé qu'ils allaient traverser une zone de turbulences. Il a rebondi dans son siège, montant et descendant jusqu'à ce qu'il sente son repas se coincer dans sa gorge. C'est à peu près à ce moment-là qu'il s'est demandé ce qui lui avait pris de se mêler de la vie de mon frère, alors qu'il devenait de plus en plus évident qu'il avait totalement perdu le contrôle de la sienne. S'il m'avait confié ses angoisses, j'aurais pu lui dire qu'il n'avait pas à s'en faire, qu'il était l'une des personnes les plus fiables que je connaissais et qu'il était en tout point semblable à son père. J'aurais pu lui dire que nous partagions une chose que ses parents n'avaient jamais eue, et que cet enfant ne ferait que nous rapprocher encore. Cela dit, hormonalement perturbée comme je l'étais, j'aurais aussi bien pu l'envoyer promener. J'étais peut-être candide, mais j'avais la certitude que nous allions former une famille et que tout se passerait bien pour nous, du moins aussi bien que c'est possible en ce monde. Mais il était soit trop gentil soit trop effrayé pour se décharger sur moi de ses angoisses. Je regrette qu'il ne l'ait pas fait. C'est douloureux de penser qu'il était dans les affres, seul dans les airs, en route pour New York, où l'attendaient d'autres soucis.

Quelque part au-dessus de l'Atlantique, il est parvenu à dormir, mais pas longtemps. L'atterrissage a été un peu brutal à son goût, mais il était heureux de retrouver le plancher des vaches, malgré le mur de chaleur qui lui est tombé dessus lorsqu'il est descendu de l'avion. C'était le mois de mai et il faisait exceptionnellement chaud à New York. Il se sentait un peu faible, mais il s'est mis en route.

Il a gagné la station de taxis et tendu une adresse à un vieil homme en costard crasseux. Par chance, le chauffeur n'avait pas de problème avec l'accent irlandais et connaissait la ville comme sa poche. L'homme lui a parlé d'un embouteillage dans Amsterdam Street et a insulté un vélo qui lui coupait la route. La radio était assourdissante et la clim en panne. Est-ce la chaleur, les vibrations, le manque de sommeil ? En tout cas, il s'est endormi en quelques minutes. Le chauffeur l'a réveillé en riant, amusé par cet Irlandais tranquille. Il a indiqué un imposant immeuble de cinq étages, ancien selon les standards américains.

Seán s'est extirpé du taxi et l'a regardé s'éloigner.

Évidemment, je n'étais pas là, mais Seán a une manière de raconter qui vous donne presque l'impression d'avoir assisté à la scène. Donc tout ceci n'est bien sûr qu'une reconstitution, mais les choses se sont passées à peu près ainsi.

Seán a pénétré dans le hall désert de l'hôtel où logeait Nigel, a actionné une sonnette et a attendu, en se recoiffant comme s'il était venu chercher une fille pour un premier rendez-vous. Une aimable dame entre deux âges est arrivée.

« Il fait chaud, aujourd'hui.

— Oui. Je cherche Nigel…

— Le père Nigel ? l'a-t-elle coupé.

— Oui, c'est bien ça. » Il a souri pour la première fois de la journée. Au moins, il était arrivé à bon port.

« Il est au *diner* du coin de la rue. »

Seán l'a remerciée et est ressorti dans la chaleur, retirant sa veste et remontant ses manches.

Il a vu Nigel à travers la vitre avant même d'avoir traversé la rue. Mon frère avait bonne mine, vêtu de manière décontractée. Ses cheveux étaient plus longs et il riait avec l'homme assis en face de lui, inconscient de la bombe qui s'apprêtait à lui tomber dessus. Seán a envisagé de faire demi-tour immédiatement. Mieux valait peut-être aller s'installer d'abord, prendre une douche, se changer. Manger quelque chose, reprendre des forces. Plus il s'approchait de la vitrine, plus il avait chaud. Son estomac lui faisait de nouveau des misères.

Bon Dieu, j'espère que ce n'est pas un ulcère.

Il aurait voulu entrer discrètement dans le restaurant, mais la clochette de la porte l'a trahi. Nigel a tourné la tête par réflexe puis regardé ailleurs avant de prendre conscience de ce qu'il venait de voir. Il s'est retourné pour regarder son vieil ami et s'est levé d'un bond. Seán a souri vaillamment.

« Mais ça alors ! » s'est exclamé Nigel, aussi perplexe que ravi.

Seán a continué à sourire, en espérant follement que Nigel ne s'inquiéterait pas avant que ce soit nécessaire. Ce dernier a plissé les yeux.

Trop tard.

« Qu'est-ce que tu fais là ? s'est-il enquis en embrassant un Seán flageolant.

— Je viens te voir.

— Il y a un problème ? a demandé Nigel, craignant visiblement qu'il soit arrivé quelque chose à un membre de la famille.

— Non, tout va bien, a menti Seán en adressant un hochement de tête à l'ami de Nigel, qui lui a retourné son salut.

— Tu es ici pour le boulot ? a demandé Nigel en l'accompagnant jusqu'à la table.

— Oui », s'est entendu répondre Seán. Il s'est assis.

L'ami de Nigel s'est penché par-dessus la table en lui tendant la main. « Matt. Enchanté. »

Seán lui a serré la main.

« Enchanté, a-t-il lâché, malade d'avoir menti mais soulagé de ce répit momentané.

— Matt est médecin – il a travaillé dans le monde entier.

— Vous avez déjà songé à venir en Irlande ? a plaisanté Seán. Ça ne serait sûrement pas du luxe. »

Matt a pouffé.

« Je pense qu'il y a quand même plus de nécessiteux dans le tiers-monde !

— Allez voir les urgences de l'hôpital St James n'importe quel soir de la semaine et on en reparlera ! » a lancé Seán en s'emparant de la carte.

Nigel s'est esclaffé de bon cœur, heureux d'entendre parler de son chez-lui, même si c'était pour en critiquer le système de santé défaillant.

« Comment va ma frangine ?

— Bien ! » Seán a eu cette fois son premier vrai sourire de la journée. « Elle devient énorme.

— Il n'y en a plus pour très longtemps.

— Non. » Seán a reposé la carte. Il ne se sentait pas capable de manger pour l'instant.

« Félicitations, mon vieux, lui a lancé Matt.

— Merci ! » a répondu Seán, en se demandant si Nigel allait bientôt recevoir les mêmes félicitations.

Ils ont discuté un moment avec Matt. Seán a reparlé de l'été que nous avions tous passé à travailler à New York. Nigel attendait avec impatience de partir pour quelque lointaine contrée afin de rendre le monde un peu meilleur et s'interrogeait sur ce que l'avenir lui réservait. Pauvre de lui.

Puis Matt est parti retrouver une fille. Ils ne se sont pas attardés, car Nigel, tout excité, voulait lui faire visiter la ville. Seán lui a rappelé qu'il connaissait déjà et a demandé s'ils ne pouvaient pas plutôt aller chez Nigel. Il a utilisé la chaleur comme excuse et mon frère a paru mordre à l'hameçon.

Ils sont retournés à l'hôtel, Nigel pointant du doigt les beaux immeubles et les grosses voitures, pendant que Seán se demandait toujours comment lui annoncer la nouvelle. Nigel a parlé un bref instant avec le portier pendant que Seán profitait de la fraîcheur du hall climatisé.

« Il pleut chez nous, a-t-il marmonné dans l'ascenseur.

— Il pleut toujours chez nous ! » a commenté Nigel.

Ils sont entrés dans la chambre et Seán a pris le fauteuil. Nigel a regonflé ses oreillers et s'est assis sur le lit. « Alors, de quoi voulais-tu me parler ? a-t-il demandé en envoyant voler ses chaussures.

— Comment ça ?

— Allons. Tu es à New York pour vingt-quatre heures, et tu veux les passer dans ma chambre ? a rigolé Nigel. Je ne crois pas. Quel est le problème ? »

Seán a soupiré. Bien sûr, Nigel avait compris qu'il y avait un problème, mais il devait s'imaginer que cela concernait quelqu'un d'autre. Ce qui était logique : les problèmes, cela arrive toujours aux autres… sauf cette fois-ci. Nigel l'observait avec curiosité. Le moment était venu.

« C'est Laura. »

Nigel a instantanément pâli.

« Qu'est-ce qui lui est arrivé ? a-t-il bégayé, visiblement secoué, et redoutant le pire.

— Elle a un fils », s'est entendu dire Seán.

Nigel s'est figé. Voilà un problème qu'il n'avait jamais envisagé.

« Il est de toi. »

Seán n'arrivait pas à regarder son ami. Qui, en revanche, ne pouvait pas détacher les yeux de lui.

« Quoi ?

— Il a eu un an le mois dernier. Emma dit que c'est ton portrait craché. »

Les lèvres de Nigel se sont mises à trembler, tout comme ses mains. Il n'a pas demandé à Seán si c'était une plaisanterie. On ne parcourt pas des milliers de kilomètres en avion pour faire une blague. Au lieu de cela, il a été pris de colère. Il est devenu écarlate et son regard s'est durci. Soudain, il s'est mis debout, avançant vers Seán, qui par réflexe s'est levé, juste à temps pour recevoir un coup de poing en pleine figure. Il est retombé en arrière, incrédule, la main sur l'œil gauche. Nigel était au-dessus de lui.

« Qu'est-ce que tu fous là ? » a-t-il rugi.

Seán était perplexe, c'est le moins qu'on puisse dire, car il lui semblait qu'il venait d'exposer assez clairement l'objet de sa visite.

« Tu aurais préféré que je ne vienne pas ? a-t-il crié depuis le sol.

— Ce ne sont pas tes affaires !

— T'as raison, a lâché Seán en se levant et en s'époussetant. Ce ne sont pas mes affaires. J'ai déjà assez de soucis comme ça. »

Il commençait à en avoir assez. Il a claqué la porte derrière lui mais a entendu que Nigel se laissait glisser au sol.

Nigel m'a raconté plus tard que pendant des heures il s'était balancé d'avant en arrière en silence, les larmes coulant de ses yeux à jet continu. La colère qui l'avait brusquement saisi s'était tarie tout aussi vite et il restait maintenant seul, perdu, regrettant amèrement son éclat. Seán ne méritait pas cela, mais je suppose que ce jour-là il se demandait si lui-même méritait une chose pareille. Était-ce un châtiment ? Était-ce la manière qu'avait trouvée Dieu de le flanquer à la porte ? Il avait trahi son serment. Qui était-il pour croire qu'il pouvait s'en tirer sans dommages ? Il se sentait trompé et désespéré. Il ne s'est pas relevé avant la tombée de la nuit. Il a ramassé une veste légère avant de sortir, puis il a marché droit devant lui, suivant la rue qui l'éloignait de son hôtel et de sa nouvelle vie, sans savoir où il allait mais souhaitant désespérément parcourir le chemin nécessaire.

Mon frère était Forrest Gump.

Pendant ce temps, Seán, installé au frais au bar de son propre hôtel, sirotait une bière, le ventre plein de chips et de cacahuètes. Son œil lui faisait mal et il voyait que la serveuse lorgnait son coquard. Il était dérouté par la réaction de mon frère, mais il la comprenait en partie. Découvrir que l'on est père est un grand choc. Cela dit, si ç'avait été Laura qui lui avait annoncé la nouvelle, comme elle aurait dû le faire, aurait-elle eu droit au même traitement ? Bien sûr que non. Bonjour la gratitude ! Peut-être que Nigel aurait préféré ne pas l'apprendre de cette façon, et même Seán et son œil au beurre noir reconnaissaient qu'il aurait mieux valu que cela vienne de quelqu'un d'autre. Après tout, il n'était que le type qui avait engrossé sa sœur. Cela ne le qualifiait pas vraiment pour jouer les anges de l'Annonciation. Mais il considérait aussi Nigel comme un ami, et il avait espéré que ce sentiment était réciproque.

Seán était en train de descendre sa seconde bière lorsqu'il a véritablement compris pourquoi la réaction amère et brutale de Nigel l'avait déçu. Il s'est souvenu de sa propre réaction à l'annonce de sa paternité, de la joie pure qu'il avait ressentie, cette impression euphorisante d'être enfin comblé. Et, assis au bar de cet hôtel de Broadway, l'œil en compote et l'estomac perturbé, il a conclu qu'il ne serait jamais comme sa mère. À cet instant, un poids s'est soulevé de sa poitrine. Pour la première fois depuis des semaines, et peut-être pour la première fois de sa vie, il était libre.

Nigel a passé la plus grande partie de cette nuit-là à errer dans les rues de New York. Il m'a raconté qu'il avait atteint Christopher Street vers quatre heures du matin et que là il s'était agenouillé sur le trottoir pour prier. Je lui ai alors fait remarquer qu'il avait eu de la chance de ne pas se faire assommer, dépouiller ou harceler. Mais il semble que les types louches et les fous gardent leurs distances avec les autres types louches et les autres fous. Au bout d'environ une heure, il s'est levé et a commencé à rentrer. Il était plus de deux heures de l'après-midi lorsqu'il a frappé à la porte de Seán.

Celui-ci était en train de refaire ses valises, content que l'hôtel lui ait permis de ne libérer sa chambre que l'après-midi. Il a ouvert à mon frère échevelé et contrit, a laissé la porte pivoter sur ses gonds, et Nigel est entré pendant que Seán continuait à s'activer avec sa valise.

« Je suis désolé.

— Et moi, je suis désolé d'avoir été celui qui t'annonçait ça.

— Je sais. »

Nigel s'est assis.

« Comment va ton œil ? s'est-il enquis, grimaçant à la vue du visage tuméfié qui lui faisait face.

— Ça pourrait aller mieux, a fait Seán avec un demi-sourire.

— Vraiment, je suis navré, a insisté Nigel en se prenant la tête entre les mains.

— Ce n'est pas la fin du monde, a affirmé Seán. C'est peut-être même un nouveau début, a-t-il ajouté avec prudence, n'ayant pas envie de reprendre un coup.

— Tu ne penses pas que c'est une punition divine ? a demandé Nigel.

— Tu crois à ça, toi ? » Seán s'est assis au bord du lit.

« Peut-être. Non. Si. Je ne sais pas, a-t-il dit avec résignation, ayant accepté le fait que ce problème ne pourrait pas être résolu par une nuit passée à genoux.

— Je dirais que c'est un coup du hasard, a proposé Seán.

— Un coup du hasard ?

— Tu as un fils, mon pote ! s'est exclamé Seán, souriant malgré son visage douloureux.

— Mais pourquoi est-ce que Laura ne me l'a pas dit ? Pourquoi elle te l'a dit à toi ? »

Enfin une question pertinente.

« J'ai eu du bol, c'est tout ! » a essayé de plaisanter Seán. Comme cela n'amusait pas Nigel, il s'est dépêché d'enchaîner. « Tu avais choisi la prêtrise. Elle, elle a choisi d'avoir le bébé. Elle ne voulait pas t'accabler avec ça.

— Et toi si ?

— C'est Emma qui a découvert le pot aux roses. Elle ne pouvait pas te cacher une chose pareille. Si elle avait pu venir elle-même, elle l'aurait fait, a résumé

Seán comme il pouvait, sautant sur cette occasion de s'expliquer qui lui avait été refusée la veille.

— Pardon, vraiment, a répété mon frère.

— Ne t'en fais pas. En fait, ça m'a permis de régler des choses dans ma tête, et puis ça fait du bien de savoir que tu n'es pas parfait. Ça commençait à devenir un peu lourd », s'est marré Seán.

Nigel a souri en hochant la tête.

« Parfait, ça, je suis loin de l'être.

— Et j'ai un coquard pour le prouver ! »

Nigel a accompagné Seán à l'aéroport et est resté à ses côtés jusqu'à ce qu'il entre en salle d'embarquement. Ils ont partagé une longue accolade et Seán lui a tendu une photo de son fils. Nigel l'a empochée pour plus tard. C'était une chose qu'il regarderait seul. À son tour, il a tendu à Seán une lettre pour Laura. Seán lui a fait un signe de la main en partant et, lorsqu'il a été hors de vue, le fantôme de ce qui avait été mon frère a tourné les talons et s'en est allé.

25

J'aurais donné ma vie pour te voir

J'ai livré la lettre moi-même, en main propre. C'était le moins que je puisse faire étant donné les circonstances. Laura s'est montrée aimable et m'a proposé du thé, mais elle n'a pas ouvert l'enveloppe lors de ma brève visite. Je lui ai relaté le choc qu'avait reçu mon frère, sans mentionner qu'il s'était montré passablement odieux. Seán l'avait défendu. Pour ma part, je n'étais pas si tolérante. Seán avait claqué trois cents livres rien qu'en billets d'avion, la moindre des choses aurait été de s'abstenir de lui coller un bourre-pif. Laura gardait un calme remarquable, si l'on considère la situation compliquée qu'elle affrontait. Je me suis dit que c'était parce qu'elle avait un vieux fond hippie, je ne sais trop pourquoi. Elle était vraiment adorable par rapport à ma grossesse, m'a donné plusieurs tisanes à essayer et des conseils pour l'accouchement. Nigel junior était né naturellement et elle m'assurait que la position accroupie était de loin la meilleure pour mettre un enfant au monde. J'ai patiemment écouté sa description détaillée des charmes de cette méthode, tout en me promettant d'exiger une péridurale lors de ma prochaine visite à la maternité. Nigel junior jouait avec un carton dans un coin de la cuisine tout en répétant un mot qui ressemblait étrangement à « branleur ».

« N'écoute pas ! m'a-t-elle avertie.

— D'accord. »

J'ai souri tout en buvant à petites gorgées un thé qui avait un goût d'écorce. « Il est très avancé pour son âge », ai-je observé. Avoir un an et prononcer un mot qui ressemblait à « branleur » était un exploit incontestable, même si ce n'était pas le plus souhaitable.

Elle s'est esclaffée, bien d'accord avec moi, et m'a appris qu'elle-même avait marché dès ses huit mois. « Il doit tenir de toi, alors. Nigel est resté sur ses fesses jusqu'à l'âge de deux ans.

— C'est étonnant qu'il n'ait pas plutôt été à genoux », a-t-elle plaisanté.

Décidément, je l'aimais bien. Elle avait beaucoup d'humour, et une paix intérieure qui m'était étrangère. Je comprenais mon frère, vraiment. En dehors de ses thés immondes et de son amour pour Neil Diamond, cette femme était un trésor.

J'avais envie de lui confier que, pour ma part, je n'étais pas en grande forme. Le médecin s'était lassé de mes jérémiades incessantes au début de ma grossesse, et à présent je me retrouvais comme le garçon qui criait au loup. Laura était compréhensive, mais nous n'étions pas là pour parler de moi. Je ne me suis pas épanchée et je suis partie lorsqu'il est devenu par trop visible qu'elle attendait mon départ pour se plonger dans la lettre de mon frère.

Clodagh et Anne sont arrivées plus tard ce soir-là pour regarder la télé avec moi : mise à plat par une succession de vertiges, c'était à peu près tout ce que j'étais capable de faire. Seán, Richard, Tom et quelques autres copains étaient allés assister à un match amical de l'Irlande contre je ne sais quel pays. J'avais remarqué que l'humeur de Seán s'était carrément améliorée depuis son voyage et j'en ai parlé à Clo. Mais elle se fichait complètement de Seán et de son humeur. Ce qu'elle voulait savoir, c'était quel secret je cachais.

« Je n'ai pas de secret, ai-je nié en rougissant.

— Emma, a-t-elle dit en soupirant. Regarde-toi dans la glace. »

Ce n'était pas nécessaire. J'ai cherché le soutien d'Anne, mais il y avait eu peu de ragots à partager cette semaine-là, si bien qu'au lieu de parler d'autre chose elle m'a emprunté mon tic et s'est mise à retirer des poussières imaginaires des coussins. J'ai déclaré forfait. OK, je reconnais qu'il ne m'en fallait pas beaucoup. Je mourais d'envie de me décharger de mon secret, j'aurais pu jurer que le fait de le garder pour moi me faisait grossir.

« Nigel est papa. »

Clodagh a failli en tomber de sa chaise. Anne m'a regardée comme si j'étais folle.

« Tu plaisantes ! a lancé Clo, plus par réflexe qu'autre chose. Avec Laura ? » a-t-elle aussitôt ajouté.

Elle avait une capacité incroyable à se rappeler les plus petits détails de la vie privée des autres.

« Qui est Laura ? » a fait Anne, dépassée et légèrement contrariée.

C'est à ce moment-là que je me suis rappelé que je ne lui avais jamais parlé de Nigel et de son histoire d'amour. Il m'avait paru normal de ne confier ce secret qu'à une seule personne, mais à présent cela semblait totalement injuste. Clodagh, comprenant immédiatement qu'elle avait mis les pieds dans le plat, est devenue muette comme une tombe, ce qui n'arrangeait pas les choses.

« Je n'étais pas censée en parler, alors je ne l'ai dit qu'à Clo, ai-je tenté de me défendre.

— Ah, a fait Anne avec un hochement de tête. Je vois. » Elle hochait toujours la tête, ce qui n'était pas bon signe.

Clo a tenté d'intervenir. « Et elle m'en a parlé sans le faire exprès.

— Sans le faire exprès ? a répété Anne sans en croire un mot. Comment c'est possible ? Emma a commencé à parler de sa journée et les mots "Nigel couche avec quelqu'un" lui ont échappé ? »

Clo était coincée.

« Anne, il m'avait fait jurer de n'en parler à personne.

— Oui, tu l'as déjà dit. Donc tu n'en as parlé qu'à Clo.

— C'est ça », ai-je dit faiblement. J'étais bien trop enceinte pour me battre.

« À ta meilleure amie Clodagh. Évidemment, comment lui cacher ça ? Mais moi, je suis qui ? Je suis la potiche, je fais de la figuration dans le Show d'Emma et Clo. » Elle avait commencé à se lever.

Cet éclat nous prenait au dépourvu, Clo et moi.

Nous n'étions pas préparées à y réagir. J'ai soudain compris qu'elle s'en allait.

« Anne, mais non, ce n'est pas ça ! »

Clodagh m'a approuvée, mais Anne ne voulait rien savoir. Elle a pris son manteau. « Vous savez quoi ? J'en ai marre d'être la cinquième roue du carrosse. » Elle s'est dirigée vers la porte avant que Clo ait pu faire un geste.

J'étais toujours coincée sur le canapé, bataillant pour me lever.

« Qu'est-ce qui te prend ? » Clo a bloqué la porte et s'est plantée sous le nez d'Anne comme elle le faisait toujours en cas de conflit.

« J'en ai marre ! a hurlé Anne. Ras-le-bol de vous deux et de votre petit club privé !

— Ne sois pas ridicule, il n'y a pas de club privé », a affirmé Clo avec fermeté et peut-être une pointe de dédain, en tenant toujours la porte.

Anne craquait. Elle a essayé de tirer sur la porte, mais Clo n'allait pas la laisser faire, si bien qu'elle s'est effondrée. Elle a éclaté en sanglots déchirants. Clodagh a immédiatement cessé de lui en vouloir et est restée plantée là, désemparée par la détresse de son amie. De mon côté, j'avais enfin réussi à m'extirper du canapé. J'ai pris Anne dans mes bras, en me disant que le contact physique valait parfois toutes les paroles du monde. Je l'ai ramenée vers le canapé et je l'ai assise avant de prendre place à côté d'elle. Clo nous a suivies. Nous avons attendu qu'Anne nous dise ce qui se passait réellement.

« L'IA ne marche pas. Non seulement Richard n'a pas beaucoup de spermatozoïdes, mais en plus ils ne sont pas très vivaces.

— Il ne peut rien faire pour arranger ça ? ai-je demandé, consternée.

— Et tu prétends que nous, on ne te dit rien ! » s'est insurgée Clo sans réfléchir. Je l'ai fusillée du regard par-dessus Anne, qui n'a pas réagi. « Pardon, c'était une connerie de dire ça, s'est-elle excusée.

— Non, tu as raison. Je suis vraiment désolée. C'est juste que je suis tellement déçue, et je ne peux pas trop en parler à Richard, il est déjà assez mal comme ça. Toute cette histoire commence à me faire perdre la boule. » Elle s'était arrêtée de pleurer, mais la peine que je lisais sur ses traits me donnait des crampes d'estomac.

« Je suis vraiment désolée pour toi, Anne, ai-je dit en croisant les bras dans une pitoyable tentative pour lui dissimuler tant bien que mal mon gros ventre.

— On ne peut pas tout avoir, a-t-elle murmuré en essayant de sourire, sans grand succès.

— Bien sûr que si », a dit Clo avec son réalisme habituel.

Anne et moi l'avons regardée, attendant sa révélation.

« Vous êtes riches. Il y a plein d'enfants qui ont besoin de parents. Vous n'avez qu'à remplir quelques formulaires, et, euh… aller vous en chercher un. »

Elle a affiché un air triomphant. Anne m'a regardée et j'ai hoché la tête, indiquant silencieusement que j'étais d'accord. Clo avait tendance à simplifier les choses.

« Quoi ? » a fait cette dernière.

Anne a confessé que, bien qu'elle ait déjà dit qu'elle adopterait si elle ne pouvait pas concevoir elle-même, tout au fond d'elle, elle avait toujours cru qu'elle y parviendrait. Elle avait tellement envie de porter son bébé, de lui donner le jour, de le suivre pas à pas, d'avoir un enfant bien à elle. Je comprenais. Même si la grossesse était loin d'être un lit de roses, je n'aurais échangé mon état contre rien au monde. La première échographie, le premier coup de pied, la sensation d'avoir un autre être humain niché si près de son cœur… Je comprenais, et Clo aussi. Elle se souvenait du vide en elle, lorsqu'elle avait perdu son enfant. Nous sommes restées toutes les trois sur le canapé, Anne au centre et Clo et moi autour d'elle pour l'enlacer, et Anne a pleuré jusqu'à ce qu'elle n'ait plus de larmes.

Il y avait un mois que Seán s'était rendu à New York, et Nigel n'avait toujours pas donné de nouvelles. J'étais enceinte de huit mois et demi et épuisée. Ma précédente visite médicale avait révélé une grave anémie et, même si la juxtaposition des mots « grave » et « anémie » m'avait un peu effarouchée, je me sentais tranquille, au fond. Le médecin n'avait pas l'air très inquiet. Il m'avait prescrit une solution ferreuse à boire (qui sentait les pieds de rugbyman) et donné une liste d'aliments riches en fer. Cette visite remontait à deux semaines et, en dépit d'un problème de flatulences franchement répugnantes, je me sentais bien mieux.

Il était huit heures et demie et il fallait que je parte pour le collège. « Seán ! » ai-je crié dans l'escalier.

Je l'ai entendu sortir en vitesse de la salle de bains.

« Il faut que je parte ! » lui ai-je rappelé.

Mon état m'empêchait de conduire, si bien que j'étais entièrement dépendante de lui pour me déplacer, avec pour résultat que j'arrivais en retard partout.

« Descends avant que je te tue à mains nues ! ai-je braillé, tout à fait comme ma mère pendant mon adolescence.

— J'arrive ! T'inquiète, la grosse ! »

J'ai menacé de lui mettre mon pied aux fesses. Il m'a fait remarquer que j'étais trop énorme pour lever la jambe, et nous sommes partis vers la voiture. J'étais grognon, je manquais de sommeil, j'avais tout le temps envie de faire pipi et mal à des endroits de mon corps dont j'avais toujours ignoré l'existence.

« Des fausses contractions », avait diagnostiqué Doreen la veille, dans ma cuisine, alors que nous prenions le thé avec ma mère.

Celle-ci avait approuvé.

« Absolument, des fausses contractions.

— C'est juste le corps qui se prépare à accoucher », a ajouté Doreen.

Ma mère a enchaîné sur le même thème. « Ne t'inquiète pas, ma chérie. Tu vas sans doute dépasser le terme. Je l'ai dépassé de deux semaines pour Nigel et toi. » Elle a grimacé et s'est tournée vers Doreen. « Il a fallu déclencher l'accouchement, les deux fois. »

Doreen a tristement secoué la tête. « On a dû le déclencher aussi pour mon Damian. Un cauchemar. »

Ma mère a abondé dans son sens. « À ton avis, pourquoi est-ce que je n'en ai eu que deux ? »

Doreen a bu son thé en hochant la tête.

Elles ne pourraient pas la fermer, toutes les deux ?

Elles se sont tues pendant un instant délicieux, jusqu'à ce que Doreen se rappelle qu'elle avait une information importante à partager. « La péridurale n'a pas marché pour mon dernier. Tout ce qu'elle a fait, c'est retarder l'expulsion. Dix-neuf heures, que j'ai passées à essayer de faire sortir ce gosse, nom d'un chien. Quatre kilos sept, et vous savez quoi ? Trente-cinq ans plus tard il pèse quatre-vingt-quinze kilos et il est toujours aussi paresseux. »

Ma mère s'est esclaffée alors que je ne voyais pas ce qu'il y avait de drôle. « Emma est arrivée par le siège. Pas de péridurale, vingt et une heures, les forceps. J'ai dû m'asseoir sur une bouée pendant un mois. » Elle a souri pour une raison connue d'elle seule.

« Et ils disent qu'on oublie ! » a lancé Doreen.

J'en avais assez entendu. « Bon, ouste, il est l'heure de rentrer chez vous. »

Elles ont toutes les deux regardé leur tasse de thé et leur assiette de gâteaux à demi pleine.

« Qu'est-ce qui ne va pas ? m'a demandé ma mère, authentiquement perplexe.

— Je ne veux pas de vos histoires pourries. D'accord ? Je ne veux pas qu'on me parle de gens enfonçant leur main dans ma foufoune. Je ne veux pas entendre dire qu'elle va se déchirer en deux. Je ne veux plus un mot sur les péridurales qui ne marchent pas, les bouées, les bébés qui pèsent une tonne et toutes ces horreurs. Je préfère ne rien savoir. »

Elles ont échangé un sourire complice. Doreen a été la première à parler. « Trésor, à notre époque on ne nous disait rien du tout. La première fois qu'on faisait l'amour, cela tenait plus de l'expérimentation que de la partie de jambes en l'air. La deuxième fois, en général, on tombait enceinte, et quand on entrait en salle de travail c'était tout bonnement terrifiant. L'ignorance ne fait pas toujours le bonheur. »

Le savoir non plus.

Ma mère, bien sûr, était d'accord avec Doreen et a ajouté que ma génération avait bien de la chance. J'ai convenu à contrecœur que nous étions vernies et, pendant qu'elles finissaient leur thé et leurs petits gâteaux, j'ai plaint amèrement ma pauvre foufoune.

Nous étions en voiture, et je restais étrangement muette.

« Ooooh, ai-je gémi.

— Quoi ? a fait Seán en ralentissant.

— Ce n'est rien, juste des fausses contractions.

— Des fausses quoi ?

— C'est le corps qui se prépare à accoucher, ai-je sagement répété.

— Ah bon…

— Aaaargh !

— Bon Dieu ! Tu es sûre que ça va ? » a-t-il lancé, alarmé. J'aurais dû trouver son inquiétude attendrissante, et pourtant j'avais du mal à ne pas lui taper dessus.

« Emma, est-ce que ça va ? » Il claquait des doigts devant mon nez, pour une raison qui m'échappait.

« Mis à part que je suis obèse, que j'ai les chevilles enflées, les mains énormes, mal au dos et une vessie de la taille d'un petit pois, oui, impec. »

Il a ri. « C'est bien, ma grande ! »

J'ai souri malgré moi. *Toujours sexy, le salopard.*

C'était mon premier cours de l'après-midi. J'avais passé la matinée dans le brouillard. Les fausses contractions étaient de plus en plus rapprochées, et aussi un peu plus douloureuses chaque fois. Je commençais à penser qu'on m'avait mal informée.

« Ouvrez *Silas Marner* à la page 115 », ai-je annoncé, soulevant un concert de gémissements. J'avais besoin de m'asseoir. « Bien. Hier soir, je vous ai demandé de lire le chapitre 17. Je voudrais un volontaire pour en parler : l'intrigue, votre avis... » J'ai été prise d'une douleur, une vraie, qui me brûlait comme du feu. « Ooohhh... » Je n'ai rien pu dire d'autre.

Declan s'est levé au fond de la classe.

« Ça va, madame ?

— Très bien, Declan. Ooohhh... » Je me suis pliée en deux.

Soudain, j'avais besoin d'être debout. Declan a été le premier à mes côtés, avant même que j'aie réussi à me lever. Il m'a aidée.

« Ça va, ça va. » J'ai essayé de sourire, mais une nouvelle vague de douleur m'a submergée, mes traits se sont tordus et j'ai poussé un juron. « Bordel de merde ! »

La classe a éclaté de rire. Declan a ordonné à ses camarades de la fermer, puis à Mary Murphy d'appeler le principal et une ambulance. J'ai voulu parler, mais je n'y arrivais pas. Declan a soutenu mon poids à chaque attaque de douleur et a commencé à me masser les reins. Je souffrais le martyre, et pourtant, curieusement, j'étais encore assez lucide pour être mortifiée qu'un élève me tripote le haut des fesses. Mais cela me faisait du bien, va savoir pourquoi. Les autres élèves s'étaient attroupés autour de moi ; les filles avaient l'air un peu vertes, et les garçons encore plus. Quelques-uns ont dû s'asseoir.

Puis c'est arrivé, au moment où Declan essayait de me faire sortir de la classe : j'ai perdu les eaux.

J'ai perçu comme une sorte de jaillissement liquide, puis je l'ai entendu, et enfin, baissant les yeux, j'ai vu comme un mini-torrent par terre. Patrick Hogan s'est évanoui.

Le principal est entré, tout rouge, suivi par une Mary Murphy survoltée.

« J'ai commencé le travail », ai-je confirmé avant de succomber à une nouvelle vague de douleur stupéfiante.

Declan a pris la situation en main. « Monsieur, elle vient de perdre les eaux. Elle a des contractions espacées d'environ cinq minutes. Je crois qu'elle va accoucher. »

Je me suis ressaisie, juste assez pour intégrer ce qu'il disait. *Oh mon Dieu, je vais accoucher.*

« Oui, merci, Declan, a répondu le principal d'un air guindé. Je pense que je peux prendre le relais. »

Encore un éclair de douleur.

« Seigneur ! me suis-je écriée tandis que le principal tâchait de m'aider à sortir.

— Il faut lui masser le dos, monsieur ! a lancé Declan.

— Oui, oui », a fait le principal avant de me taper dans le dos comme pour faire roter un bébé.

Il n'était pas question que je me place entre les mains de cet homme. Je me suis arrêtée et il a continué à vouloir me traîner vers le couloir.

« Declan ! » ai-je appelé. Puis je me suis tournée vers le principal et je lui ai dit de s'en aller. Il m'a regardée d'un air indécis. « Je veux Declan. Il sait ce qu'il fait. Pas vous. »

C'était un peu fort, mais étant donné qu'un enfant était en train d'essayer de s'extirper de mon corps, je sentais bien que ce n'était pas le moment de faire des manières.

L'ambulance est arrivée et c'est Declan qui est monté avec moi. J'ai tendu au principal ma liste de personnes à appeler en insistant sur l'importance de la tâche que je lui confiais. Et donc, pendant que mon élève m'aidait à respirer, mon patron s'est mis en devoir d'appeler Seán, Anne, Clo, mes parents, les parents de Seán, Doreen... Je dois être juste avec lui : il a même réussi à débusquer Nigel alors que moi-même je ne savais pas bien où il se trouvait.

Dans la salle de travail, les contractions se sont rapprochées, de plus en plus aiguës et douloureuses. Le masque à oxygène ne me suffisait plus. J'ai réclamé une péridurale, mais les choses étaient déjà trop avancées. Declan me tenait la main. Je pleurais parce que j'avais peur que Seán arrive trop tard.

Declan a tenté de me réconforter.

« Il ne ratera pas ça.

— Il est toujours en retard ! » ai-je braillé.

Declan ne m'écoutait plus : il a levé la tête et souri. J'ai suivi son regard : Seán était là, débraillé et impatient.

« Pas toujours ! » a-t-il lancé en enfilant une blouse stérile, prêt à aider à la délivrance.

J'avais l'impression de me retrouver malgré moi dans une mauvaise sitcom, ou peut-être était-ce que j'avais inhalé trop d'oxygène. Declan a dit qu'il allait nous laisser, mais il a demandé s'il pouvait regarder un peu avant de partir.

« Non ! avons-nous répondu en chœur, Seán et moi.

— Bon, bonne chance, alors ! »

Sur ces mots, il est parti, et personne n'a crié « Coupez ! ».

Oh ! bon sang de bois, je vais avoir un bébé.

Une heure plus tard, la sage-femme m'appuyait sur le ventre et l'obstétricien hurlait « Poussez ! ». Il n'en avait vraiment pas besoin, car ce foutu anesthésiste n'était toujours pas là avec ma péridurale et mon instinct veillait à ce que je pousse comme une damnée.

« Je vois la tête, Emma ! a crié le médecin.

— Oh là là ! »

Seán était médusé. Il n'arrêtait pas de répéter « Mon Dieu, mon Dieu. Je vois la tête ! Je vois la tête, Em ! ».

Il riait. J'avais envie de hurler jusqu'à ce que ma tête se détache, comme dans les films, mais je me suis rendu compte que je n'avais pas assez d'énergie pour ça.

« Allez, on pousse encore un bon coup. Allez, Emma ! ai-je entendu entre mes jambes.

— Nom de Dieu ! » ai-je rugi.

Et soudain tu as été là, couchée sur mon ventre, couverte de mucus et très chevelue. Tu pesais trois kilos quatre, et tu avais dix petits doigts et dix petits orteils. Tu pleurais et tu étais violette, un peu comme le soleil dans mes rêves. Seán aussi pleurait en expédiant le SMS annonçant ton arrivée. Le médecin souriait à la sage-femme, qui te souriait, à toi, et je ne saurais décrire ce que je ressentais. Ils t'ont emportée pour t'examiner et te laver, et j'ai aussitôt éprouvé une sensation de manque.

Je t'adore.

Et je me suis dit que le générique aurait dû apparaître sur l'écran : « Ils furent heureux et eurent beaucoup d'enfants. »

Seán t'a suivie pour que le médecin puisse terminer son travail et je suis restée étendue, en état de choc, à penser *Wouah !* en boucle. Mais là, soudain, il s'est passé quelque chose de très étrange. Une sensation de mouillé a envahi mes jambes et j'ai senti jaillir quelque chose dans les secondes qui ont suivi, puis des taches noires sont apparues devant mes yeux. J'ai cligné des paupières et les taches se sont agrandies. Mon audition s'est troublée, comme si j'avais la tête sous l'eau. Mon médecin a crié quelque chose à l'infirmière. J'ai cru entendre le mot « déchirure ». Il y a eu beaucoup de mouvement et de bruit, et, même si j'étais dans une bulle, j'ai senti que la salle se remplissait. Une infirmière derrière moi a réglé l'inclinaison du lit. Ma tête est tombée en arrière, mes jambes se sont relevées d'un coup, le sang m'est monté à la tête et mon cœur a ralenti.

Qu'est-ce qui m'arrive ?

Ensuite, tous ceux qui m'entouraient sont devenus de plus en plus lointains, jusqu'à ce que je me retrouve dans le noir. Il s'avère que l'expulsion de mon placenta s'était mal déroulée, entraînant une hémorragie importante, et tout cela était compliqué par mon anémie – le cas était facile à diagnostiquer pour les médecins, mais difficile à contrôler.

Seán te portait dans ses bras lorsqu'une infirmière est venue lui parler. Il a failli te lâcher ! Elle t'a prise et il l'a suivie là où il m'avait laissée quelques minutes avant. La chambre paraissait changée : des machines l'avaient envahie pendant son absence et j'étais désormais branchée à toutes sortes de tuyaux. Des écrans de contrôle émettaient des bips-bips au rythme de mes organes ralentis. Il est resté stoïque, incrédule, secouant la tête d'un côté à l'autre pour suggérer à l'univers que non, pas question, ce n'était pas en train d'arriver.

Mes parents, qui étaient partis de chez eux aussitôt qu'ils avaient reçu le message « C'est une fille », sont arrivés. Ils avaient réussi à faire le trajet dans le temps record de vingt minutes et mon père courait derrière ma mère dans le couloir. Une infirmière les a arrêtés et, soudain, le ballon que tenait ma mère, libéré, est monté au plafond tandis que ses jambes cédaient sous elle.

C'était bizarre. La chambre s'effaçait et pourtant je voyais tout. J'ai vu l'infirmière t'envelopper dans une couverture sous le regard attentif de ton papa, à cinq chambres de la mienne. Je l'ai vu qui te lâchait presque et, si je n'avais pas déjà été mourante, la frayeur m'aurait tuée. Je les ai vus me brancher et Seán observer la scène, incapable de respirer ; j'ai senti son cœur logé dans sa gorge et je l'ai entendu battre à ses oreilles. J'ai vu mes parents se disputer à propos du temps de stationnement et de la somme qu'il fallait mettre dans le parcmètre.

Et je n'ai pas vu seulement l'hôpital. J'ai vu Clo enchantée de la nouvelle et m'envoyant un texto depuis sa voiture pour me dire qu'elle arrivait. Anne pleurant dans sa cuisine pendant que Richard la consolait en lui disant « Notre tour viendra ». J'ai vu Nigel au milieu de nulle part, entouré d'un désert, s'arrêtant pour se retourner et regarder dans le vide.

« Emma ? » Il a fait un pas et m'a traversée.

Alors j'ai compris. *Oh non, quelque chose d'affreux est en train d'arriver.*

Puis plus rien.

Je me trouvais dans un vaste jardin entouré de fleurs exotiques plantées dans un sable vert et doux. J'ai observé mon environnement surréaliste et j'ai ri. Il y avait un moment que je n'étais pas venue. Ce bon vieux buisson ardent brillait toujours aussi fort. Je me suis dirigée tout droit vers le soleil violet suspendu au-dessus d'un arbre décharné baignant dans sa lumière. Il faisait chaud et j'étais heureuse. Puis je gravissais une colline et j'attendais que le soleil violet tournoie devant moi. Le sol s'aplanissait sous mes pieds et tandis que j'approchais de l'arbre qui se couvrait de fleurs, une douce brise l'animait. Les pavots bleus que je connaissais bien dansaient dans l'épais feuillage qui continuait de pousser sur les branches rouge cerise. J'attendais John.

« Eh, la grosse ! » m'a-t-il joyeusement hélée en dribblant le soleil comme s'il était Magic Johnson.

J'ai ri. Seules deux personnes au monde avaient le droit de m'appeler « la grosse ». Il n'avait pas changé, contrairement à moi. Il s'est approché et nous sommes tombés dans les bras l'un de l'autre.

« Tu es belle. » Il savait toujours comment me parler.

« Seán dit que je suis comme un bon vin.

— Hmmm, fruitée !

— Tu es un fantôme, tu ne vas quand même pas me draguer !

— Il n'est jamais trop tard.

— Je viens d'avoir un bébé, ai-je dit comme si cela me revenait soudain.

— Je sais. Elle est magnifique.
— Oui, c'est vrai.
— Un prénom ?
— Plusieurs mais elle ne ressemble à aucun. »
Il a rejeté la tête en arrière pour rire à gorge déployée. « Les femmes ! Vous me faites vraiment marrer. Comment peut-on ressembler à un prénom ?
— C'est comme ça, c'est tout. » Je lui ai envoyé un regard noir, qui l'a laissé indifférent.
Nous sommes repartis main dans la main. Il ouvrait la marche et je le suivais comme un enfant curieux.
« Tu l'as vue. Qu'as-tu en tête, comme prénom ? l'ai-je interrogé.
— Deborah.
— Pitié, tu ne veux quand même pas que je baptise mon enfant d'après la première rock star qui t'a donné envie de te tirer sur l'élastique. »
Il a pris un air malicieux. « Ah, Debbie Harry !
— Espèce d'animal ! » Mon entrejambe me faisait mal et mes cuisses étaient poisseuses. Je n'y ai pas fait attention, préférant guetter l'apparition de la route de brique jaune.
« Quelle est la version féminine de John ? ai-je demandé.
— Joan.
— Oh, je ne vais pas l'appeler comme ça.
— Non, j'éviterais.
— Et Joanne, prononcé "Jo-anne" ?
— Joanne. » Il a réfléchi. « Oui, ça me plaît bien, Joanne.
— À moi aussi.
— Comment Seán veut-il l'appeler ?
— Il voulait l'appeler Bindy, alors il n'a pas son

mot à dire. » Nous avons ri tout en nous avançant vers la route jaune. « Il faut que j'achète *Le Magicien d'Oz* pour Joanne », ai-je dit, radieuse.

Il s'est arrêté et m'a regardée sérieusement. « Tu veux des souliers magiques ?

— Allez, d'accord, vu que c'est une grande occasion. »

Alors ils sont apparus à mes pieds, éblouissants, encore plus rouges que dans mes souvenirs. J'ai défilé avec, comme à la parade, et revoilà John hilare, avec ses grands yeux pétillants qui me rappelaient comment il était avant.

« Où va-t-on ? » me suis-je enquise en me demandant s'il y aurait aussi un épouvantail, comme dans le film.

Pour toute réponse, il m'a souri, et soudain j'ai senti s'abattre sur moi l'idée que je n'aurais pas dû me trouver là. Je me suis arrêtée net. « Est-ce que je suis morte ?

— Il y a encore le temps.

— Tant mieux, ai-je soufflé. Est-ce que je vais mourir ?

— Je ne sais pas.

— Oh mon Dieu, je ne veux pas mourir ! »

Des murs ont surgi de part et d'autre de nous et bientôt ils se sont animés d'images de notre passé. Je me suis aperçue que je me concentrais sur le soir de notre premier baiser. John m'a pressé la main tandis que nous nous regardions, plus jeunes, tout en langues et en dents.

« On ne savait vraiment pas ce qu'on faisait, hein ? » s'est-il attendri.

Pas aujourd'hui. Je ne peux pas mourir aujourd'hui.

J'ai distraitement hoché la tête et nous avons avancé pour visionner un autre épisode de nos vies, nous arrêtant pour la jauger comme un critique d'art l'aurait fait d'un tableau. C'était le jour de notre diplôme de fin d'études secondaires. Nous étions sous un arbre, à côté du terrain de basket. Nous étions fous de joie et je sautillais sur moi-même. Puis nous nous embrassions, déjà bien mieux qu'auparavant. D'autres élèves évoluaient avec excitation autour de nous, et pourtant nous étions seuls au monde, perdus l'un dans l'autre.

En me retournant, j'ai vu John observer le mur qui se trouvait derrière moi. Je suis revenue au mien pour nous regarder nous embrasser sous l'arbre, à côté du terrain de basket, et John m'a rejointe.

« Celui-là dure un moment, a-t-il commenté en me prenant la main.

— Je ne peux pas mourir, ai-je dit calmement.

— Tu as encore du temps, m'a-t-il répété.

— Et toi, tu en as eu ?

— Non », a-t-il admis avant de se retourner vers son mur.

Je me suis regardée étendue dans mon propre sang pendant que le médecin s'efforçait de faire repartir mon cœur à coups de chocs électriques. J'ai regardé Seán vieillir à vue d'œil et j'ai senti son cœur se consumer tandis qu'il restait assis sans bouger, la tête basse, comme la nuit où nous avions perdu John. J'ai vu mes parents, angoissés et éperdus. J'ai vu Clo accrochée à Tom, muette mais me suppliant de revenir.

C'est ce que je veux.

Je t'ai vue âgée de moins d'une heure, couchée seule, déjà oubliée.

« Je ne peux pas l'abandonner », ai-je dit, et John m'a regardée d'un air triste.

Et puis j'ai entendu la voix de mon frère, à genoux au milieu de son désert :

Notre Père qui es aux cieux,
Que ton nom soit sanctifié,
Que ton règne vienne,
Que ta volonté soit faite sur la Terre comme au Ciel.
Donne-nous aujourd'hui notre pain de ce jour,
Pardonne-nous nos offenses
Comme nous pardonnons aussi à ceux qui nous ont offensés.
Et ne nous soumets pas à la tentation
Mais délivre-nous du mal. Amen.

« Nigel ? » ai-je crié, mais je ne le voyais plus.

J'ai vu le médecin recharger les palettes du défibrillateur. Je me suis retournée : John n'était plus là.

« John ? » ai-je appelé, paniquée.

Il est apparu au loin.

« Où vas-tu ? »

Il m'a fait un clin d'œil et a pointé le doigt au loin. « La cité d'Émeraude ! m'a-t-il lancé, malicieux.

— Mais j'ai besoin de toi ! » ai-je hurlé, un œil sur le mur. Les fichues palettes mettaient une éternité à se recharger.

« Plus maintenant.

— Je t'aime !

— Tu m'aimeras toujours, s'est-il esclaffé, et il a disparu.

— Dégagez ! » a lancé le médecin, et j'ai entendu *bip, bip, bip*, puis plus rien.

Quand j'ai repris connaissance, tu étais déjà âgée de vingt-quatre heures. J'avais raté ton premier jour. J'ai pleuré pour de nombreuses raisons, mais principalement à cause de cela. J'ai promis de ne plus jamais rater une de tes journées, mais ces promesses sont impossibles à tenir. Seán, ton père, a eu du mal à nous lâcher. Il te portait sur un de ses bras tout en me tenant la main.

« Je n'aurais pas supporté de te perdre, me répétait-il sans cesse.

— Je ne voulais pas que tu me perdes. »

La vérité, c'est que j'aurais pu mourir, et va savoir pourquoi ce n'était pas arrivé. Peut-être que ce n'était pas mon heure ; peut-être John avait-il dit un mot au Magicien ou Dieu avait-il entendu la fervente prière de Nigel. Peut-être était-ce juste un coup de chance. Quoi qu'il en soit, je suis toujours là. De temps en temps, je pense à John et je souris. Je suis heureuse qu'il t'ait donné ton prénom, et que même ton père reconnaisse que Joanne te va bien mieux que Bindy.

26

Et maintenant

Je n'en reviens pas que tu sois née il y a cinq ans déjà. C'est bizarre d'essayer d'imaginer ce monde sans toi. Beaucoup de choses ont changé au cours de ces dernières années, et d'autres, plus nombreuses encore, sont restées les mêmes. Nous avons quitté notre petite maison de ville un an après ta naissance. Seán a eu une promotion et son deuxième roman a été publié, si bien que nous avons maintenant les moyens de vivre sur la côte. Je n'avais jamais vécu près de la mer, et je ne pourrais plus m'en passer. Il y a là quelque chose de particulier, je ne sais pas quoi précisément. C'est peut-être son immensité, ou sa profondeur, ou ses couleurs changeantes et le bruit réconfortant des vagues se brisant sur la grève, toujours constant, que ce soit par une froide matinée mélancolique ou par une journée d'été animée. Je suppose qu'au fond la mer est ce que nous connaissons de plus proche d'un autre monde ici-bas, et cela me plaît.

J'enseigne toujours, et de temps en temps j'ai le plaisir d'avoir un élève comme Declan. À propos de Declan, je ne l'avais pas vu depuis quatre ans lorsque, la semaine dernière, de but en blanc, il est apparu comme vidéo-DJ. Je n'en revenais pas et en même temps il m'a semblé qu'il accomplissait sa destinée. J'ai souri en repensant à ce garçon au grand cœur s'efforçant de tracer sa route. Je me suis sentie vieille et, à trente-trois ans, c'est bien trop tôt.

Anne et Richard ont acheté une propriété vaste comme un département, non loin de chez nous. C'est bien d'avoir Anne si proche. Elle est gaga de toi et te gâte au-delà du raisonnable. Richard a découvert le rallye automobile il y a quelques années – Anne déteste, mais tu connais Richard, rien ne l'arrête. Il a l'intention de faire une course dans le désert je ne sais où l'été prochain. Pauvre Anne ! La bonne nouvelle, c'est qu'après cinq années sur liste d'attente ils ont enfin eu la confirmation que dans moins d'un mois ils accueilleront le bébé de leurs rêves. C'est une petite Chinoise. Elle a trois mois et s'appelle Ping. Il y a eu des débats passionnés pour savoir s'il fallait ou non changer son prénom. Richard penchait nettement du côté du changement, craignant que ses camarades l'appellent « Ping-Pong » pendant toute sa scolarité. Anne a peur de la priver de son identité en faisant cela. Clo se range dans le camp de Richard ; mieux vaut perdre ses racines qu'affronter un surnom ridicule. Je serais plutôt de leur avis, mais nous verrons. Quoi qu'il en soit, la petite Ping va avoir beaucoup de choses à accepter dans ce monde, mais elle sera aimée, et c'est le principal. Je voudrais que tu voies Richard :

il est comme un gosse. Il aménage la chambre de sa fille depuis un an, et il s'y prend comme un manche. Anne dit qu'il la désespère, mais en fait ça l'attendrit complètement. De ton côté, tu lui as déjà fait promettre que l'arrivée de son futur bébé ne changerait rien à vos relations. On ne pourrait pas glisser une feuille de papier à cigarettes entre vous deux.

Clodagh et Tom ont traversé un moment difficile, il y a quelques années. La boîte de Tom l'accaparait beaucoup trop pour que ce soit sain, même aux yeux d'une carriériste comme Clo. Ses horaires étaient tels que sa femme et lui étaient en passe de devenir deux étrangers partageant le même toit. Pour couronner le tout, il n'était pas récompensé de ses efforts. La concurrence le minait, le personnel lui coûtait trop cher et le percepteur le crucifiait. Ils se disputaient de plus en plus et faisaient de moins en moins l'amour. Il était épuisé en permanence ; elle passait le plus clair de son temps seule. Tout allait mal, si mal que Clo a envisagé de partir. Elle était profondément malheureuse, mais malgré toutes leurs négociations force était de constater qu'ils se trouvaient dans une impasse. Il avait besoin de bosser pour empêcher sa société de couler et elle avait besoin du mari qu'il n'avait pas le temps d'être. Le soir où elle a bouclé ses valises, il est rentré à temps pour la retenir. Cette mesure extrême lui a fait peur et il a reconnu que le mariage l'avait rendu négligent. Ils ont discuté toute la nuit. Tom a vendu sa boîte et, dans le mois, une offre d'emploi qui ne se refusait pas les a emmenés à Londres. L'indemnité de déplacement à elle seule en valait la peine, et Clo avait toujours voulu goûter à la vie dans une grande capitale. Elle a suivi Tom sans emploi à la clé, mais l'intermède « femme au foyer soutenant son mari » n'a pas duré. Quatre mois après le déménagement, elle travaillait pour une agence de relations publiques à Londres. Elle y est toujours et elle adore ça. Elle dit qu'elle préfère Dublin pour se marrer mais Londres pour les chaussures, et que ce sont les chaussures qui l'emportent. Elle me manque. Nous bavardons presque quotidiennement au téléphone ou par mail, mais la distance me pèse. Cela dit, je la vois plus que tu ne pourrais le croire. Je remercie le Ciel pour l'existence des compagnies low-cost. Anne et moi allons lui rendre visite tous les deux mois environ et elle fait de même. Elle est toujours pleine d'ambition professionnelle et n'a aucune envie d'avoir des enfants, ou des « moutards », comme elle dit. Tu ne connais pas bien Clo – pour toi, elle n'est qu'une adulte qui passe de temps en temps, mais j'espère qu'un jour vous vous rapprocherez et qu'alors tu l'aimeras autant que moi.

Doreen est morte au printemps dernier. Elle a eu une crise cardiaque, assise à l'étage du bus 16 A. Elle se rendait à une marche pour la paix avec son mari. Elle étudiait l'itinéraire avec une carte et une boussole, sous les tendres moqueries de son époux. Elle lui a donné un coup de coude et il dit qu'elle a souri comme si elle savait une chose que tout le monde ignorait. Puis elle s'est affaissée sur son épaule. C'était la veille de son soixante-cinquième anniversaire. Soixante-quatre ans, cela paraît jeune à notre époque, mais Doreen se sentait âgée. Elle avait beaucoup vieilli, ces dernières années. Peut-être l'ai-je remarqué parce que depuis notre déménagement je ne la voyais plus très souvent, ou sans doute était-ce simplement que son heure était venue. Elle avait eu une bonne et, selon son opinion, longue vie, et cela lui suffisait. J'aime à penser qu'elle savait. J'aime à penser qu'un ange lui a chuchoté à l'oreille de rentrer à la maison. Sa voix me manque et j'ai hâte de l'entendre à nouveau. Sa veillée mortuaire a été extraordinaire. Sa famille avait prévu de lui organiser un anniversaire surprise et, malgré sa mort subite, la fête a eu lieu comme prévu. Cela a donné les adieux les plus fabuleux qui soient. Il y a eu des souvenirs, de la musique, des rires, des danses et des chansons. Nous avons célébré sa vie et l'avons accompagnée. C'était du pur Doreen et exactement ce qu'elle aurait voulu : nous, vivant pleinement, et elle, assise en retrait, jouissant du spectacle.

Quant à Nigel… Que puis-je te dire sur ton oncle Nigel ? Il est rentré une semaine après ta naissance et, six mois plus tard, il a abandonné la prêtrise. La première fois qu'il a vu son fils, c'était un dimanche, au parc. Laura l'y avait amené sous le prétexte de nourrir les canards. Ils sont tombés l'un sur l'autre comme par accident. Il n'y a pas eu de période de transition. Nigel est simplement entré dans la vie de son fils, à pas prudents. Bien sûr, ta grand-mère s'est alitée quand elle a appris la paternité de Nigel et son changement de carrière. Elle est sortie du lit après une semaine de bouderie et a découvert, quoi qu'en disent les voisins, que la nouvelle vie de Nigel était celle dont elle avait toujours rêvé. Papa a bien pris les choses, mais bon, il est comme ça – ton grand-père est cool.

J'ai demandé une fois à Nigel ce que ça lui avait fait de voir son fils pour la première fois. Il se souvenait des canards et de Laura penchée sur un petit garçon rieur ; quand il s'est approché, le petit garçon a tourné la tête, il l'a vu, et un déclic s'est produit en lui. Il souriait à ce souvenir et je savais ce qu'il voulait dire.

Bien sûr, tout n'a pas été une partie de plaisir – devoir avouer qu'il avait croqué le fruit défendu à l'évêque et devant une salle pleine de religieux, ce n'était pas évident. Abandonner sa vie et sa vocation, pas facile non plus. Pendant un moment, il a été perdu. Il a dû retourner vivre chez nos parents, et maman disait que c'était comme avoir un ado dans les pattes. Les relations avec Laura ont été houleuses quelque temps, mais les journées passées au parc, au cinéma ou au jardin avec son fils compensaient. Ils se sont remis sur les rails il y a quelques années et Nigel junior a été rejoint par Gina, qui à deux ans est ton ennemie jurée tandis que Jamie, son frère jumeau, est devenu ton esclave inconditionnel.

Nigel est retourné à la fac, et il est maintenant travailleur social. Il gagne une misère, mais l'argent n'a jamais beaucoup préoccupé mon frère.

Hier soir, Seán me tenait la main et je me suis tournée pour examiner ses traits familiers. Son charme juvénile a disparu, depuis le temps. À la place, j'avais sous les yeux un bel homme dans la force de l'âge. Des ridules commencent à apparaître autour de ses yeux et chacune a une petite histoire à raconter. Son menton mal rasé lui donne l'air un peu voyou, mais ses yeux sont toujours les mêmes. Je m'y perds encore souvent, et aussi dans sa force, son calme, son humour.

Il m'a souri et a écarté mes cheveux de mon visage. « La première fois que je t'ai vue, je suis tombé amoureux de toi, m'a-t-il confié.

— La première fois que tu m'as vue, tu ne m'as même pas remarquée, l'ai-je taquiné en me remémorant John tâchant d'attirer son attention au bar du Buttery, impatient de présenter sa copine à son nouveau meilleur ami. Tu étais trop occupé à baratiner une étudiante en médecine blonde. » Je me souvenais parfaitement d'elle.

« Ce n'était pas la première fois, ça, m'a-t-il chuchoté, ce qui m'a fait taire sur-le-champ. La première fois, c'était devant le bâtiment des Beaux-Arts, quelques jours avant. »

J'ai voulu me relever sur mon coude, mais j'ai raté mon mouvement et je me suis donné un coup dans la figure.

Il a ri tandis que je me remettais. « Je buvais un café, assis à côté du mur, en face de la bibliothèque. Je t'ai vue monter les marches. Tu portais une pile de livres. Tu avais les cheveux dans la figure, mais je jure qu'avec le contre-jour tes yeux verts semblaient émettre de la lumière. Tu étais à tomber, et tu ne t'en doutais pas une seconde. Ça se voyait à ta manière de te tenir. Les belles femmes ont souvent quelque chose d'arrogant, mais toi non. Bien sûr, deux secondes plus tard tu as trébuché et fait dégringoler tous tes bouquins par terre. J'ai voulu t'aider, mais j'étais paralysé sur place. Tu les as ramassés et tu t'es relevée, lentement, en pestant tout bas. Une fois debout, tu les as lâchés à nouveau, et là tu es devenue rouge comme une pivoine. »

Je lui ai donné un petit coup enjoué et je l'ai encouragé à continuer.

« Du coup, tu as renoncé. Tu t'es assise au milieu de tes livres et tu t'es allumé une cigarette. Puis tu as mis ton Walkman sur les oreilles et tu as chanté toute seule, totalement inconsciente de tout ce qui t'entourait, et voilà, j'étais amoureux.

— Wouah ! Je ne savais pas tout ça. »

Je me souvenais de ce moment d'humiliation et de mon embarrassante propension à oublier que, si le public n'entendait pas mon Walkman, cela ne voulait pas dire qu'on ne m'entendait pas chanter.

« Quelle patate ! s'est-il marré dans mon oreille.

— Je ne suis pas une patate !

— Emma, tu t'es donné un coup de poing dans la figure il n'y a pas deux minutes. »

Je n'ai plus discuté. « J'ai détesté toutes les filles avec qui tu es sorti. J'ai même haï Clo pendant une seconde ou deux, ai-je avoué sans honte.

— Je sais ! m'a-t-il narguée.

— Je t'aime.

— Tu n'as pas pu t'en empêcher, m'a-t-il dit gentiment, et, en pensant à John, j'ai acquiescé.

— Non, je n'ai pas pu.

— Jusqu'à ce que la mort nous sépare ! a-t-il conclu triomphalement.

— Et au-delà », ai-je ajouté tout bas.

C'était ton premier spectacle de l'école, tout à l'heure. Cinq ans, et tu te prends déjà pour Halle Berry. Tu étais si mignonne en Vierge Marie ! Seán a tout filmé et je me prépare à subir une litanie sur les dernières techniques de montage ce week-end. Tu as oublié ta réplique, mon cœur s'est arrêté, mais tu as simplement entonné le refrain de « Roses », la chanson d'Outkast. La Vierge Marie chantant à propos d'une certaine Caroline dont même la merde sentait la rose : le spectacle était incongru, mais avec toi cela passait sans problème. Tu as salué et reçu une ovation debout. C'était le meilleur spectacle scolaire que j'aie jamais vu, et j'en ai vu beaucoup dans ma carrière. Tu seras peut-être la prochaine Halle Berry, après tout. Tu es allée au lit le ventre plein de jus d'orange et de biscuits.

Je me suis retirée dans ma chambre pour terminer ce récit, que j'ai commencé lors de ton deuxième anniversaire. Ce jour-là, sous le grand soleil, entourée d'amis, de ballons, de jouets, de friandises et de toi, pirouettant jusqu'à avoir la tête qui tourne et le cœur au bord des lèvres, j'ai pris conscience que j'aurais pu rater tout ça. J'aurais pu ne jamais te connaître et ne pas être là pour toi, et ni moi ni personne n'aurions rien pu y faire. C'est alors que j'ai décidé de te raconter un peu notre histoire et ce que j'avais appris dans cette vie, au cas où je ne serais pas là plus tard. Tu peux lire cela comme une sorte d'ouvrage de référence. Dans l'ensemble, c'est plutôt un guide de ce qu'il ne faut pas faire, mais ce n'est pas grave. Je l'ai passé à Clo pour voir ce qu'elle en pensait, parce que je craignais qu'il y ait des passages un peu trop osés pour ce qu'une mère peut dire à sa fille. Elle n'a pas trouvé ça trop osé, mais d'un autre côté elle me trouve plus prude qu'une demoiselle de compagnie de la reine Victoria. Elle m'a dit que je devrais le faire publier, comme si cela pouvait intéresser qui que ce soit. Je lui ai rétorqué qu'elle était folle.

« C'est toi, la folle, m'a-t-elle répliqué.
— Non, toi.
— Non, toi.
— Non, toi. »

Nous avons continué dans cette veine pendant un petit moment. Je ne te raconte ça que parce que cela montre à quel point les adultes peuvent se comporter comme des enfants, quand personne ne les regarde.

Anne l'avait déjà lu. Elle le lit par petits bouts depuis plus d'un an. Tous les quelques mois, je lui donne le dernier paquet de pages et elle se plonge dedans en buvant un café avec quelques biscuits diététiques, riant ou pleurant, et ensemble nous nous rappelons ce que nous étions et ce que nous sommes maintenant. Même si elle trouve plaisir à ce petit voyage dans la rue des Souvenirs, ça l'inquiète que je sois peut-être en train d'écrire une sorte de notice nécrologique, mais ce n'est pas cela. Je vivrai peut-être très vieille et, si c'est le cas, je serai là et tu n'auras pas besoin de lire cela, mais peut-être que non, et dans ce cas ce journal est une petite assurance. Dans ce but, je veux juste le terminer en partageant avec toi le peu de sagesse que j'ai glanée à ce jour.

J'ai assez vécu et regardé suffisamment de sitcoms pour être bien consciente que je ne sais pas tout. Je ne peux pas vivre ta vie pour toi. Je ne peux même pas te protéger autant que je le voudrais. Tu vas devoir te lancer dans le monde et construire ta propre vie. Tu devras suivre ton cœur, commettre tes propres erreurs, et tu en commettras beaucoup, car tout le monde se trompe et personne n'est parfait. Même pas ce gamin aux cheveux dorés et au visage d'ange, assis face à toi dans le bus alors que tu te feras l'effet d'un vieux chien abandonné sous la pluie ; ni ce garçon que tous les garçons voudront être et avec qui toutes les filles voudront sortir, ni même le génie dont tout le monde dira qu'il est le prochain Bill Gates. Tous connaîtront la douleur, la blessure et le rejet, mais tous connaîtront aussi l'amour, le rire et la joie, exactement comme toi. Ma vie ne pourra jamais servir de leçon qu'à moi-même. Voici donc un simple et modeste résumé de ce que ma vie m'a appris jusqu'à présent.

Après la nuit vient le jour.

Après la mort vient la vie.

Même dans les moments les plus sombres, regarde autour de toi, car tu n'es jamais réellement seule.

Tu es aimée.

Remerciements

Mes remerciements affectueux vont à Mary et Kevin Flood, qui ont toujours été là pour moi. À mes amis : Fergus (Jergilious) Egan, pour les meilleurs moments que j'aie jamais passés dans une cuisine, et de m'avoir appris à écrire ; à Enda Barron, d'avoir été mon Dark quand j'étais son Vador ; à Tracy (soupèse-moi un peu ça) Kennedy pour son rire contagieux ; à Joanne Costello et John Goodman, sans qui les vacances ne sont pas vraiment des vacances ; à Lucy Walsh, qui sait toujours quoi faire ; à Darren Walsh, l'homme le plus drôle d'Irlande. À Edel Simpson, qui remarque quand je dis n'importe quoi, à Noel Simpson pour sa gentillesse, à Valerie (Hallie) Kerins parce qu'il faut la mentionner au moins deux fois, à Graham & Bernice Darcy pour leur soutien et leurs idées, à Angela (Dorian Gray) Delaney pour son goût divin et ses reparties, à Martin Clancy pour toutes les réponses et à Trish Clancy parce qu'elle rend Martin heureux. À ceux qui sont restés fidèles depuis notre adolescence : Leonie Kerins, d'avoir perfectionné la danse des canards sur le *dancefloor* ; à Dermot Kerins pour le réveillon de Nouvel An 1996 ; à Clifton Moore, qui voit toujours le meilleur en moi ; à Gareth Tierney, qui partage mon goût pour le ringard. À Stéphane Duclot, parce qu'il est français. Aux McPartlin, surtout Don et Terry, pour leur soutien. À ma famille, les O'Shea : Maime et T, définition même du terme « modèles à suivre », à Denis pour son enthousiasme et sa chaleur, à Lisa pour sa bonté et son sourire maléfique, à Siobhan pour son esprit superbe et très mal tourné, à Paul d'avoir trouvé Siobhan, à Brenda parce qu'elle est la personne la plus fofolle que je connaisse, à Mark parce qu'il supporte la personne la plus fofolle que je connaisse, à Caroline et Ger, qui sont des aventuriers, à Aisling (Bing-a-ling), aussi appelée Xena (Buffy t'adore), à Dave, qui a pris soin de moi en Nouvelle-Zélande. Aux enfants, Daniel, Nicole, David et mon filleul Conor – je vous aime tous. À Claire McSwiney, Paudie McSwiney et tout le clan McSwiney. Aisling Cronin, tu me manques. À David Constantine, pour son humour. À mes collègues David Jenkins, Kevin O'Connor, Suzanne Daly, Sophie Morley et tout le monde chez Chubb Insurance. Et tous ceux de chez Poolbeg, y compris Kieran, et les filles, et surtout Gaye Shortland pour sa patience et sa perspicacité et Paula Campbell pour son soutien sans faille. Et enfin, merci à mon mari Donal, pour tout.

Table des matières

Composition et mise en pages
FACOMPO, Lisieux

Imprimé en France par

Maury Imprimeur
à Malesherbes (Loiret)
en mars 2018

N° d'impression : 225977
S27870/01